VERTIGO

196

Della stessa autrice:

I vampiri di Marchwood. Hidden

Titolo originale: *Taken*

Published by Second Sky in 2023
Shalini Boland has asserted her right to be identied
as the author of this work.
First published in Great Britain as *Thicker than Blood* in 2016 by Shalini Boland.

Traduzione dalla lingua inglese di Leonarda Grazioso
Prima edizione: febbraio 2024

ISBN 978-88-227-7918-2

www.newtoncompton.com

Realizzazione a cura di Pàgina
Stampato nel febbraio 2024 presso Puntoweb s.r.l., Ariccia (Roma)

Shalini Boland

I VAMPIRI DI MARCHWOOD

TAKEN

Newton Compton editori

Per la mia famiglia

Prologo

«Ben, hai dimenticato il cappello e i guanti!», *gridò Madison al fratello minore mentre il ragazzino si precipitava fuori dalla porta di Marchwood House e usciva nella gelida serata di dicembre.*

«Tranquilla, Mads, non mi servono», le urlò per tutta risposta lui, affrettandosi a raggiungere Freddie e Jacques.

Maddy prese comunque un cappellino con un pon-pon e un paio di guanti di lana in più dalla cesta accanto all'appendiabiti dell'ingresso. Ci avrebbe messo la mano sul fuoco che il fratellino si sarebbe lamentato di sentire freddo prima ancora di arrivare alla pista di pattinaggio. Era quello il problema di vivere insieme a cinque vampiri: a volte ci si dimenticava di dover fare attenzione a piccole preoccupazioni umane come il rischio di morire assiderati, di morire di fame, di morire precipitando dalla cima di un albero... Insomma, tutte circostanze che non avrebbero destato la minima inquietudine in un vampiro, ma che per i comuni mortali potevano rivelarsi letali.

L'anno precedente Maddy e Ben avevano ereditato Marchwood House da alcuni antenati lontani, due dei quali – Leonora e Freddie – erano appunto vampiri.

Madison sorrise quando Alexandre la raggiunse, le mise un braccio intorno alle spalle e le baciò la sommità del capo.

«Sei pronta?», le domandò con il suo incantevole accento francese del diciannovesimo secolo. Anche Alex era un vampiro, proprio come i suoi due fratelli minori, Jacques e Isobel.

«Credo di sì», rispose Maddy, sollevando il viso per baciare le splendide labbra di lui. Era stato pensieroso per tutto il pomeriggio, ma lei non sapeva bene perché. Le cose andavano a meraviglia in quel periodo. La loro vita era stata praticamente perfetta

sin dalla fine dell'estate, quindi per quale motivo Alex era così distratto quel giorno?

«Ci sarà confusione alla pista di pattinaggio stasera», dichiarò lui, fissandola con i suoi occhi scuri. «Dovremmo cercare di rimanere sempre tutti insieme».

«Alexandre, Maddy...». Isobel li superò, tenendo a braccetto Leonora. «Che fate, venite o no? Smettetela di perdere tempo. Non vedo l'ora di tornare sul ghiaccio! È passato troppo dall'ultima volta».

«Arriviamo, arriviamo», promise Maddy. «Voi intanto uscite, io devo chiudere casa». Quando finalmente furono fuori tutti e sette, Madison chiuse l'imponente portone d'ingresso in legno massello e girò la chiave nella serratura.

«Stai bene?», chiese ad Alexandre, dopo avere sfilato la gelida chiave di ferro dalla toppa ed essersela infilata in tasca.

Alex non rispose subito. «Sì, sto bene, è solo che... ho uno strano presentimento».

«Ti va di parlarne?», gli domandò lei, mentre un'ombra di apprensione intaccava il suo buon umore. I fari dei taxi che avevano chiamato poco prima cominciarono a risalire il vialetto e la ragazza si coprì gli occhi per schermarsi dal bagliore.

«Grazie, ma no», rispose Alex, accennandole un tenero sorriso. «Stasera ci divertiremo e ci godremo il pattinaggio sul ghiaccio. Dobbiamo vivere appieno ogni istante, giusto?»

«Giusto!», concordò Maddy con un tuffo al cuore, mentre l'ansia cedeva il passo a un leggero sollievo. «Vivere appieno ogni istante mi sembra un'ottima idea». Prese Alexandre per mano e scesero i gradini per raggiungere gli altri, pronti ad andare incontro a qualsiasi cosa la serata potesse avere in serbo per loro.

Capitolo 1

Cappadocia, 571 d.C.

Il ruscello le solleticava i talloni. Lei arricciò le dita dei piedi e le agitò nell'acqua fresca e limpida, contemplando il terriccio rosso che scivolava via. Era piuttosto compiaciuta di essersela svignata da tutti gli altri. In fin dei conti, che cosa avrebbero potuto fare? Rimproverarla, forse… intimarle di non allontanarsi mai più. In tal caso lei si sarebbe giustificata dicendo che si era addormentata, o magari che aveva perso la cognizione del tempo, o qualche altra scusa del genere. Aveva giusto bisogno di starsene qualche attimo da sola, niente di più.

Era strano, ma non riusciva a smettere di sorridere. Allora era così che ci si sentiva. Non aveva mai provato nulla di simile in tutta la sua vita. Era quello il segreto di cui le donne non intendevano parlare in sua presenza. Ormai lo conosceva anche lei, però. L'aveva vissuto in prima persona. Non aveva più bisogno di origliare.

In realtà non avrebbe dovuto farlo. Era sbagliato e pericoloso, e non riusciva nemmeno a immaginare in che sorta di guai si sarebbe cacciata se qualcuno l'avesse scoperto. Eppure le era sembrato tutto così naturale, così… bello. Sì. Anche lei si era sentita molto bella. Si morse il labbro per trattenere l'ennesimo sorriso. Si lanciò un'occhiata furtiva alle spalle per assicurarsi che non ci fosse nessuno nei paraggi. I suoi pensieri erano così vivaci che quasi si preoccupava che qualcuno potesse sentirli.

In fondo non aveva fatto nulla di tanto terribile. Si sarebbero sposati, naturalmente, e a quel punto non avrebbe più avuto importanza. Lui le aveva assicurato che sarebbero convolati a nozze non appena fosse stato possibile, e allora avrebbero potuto stare insieme ogni volta che l'avessero desiderato. Per il momento, però, dovevano mantenere il segreto. Un istante rubato. Proprio come quello che stava vivendo lì, seduta tutta sola sulla riva del ruscello. Un istante da custodire, da proteggere.

Aelia strinse gli occhi a fessura per schermarsi dalla luce del sole e abbassò di nuovo lo sguardo sulla superficie dell'acqua. Si accigliò. Qualcosa le aveva sfiorato la parte laterale del piede. Oh! Un uccellino. Morto e rigonfio, con gli occhietti piccoli e tondi ormai ciechi e inespressivi. La ragazza rabbrividì e uscì dal ruscello. Era giunta l'ora di tornare a casa, prima che qualcuno si impensierisse per la sua assenza.

Infilò i piedi bagnati nei sandali, si alzò e si lisciò la tunica. Il sole non era ancora tramontato dietro la collina, perciò per il momento poteva stare tranquilla: nessuno avrebbe sentito la sua mancanza così presto. Prese l'anfora piena d'acqua e si incamminò verso casa.

Sperava di riuscire a scorgerlo anche solo di sfuggita, quella sera, ma sapeva che era pressoché impossibile, visto che vivevano alle estremità opposte del villaggio.

Lei e Lysus erano cresciuti insieme. Lui era il ragazzo più forte, più divertente e senza dubbio più affascinante di tutto il villaggio. Era più grande di lei, ma negli ultimi tempi aveva cominciato a rivolgerle un po' di attenzioni, il che l'aveva sottoposta a una serie di punzecchiamenti da parte delle sue amiche e a diverse occhiatine invidiose di varie altre persone. Il padre di Lysus era il capovillaggio, perciò il ragazzo era un ottimo partito.

Il giorno prima era venuto a cercarla nelle ore più calde del pomeriggio, mentre tutti dormivano. Aveva avuto l'ardire di sgattaiolare nel cortile di casa sua, le aveva fatto un cenno con la testa a indicare la strada e dopo un istante era sparito con la stessa rapidità con cui era apparso. E lei l'aveva seguito. Era sempre stata una figlia talmente esemplare che nessuno l'avrebbe mai ritenuta capace di fare una cosa tanto audace.

Lui l'aveva aspettata, dopodiché l'aveva condotta di fianco a una casa, al riparo da sguardi indiscreti, e le aveva accarezzato una guancia e scostato un ricciolo biondo da sotto il velo che le copriva il capo. Lei era arrossita e aveva cercato di respingere la sua mano, ma lui le aveva afferrato le dita e se le era portate prima alla guancia e poi alle labbra. I suoi occhi erano gentili ma la sua presa era molto salda, e ciò aveva suscitato in lei una serie di emozioni che non era riuscita a identificare e che le avevano fatto venire le ginocchia molli.

Si era resa conto che il semplice fatto di uscire di casa senza essere accompagnata doveva avere lanciato un segnale a Lysus. Lui aveva dato per scontato qualcosa e lei non l'aveva dissuaso da quel pensiero.

«Sei cresciuta, Aelia, e sei diventata molto bella. Non credere che non me ne sia accorto».

Lei aveva chinato il capo, incerta su cosa dire.

«Vieni a fare una passeggiata con me, lontano dal villaggio?», le aveva chiesto, tenendole ancora la mano, con gli occhi che scintillavano.

«Non posso. Si accorgeranno della mia assenza. Devo tornare a...».

«Solo per un po'. Saremo di ritorno prima che qualcuno si svegli».

Aelia si era sentita lusingata ma anche ansiosa, e alla fine si era lasciata convincere. Aveva seguito Lysus lungo diverse stradine secondarie, terrorizzata ed elettrizzata allo stesso tempo, con il velo ben calato sulla fronte per evitare di farsi riconoscere. "Ma cosa sto facendo?", si era chiesta. Sapeva che era una follia, eppure una forza sconosciuta l'aveva spinta ad andare avanti.

Non riusciva ancora a capire come fosse potuto accadere. Stavano passeggiando, poi a un certo punto si erano seduti e avevano cominciato a parlare del caldo e di alcune sue amiche del villaggio. Lui le aveva detto che lei era l'unica a cui pensava. Che lo distraeva in ogni istante, con quella pelle perfetta e quelle mani graziose. Che avrebbe dato di tutto pur di intravedere, anche solo per un momento, la delicata pelle del suo polso, della caviglia, del collo...

Lei si era sentita quasi mancare sotto lo sguardo rovente di lui e si era portata una mano al viso. In quel modo la manica le era scivolata lungo l'avambraccio, rivelando la carnagione dorata come il miele. Lui aveva sorriso e si era chinato per baciarle la pelle del polso. Il resto era stato una nebbia confusa di calore ed emozioni.

Incapace di credere a quanto era appena successo, subito dopo Aelia aveva pianto, e Lysus l'aveva calmata a suon di baci e di promesse. Si sarebbero sposati. I genitori di lei sarebbero stati entusiasti della loro unione.

Sia ai suoi stessi occhi sia a quelli di un estraneo, l'infanzia di Aelia appariva idilliaca. Un bozzolo di amore, affetto, felicità e innocenza. Nata da una famiglia povera di denaro ma ricca di gioia, Aelia era cresciuta e sbocciata come un fiore, sicura della persona che era diventata. Il suo era un villaggio piccolo e un po' sperduto, molto legato alle proprie usanze e tradizioni, tra cui forti valori familiari, ma nessuna tolleranza per qualsiasi altro modo di vivere. E così, la sua esistenza in quel luogo era sempre stata tranquilla e beata... fino a quel momento.

Suo padre era un artigiano, il vasaio del villaggio, e lei era la maggiore di quattro figlie. Non dubitava che lui sarebbe stato entusiasta di quel matrimonio, fintanto che non avesse minimamente intuito quanto era già accaduto. Tuttavia, forse sarebbero stati i genitori di Lysus a non esserne altrettanto felici. Aelia temeva di non essere all'altezza di ciò che avevano pianificato per il loro unico figlio.

Fra tutte le sue amiche, probabilmente lei era quella meno incline a fare quel che aveva appena fatto. Verina o Licinia, loro sì che se le immaginava concedersi a un ragazzo: Aelia stessa le aveva sentite parlare in maniera scandalosa in più di qualche occasione. Eppure, nemmeno loro avrebbero mai creduto che lei potesse essere così... così *libertina*. Be', poco male, tanto Aelia non avrebbe mai raccontato nulla dell'accaduto a nessuna delle due. Anzi, non l'avrebbe mai raccontato a nessuno, punto e basta. Quello era un segreto tra lei e Lysus, un segreto di cui avrebbero riso una volta sposati.

Un primo spicchietto di sole scomparve dietro la collina quando Aelia giunse al villaggio, portando con sé la pesante anfora d'acqua. Le sembrò che ci fosse qualcosa di diverso nell'aria. Si guardò intorno e tese le orecchie. Non c'erano bambini che giocavano all'aperto; non si sentiva nessun chiacchiericcio, nessun rumore di gente che spignattava per preparare la cena. Le case erano immobili e silenziose.

La ragazza procedette in punta di piedi lungo il sentiero principale e svoltò a sinistra, circondata dall'inquietante silenzio. Erano forse fuggiti tutti? Il loro pacifico villaggio era stato preso d'assalto da qualche nemico? Era il caso di bussare a una porta e chiedere? Si avvicinò a una casa, posò l'anfora per terra e sollevò la mano per bussare, ma poi le venne meno il coraggio e la abbassò di nuovo. Aveva troppa paura per emettere anche soltanto un suono, in quel silenzio assordante. Si sentiva la gola secca. Prese un po' d'acqua dall'anfora, con le mani a coppetta, e ne bevve qualche sorso. Poi se le asciugò sulla tunica e riprese il cammino verso casa, lungo la strada silenziosa. Un cane abbaiò due volte e un uccello gracchiò per lo spavento. Il cuore le batteva fortissimo, rimbombandole nelle orecchie. Il sole ormai era sprofondato per metà dietro la collina.

All'improvviso le parve di sentire un leggero mormorio. Man mano che camminava, il rumore si faceva più forte. Divenne prima un brusio e poi un vero e proprio vociare, come di una folla che chiacchierava. Avvertì un accenno di... paura? No, più che altro agitazione e rabbia. Più si avvicinava a casa, più il frastuono aumentava. Un seme di preoccupazione cominciò a germogliarle nel petto.

Aelia accelerò il passo mentre una perla di sudore le si formava al centro dello sterno e le scivolava verso l'ombelico. Girato l'ultimo angolo, si ritrovò davanti un assembramento di persone. Pareva che ci fosse metà del villaggio davanti a casa sua. Man mano che si avvicinava, la folla pian piano ammutoliva e tutti gli occhi si posavano su di lei, ma Aelia non riusciva a decifrare i loro sguardi. Riuscì comunque a sentire un paio di voci, in una delle quali riconobbe il timbro gracchiante di suo padre. In quel momento, i suoi toni di solito pacati sembravano accesi e arrabbiati.

Cosa caspita stava succedendo? La ragazza cercò di trovare un volto amico in mezzo alla folla, qualcuno che potesse sorriderle o spiegarle di che si trattava. Ma ogni volta che cercava di incrociare lo sguardo di uno dei presenti, i suoi occhi volavano dritto a terra. La paura stava per avere la meglio su di lei, stritolandole le costole e annebbiandole i pensieri. Mentre incedeva a fatica verso casa sua, la folla si divise per lasciarla passare. Qualunque cosa fosse accaduta, era evidente che lei e la sua famiglia dovevano essere al centro degli eventi. Nel giro di pochi secondi si ritrovò davanti alla porta di casa, dove vide il padre che discuteva con il pretore Garidas, il capovillaggio. Non appena sua madre la vide, le corse incontro a passo malfermo.

«Stupida, stupida ragazza!», le gridò, afferrandola per le braccia e scuotendola fino a farle cadere l'anfora dalle mani. Il recipiente andò in mille pezzi e in men che non si dica il terreno riarso assorbì fino all'ultima goccia del liquido fresco. Nel frattempo, la madre la stringeva forte e singhiozzava sulla sua spalla.

In cima alla collina rocciosa ormai non rimaneva che un minuscolo spicchio di sole, la cui luce si era ridotta a un intenso bagliore aranciato. Di colpo Aelia si rese conto di cosa stava accadendo. Capì il motivo della presenza di tutta quella folla, del litigio in corso tra suo padre e il pretore Garidas e dell'inconsolabile delusione di sua madre. Capì che era tutta colpa sua e che la sua vita non sarebbe mai più stata la stessa.

Capitolo 2

2024

Con il sedere per terra, sul ghiaccio gelido, dopo uno scivolone scomposto e inelegante, Madison pensò che, se mai fosse esistito un momento perfetto che meritava di essere ricordato per sempre, era proprio quello. La ragazza aveva le guance rigate di lacrime mentre cercava di pensare a un insulto da indirizzare agli altri, che si stavano a dir poco sbellicando dalle risate, tuttavia non fu in grado di spiccicare nemmeno una parola, perché lei stessa era la prima a non riuscire a smettere di ridere.

L'idea di andare a pattinare sul ghiaccio era stata di Leonora, la quale aveva raccontato che lei e Freddie lo facevano spesso prima di diventare vampiri.

Gli altri avevano accolto la sua proposta con entusiasmo, a parte Maddy, che non si era dimostrata per nulla propensa. Non aveva mai pattinato sul ghiaccio in vita sua. In realtà non aveva mai pattinato affatto, nemmeno con i pattini a rotelle, o con quelli in linea, o con qualsiasi altro tipo di pattini esistente al mondo, visto che dagli otto anni in poi aveva vissuto prima in case-famiglia e poi in affidamento, e che non aveva avuto chissà quante occasioni per divertirsi. Aveva subito temuto di fare la figura dell'idiota. E infatti, come volevasi dimostrare, eccola lì, con il sedere per terra, a fare esattamente la figura dell'idiota. Ma la cosa buffa era che non le importava; sul serio, non gliene fregava proprio niente.

Nel giardino del chiostro della cattedrale di Gloucester era stata allestita una pista di pattinaggio temporanea per tutto il mese di novembre e di dicembre. In uno dei corridoi del chiostro una banda di ottoni suonava canzoncine natalizie e in un altro venivano arrostite le castagne su un braciere. Proprio al centro della lucente pista di ghiaccio si ergeva un albero di Natale alto sei metri, tempestato di minuscole lucine bianche che richiamavano il delicato bagliore delle stelle sparse per la distesa blu inchiostro del cielo notturno. Era uno scenario stupendo, degno di una cartolina di Natale.

La pista di pattinaggio non era enorme, ma si era rivelata grande abbastanza da permettere a Madison di raggiungere la velocità perfetta per mettersi in completo e assoluto ridicolo. Dopo essersi trascinata lungo i bordi per un po', con fare ansioso, finalmente aveva racimolato il coraggio necessario per lasciare la mano di Alex. Presto aveva trovato il suo ritmo, ma non molto tempo dopo si era fidata troppo delle sue capacità ed era andata a schiantarsi, senza alcun controllo, contro una signorina che sembrava avere scritto in faccia guardate-tutti-quanto-sono-brava-e-quanto-pattino-meglio-di-voi-plebei. La ragazza, che nessuno di loro conosceva, era immersa nel suo mondo e stava eseguendo una sofisticata coreografia a base di piroette, almeno finché Maddy non le era piombata addosso e le si era afferrata alla vita nel tentativo di reggersi in piedi, come in una specie di placcaggio irregolare durante una partita di rugby. Le due erano slittate per tutta la pista e avevano mandato al tappeto alcuni sventurati pattinatori che per puro caso si trovavano sulla loro traiettoria. Se era davvero così, il pattinaggio sul ghiaccio, Maddy pensò che avrebbe potuto diventare la sua nuova ossessione.

Nel frattempo, Alexandre le si era avvicinato e le aveva teso la mano.

Madison gli lanciò un'occhiataccia poco convinta, gli prese la mano e lasciò che la aiutasse a rimettersi in piedi.

«Questa sì che è stata una bella prodezza», le disse.

«Non lo sapevi? Sono una maga con le acrobazie, potrei fare la stunt-woman».

Alex le prese il viso tra le mani e le diede un tenero bacio sulle labbra.

«Stai bene? Ti sei fatta male?»

«Sono un po' ammaccata, ma sopravvivrò».

«Ehi, Maddy!», le gridò Ben dall'estremità opposta della pista. «È stato pazzesco!». Si diresse verso di lei, reggendosi forte a Isobel per non perdere l'equilibrio. «Peccato che non sono riuscito a riprenderti. Avrei ottenuto un milione di visualizzazioni su YouTube con un video del genere». Scoppiò in un riso irrefrenabile.

«Già, e vuoi sapere come si sarebbe chiamato il sequel? "Sorella uccide quel moccioso di suo fratello"», replicò lei.

«Stai bene, Madison?», le chiese Isobel. «Non ho mai visto un capitombolo simile prima d'ora».

Anche gli altri si avvicinarono per vedere se Maddy stava bene... e per ridere ancora un pochino.

«L'altra pattinatrice sembra proprio furiosa», osservò Leonora.

Si voltarono tutti a guardare la ragazza in questione e la videro pattinare verso di loro con uno sguardo così tagliente che avrebbe potuto scolpire il ghiaccio.

«Non dovresti starci, sui pattini, se non sei in grado di controllarti», sbottò la tizia fermandosi con una mezza giravolta.

«Scusami tanto», rispose Maddy senza riuscire a camuffare una mezza risatina.

«Non c'è niente da ridere. Avresti potuto uccidere qualcuno».

«Scusami», ripeté ancora Maddy, sforzandosi di rimanere seria.

«Calma, dai, è stato solo un incidente», intervenne Ben.

La ragazza li guardò tutti in malo modo e se ne andò.

«Sorridete», esclamò allora Isobel, tirando fuori il cellulare per scattare una foto. Avvicinarono tutti le teste e fecero dei sorrisini stupidi.

«Ma... voi vi vedete lì dentro?», chiese Ben, facendo un cenno con la testa verso lo schermo del telefono.

«In che senso?», replicò Freddie.

«Be', credevo che i vampiri non potessero apparire nelle foto».

«Certo, come no», disse Freddie. «Proprio come siamo allergici all'aglio, alle croci e alle trasmissioni televisive diurne».

«E va bene, ho capito l'antifona», rispose Ben. «Non lo sapevo, era solo una domanda. Nei film si vede di continuo, no? Il fatto che non vi riflettete negli specchi e cose del genere».

«Non mi traumatizzare Isobel con storielle simili», intervenne Jacques. «Morirebbe se non potesse guardarsi allo specchio... non riuscirebbe ad acconciarsi i capelli come si deve».

«Oh, Jacques», commentò per tutta risposta sua sorella. «Sei così divertente che dovresti fare il comico di mestiere».

«Lo so. Io stesso mi faccio schiattare dal ridere».

«No, dico sul serio, dovresti proprio fare il comico». Gli diede uno spintone che gli fece perdere l'equilibrio, e così anche Jacques finì a gambe all'aria sul ghiaccio. Isobel sfoderò un sorrisetto compiaciuto.

«Qualcuno vuole una cioccolata calda? Ben?», domandò Maddy, consapevole che gli altri non sarebbero stati interessati. «Ho bisogno di qualcosa di dolce per consolarmi dopo questa umiliazione».

«Sì, Mads, volentieri. Sulla mia posso farci mettere anche la panna montata e i marshmallow? E un bastoncino di cioccolato?».

Maddy inarcò un sopracciglio. «Vuoi che chieda se riescono a metterci sopra anche una confezione intera di biscotti e una vaschetta di gelato?». Dopodiché diede le spalle al fratello, abbracciò Alexandre e lo baciò di nuovo.

«Bleah, voi due siete proprio disgustosi», commentò Ben, facendo il gesto di vomitare. «Non ti scordare del bastoncino di cioccolato!», gridò poi alla sorella mentre cercava di allontanarsi e raggiungere il centro della pista.

«Torno tra poco», sussurrò Maddy all'orecchio di Alexandre.

«Vengo con te», rispose lui.

«No, tranquillo, tu resta pure a pattinare. Vedrai che ci metterò giusto qualche minuto».

«La prendo come una promessa». Le sollevò la mano guantata e la baciò prima di lasciarla andare.

Maddy si diresse con cautela verso l'uscita della pista, poi si sedette su una panchina, si tolse i guanti, se li infilò in tasca e cominciò a slacciarsi i pattini. Oddio, Alex era a dir poco fantastico. La vita era a dir poco fantastica. Sorrise tra sé, ma poi scoppiò in una vera e propria risata non appena rivide la scena di quando si era schiantata addosso a quell'altra ragazza.

«Sono proprio una scema», disse ad alta voce.

Un uomo che se ne stava lì vicino le rivolse un sorriso amichevole. Lei ricambiò e continuò a slacciarsi l'altro pattino.

«Davvero notevole», osservò lui.

«Eh?»

«La sua manovra di pattinaggio, lì, sulla pista… è stata davvero notevole».

«Oh. Sì. Grazie. Voglio dire… Santo cielo, è stato imbarazzante da morire».

«Bisogna pur iniziare da qualche parte».

«Suppongo di sì. Però direi che la maggior parte della gente non comincia mettendo al tappeto metà degli abitanti di Gloucester».

«Vero».

«Bene, le auguro una buona serata», disse Maddy mentre si alzava, tenendo in mano i pattini che si era appena tolta.

«Grazie, altrettanto», rispose lui.

Maddy scrutò i dintorni fino a quando i suoi occhi non si posarono su un cartello che segnalava una caffetteria, dopodiché si allontanò dai porticati del chiostro per imboccare il vicoletto indicato.

Alexandre rimase a osservare Madison che avanzava sul ghiaccio a passo di lumaca per farsi strada verso il bordo della pista. All'improvviso fu sopraffatto da una sensazione di felicità così intensa che lo spaventò. Amava talmente tanto quella ragazza... forse persino troppo. Quando lui e i suoi fratelli si erano trasformati in quelle creature, tutti quegli anni prima, lui era sceso a patti con l'idea che non avrebbe mai più conosciuto la felicità e che la sua vita era, di fatto, finita. Ma lì, in quel momento, si sentiva come se avesse toccato il cielo con un dito. Era quello il senso più autentico della sua esistenza: quel luogo, quell'epoca, quella ragazza.

L'aria notturna era fredda e pungente, l'odore del sangue gli giungeva alle narici con un aroma particolarmente dolce. Sarebbe andato a caccia più tardi; per il momento era ancora in grado di resistere al suo richiamo. Era un aspetto su cui non amava rimuginare, il bisogno di tutti loro di nutrirsi di sangue umano. Dal canto suo, lui cercava sempre di optare per persone ormai prossime alla morte. Nonostante la beata sensazione di sollievo che gli procurava nutrirsi, Alexandre non credeva che ne avrebbe mai goduto. Al contrario, per lui era motivo di vergogna.

«Forza, Alex!», lo chiamò Jacques pattinando verso di lui, con i capelli biondi scompigliati dalla brezza. «Smettila di piagnucolare appresso a Maddy. Hai un'aria ridicola».

La rapidità con cui suo fratello minore si era adattato allo stile di vita del ventunesimo secolo era davvero sorprendente. Era come se Jacques fosse stato creato apposta per vivere in quell'epoca. Aveva già acquisito un repertorio completo dello slang giovanile contemporaneo e lui, Freddie e Ben erano già diventati una vera e propria combriccola, o com'è che dicevano loro? Una *gang*? Santo cielo. Alexandre rabbrividì e fece una smorfia. Per quanto lo riguardava, lui preferiva rimanere fedele ai suoi soliti colloquialismi, anzi, si sentiva proprio uno stupido quando provava a usare una terminologia più moderna... si vedeva che gli veniva innaturale, come se si stesse sforzando troppo. Non suonava bene e basta.

Strinse gli occhi a fessura. Madison era seduta su una panchina a togliersi i pattini mentre uno sconosciuto le parlava. Un uomo. Di colpo provò un impeto di rabbia e gelosia, ma lo soppresse all'istante. Sapeva di non avere nulla da temere. Lui e Madison erano al di sopra di simili emozioni meschine. Il loro amore era vero e forte. Indistruttibile. Era passato quasi un anno da quando lei lo aveva destato dal suo sonno comatoso, il giorno di Natale. Ed erano passati sei mesi dal loro primo, indimenticabile bacio.

«E dai, Alex, vieni», insistette Jacques, afferrandolo per un braccio. «Divertiti un po'».

«Farai meglio a venire, Alexandre», risuonò alle sue spalle la voce suadente di Leonora. «Credo che i ragazzi vogliano stupirti con i loro trucchetti». La ragazza lo prese per l'altro braccio.

«Va bene, va bene, ho recepito il messaggio», disse lui, abbandonando le reminiscenze del passato.

«Scommetto che non sei capace di pattinare all'indietro senza investire nessuno».

Per tutta risposta lui si discostò dai due e cominciò a procedere all'indietro, facendo smorfie stupide man mano che si allontanava.

Leonora alzò gli occhi al cielo e lo seguì, aggraziata come sempre. Raggiunsero il resto del gruppo, intento a saltellare e a volteggiare sul ghiaccio in maniera disinvolta.

«Dai, ma non è giusto!», esclamò Ben. «Voi vampiri riuscite a fare un sacco di cose molto più fiche rispetto a me!».

«Sì, ma è proprio per questo che quando le fai tu sono di gran lunga più notevoli», rispose Isobel. «Noi sapremmo farle anche a occhi chiusi, ma bisogna essere davvero bravi per riuscire a replicarle».

«Forse hai ragione».

Jacques e Freddie si misero ai lati di Ben, lo presero a braccetto e lo trascinarono insieme a loro mentre, con fare esperto, procedevano a zig-zag tra gli altri pattinatori. Il sorriso di Ben sembrò illuminare l'intero chiostro e Alexandre se ne rallegrò. Ben era proprio un ragazzino fantastico, aveva un carattere così simile a quello di Jacques che per lui era quasi come avere un secondo fratello, o un terzo, se si contava anche Freddie.

Freddie e Leonora erano antenati di Madison e Ben. Proprio come Alexandre e i suoi fratelli, anche loro erano stati trasformati in esseri immortali più di cent'anni prima, durante una spedizione archeologica in Turchia, nella regione della Cappadocia. E tutti quegli anni dopo, anche loro vivevano lì in Inghilterra, per la precisione a Marchwood House, insieme a Madison e Ben. La loro vita era... complicata, ma bella.

Ben aveva accettato la presenza di tutti loro con grande entusiasmo, senza risentimenti né drammi; il che non era affatto roba da poco agli occhi di Alexandre. Non molte persone sarebbero state disposte ad accogliere cinque vampiri nella loro vita e persino nella loro casa. Madison invece... be', lei era un altro paio di maniche: coraggiosa, bellissima, gentile, divertente, ma anche testarda. Alex sorrise e si girò verso la panchina. La ragazza era sparita per andare a prendere le cioccolate. Forse avrebbe fatto meglio a raggiungerla per assicurarsi che stesse bene. Anche se poi gli altri avrebbero cominciato a lamentarsi.

Pattinò in tondo per dieci lunghissimi minuti, ma di Madison ancora non si vedeva neanche l'ombra. Alexandre sapeva che la sua preoccupazione era del tutto irrazionale, ma non riusciva a rilassarsi. L'apprensione inspiegabile che l'aveva tormentato per tutto il pomeriggio era tornata a farsi sentire con prepotenza.

La pista di pattinaggio era affollata e il centro cittadino brulicava di acquirenti serali, perciò non sembrava esserci alcun motivo per farsi prendere subito dal panico. Eppure, rimaneva ancora un'ombra che incombeva su tutti loro. Perché, per quanto si stessero divertendo in quel momento, da qualche parte avevano dei nemici che forse non erano così propensi a lasciarli vivere in pace e tranquillità come loro avrebbero desiderato.

«Vado a cercare Maddy», annunciò agli altri.

«Vedrai che sarà di ritorno da un momento all'altro», replicò Leonora.

«La aiuterò con le cioccolate. Non credo che riuscirà a portare insieme sia quelle sia i pattini».

«Oh, lascialo andare», intervenne Isobel. «Non può stare per troppo tempo a più di mezzo metro di distanza da lei, altrimenti si trasforma in una zucca».

Alexandre ignorò le loro battutine bonarie e si diresse verso l'uscita della pista. Si tolse i pattini in fretta, si mise le scarpe e si incamminò per il vicoletto che portava alla caffetteria. C'era una fila lunghissima che si snodava fuori dalla porta del locale, ma Maddy non era lì. Forse vedendo quella coda aveva deciso di andare in un altro bar.

Alexandre lanciò una rapida occhiata di perlustrazione, ma della ragazza non c'era traccia. I suoi sensi erano molto sviluppati: se fosse stata nei paraggi, lui l'avrebbe individuata subito. C'era qualcosa che non andava. Si maledisse per non essersi fidato subito del suo istinto, quando all'inizio gli aveva suggerito di accompagnarla. Poi vide l'uomo.

«Tu!», sbottò.

Il tizio stava per salire sulla sua auto, un'Audi blu notte, quando Alexandre gli si parò davanti sbarrandogli l'accesso al veicolo.

«Ma che diamine...».

«Dov'è?», gli chiese Alex.

«Ma chi? Di cosa stai parlando? Chi sei? Non ti prenderai il mio portafoglio e, poco ma sicuro, nemmeno la mia macchina».

L'uomo iniziò a strofinarsi una macchiolina scura dalla manica del cappotto. Aveva le spalle larghe ed era piuttosto alto. Dopodiché si mise a tu per tu con Alexandre, senza mostrarsi minimamente intimidito.

«Non voglio né i tuoi soldi né la tua macchina», rispose Alex. «La ragazza con cui parlavi prima, alla pista di pattinaggio. Dov'è?»

«Quale ragazza?»

«Ti ho visto parlare con lei mentre si slacciava i pattini».

«Oh, *quella* ragazza». L'uomo sorrise.

Alexandre lo afferrò per il bavero del cappotto.

«Calma», gli disse lo sconosciuto. «Presumo sia la tua ragazza, dunque».

«Non sono affari tuoi. Dov'è?»

«Come diamine dovrei fare a saperlo? Abbiamo solo scambiato due parole e poi se n'è andata. Lasciami subito il cappotto».

Alexandre lo lasciò andare. «L'hai più vista dopo che se n'è andata?»

«No».

«Ne sei proprio sicuro?»

«Senti, amico, non so quale sia il tuo problema, ma io non la conosco, quella ragazza. Le ho a malapena rivolto due parole e poi se n'è andata. Forse non le piacciono i fidanzati psicopatici e possessivi e ha deciso di svignarsela».

Quel tizio era un idiota arrogante, ma in fin dei conti Madison non era lì. Alexandre lo mollò e decise di tornare verso la pista di pattinaggio. Forse l'aveva incrociata e gli era sfuggita, chissà come. Ne dubitava, ma non era del tutto impossibile. La portiera del tizio sbatté alle sue spalle e l'Audi schizzò via lungo la strada rombando.

All'improvviso Alexandre si ricordò del cellulare. Come aveva potuto essere così stupido? Avrebbe dovuto chiamarla sin dal primo istante. Tuttavia, un secondo dopo che si era portato il telefono all'orecchio, mentre ancora pregava che Maddy rispondesse, scattò la segreteria telefonica.

«Madison, dove sei? Chiamami».

La richiamò ancora un paio di volte, ma partì sempre la segreteria.

Una volta tornato alla pista di pattinaggio, Alexandre passò al setaccio la folla. C'erano tutti, tranne Maddy. Era passata almeno mezz'ora da quando si era allontanata per andare a prendere quelle maledette cioccolate. Era evidente che qualcosa non andava. Leonora intercettò il suo sguardo e gli sorrise. Lui le fece cenno di avvicinarsi.

«È scomparsa», disse.

«Scomparsa?»

«Maddy. Non la trovo da nessuna parte. Dev'esserle successo qualcosa. Chiama gli altri e avvisali che sto andando a cercarla».

«Aspetta un attimo... che vuoi dire?».

Ma Alexandre non rimase a spiegarle come stavano le cose. Era successo qualcosa a Madison e doveva trovarla a tutti i costi. La sua mente cominciò a riempirsi di scenari di ogni genere. Si era sentita male? Era svenuta? Poi iniziarono a frullargli per la testa pensieri più sinistri. E se la sua scomparsa avesse avuto a che fare con Blythe? L'avvocato di quei vampiri potentissimi che volevano morti Alexandre e gli altri? Sapeva che avrebbe dovuto adoperarsi di più per scovare quel miserabile di un avvocato e ucciderlo, ma negli ultimi tempi la sua vita era stata così perfetta, così pacifica, che non aveva voluto andarsene a caccia di guai. E invece, in quel momento, sembrava che fossero proprio i guai a dare la caccia a lui. O forse si stava solo facendo prendere un po' troppo dal panico? Magari c'era una spiegazione del tutto logica e razionale a quanto accaduto, e Madison sarebbe riapparsa da un momento all'altro per prendersi gioco della sua immaginazione fin troppo fervida. "Ti prego, Dio, fa' che sia così", pensò.

Alexandre trascorse le tre ore successive a perlustrare tutta Gloucester e oltre. Isobel nel frattempo aveva riportato Ben a casa, a Marchwood House, nel caso in cui Madison si fosse presentata lì, e Alexandre telefonava a sua sorella ogni quindici minuti per controllare se fosse rincasata. Avevano persino chiamato tutti gli ospedali della zona e anche gli altri vampiri erano fuori, in giro, a cercarla, ma niente aveva prodotto risultati. Maddy era sparita.

Capitolo 3

Cappadocia, 571 d.C.

L'unica cosa che Aelia riusciva a sentire in quel momento era il suo stesso battito cardiaco che le rimbombava nel petto e il belato rauco della capra di qualcuno. Sua madre era stata allontanata e suo padre aveva appena mosso un passo per andarle incontro, ma il pretore Garidas di colpo allungò un braccio per fermarlo.

«No», disse. «Conosci la legge. Non può stare con voi e nemmeno parlarvi. Andrà con loro». Indicò due donne vestite di nero. «Alloggerà con loro finché non verrà presa una decisione».

«Ma mia figlia non ha mai trascorso una notte lontano da noi. Ha appena sedici anni. È ancora una bambina...».

«Determineremo domani la veridicità di questa affermazione», rispose il pretore Garidas.

La mente di Aelia era un turbine di pensieri confusi e indistinti. Come poteva essere accaduta una cosa simile? L'intero villaggio era in piedi davanti a casa sua, con suo padre che urlava contro il pretore Garidas e sua madre in lacrime. Come avevano fatto a scoprire quel che era accaduto? E dov'era Lysus? Le aveva detto che sarebbe andato tutto bene, che si sarebbero sposati. La ragazza si guardò intorno, disperata. Doveva trovarlo. Lui sì che avrebbe sistemato la situazione. Suo padre era il pretore, dopotutto.

Era la sua immaginazione o sentiva sussurri e sibili tra la folla? No, non era la sua immaginazione.

«Sgualdrina», mormorò qualcuno. «Poco di buono».

Le bruciavano gli occhi per le lacrime. Le donne vestite di nero l'avevano afferrata per le braccia e cercavano di trascinarla via, ma le sue gambe non volevano saperne di collaborare.

Fu allora che lo vide, in piedi sul gradino davanti all'abitazione dei vicini: Lysus. Gli occhi scuri del ragazzo si posarono in modo deciso sui suoi e lei lo fissò, rivolgendogli una supplica silenziosa.

Aelia percepiva la propria disperazione nella smorfia della bocca contratta e nell'intensità dello sguardo. Lui scosse la testa e per un istante si portò l'indice alle labbra. Mimò con la bocca le parole "non preoccuparti", poi scese dal gradino e svanì, mimetizzandosi tra la folla. Intendeva dire che non c'era nulla di cui preoccuparsi, che avrebbe chiarito la questione e sistemato tutto?

Aelia trovò un briciolo di forza per camminare, e così si lasciò portare via senza opporre resistenza, senza quasi accorgersi delle grida sempre più stridule di sua madre e delle inutili suppliche di suo padre. Le donne le stringevano le braccia con una forza inaudita e lei inciampò più volte lungo il sentiero, cercando di stare al loro passo. Non osava alzare gli occhi da terra, troppo umiliata e terrorizzata all'idea di incrociare gli sguardi di disgusto, compiacimento o commiserazione della gente lì intorno.

Erano davvero passati appena pochi minuti dall'ultima volta che si era sentita così felice? Non le sembrava di essere nello stesso anno, men che meno nello stesso giorno, di quando aveva immerso le dita dei piedi nel ruscello e aveva provato una tale gioia. Com'era possibile che le cose fossero cambiate così in fretta?

«Dove stiamo andando?», riuscì a chiedere Aelia con un filo di voce, ma nessuna delle due donne rispose e lei non ebbe il coraggio di ripetere la domanda.

La paura era un'emozione che non aveva mai fatto parte della sua vita. Lei aveva conosciuto sempre e soltanto l'amore, la felicità e la convinzione che non le sarebbe mai potuto accadere nulla di male. Era una brava ragazza, mai ingrata o incontentabile, mai incline a creare problemi o a cacciarsi nei guai. Essendo la maggiore, le sue sorelle la veneravano e la prendevano come esempio: Aelia, la figlia più affidabile. Forse si era risparmiata tutti gli errori possibili e immaginabili per quel momento, per quell'unica, eclatante caduta in disgrazia.

A un certo punto si accorse che avevano smesso di camminare. Alzò gli occhi da terra e vide una porta di legno sbiadito. Le donne le lasciarono andare le braccia e subito lei iniziò a massaggiarsi i punti doloranti. La porta si spalancò verso l'interno e lei fu spinta in una stanza buia che puzzava di umido, di stantio e di chiuso. Una delle donne la oltrepassò e si diresse verso un tavolo, dove accese una candela bassa e tozza. La fiammella prese vita e illuminò tutto l'ambiente, fatta eccezione per gli angolini più remoti.

Accanto al tavolo sgangherato c'erano due seggiole intagliate in maniera grossolana e, a ridosso della parete più lontana, per terra, tre giacigli di paglia.

«Cerca di riposare un po'», ordinò una delle donne, indicandole uno dei pagliericci.

«Che cosa succederà?», chiese Aelia.

«Lo scoprirai presto, sciocca ragazzina».

Aelia arrossì. Quelle parole l'avevano ferita. Sembrava che tutti quanti fossero al corrente di ciò che aveva fatto, eppure Lysus non pareva essere finito nei guai. Non riusciva proprio a capire. Si avvicinò al giaciglio e si sedette. I suoi genitori dovevano essere rimasti così delusi da lei. Sperava che le sue sorelle non fossero venute a conoscenza dell'accaduto. Quale sarebbe stata la punizione per il suo peccato? Aveva sentito alcune dicerie, in giro, sui castighi inflitti per certi peccati passati... ma non potevano essere veritiere, giusto?

Appoggiò la schiena al muro e chiuse gli occhi. Ormai non si sentiva nemmeno più sé stessa. Provava un senso di vuoto allo stomaco, ma era un vuoto pesante, il che non aveva alcun senso.

Le donne la ignoravano. A sento parlavano tra loro e, quando lo facevano, era con mezzi sussurri e mormorii sommessi. Si erano sedute al tavolo, come due enormi corvi dagli occhi glaciali e pungenti.

Dopo un po', Aelia rinunciò a cercare di carpire qualsiasi informazione da quelle due. Si sdraiò sulla paglia ispida e si girò verso il muro. L'umiliazione e la vergogna erano quasi più dolorose di qualunque punizione. Lysus le aveva detto di non preoccuparsi. Suo padre era il pretore; di certo avrebbe risolto quella spiacevole situazione in suo favore. Ma la mente della ragazza continuava a tornare sempre sulle stesse cose.

Poveri genitori, quanto li aveva delusi! Dovevano essere devastati.

Ancora non era riuscita a capire bene come avesse potuto permettere che accadesse, come avesse potuto concedersi con tanta facilità a un ragazzo. Era successo tutto così in fretta che non aveva avuto tempo per pensare. Le delicate carezze, il bacio... come avevano fatto a scoprirlo? Era quella la domanda che la lasciava davvero confusa e perplessa. Lei e Lysus erano da soli. E anche ammesso che qualcuno li avesse visti allontanarsi insieme, non era un pretesto sufficiente a muovere un'accusa di quella portata. Be', se non altro era certa che la risposta alla sua domanda sarebbe arrivata l'indomani. Sperava solo di avere il coraggio di affrontare ciò che l'aspettava, qualsiasi cosa fosse.

Tutt'a un tratto si sentì sopraffare dalla stanchezza. La nebbia confusa di pensieri che le affollavano la mente cresceva a dismisura, facendosi sempre più informe e più angosciante, fino a trasformarsi in una massa solida che sembrava quasi una creatura sgradita che Aelia non riusciva a scacciare. Si rese conto di non aver ingerito più nulla da mezzogiorno. Le due donne avevano mangiato qualcosa, prima, ma non si erano offerte di condividere neanche un po' del loro cibo con lei. Comunque fosse, Aelia non pensava che sarebbe riuscita a mandar giù nemmeno una briciola, malgrado la sua pancia vuota gorgogliasse in disaccordo.

Nonostante la spossatezza, il sonno tardò a sopraggiungere. Ogni volta che Aelia pensava di essere sul punto di cedere all'oblio, la stranezza della situazione la faceva trasalire e risvegliare. Quando finalmente venne avvolta dalle braccia di Morfeo, sognò uccelli in volo e un tramonto così bello da farla piangere e singhiozzare.

Capitolo 4

2024

Mmm. Madison sorrise tra sé al pensiero della cioccolata calda in arrivo. I suoi passi riecheggiavano lungo lo stretto vicolo acciottolato e i suoi respiri uscivano sotto forma di piccole nuvolette di condensa. C'era silenzio, laggiù, lontano dalla musica e dalle risate della pista di pattinaggio. In quegli ultimi giorni si sentiva come se la sua vita fosse iniziata sul serio, finalmente. Aveva la sensazione di essere rimasta immobile e sospesa per anni, intrappolata in una vita a metà in attesa che arrivasse quest'altra, che arrivasse Alexandre. Erano così diversi, loro due: lui veniva da una famiglia amorevole e da un'esistenza privilegiata, mentre lei era cresciuta in affidamento, senza possedere nulla che potesse considerare davvero suo.

Prima dell'arrivo di Alex, qualsiasi cosa si trasformava in una battaglia piena di ostacoli per Maddy. Era la sola a prendersi cura di Ben. A preoccuparsi per lui, oltre che per sé stessa. Angie e Trevor non erano stati malaccio come genitori affidatari, ma, una volta arrivata la resa dei conti, a nessuno dei due era importato molto di lei e di Ben. Non davvero. Non nei momenti più importanti. Persino dopo avere ereditato quella fortuna, Madison non aveva smesso di sentirsi insicura: avvertiva sempre quell'assillante sensazione di paura alla bocca dello stomaco, come se tutto fosse dipeso da lei; e poi si sentiva in perenne agitazione, come se fosse stata sempre sul punto di commettere un qualche errore madornale che avrebbe rovinato in maniera irrimediabile la sua vita e quella di Ben.

Ma poi era arrivato Alex e aveva dato un senso al mondo. La capiva, e lei capiva lui. Madison non riusciva granché a spiegarlo. Si completavano a vicenda. Lui la faceva sentire sicura di sé e capace, come se avesse potuto fare qualsiasi cosa.

La ragazza uscì dal vicolo, attraversò il parcheggio e seguì il cartello che indicava i negozi. Presto scorse la caffetteria che stava cercando: un caldo bagliore dorato nella stradina poco illuminata. Aprì la porta e fu subito investita dal tepore del locale e dal fragoroso chiacchiericcio di gente allegra. La fila per ordinare cibi e bevande da asporto si allungava fino alla porta, e così Madison si rassegnò e si accodò dietro una famigliola dalle guance rosse intenta ad allentarsi le sciarpe e a togliersi i cappellini di lana.

«Fa caldissimo qui dentro», disse una bambina a Maddy.

«Hai proprio ragione», le rispose lei con un sorriso, vedendo il suo faccino serio.

«Sai, io so pattinare sul ghiaccio», disse ancora la bimba. «Il mio papà mi ha detto che sono stata bravissima».

«Oh, io invece non sono brava proprio per niente», ribatté Madison. «Sono persino caduta».

«Devi esercitarti se vuoi migliorare».

«Va bene. Mi eserciterò di più».

La madre della bambina rivolse a Madison un sorriso caloroso. La porta alle loro spalle si aprì, facendo entrare una gradevole ventata d'aria fredda.

«Oh, salve. Ci si rivede».

Maddy si voltò e si ritrovò davanti agli occhi il tizio della pista di pattinaggio.

«A quanto pare abbiamo avuto la stessa idea», proseguì l'uomo.

Lei gli rivolse un sorrisino appena accennato e si girò di nuovo di spalle. Con buone probabilità era un signore innocuo, ma lei non poté fare a meno di pensare che forse l'aveva seguita lì dentro. Non avrebbe dovuto dargli corda, prima, alla pista di pattinaggio. Correva il rischio di avergli dato un'idea sbagliata. Non sembrava uno svitato, ma non si poteva mai sapere.

«Fanno un ottimo caffè in questo posto», annunciò il signore.

Oh no, stava cercando di attaccare bottone un'altra volta… Sarebbe riuscita a ignorarlo del tutto e farla franca? Probabilmente no. «Fantastico», rispose quindi, con il tono meno entusiastico che riuscì ad assumere.

«E lei preferisce il tè o il caffè?», domandò ancora lui. «Se dovessi scommetterci, direi che le piace il tè».

Le diede sui nervi il fatto che lo sconosciuto ci avesse azzeccato. Gli rivolse quello che sperava fosse un sorrisino arido e scoraggiante.

«Tè? Ho ragione, allora?».

La fila avanzò e lei fece finta di non averlo sentito. Era un uomo abbastanza avvenente, con le spalle larghe e ben vestito, ma lei non era neanche lontanamente interessata ad altri che non fossero Alex. Per non parlare del fatto che c'era qualcosa di un tantino strano in lui.

Maddy si sentì dare un colpetto sulla spalla. Trasalì e si voltò, desiderosa di allontanare quell'invadente con un bello spintone, ma alla fine si limitò a guardarlo con un'espressione di inequivocabile fastidio. La cosa, tuttavia, non parve turbarlo affatto.

«È una bevitrice di tè, vero?», ripeté l'uomo.

«Guardi, non vorrei sembrarle scortese, ma non sono molto in vena di chiacchierare».

"Ecco, ora sì che dovrebbe stare zitto", pensò Maddy.

Nel frattempo la fila era avanzata in maniera piuttosto spedita, grazie al cielo, e stavano giusto per servire la famiglia prima di lei. Madison avrebbe ordinato le cioccolate calde e se ne sarebbe tornata alla pista di pattinaggio in men che non si dica, o comunque prima che quell'uomo avesse modo di raggiungerla. Poi, non appena l'avesse vista con Alex, avrebbe capito l'antifona.

Dopo un'ordinazione complicata, piena di esitazioni e ripensamenti da parte dei bambini e di altrettanti nervosismi da parte dei genitori, la famigliola se ne andò, ben munita di bevande e spuntini, e a quel punto toccò a Maddy ordinare.

«Due cioccolate calde da portare via, per favore, di cui una con aggiunta di panna e marshmallow. Oh, dimenticavo, e anche un bastoncino di cioccolato, se possibile».

La ragazza rimase in attesa mentre la donna dietro il bancone si occupava della sua ordinazione.

«Hanno proprio un ottimo aspetto», commentò l'uomo mentre la barista appoggiava le due cioccolate sul bancone di vetro.

Maddy lo ignorò. Si sentì un po' scortese, ma voleva evitare a tutti i costi di incoraggiarlo.

«Te le sistemo su un vassoietto, cara», le disse la barista.

A quel punto Madison pagò e si diresse verso l'uscita, evitando qualsiasi contatto visivo. Qualcuno fu tanto gentile da aprirle la porta e lei s'incamminò verso la pista di pattinaggio a un passo quanto più spedito possibile. Procedeva in modo un po' impacciato, visto che con una mano teneva i pattini e con l'altra il vassoietto con le cioccolate. Aveva ancora i guanti in tasca, perciò le si gelarono le mani e presto cominciò a sentirsi anche i polsi indolenziti.

«Aspetti, lasci che le dia una mano».

Madison digrignò i denti e alzò gli occhi al cielo non appena sentì la voce dell'uomo per l'ennesima volta.

«Pensavo si stesse prendendo un caffè», gli disse.

«Hanno la macchinetta rotta. La mia solita sfortuna».

Chissà perché, Maddy non gli credette neanche un po'.

«Dia a me, ci penso io a portargliele». Fece per prendere il vassoietto di cartone, ma Madison non mollò la presa.

«Non è necessario, la ringrazio».

«Le verrà molto più semplice. Tanto stiamo andando nella stessa direzione. Avanti, mi permetta di aiutarla».

«Le ho detto di no, grazie».

Nel frattempo erano arrivati in prossimità del parcheggio e c'erano un paio di persone che gironzolavano lì vicino, ma nessuna prestò loro la minima attenzione. L'uomo continuò a rimanere alle calcagna di Madison mentre lei valutava se fosse il caso di scappare o meno. C'era qualcosa di decisamente inquietante in quel tizio, e la sua insistenza cominciava a spaventarla.

Maddy sussultò quando, alla sua sinistra, la portiera di un furgone si aprì di scatto. L'uomo le mise un braccio intorno alla spalla e la spinse verso il veicolo.

«Ehi!». La ragazza sollevò i pattini per cercare di colpirlo, ma qualcuno glieli tolse di mano. Le cioccolate le caddero a terra e lei stessa rimase scioccata nel rendersi conto che dentro il furgone c'erano diverse persone che cercavano di trascinarla all'interno. E ci stavano riuscendo. Non appena Madison fu fatta entrare a forza nell'abitacolo, il tizio la lasciò andare e qualcuno le infilò un cappuccio di stoffa scura sulla testa. Maddy cercò di lanciare un urlo, ma non le uscì altro che un misero lamento.

La portiera del furgone fu chiusa e il motore prese vita. La ragazza iniziò a sferrare pugni e calci, ma fu subito immobilizzata: qualcuno le bloccò le braccia e qualcun altro le gambe. La stoffa aveva un insolito odore dolciastro. Molto presto si sentì strana, intontita. Le voci circostanti le riecheggiavano nelle orecchie come se fossero state lontanissime.

«Qualcuno vi ha visti?»

«No».

Voci maschili. *Merda.* Il cuore le batteva all'impazzata. Quello svitato l'aveva spinta verso il furgone di proposito. Ma chi era? E perché quelle persone l'avevano presa? Tanto gli altri l'avrebbero trovata. Alex l'avrebbe trovata. Per il momento non riusciva a mantenere la concentrazione, però. Le si chiusero gli occhi.

«Ha già perso i sensi?».

Fu allora che Madison perse conoscenza.

A mezzanotte, Alexandre e gli altri si ritrovarono a casa per elaborare un piano d'azione.

«Ma dove potrebbe essere?», domandò Ben per la centesima volta.

«Non lo so, Ben», rispose Isobel. «Non preoccuparti, però. La troveremo».

«Forse dovremmo chiamare la polizia?», suggerì ancora il ragazzino.

«Pensi davvero che farebbero un lavoro migliore del nostro?», replicò Freddie.

«Non può essere negativo avere quanti più occhi possibile in giro a cercarla».

«Non possiamo coinvolgere la polizia», gli fece presente Leonora, accarezzandogli i capelli. «Ricordati che noi siamo vampiri. Questa storia desterebbe troppi sospetti e la situazione rischierebbe di farsi più complicata del previsto».

«A me non importa niente se la situazione si fa più complicata», ribatté Ben, scansandosi da lei. «Io voglio solo riavere mia sorella».

«Non preoccuparti, Ben», lo tranquillizzò Alexandre, comprendendo la paura del ragazzo. «Riavrai tua sorella. Te lo prometto qui e ora, la riavrai eccome. Non permetterei mai che le accadesse qualcosa di male».

«Ma è già successo!», gridò lui.

Erano tutti in cucina, in piedi, intorno al tavolo in legno di pino. La porta spalancata della lavanderia lasciava entrare l'aria gelida della notte.

«Credo che possa esserci lo zampino di Blythe», disse infine Alexandre. Avrebbe dovuto dare più peso al senso di inquietudine che l'aveva attanagliato per tutto il pomeriggio. Aveva captato qualcosa di negativo nell'aria, ma si era convinto a mettere da parte ogni timore.

«Sarebbe l'avvocato che ha cercato di ucciderti?», chiese Ben.

«Perché avrebbe dovuto rapire Maddy dopo tutto questo tempo?», aggiunse Isobel. «Quella storia è successa lo scorso luglio e da allora non abbiamo più saputo nulla di lui».

«Io davo per scontato che fosse finita», intervenne Jacques.

«Perché mai avrebbe dovuto esserlo?», replicò Alexandre. «Blythe ci aveva avvisato che i suoi clienti non sopportavano i vampiri alle prime armi; che ci volevano morti. E non credo che questo sia cambiato».

«Ma tu non li avevi uccisi tutti?», chiese Jacques.

«Ne avevo uccisi *parecchi*», precisò Alex, «però non so con certezza se sono morti tutti. E ti stai dimenticando di quello che è riuscito a fuggire, il vampiro della Cappadocia che mi ha trasformato. È ancora là fuori, da qualche parte, e ho come la sensazione che sia il più potente in circolazione». Alexandre non si era mai concesso di rimuginare troppo a lungo sul vampiro cappadoce che tutti quegli anni prima gli aveva cambiato la vita per sempre... anche perché il solo pensiero di quella creatura lo terrorizzava.

Nel diciannovesimo secolo, Alexandre era ancora un giovane umano con una vita lunga e promettente davanti a sé. Poi, però, lui, i suoi amici e la sua famiglia erano stati aggrediti da demoni assetati di sangue che avevano finito per uccidere i suoi genitori. Era stato terrificante, un incubo dal quale pensava che non si sarebbe mai più risvegliato. E quando finalmente l'aveva fatto, invece, era diventato... l'essere che era.

«Ma quindi, se sono stati i vampiri di Blythe a rapire Maddy, come farai a portargliela via?», chiese Ben tra le lacrime.

«Coraggio, Ben, calmati», lo tranquillizzò Leonora. «Ancora non sappiamo nemmeno se è andata davvero così. Alexandre sta solo facendo delle ipotesi. Potrebbe anche esserci una spiegazione più semplice».

«Del tipo?», sbottò il ragazzo.

«Saremo più veloci se ci dividiamo», li interruppe Alexandre, che aveva bisogno di agire piuttosto che starsene con le mani in mano a rispondere a tutte quelle domande. «Dobbiamo trovarla prima che faccia giorno. Ben, tu aspetta qui e chiamaci se torna».

«Non ho nessuna intenzione di starmene a casa ad aspettare mentre voi siete tutti fuori a…».

«Ben», intervenne Freddie, «noi siamo in grado di coprire più terreno rispetto a te. È più logico che andiamo noi».

«Ma posso venire anch'io. Posso prendere la bici».

«Sì, ma è più utile se resti a casa, nel caso in cui Maddy dovesse tornare», spiegò Alex con dolcezza. «Dobbiamo saperlo se ritorna qui».

«Se vuoi resto io a farti compagnia», si offrì Leonora, con gli occhi azzurri colmi di preoccupazione.

«E va bene». Il ragazzino sembrava sul punto di scoppiare a piangere.

«Andrà tutto bene, Ben», gli disse Alexandre. «Ti fidi di me?».

Ben fissò Alex con un'espressione spaventata e smarrita stampata sul volto.

«Allora?»

«Sì. Ma farai meglio a mantenere la tua promessa. È mia sorella. Non può essere…». La sua voce si incrinò.

«Shhh», fece Isobel. «La troveremo».

Alexandre se ne stava su un ponte autostradale di ferro a guardare il traffico che scorreva in direzione est. Se la sparizione di Madison era davvero opera di Winston Blythe, c'erano buone probabilità che l'avvocato avesse dato ordine ai suoi scagnozzi di portarla a Londra, magari negli uffici del suo studio legale, dove più di un anno prima la ragazza aveva scoperto che lei e Ben avrebbero ereditato Marchwood House. E se così fosse stato, allora in quel momento sarebbero stati diretti a est, verso la capitale. Perciò Alexandre rimase fermo sul ponte, concentrandosi per capire se riusciva a percepire la presenza di Madison nei veicoli che sfrecciavano sotto di lui, con i fanali posteriori sfocati che sembravano strisce di sangue. Coglieva il vociare dei bambini, il chiacchiericcio allegro dei giovani che si apprestavano a trascorrere la serata fuori, il confortevole silenzio delle coppie e la musica di un migliaio di stazioni radiofoniche. Ma di Madison non c'era traccia. Non era in nessuno dei veicoli che passavano sotto di lui.

C'era qualcosa che lo tormentava. Un ricordo che non riusciva a rievocare con chiarezza, ma che sapeva essere importante. Aveva a che fare con l'odore che gli saliva alle narici, però per il momento non riusciva a pensare con lucidità. Era troppo arrabbiato e spaventato. Quel pericolo che non voleva smettere di perseguitarlo significava che Maddy non era mai stata al sicuro e che mai lo sarebbe stata. Se solo non si fosse adagiato così tanto sugli allori... Avrebbe dovuto stanare Blythe e porre fine a tutta quella faccenda già in estate. Era stato uno stupido ed era tutta colpa sua. Strinse la ringhiera metallica che aveva di fronte e si concentrò sulla sensazione di bruciore che il materiale gelido gli provocava alle dita. Se fosse stato un essere umano, quel freddo sarebbe stato doloroso: gli avrebbe lacerato la pelle e irrigidito le articolazioni. Da vampiro, invece, lo percepiva come un formicolio, che gli permise di sgombrare la mente e gli diede addirittura una scossa.

Di colpo riconobbe l'odore che gli aleggiava nelle narici in quel modo così persistente: era un miscuglio di latte caldo e cacao... *cioccolata calda!* E quel tizio che aveva parlato con Madison alla pista di pattinaggio... aveva una macchiolina scura sulla manica del cappotto. Era cioccolata calda! Come aveva fatto Alexandre a non accorgersene subito? Era proprio un idiota.

Spiccò un salto giù dal ponte e atterrò sullo spartitraffico sottostante. Una fitta scia di veicoli gli sfrecciava accanto, ma in un istante lui attraversò le corsie di marcia e raggiunse quella d'emergenza senza intralciare minimamente la circolazione. Ormai era più che certo che quell'uomo gli aveva mentito, quando gli aveva detto che non l'aveva più vista. Madison era andata a comprare due cioccolate calde e quel tizio aveva proprio una macchia di cioccolata sul cappotto, perciò era evidente che doveva essere successo qualcosa tra di loro.

Alexandre tornò alla cattedrale quasi di volata. Era tutto silenzioso, ormai. Niente più pattinatori, niente più musica, niente più luci: soltanto un fioco bagliore che proveniva dalla pista, dove una falce di luna crescente si rifletteva sul ghiaccio. Le arcate del chiostro lo circondavano come enormi bocche scure e spalancate. Alexandre cominciò a ripercorrere i propri passi, dirigendosi dalla pista verso la caffetteria. Il vicolo era deserto, fatta eccezione per un gattino bianco e nero che scappò nell'ombra.

Nel parcheggio invece erano rimasti alcuni veicoli. Alexandre si fermò di colpo. Qualcosa aveva attirato la sua attenzione. Da circa duecento metri di distanza, sembrava un rifiuto qualsiasi finito a terra per caso, ma lui capì subito di cosa si trattava. Percorse quella distanza in meno di un secondo e si inginocchiò a raccogliere il vassoietto di cartone. Il bastoncino di cioccolato di Ben era spiaccicato in una pozzanghera semighiacciata di fanghiglia marroncina. Tutta quella zona era impregnata dell'odore di Maddy. Doveva essere arrivata fin lì e poi le era successo qualcosa, dunque. Qualcosa che le aveva fatto cadere le bevande di mano. Qualcosa che aveva a che fare con quell'uomo. Alexandre si ricordò dell'auto, l'Audi blu. L'avrebbe trovata e avrebbe interrogato quel tipo. Gli avrebbe strappato le braccia, se fosse stato necessario.

Perlustrò la zona sfruttando al massimo i suoi sensi vampireschi dell'olfatto, della vista e dell'udito, muovendosi in fretta nel buio della città, senza farsi vedere, quasi come uno spirito. Scovò l'Audi nel piazzale di un magazzino abbandonato vicino al porto di Gloucester. La vettura era ancora fumante, uno scheletro bruciato, con le targhe rimosse. Ma era la stessa marca, lo stesso modello, lo stesso colore. Una coincidenza troppo grande perché si trattasse del veicolo di qualcun altro. Alexandre avrebbe voluto urlare per la frustrazione. Voleva trovare quell'uomo e strangolarlo fino a quando non fosse più stato in grado di respirare. Chiunque fosse, era un attore eccellente, mannaggia a lui. Quando lo aveva interrogato, qualche ora prima, Alex non aveva colto neanche un briciolo di falsità nelle sue risposte.

Che cosa poteva fare? A che diamine gli serviva essere immortale se non riusciva a proteggere la persona che amava? Come avrebbe fatto a sopportarlo, se lei fosse sparita per sempre? Quel connubio di spigoli e fragilità, di umorismo e coraggio. Madison aveva sofferto molto in vita sua, eppure era la persona più generosa che Alex avesse mai conosciuto. Se le fosse successo qualcosa, lui ne sarebbe uscito più distrutto di quanto avrebbe mai potuto essere sotto i raggi del sole. Ne sarebbe stato a tutti gli effetti annientato. Ma non poteva lasciare che la sua mente si arrendesse a scenari così desolati. Doveva andare avanti, continuare ad agire. Avrebbe trovato Madison, il suo amore, e avrebbe ucciso chiunque fosse stato il responsabile della sua sparizione.

Il problema era che ormai mancava più o meno un'ora all'alba, e lui non riusciva a credere che presto sarebbe stato impotente, impossibilitato ad agire per colpa della luce del giorno, sua nemica. Doveva trovare Madison quanto prima, ma come? L'uomo ormai era sparito, come un'ombra. Quell'auto era l'unico indizio che lo collegava a lui. Alexandre era a corto di idee. Il passo più ovvio sarebbe stato affrontare Blythe di persona, ma non aveva abbastanza tempo per farlo. Presto sarebbe sorto il sole. E gli uffici di Blythe erano pericolosissimi per i vampiri, con tutte quelle lampade UV installate in giro per l'edificio. No. Avrebbe dovuto far visita all'avvocato nella sua residenza personale, e lo avrebbe fatto quella notte.

Capitolo 5

Cappadocia, 571 d.C.

Aelia si svegliò di soprassalto, immersa nel buio e affamata. Si guardò intorno nella penombra di quell'ambiente per nulla familiare: non era la stanza che condivideva con le sue sorelle. Si trovava in un altro luogo. Fu allora che le tornò in mente ogni cosa, e a quel punto il suo stomaco vuoto fu stretto in una morsa. Ma allora era successo davvero?

Le finestre erano chiuse, per cui era impossibile capire se il mattino fosse già arrivato. Non doveva mancare molto, comunque, perché l'oscurità non era assoluta. Al tavolo non c'era seduto nessuno, proprio come non c'era nessuno sdraiato sugli altri giacigli di paglia. Era sola, a quanto pareva. Quella constatazione la fece sentire un po' meno terrorizzata, e così la ragazza chiuse di nuovo gli occhi, cercando di non pensare a ciò che avrebbe potuto riservarle la giornata.

«C'è un po' di pane e formaggio, se vuoi».

La voce la fece trasalire e i suoi occhi si aprirono di scatto. Una delle donne si era seduta all'altra estremità del suo giaciglio e la fissava. Aelia si strinse subito le ginocchia al petto. Come aveva fatto a non accorgersi di lei prima?

«Io mangerei, se fossi in te. Potresti non averne la possibilità più tardi».

«Grazie», sussurrò Aelia.

La donna le indicò un piatto coperto sopra il tavolo. «Prendi pure quello che vuoi», le disse.

Aelia si alzò e si lisciò le pieghe dei vestiti. Aveva dormito senza neanche togliersi il velo dai capelli, perciò cercò di raddrizzarselo. Si sentiva la bocca secca e stantia.

«Potrei avere un po' d'acqua, per favore?».

La donna le indicò una brocca e un paio di tazze appoggiate

sopra una mensola che sporgeva da una parete. Aelia attraversò la stanza, sollevò la brocca pesante e la inclinò verso una delle tazze, poi però sbagliò a calcolare l'angolazione corretta e rovesciò un bel po' di liquido sulla superficie della mensola e sul pavimento.

«Oh! Mi dispiace», disse subito, in preda a una voglia irrefrenabile di scoppiare a piangere.

«Non è certo per cose come *questa* che devi dispiacerti», replicò la donna.

«Posso pulire? Ce l'avete uno straccio?»

«Lascia stare. Siediti. Mangia».

Di colpo la porta si spalancò e un fascio di luce abbagliante si riversò nell'abitazione. La seconda donna fece il suo ingresso.

«È giunto il momento», annunciò.

«Meglio che ti sbrighi a mangiare», disse allora la prima, rivolta ad Aelia. «Dobbiamo uscire subito».

La ragazza si scolò la tazza d'acqua tiepida, prese un pezzetto di pane e se lo ficcò dritto in bocca. Dopo un rapido cenno delle due donne, le seguì fuori dalla porta e uscì nel caldo della mattinata.

Il giorno prima aveva prestato poca attenzione all'ambiente che la circondava, ma in quel momento si rese conto che si trovavano in un vicoletto secondario che non riconosceva. Il che non era poi così strano, visto che lei conosceva bene soltanto le immediate vicinanze di casa sua e il sentiero ben battuto che portava al ruscello.

Aelia non avrebbe mai dovuto uscire di casa senza essere accompagnata. Il problema era che, nel corso di quelle ultime settimane, aveva sentito come una specie di richiamo che proveniva dall'esterno, un bisogno di allontanarsi dai confini claustrofobici di casa sua e del suo villaggio. Rimpianse di non aver ignorato quegli istinti ribelli, ora che sapeva dove l'avevano portata.

Le due donne assunsero la stessa posizione del giorno precedente e le si misero ai lati, afferrandola per le braccia. Cominciarono subito a camminare guardando dritto in avanti, con Aelia che incespicava per via delle loro vesti nere che le vorticavano intorno. La ragazza masticò il boccone di pane secco cercando di non strozzarsi, pensando che sarebbe stato bello se le avessero offerto un filo d'olio per inumidirlo. Dove stavano andando? La stavano portando a casa? Probabilmente no.

Emersero dal vicoletto silenzioso e imboccarono una stradina un po' più ampia. Aelia non poté fare a meno di notare che tutti quanti la fissavano. Riconobbe diversi volti, ma quel giorno ostentavano espressioni imbarazzate o addirittura ostili. Vide gente con cui aveva giocato da bambina, con cui aveva riso, corso, scherzato e anche litigato, ma nessuno di loro aveva anche solo una parola da dirle; non un briciolo di conforto né un sorriso rassicurante da offrire.

Per un attimo incrociò lo sguardo di uno degli amici di suo padre. Andava spesso a casa loro per scambiare due chiacchiere oppure alla bottega da suo padre per acquistare le sue terrecotte. Quando lei era più piccola, le aveva scompigliato più volte i capelli con uno sguardo divertito e le aveva pizzicato spesso le tenere guanciotte. Eppure, lo sguardo che le lanciò quel giorno per poco non la fece barcollare all'indietro, come se l'avesse colpita, perché era uno sguardo carico di odio e disgusto puro. Aelia fece un bel respiro e si disse che non le importava nulla se quel giorno la gente si fosse voltata dall'altra parte al suo passaggio, perché tanto Lysus le aveva detto di non preoccuparsi. Ci avrebbe pensato lui a sistemare la faccenda. Doveva farlo per forza.

Le sue due accompagnatrici non prestarono la benché minima attenzione agli sguardi o alle parole di scherno, anzi, continuarono ad avanzare a passo di marcia, imperterrite. Nel frattempo, un capannello di persone aveva iniziato a seguirle. All'improvviso Aelia sentì un dolore acuto e pungente alla testa e si rese conto che qualcuno le aveva tirato una pietra. Le due donne si fermarono e si voltarono. Sgridarono un gruppo di ragazzini che ridevano, ma quelli non diedero segno di volersene andare. Non appena le due donne ripresero a camminare, Aelia rabbrividì, aspettandosi di essere colpita molto presto da ulteriori pietre. Era una sensazione terribile. La situazione stava diventando sempre più fuori controllo. La sua vita tranquilla e pacifica si stava disintegrando in un ammasso di paure e incertezze.

Una volta giunta in prossimità della piazza principale del villaggio, vide che era stato montato un lungo tavolo a cavalletto, dietro il quale sedevano il pretore Garidas e altri tre anziani. Di fronte al tavolo era stato lasciato uno spazietto libero, ma tutt'intorno si era radunato l'intero villaggio. Non appena la gente cominciò a notarla, le guance di Aelia divennero vermiglie e lei iniziò a sentirsi la testa leggera leggera. Quando a un certo punto le cedettero le ginocchia, le due donne al suo fianco la sorressero.

Lo stato d'animo della folla era carico di tensione ma anche di curiosità. Di che cosa sarebbero stati testimoni quel giorno? Neanche Aelia lo sapeva. Non appena mise piede nella piazza, il brusio della gente esplose. Il sole picchiava forte sul suo capo coperto e la ragazza credette che sarebbe svenuta per il terrore che le incuteva tutta quella situazione. Quella folla era lì per lei. Era *lei* la causa di quell'assembramento. Era come un incubo orrendo, terribile.

Le due donne la scortarono verso il tavolo mentre gli spettatori si defilavano per lasciarle passare. Ancora una volta, Aelia non osò alzare la testa per paura di vedere altro odio impresso sui volti che ben conosceva; per paura di vedere altri amici sputarle addosso o insultarla. Pensò che sarebbe potuta morire di vergogna.

Presto le due donne si fermarono e Aelia rimase in piedi, immobile, in un punto inondato di luce solare. Si azzardò a sollevare un tantino lo sguardo e si ritrovò a guardare in faccia gli anziani del villaggio, strizzando gli occhi per ripararsi dall'intensità della luce. Ma alla vista delle loro espressioni austere, nel giro di un istante chinò il capo un'altra volta.

Rimase stupita e anche un po' sconcertata quando si rese conto che le sue accompagnatrici vestite di nero si erano dileguate e che ormai era rimasta da sola. Sebbene quelle due le avessero fatto un po' da guardie carcerarie, tutto sommato averle al suo fianco le aveva offerto un minimo di conforto: erano state una specie di barriera tra lei e la folla ostile.

Di colpo sulla piazza scese un silenzio tombale, come una brezza morente. Dov'erano i suoi genitori? Perché non erano lì a sostenerla? E Lysus... dov'era?

«Aelia Laskarina, sei una giovane donna non sposata accusata di aver commesso il più grave dei peccati. *Con un uomo*». La voce del pretore le rimbombò nella cassa toracica e in ogni altra parte del corpo. Riverberò per tutta la piazza, arrivando fino al cielo. Aelia sentì la tensione intorno a lei aumentare ancora di più, se possibile. «Sei colpevole di questo crimine?», le domandò il pretore.

A quel punto in teoria sarebbe toccato a lei parlare, ma cosa avrebbe dovuto dire? Sarebbe stato meglio confessare il proprio peccato oppure simulare ignoranza e fingere di non sapere di cosa stessero parlando? Dov'era Lysus?

«Ebbene?», insistette il pretore Garidas dopo qualche secondo di silenzio. «Non hai nulla da dire? Dovremmo forse rispondere noi al posto tuo?»

«Dove sono i... dove sono i miei genitori?», balbettò lei.

«I tuoi genitori non possono aiutarti. Non possono rispondere per te. Solo tu puoi sapere cosa hai fatto o non hai fatto. E solo *noi* possiamo stabilire se dici la verità o menti».

Aelia sentì la folla trattenere il respiro. Il silenzio era assoluto. Sapeva che qualsiasi cosa avesse deciso di dire in quel momento avrebbe determinato il resto della sua vita. Se avesse detto la verità sarebbe stata condannata, ma se avesse mentito e loro fossero già stati al corrente di qual era la verità, il suo destino sarebbe stato mille volte peggiore.

«Io... sì, l'ho fatto», sussurrò infine.

«Come hai detto? Parla più forte».

«L'ho fatto. Sono colpevole, ma...».

La folla eruppe in un delirio di grida e offese che soffocarono il resto delle sue parole. Uno degli anziani suonò una grossa campanella per richiamare i presenti al silenzio.

«Signore», disse lei. Ma non riuscì a farsi sentire al di sopra della folla inferocita. Quando finalmente le persone si furono calmate, Aelia prese di nuovo la parola, con il volto rigato dalle lacrime. «Signore, mi ha promesso che ci saremmo sposati, che avremmo...».

«Taci, ragazza. Silenzio, tutti quanti». Il pretore si alzò e attese che calasse di nuovo il silenzio. Poi si rivolse dritto ad Aelia, che aveva iniziato a tremare e a singhiozzare. «Mi rattrista molto sentirtelo dire. E mi rattrista altrettanto pronunciare questa sentenza, ma questa è la legge e il nostro dovere è quello di rispettarla, altrimenti precipiteremmo nel caos e nella barbarie».

«Per favore, pretore Garidas», lo implorò Aelia piangendo. «Lui ha promesso di sposarmi. Si tratta di...».

«Non sono le sue promesse, il problema, ragazzina. Hai peccato. E questa è l'unica cosa che conta».

«Ma se le dicessi chi era lui! Era suo...». Aelia ammutolì di colpo quando una pietra le colpì la guancia. Si portò una mano sul punto da cui proveniva il dolore, poi si guardò i polpastrelli macchiati di rosso e infine scrutò la folla seguendo la direzione da cui era stato scagliato il sasso. Il suo sguardo intercettò un paio d'occhi colpevoli e a quel punto le rimase il fiato mozzato in gola. Una nuova consapevolezza la colpì con la stessa durezza di un pugno allo stomaco non appena comprese in maniera inequivocabile che era stato lui: Lysus.

Fino a quel momento, Aelia aveva pregato che il ragazzo potesse porre fine alla sua umiliazione e sistemare ogni cosa. Ma in quel preciso frangente, quando i loro sguardi si incontrarono per un secondo che sembrò durare un'eternità, la ragazza si rese conto che Lysus sarebbe stato leale soltanto a sé stesso. Non avrebbe fatto nulla per lei. Anche ammesso che *prima* avesse avuto intenzione di sposarla, di certo ora non l'avrebbe aiutata. Aelia non aveva più alcuna certezza; non le importava più se il suo destino fosse stato quello di vivere o di morire. Il confortevole velo di sicurezza che aveva avvolto la sua infanzia le era appena stato strappato dalle spalle e stava per essere utilizzato per soffocarla. Distolse lo sguardo da Lysus con aria incredula e si abbandonò al verdetto del pretore.

«Ora basta!». La voce dell'uomo fece ammutolire la folla ancora una volta. «Il caso è molto semplice. La ragazza ha confessato, si è dichiarata colpevole. La pena per le sue colpe sarà la condanna a morte».

Ad Aelia si raggelò il sangue nelle vene. L'aria le abbandonò i polmoni e le gambe le divennero molli. Le ronzavano le orecchie e aveva quasi la sensazione di poter fluttuare via, come se le fosse stata sottratta la concretezza della terra da sotto i piedi. Dalla folla si levò un mormorio sommesso e subito dopo un lamento fortissimo e stridulo, mentre una figura minuta e ammantata si faceva largo e si prostrava al suolo di fronte agli anziani.

«Vi prego, vi prego!», gridò la donna. «La morte no. Vi supplico!».

Aelia sentì il mondo tornare concreto.

«Madre?», sussurrò, rimanendo sempre pietrificata nello stesso punto.

La donna era in ginocchio e singhiozzava. «La prego, pretore Garidas, la imploro! Non condanni a morte la mia primogenita. Non è stata colpa sua, ma mia. Non l'ho cresciuta come avrei dovuto. È me che dovete incolpare».

Dalla folla si levarono altri mormorii, stavolta più forti.

«Che cosa ci fa questa donna qui?», sbottò il pretore. «Che cosa crede di fare, signora Laskarina? Non dovrebbe essere qui oggi».

«Dove altro dovrei essere? Questa ragazza è mia figlia. E tutti voi la conoscete sin da quando era bambina. Non potete farle una cosa simile. Abbiate pietà».

«Madre», gracchiò Aelia, per poi avvicinarsi alla figura inginocchiata a passo malfermo. «Madre!».

La madre si voltò e le gettò le braccia al collo, trascinandola in ginocchio con sé. Aelia fece un respiro profondo e si concesse di crogiolarsi in quell'istante rubato di sollievo. Era così bello sentire di nuovo il profumo della sua mamma. Percepire tanto amore dopo l'odio della folla, la freddezza degli anziani e il tradimento del suo amante.

«C'è un'altra possibilità», disse allora la madre agli anziani, ricomponendosi dopo la crisi di disperazione. Si rialzò e fece appello ai quattro uomini contrariati. «Ricordate? Dovete ricordare per forza. Ci fu un processo quando eravamo bambini. E sapete come si concluse. Potreste pronunciare la stessa sentenza anche oggi. È un'opzione prevista dalla legge. E voi avete la facoltà di avvalervene».

Trascinò Aelia in piedi e la tenne stretta a sé.

La ragazza non osò sollevare lo sguardo, anzi, seppellì il viso nel comodo spazietto tra la spalla e la clavicola della madre.

Il pretore alzò la mano sia per far tacere la madre di Aelia sia per placare la folla. Si girò verso gli altri anziani e tutti e quattro si alzarono per riunirsi in consiglio per diversi lunghi istanti. Aelia non riusciva a pensare ad altro che alla parola "morte".

Non molto tempo dopo, gli anziani tornarono a sedersi ai loro posti. La folla sprofondò nel silenzio più assoluto per l'ennesima volta.

«Signora Laskarina, le era stato ordinato in maniera tassativa di non assistere a questo processo oggi. Lei ha disobbedito agli anziani e pertanto ne pagherà le conseguenze».

La madre di Aelia non reagì.

«Tuttavia, ha richiamato alla nostra attenzione un precedente che non possiamo ignorare. E siamo sollevati di avere un'alternativa alla condanna a morte».

La madre di Aelia si lanciò per terra e si profuse in ringraziamenti. La folla eruppe in un caos di fischi e proteste, ma si udì anche qualche grido di sollievo al di sopra del malcontento generale. Aelia rimase immobile a guardare il corpo di sua madre nascosto dal mantello. Si domandò come stesse reagendo Lysus. Poi si disse che non avrebbe dovuto importarle.

La voce del pretore fendette i suoi pensieri e sovrastò il baccano della folla. «Aelia Laskarina, puoi ringraziare tua madre, poiché abbiamo raggiunto un verdetto sul tuo destino e la tua condanna sarà l'esilio. Sei stata fortunata quest'oggi».

Fortunata? Fra il terrore che aveva provato fino a quell'istante e il vago sollievo di essere scampata alla morte, Aelia fu sopraffatta dall'impulso di ridere per la scelta di quel vocabolo: "fortunata". Si accorse che il pretore stava ancora parlando e si sforzò con grande fatica di concentrarsi sulle sue parole.

«Non potrai dire addio alle persone che conosci. Non potrai portare nulla con te eccetto i vestiti che indossi. E non potrai tornare in questo villaggio per il resto della tua vita mortale».

Esiliata. Allontanata per sempre da ogni cosa o persona che conoscesse... Tanto valeva che fossero rimasti fermi sulla condanna a morte. Sua madre si alzò e la abbracciò ancora una volta.

«Mia adorata figlia», le mormorò all'orecchio. «Sopravvivrai. Troverai un modo, lo so».

Aelia si strinse con forza alla sua mamma mentre entrambe venivano strappate via l'una dalle braccia dell'altra da un drappello di rozze guardie che nel frattempo le avevano circondate.

«Sii forte!», le gridò la madre mentre veniva trascinata via, lontano da lei, fino a sparire dalla sua vista. «Sii forte, Aelia!».

Capitolo 6

2024

Uno strano rumore simile al ronzio di un motore risuonò nelle orecchie di Madison e lei fu attraversata da una sensazione insolita, come se fosse stata del tutto priva di peso. Il persistente odore dolciastro le fece tornare a galla alcuni ricordi. Aprì gli occhi di scatto e le sue ciglia sfiorarono un tessuto. Era stata bendata… anzi, no, le avevano messo una specie di cappuccio sulla testa. Andò in preda al panico e all'improvviso le venne difficile respirare. Provò a muovere le mani, ma erano legate, e così si dimenò per cercare di liberarsi.

«Ehi!», gridò. Le uscì una voce roca ma al tempo stesso ovattata. «Ehi! Che sta succedendo?»

«Si è svegliata». Era una voce maschile ad aver parlato, blanda e priva del benché minimo accento.

«Sì, direi che l'abbiamo notato», fu la risposta.

«Perché sono legata?», gracchiò Maddy. «Toglietemi quest'affare dalla testa». Si dimenò di nuovo, ma non riuscì a muoversi affatto. Aveva anche le caviglie legate e, mentre si divincolava, i lacci le laceravano la pelle.

«Calmati. Così finirai solo per farti male».

Maddy fu scossa da un'esplosione di rabbia e per qualche momento la sua paura iniziale finì nel dimenticatoio, visto il tono di voce divertito di quell'uomo. «Potrei essere un po' più calma se non mi aveste rapita, legata e ficcato un sacco in testa».

«Mi serve che tu faccia un po' di silenzio adesso», replicò lo sconosciuto.

«Potete andarvene a…». Ma proprio in quel momento Maddy sentì qualcosa di umido filtrare attraverso la stoffa che le copriva il viso. Ecco di nuovo quell'odore stucchevole che offuscava tutto. Il ronzio del motore si affievolì, nelle sue orecchie cominciò a risuonare un fruscio e i suoi pensieri si fecero dapprima confusi, poi del tutto assenti.

Nelle prime ore del mattino, Ben e i vampiri si riunirono in cantina, dove la luce del sole non avrebbe potuto far loro alcun male. Certo, "cantina" poteva risultare un termine un po' fuorviante, visto che in realtà si trattava di un lussuoso appartamento sotterraneo arredato in stile tardo ottocentesco. A ogni modo, si sedettero tutti tranne Alexandre, che continuava a camminare avanti e indietro per il soggiorno mentre aggiornava gli altri su tutto ciò che aveva scoperto.

«Pensate che sia morta?», chiese Ben, esausto e con gli occhi spiritati.

«Non direi proprio», rispose subito Alexandre. «Non è neanche lontanamente possibile, perciò non pensarci nemmeno».

«Ma non puoi saperlo con certezza, Alex». Ben si alzò e si mise le mani tra i capelli. All'età di quattordici anni, ormai non era più il ragazzino ingenuo che Alexandre aveva conosciuto un anno prima. «Come puoi far finta del contrario? Potrebbe essere morta, abbandonata in un fosso da qualche parte».

«Non ti azzardare mai più a dire cose del genere», rispose Alexandre.

«Io dico quello che mi pare e piace! È pur sempre mia sorella, quella di cui stiamo parlando! Ed è colpa tua se è scomparsa. Anzi, è colpa vostra, perché siete vampiri. Siete una calamita per i guai. Non è sicuro avervi intorno».

«Calmati, Ben», lo esortò Jacques.

«No, Jacques», disse Alexandre al fratello. «Ben ha ragione. È colpa nostra se Madison è scomparsa. Abbiamo messo in pericolo la sua vita e anche la tua, Ben, però sistemeremo le cose. La troveremo. Stanotte, all'imbrunire, andremo ad affrontare Blythe».

«Ma non possiamo tornare in quel posto», intervenne Leonora. «Non abbiamo come difenderci da quelle luci».

«Non andremo nei suoi uffici. Scopriremo dove vive e lo uccideremo. Madison sarà lì, ne sono sicuro. Dopodiché darò la caccia agli altri vampiri e ucciderò anche loro. Non possiamo più continuare a vivere in questo modo, sempre minacciati».

«Mi pare una buona idea», lo incoraggiò Freddie.

«La fai sembrare così semplice, Alexandre», controbatté Leonora. «Però non sai nemmeno se Madison sarà lì. La sua scomparsa potrebbe non avere nulla a che fare con Blythe o con i suoi clienti vampiri. Forse aveva soltanto bisogno di prendersi un attimo di tregua da tutti noi ed è partita per qualche giorno».

A quella supposizione, tutti quanti cominciarono a parlare all'unisono, criticando Leonora per la sparata assurda che aveva avuto e affermando che Maddy non se ne sarebbe mai andata senza dire niente a nessuno.

«E va bene, magari mi sbaglio», ammise lei alla fine. «Stavo solo esplorando tutte le possibilità».

«Vi garantisco che c'è lo zampino di Blythe dietro la sua sparizione», ripeté Alexandre.

«Bene, allora dobbiamo scoprire dove vive», affermò Isobel. «E Ben... tu devi dormire. Sei stato sveglio per tutta la notte».

«E come dovrei fare a dormire, secondo te?»

«Non lo so, ma se proprio non vuoi dormire, almeno va' di sopra e mettiti a leggere, o a guardare la televisione, oppure sdraiati a letto e resta sveglio. Ma hai bisogno di riposare».

«Ma io...».

«Se non lo fai, non sarai d'aiuto a nessuno», insistette Isobel, sistemandogli i capelli.

Alexandre girò la testa di scatto non appena sentì bussare alla porta della cantina.

«Sono solo io, cari». Era Esther, la governante.

«Entra pure», esclamò Isobel.

I ragazzi non avevano segreti per Esther e Morris Foxton, i custodi di Marchwood House. Anzi, ormai erano in grande confidenza con loro. Quell'estate avevano scoperto che Esther era la pronipote di Refet, la guardia turca che nel 1881 aveva riaccompagnato in Inghilterra Harold Swinton, il padre di Leonora e Freddie. Era in quello stesso anno che Alexandre e gli altri erano diventati vampiri. A ogni modo, Esther e Morris erano al corrente dell'esistenza dei vampiri da molto prima di Madison e Ben: era un segreto che era stato affidato alla loro famiglia da molto più di un secolo, proprio come il ruolo di custodi di Marchwood House.

Ciononostante, nessuno dei ragazzi fece parola a Esther della scomparsa di Madison.

Lo sguardo della donna si posò subito su Ben.

«Hai tutta l'aria di uno che ha bisogno di mangiare qualcosina e di dormire un po', giovanotto». Dopodiché si girò verso i vampiri. «Non gli fa bene restare sveglio per tutta la notte in questo modo. Ha bisogno di una bella nottata di sonno. Sta ancora crescendo. Su, vieni di sopra. Ti preparo una bella zuppa e poi puoi andare a riposarti».

Ben sembrava sul punto di scoppiare a piangere.

«E pensavo che almeno *tu* avresti saputo cos'era meglio per lui», infierì ancora Esther, rivolta a Isobel. La governante cinse le spalle di Ben con un braccio e cominciò ad accompagnarlo verso il piano superiore. «Oh, quasi dimenticavo: è arrivata questa per te, Alexandre». Gli porse una busta da lettere bianca che recava il suo nome scritto a mano sul davanti.

«È stata consegnata a mano», osservò lui. «Scommetto che è da parte di Blythe».

«Quell'avvocato?», chiese Esther.

«Non è che per caso hai visto chi l'ha lasciata?»

«No, l'ho trovata sullo zerbino stamattina».

Alexandre ringhiò. «Se solo potessi uscire di qui, riuscirei ancora a raggiungere chiunque l'abbia consegnata». Aprì la busta con uno strappo deciso.

«È successo qualcosa?», domandò Esther.

«Che c'è scritto?». Ben si avvicinò ad Alexandre e gli tolse la lettera dalle mani. Cominciò a leggere, a mente:

Se volete che Madison sopravviva, dovrete ritornare tutti e cinque in Cappadocia, alla città sotterranea. Dovrete essere lì nel giorno più breve dell'anno, dopo il tramonto, altrimenti morirà.

«Che cosa è successo?», insistette Esther. «Dov'è Maddy? È finita nei guai?»

«No!», gridò Ben. Sferrò un pugno alla porta e subito dopo abbassò la testa per il dolore, portandosi la mano alla bocca.

Alexandre si sentì sopraffare dalla rabbia e dal terrore. Stava andando tutto in malora. Madison era scomparsa, in pericolo. Poteva essere ferita. Di certo avrebbe avuto paura, anche se non l'avrebbe mai ammesso. E nel giro di poco tempo anche la sua famiglia sarebbe stata in pericolo. Perché stava succedendo? Perché non potevano essere lasciati in pace? Lui non voleva fare del male a nessuno; desiderava soltanto poter vivere la sua vita. Si sentiva così in gabbia in quel momento. Aveva bisogno di correre, di gridare, di nutrirsi. Capiva benissimo perché Ben aveva dato un pugno alla porta: lui stesso avrebbe voluto distruggere l'intera casa.

Ognuno cominciò a parlare allo stesso tempo.

«Silenzio, tutti quanti! Vi prego», sbottò Alexandre. «Esther, non è che per caso tu o Morris avete sentito un'auto risalire il vialetto? Sei sicura di non aver visto chi ha consegnato la lettera?»

«No, non ho visto niente. Come ti dicevo, ho trovato soltanto la busta sullo zerbino».

«Dobbiamo far installare delle telecamere di sicurezza», dichiarò Ben.

«Buona idea, ma ormai è un po' tardi», commentò Alexandre. «Bene, se chi ha lasciato quella lettera non è venuto in macchina allora deve essere venuto a piedi, e ci avrà messo almeno un quarto d'ora per arrivare fin davanti alla porta di casa. Esther, magari tu e Morris potreste fare un giro in macchina per la tenuta e vedere se per caso riuscite a trovare questa persona».

«Sì», rispose lei. «Ma dovremmo fare in fretta per evitare che sparisca. Ben, a te serve un po' di ghiaccio su quella mano».

«Vengo con te, Esther», le disse lui.

«No, non credo pro...», iniziò a ribattere Esther.

«Sì», la interruppe Alexandre. «È una buona idea. Prendi la mountain bike e fai un giro di perlustrazione anche tu. Evita qualsiasi contatto con la persona, però, se dovessi trovarla. Seguila e basta, vedi dove va. Sei in grado di portare la bici con quella mano?»

«Sì, andrà tutto bene», rispose Ben. «Ci metto giusto un po' di ghiaccio prima».

«Fa' presto».

Ben restituì il bigliettino ad Alexandre e uscì dalla cantina insieme a Esther.

«È soltanto un ragazzino», commentò Leonora. «Non avresti dovuto mandarlo».

«Ha quattordici anni, Leonora. Non è poi così tanto più piccolo rispetto alla nostra età umana», puntualizzò Isobel.

Alexandre sgranò gli occhi sentendo le parole della sua sorellina, di solito molto cauta e timorosa.

«Che c'è?», replicò Isobel. «È vero. Non possiamo trattarlo come un bimbetto indifeso. Ne ha passate di tutti i colori insieme a noi».

«E va bene», concesse Leonora.

«Ma sappiate che io non posso tornare in Cappadocia in quel luogo sotterraneo», aggiunse Isobel, con gli occhi azzurri tutt'a un tratto traboccanti di paura. «Proprio non posso».

«Non preoccuparti, Belle. Risolveremo la faccenda molto prima di arrivare a tanto».

«E come?», domandò lei, con la voce di colpo strozzata.

«Pensavo che Harold e Refet avessero distrutto gli ingressi della città sotterranea», intervenne Freddie.

«E l'hanno fatto, stando a quanto c'è scritto nel diario di Harold», spiegò Alexandre. «Ma sappiamo che quelli della Hamilton Blythe hanno trovato un modo per scendere laggiù. Del resto, hanno trovato i vampiri cappadoci, no?»

«E quindi adesso che cosa dovremmo fare?», chiese Jacques. «Non possiamo starcene qui impalati con le mani in mano come se non fosse successo nulla. Questa storia della luce del giorno è una vera rottura di scatole».

«Jacques», lo riprese Isobel. «Devi proprio esprimerti utilizzando questi termini? Sono d'accordo con te, però. È davvero frustrante».

«Dovremmo collegarci a internet e scovare l'indirizzo di casa di Blythe», disse Freddie. «Quell'uomo dev'essere fermato».

«Sì», concordò Alexandre. «Dev'essere fermato eccome. Ed è proprio quello che faremo».

Mentre saltava in sella alla mountain bike Ben avvertì un dolore pulsante alla mano, ma a malapena ci fece caso. Esther gli aveva messo un sacchettino con un po' di piselli surgelati dentro uno dei guanti per ridurre il gonfiore. Non gli aveva chiesto come si sentiva, e lui era stato contento di non dover dare troppe spiegazioni su quel momento di paura e frustrazione. Da che parte doveva andare? Forse sarebbe stato meglio dirigersi verso il bosco. Se fosse stato lui a volersi intrufolare a Marchwood, era da lì che l'avrebbe fatto. Partì e attraversò il prato davanti alla casa per dirigersi verso il bosco.

Maddy. Non aveva altri che lei. Certo, Freddie e Leonora erano pur sempre i suoi antenati, quindi in teoria erano membri della famiglia. Ma non erano come Maddy. Freddie era fantastico, come una specie di cugino vampiro fortissimo, e tutto sommato anche Leonora era a posto... un po' seria e noiosa, ma non era male. Maddy però c'era sempre stata per lui. Avrebbe dato la vita in cambio della sua e lui avrebbe fatto lo stesso per lei. Era sua sorella, ma anche una madre e un padre concentrati in un'unica persona, e lui non avrebbe permesso che le accadesse qualcosa. Pedalò più in fretta mentre la sua mente elaborava scenari indesiderati che lui cercava con tutto sé stesso di stroncare. Se fosse riuscito a stanare la persona che aveva lasciato quel bigliettino terrificante, allora avrebbe potuto riavere Maddy. Iniziarono a lacrimargli gli occhi e se li asciugò con una mano guantata. Stupido vento freddo.

Nel giro di pochi minuti, Ben raggiunse il bosco. Ne percorse il perimetro, scrutando la penombra priva di foglie. Non c'era nessun movimento, a parte il tremolio dei rami e qualche occasionale uccellino spaventato. Decise di svoltare e di addentrarsi nel folto della vegetazione, destreggiandosi tra gli alberi con disinvoltura e saltellando per schivare le radici senza mai smettere di setacciare i dintorni in cerca di tracce della presenza di qualcuno. Rimpianse di non avere anche lui gli stessi sensi amplificati dei vampiri. Se ci fossero stati loro, lì, avrebbero già scovato quella persona. Forse avrebbe dovuto prendersi un cane. Un cane si sarebbe rivelato utilissimo in quel preciso frangente.

Ma persino mentre insisteva con le ricerche, Ben si rese conto che erano inutili. Con ogni probabilità, chiunque aveva consegnato quel bigliettino se n'era già andato da tempo e, anche ammesso che fosse ancora da qualche parte nei terreni della tenuta, c'erano comunque ettari su ettari da perlustrare. Era una stupida perdita di tempo. Fu travolto da un impeto di rabbia per la futilità dell'impresa e tutt'a un tratto si fermò, sgommando. Dopodiché scese dalla bici e la scagliò contro un albero. Il mezzo ricadde per terra, contorto, con una ruota in aria che girava a vuoto. Ben rimase immobile lì davanti per qualche istante, con il respiro affannoso. Poi si accasciò sul terreno gelato e scoppiò in singhiozzi.

L'indirizzo di casa di Winston Blythe non era così facile da reperire. Stavano cercando su internet già da un bel po', ma ancora non avevano ottenuto alcun risultato. Se soltanto fosse calata la notte, così almeno Alexandre sarebbe potuto andare a Londra e avrebbe potuto rintracciarlo alla vecchia maniera... Non aveva bisogno di dormire, ma quegli interminabili minuti di luce diurna scorrevano a passo di lumaca. E poi, presto avrebbe avuto bisogno di nutrirsi.

Cos'era che diceva quel biglietto? Si mise una mano in tasca e tirò fuori il foglietto stropicciato. Diceva che dovevano essere lì "nel giorno più breve"... quindi il 21 dicembre. Solo che era già il 15. Il che voleva dire che avevano sei giorni di tempo per trovare Maddy e riportarla a casa. Be', lui non aveva alcuna intenzione di metterci sei giorni; intendeva trovarla già quella notte e poi i responsabili avrebbero pagato. Appallottolò il bigliettino e se lo rimise in tasca. Dov'era Ben? Chissà, forse aveva trovato la persona che aveva consegnato la busta, o magari sarebbero stati Esther e Morris a riuscire nell'impresa. Era così snervante dover aspettare l'operato altrui senza poter fare nulla. Sentì una mano poggiarsi sulla sua spalla.

«Sta' calmo, fratello», gli sussurrò Isobel. «La troveremo. Lo sai che ce la faremo».

«Non può andare in nessun altro modo, proprio non può», rispose Alexandre.

«Siete già riusciti a trovare l'indirizzo di Blythe?».

Alexandre scosse la testa.

«Leonora sta ancora cercando su internet. Se c'è qualcuno in grado di scovarlo, quella è lei. Ha un vero talento per queste tecnologie moderne».

«Chi l'avrebbe mai detto», commentò Freddie. «Mia sorella, il genio informatico del ventunesimo secolo».

«Be', finora non è che abbia concluso granché». Leonora alzò lo sguardo dal portatile e per la centesima volta Alexandre rifletté su quanto fosse straordinaria la somiglianza tra lei e Madison. La stessa pelle candida, solo che Maddy aveva le lentiggini; gli stessi occhi azzurro chiaro, solo che quelli di Maddy sprizzavano umorismo mentre quelli di Leonora... più che altro disprezzo. Non era sempre stata così fredda. Ad Alexandre dispiaceva per lei. Era una brava persona, ma non era facile farsela piacere.

«Non riesco a trovare ancora nulla su Blythe», disse infine la ragazza. «Mi dispiace».

«Allora continua a cercare», replicò Alexandre.

Leonora gli lanciò un'occhiataccia fulminante, ma poi sospirò e proseguì. Alexandre si sentì in colpa per essere sbottato in quel modo, ma non si scusò. Se lo avesse fatto, lei gli avrebbe soltanto lanciato un'altra occhiataccia.

Alexandre aveva faticato molto ad abituarsi alla sua natura di vampiro. L'anno precedente, quando si era risvegliato in quel nuovo secolo, la sua famiglia di vampiri era ancora vittima della malattia del sonno. Lui si era sentito solo e smarrito, intrappolato in quella strana nuova era in cui nulla gli era familiare. Madison era stata il suo unico spiraglio di luce. Lo aveva fatto ridere, lo aveva tirato su di morale quando il suo umore era nero come la notte e lo aveva confortato quando le cose si erano fatte troppo pesanti. Con il suo aiuto, Alexandre era quasi riuscito a riconciliarsi con l'idea di vivere in eterno. Tuttavia, vivere in eterno senza di lei non sarebbe stato possibile: una vita senza Maddy non sarebbe stata degna di essere chiamata vita.

Per un attimo, una sensazione di panico asfissiante gli attanagliò il petto. Si lasciò andare su una delle poltrone e rimase a fissare il vuoto con uno sguardo vitreo. Si sentì come se stesse precipitando nel buco nero più buio e più profondo dell'universo; più profondo di quelle caverne della Cappadocia, più profondo degli oceani, più buio di qualsiasi notte senza luna. Si sforzò di regolarizzare il respiro. Non appena fosse calata la notte, sarebbe uscito da quella casa come un tornado e niente al mondo gli avrebbe impedito di riprendersi la sua ragazza. Che il cielo avesse avuto pietà delle persone che lo stavano facendo sentire in quel modo, perché lui di certo non ne avrebbe avuto neanche un briciolo per loro.

Capitolo 7

Cappadocia, 571 d.C.

Aelia era riversa per terra, a faccia in giù. Il terriccio rosso e riarso le invadeva le narici e la ragazza ne avvertiva il sapore metallico e gessoso sulla lingua. Se lo sentiva incrostato sotto le unghie e le riempiva ogni poro del corpo inaridito. Da quanto tempo era accasciata al suolo in quello stato? Le sue palpebre si schiusero appena, ma poi si richiusero all'istante, provate dal sole rovente. Aelia non osò nemmeno provare a deglutire, perché sapeva già di avere la gola secca come un deserto. Anzi, era più come una caverna arida e prosciugata, e deglutire significava sottoporsi a un dolore che lei stessa non era ancora abbastanza forte da sopportare. Se solo il buio della perdita di conoscenza l'avesse reclamata ancora una volta… avrebbe dato di tutto pur di sfuggire a quella luce crudele e inesorabile.

Cercò di smetterla di pensare; di fare ritorno all'oblio, ma c'era qualcosa dentro di lei, nel profondo, che fremeva e si agitava. Qualcosa che insisteva affinché lei affrontasse il dolore e l'umiliazione. Affinché attingesse alle esigue forze che le rimanevano e non si arrendesse con troppa facilità. Era la voce di sua madre, che le diceva di essere forte. Di sopravvivere.

Le era rimasta un'unica goccia di idratazione in tutto il corpo e pian piano Aelia la sentiva evaporare nell'aria infuocata. Era il terzo o il quarto giorno, quello? Non nutriva alcun desiderio di vederne un quinto, eppure c'era quella vocina sottile e insistente che continuava a esortarla a fare l'esatto opposto. Che la spronava ad affrontare l'inaffrontabile. "Alzati, muoviti, fa' qualcosa", le diceva. "Non arrenderti. La morte non arriverà tanto in fretta, hai ancora tempo. È troppo impegnata per reclamarti quest'oggi. La vita è tua, se la vuoi. Ma devi sforzarti".

Accasciata nel silenzio e nell'afa, Aelia desiderava soltanto dimenticare ogni cosa. Ma il dolore e la paura continuavano a scorrerle nelle vene, lenti e inarrestabili. Era davvero stata esiliata dalla propria casa?

Ebbene sì. Le avevano bendato gli occhi con uno straccio, l'avevano portata via dal villaggio e abbandonata in un luogo che non conosceva. Non aveva trovato punti di riferimento familiari e nemmeno un ruscello che le permettesse di placare la sete, ma solo rocce brulle, il terriccio rosso e arido e il sole cocente. Di giorno si era sentita terrorizzata all'idea di imbattersi in gruppi di banditi e di notte la sua mente era stata tormentata da pensieri di demoni e di mostri maligni. Dopo un paio di giorni di completa solitudine, aveva pregato di riuscire a scorgere qualcuno, chiunque fosse, che potesse aiutarla a trovare una via d'uscita da quella desolazione sconfinata. Aveva camminato fino a quando non era più riuscita ad andare avanti. E poi era crollata lì per terra. Distrutta.

«Mia cara, gli avvoltoi cominciano a volteggiarti intorno. Hai intenzione di alzarti o preferisci trasformarti in un banchetto per uccelli?». Come se fosse sprofondata in un sogno, Aelia udì la voce rauca di una donna. Eppure, quello non aveva niente a che vedere con qualsiasi altro sogno avesse mai fatto prima di quel momento.

«Mia cara? Mi senti?».

Si sentì pungolare la spalla da qualcosa di grezzo e appuntito che le fece molto male, sebbene si trattasse di un genere di dolore completamente diverso da quello ancora più opprimente che avvertiva nel resto del corpo. Gemette.

«Aaah, sei viva allora!». La donna ridacchiò. «Dev'essere il mio giorno fortunato. Vieni, mia cara, alzati. Verrai con me. Non c'è bisogno di ringraziarmi adesso, potrai farlo in seguito».

Aelia girò la testa e si costrinse ad aprire gli occhi. Vide una sagoma scura che incombeva su di lei e pian piano mise a fuoco un viso pallido e rugoso. Era sorridente, ma non si trattava di un sorriso mite, di compassione. Sembrava piuttosto... di scherno. Aelia chiuse gli occhi un'altra volta.

«Su, su. Alzati», le disse l'anziana signora. «Ti ho vista aprire gli occhi. Non serve a nulla fingerti morta. Coraggio».

Aelia avvertì altre fitte di dolore lancinanti alla schiena e alle spalle. Sussultò e riaprì gli occhi di scatto. La donna la stava punzecchiando con un bastone di legno.

«La prego, si fermi», gracchiò. «Mi sta facendo male».

«Bene, sei in grado di parlare. Adesso alzati, mia cara, prima che perda la pazienza».

Aelia non capì come, ma in qualche modo riuscì a sollevarsi sulle ginocchia e poi a issarsi in piedi. Le pulsava la testa e, quando la sete la assalì ancora una volta, si sentì come se un milione di minuscoli aghi le avessero appena trafitto la gola.

«Acqua. La prego».

«Vieni con me e vedrò cosa posso fare».

L'anziana signora procedette zoppicando, aiutandosi a camminare con il bastone di legno. Aelia le barcollò appresso, quasi rimpiangendo di non essere rimasta accasciata dov'era per lasciare che, a un certo punto, la terra si riappropriasse di lei.

Camminarono per un bel po' di tempo. La donna non si offrì di aiutarla, né tantomeno si voltò per controllare come stava, eppure Aelia continuò a seguirla comunque.

Pian piano apparve un po' di vegetazione intorno a loro. Oltrepassarono alcuni cespugli bassi e arruffati e un paio di alberi ricurvi. Ciuffetti di piante cominciarono a punteggiare il terreno e, per un istante di totale beatitudine, una brezza improvvisa accarezzò la guancia della ragazza, rinfrescandola, per poi dissolversi e lasciare di nuovo spazio al caldo.

In lontananza, Aelia scorse una collina scura e scintillante. Man mano che si avvicinavano, la collina sembrava stagliarsi sempre più alta, fin quando non si rivelò una parete rocciosa ripida e grigia. La donna avanzò fino a raggiungere la parete frastagliata e vi si infilò di traverso, sparendo dalla vista di Aelia come per magia. La ragazza la seguì, troppo stanca anche solo per rimanere perplessa. Una volta che si fu avvicinata, però, si accorse che in realtà c'era una spiegazione molto semplice per ciò che aveva visto: una sporgenza sul davanti della parete rocciosa nascondeva una stretta fenditura nella pietra. L'anziana signora era entrata in una grotta nascosta. Aelia esitò per un attimo, ma poi la seguì all'interno, nella fresca penombra, lontano da quel calore implacabile.

Fu un sollievo trovarsi al riparo dal sole, ma Aelia era così debole e assetata che non fece neanche caso all'ambiente che la circondava. Non vedeva altro che il buio e non udiva altro che i loro passi lenti e silenziosi. Di colpo si sentì afferrare il braccio con una presa quasi ad artiglio.

«Siediti qui», le disse la donna gracchiando. La trascinò su un masso la cui forma ricordava un po' quella di una sedia e si allontanò nelle tenebre.

Aelia non provava alcuna curiosità, ma solo il bisogno di chiudere gli occhi e di non pensare agli aghi della sete che le pungevano la gola. Sarebbe morta lì, nell'oscurità. Era giunta alla fine.

Pochi secondi dopo, sentì una goccia d'acqua fredda scivolarle sulle labbra e sul mento.

«Non mi servi a nulla da morta», esclamò la donna sghignazzando, mentre metteva tra le mani di Aelia una scodella di terracotta.

La ragazza ignorò le parole dell'anziana signora e si concentrò sul liquido fresco. Forse allora non sarebbe morta, in fin dei conti.

Capitolo 8

2024

Ben tornò a casa verso mezzogiorno. Esther e Morris erano già rientrati ed erano seduti in cucina a sorseggiare una tazza di tè. Né lei né il marito avevano intravisto nessuno che potesse aver consegnato il bigliettino misterioso.

Esther insistette affinché Ben mangiasse qualcosa e poi andasse a dormire.

«Ci sarà bisogno di te, più tardi, ma non sarai d'aiuto a nessuno se prima non ti riposi un po'. Non preoccuparti, scendo io ad avvisare gli altri che non abbiamo avuto fortuna».

Ben lanciò un'occhiataccia al piatto ormai vuoto e si trascinò su per le scale per andare a letto. Era stremato, ma non gli sembrava giusto dormire mentre Maddy era dispersa. Si infilò sotto le coperte ancora vestito e chiuse gli occhi. Aveva intenzione di starsene un po' sdraiato a ragionare su come sarebbe stato meglio procedere, ma il sonno lo vinse subito.

Il primo pomeriggio trascorse senza particolari sorprese, con Alexandre e gli altri impossibilitati a fare qualsiasi cosa eccetto aspettare che calasse la sera. Per fortuna il buio arrivò poco dopo le quattro e mezza, e allora Alexandre si precipitò fuori dalla porta seguito a breve distanza da Jacques, Leonora e Freddie. Isobel sarebbe rimasta a casa con Ben ed Esther. Ben non ne sarebbe stato contento, ma stava ancora dormendo e tutti quanti avevano concordato di non svegliarlo.

Alexandre inspirò una bella boccata d'aria fresca e si diresse verso la sua moto, una BMW S1000RR. Morris le aveva fatto il pieno e l'aveva parcheggiata sul vialetto, pronta a partire. A dirla tutta Alex sarebbe stato molto più veloce senza, ma poteva darsi che, una volta trovata Madison, il mezzo gli sarebbe tornato utile per portarla via in fretta. Il custode lo aspettava in piedi accanto al veicolo, con l'aria di volergli dire qualcosa. Alexandre non voleva sprecare neanche un secondo in futili chiacchiere, perciò si limitò a rivolgere a Morris un cenno di saluto e fece per saltare dritto in sella. Tuttavia, il custode aveva già iniziato a parlare.

«Chiederò in giro per il paese stasera. Per scoprire se qualcuno l'ha vista. Non si sa mai».

«Grazie, Morris. Sarebbe fantastico».

«Ne parlerò anche con i ragazzi giù al Bell. Se succede qualcosa di strano, da queste parti, loro sono sempre i primi a saperlo». Morris si riferiva al locale che bazzicava sempre, il vecchio Old Bell. Ormai era stato trasformato in un hotel di lusso, ma un tempo era un normalissimo pub dove Morris e i suoi amici si ritrovavano per sorseggiare una pinta di birra e scambiare due chiacchiere. Lo stile dell'arredamento e i prezzi erano cambiati a dismisura nel corso degli ultimi trent'anni, ma nonostante tutto Morris e la sua combriccola avevano continuato comunque a frequentare quel posto.

«Fammi sapere come va», gli disse Alex, senza starlo più di tanto a sentire e fremendo per andarsene. Non voleva rischiare di attirare attenzioni indesiderate da parte della polizia, quindi nel frattempo indossò la tuta di protezione e il casco, da bravo pseudo-essere umano. Dopodiché saltò in sella alla moto e sfrecciò via. Gli altri lo avrebbero seguito con l'Audi RS6 grigio metallizzato di Leonora, comoda ma veloce.

Mentre guidava, Alexandre si sforzò di non pensare, ma la sua mente venne attraversata da un miliardo di pensieri tutti in una volta sola. Macinò chilometri e chilometri evitando le volanti della polizia e gli autovelox, spingendo la moto al massimo della velocità e muovendosi a zig-zag in mezzo al traffico in un turbinio lucente di rumore.

Durante il loro ultimo, fatidico incontro, Blythe aveva rivelato ad Alexandre che gli antichi vampiri suoi clienti desideravano che lui e gli altri "novellini" venissero fatti fuori. Ma perché? Erano davvero una minaccia così grande? Era quello il motivo per cui erano stati convocati in Cappadocia? Per essere uccisi? Alexandre avrebbe dato volentieri la propria vita per salvare quella di Madison, ma non poteva sacrificare la vita dei suoi fratelli; quella di Freddie o di Leonora.

In meno di un'ora arrivò a Londra e accostò davanti agli uffici dello studio legale Hamilton Blythe, nel ricco quartiere di Marylebone. Gli altri avrebbero avuto ancora un bel po' di traffico da affrontare. Avrebbero potuto chiamarlo al loro arrivo, ma nel frattempo lui non aveva alcuna intenzione di starli ad aspettare. Si sarebbe occupato di Blythe da solo. Erano consapevoli di quanto fosse rischioso andare nei suoi uffici dopo l'ultima volta, ma che scelta avevano? Ancora non avevano trovato neanche l'ombra di un indirizzo privato dove poteva alloggiare quel subdolo avvocato.

Alexandre scese dalla moto e si tolse il casco. Dopodiché si sgranchì le dita e se le passò tra i capelli mentre fissava l'imponente edificio di fronte a lui. Il palazzo signorile bianco era l'emblema della rispettabilità. Nessuno avrebbe mai immaginato che al di sotto di quella facciata tradizionale si nascondesse una struttura sotterranea all'avanguardia specializzata nel rianimare i vampiri dormienti ma anche nel distruggerli. Alexandre, però, non aveva alcuna intenzione di scendere laggiù. L'unica cosa che doveva fare era scoprire l'indirizzo di casa di Winston Blythe, e ci sarebbe riuscito senza grandi difficoltà, anche a costo di estorcere l'informazione a qualcuno.

Gli uffici erano già chiusi, ma Alex non ebbe granché tempo per interrogarsi su cosa fare, perché, di lì a un paio di minuti, il portone d'ingresso laccato di nero si aprì e ne uscirono due donne con indosso completi eleganti. Alexandre le oltrepassò in un soffio, come una brezza fresca. Una delle due rabbrividì e aggrottò le sopracciglia, ma proprio in quel momento la sua collega disse qualcosa di buffo e lei rise, dimenticandosi dell'ombra che le era sembrato di scorgere con la coda dell'occhio.

Una volta all'interno dell'edificio, Alexandre setacciò ogni stanza fin quando non raggiunse il quarto piano, dove si trovavano gli uffici dei soci. Gli bastava scoprire l'indirizzo di Blythe e poi avrebbe chiuso per sempre con quel postaccio.

Proprio allora, però, avvertì un odore familiare: un aroma di finta rispettabilità e avidità che conosceva già da tempo. Be', a dire il vero era l'odore di una certa acqua di colonia, ma il profumo evocava l'uomo: Blythe.

Davanti ad Alex c'era una porta, e dietro quella porta c'era Winston Blythe.

Alexandre doveva fare in modo di controllarsi, altrimenti avrebbe rischiato di fare a pezzi quel miserabile di un avvocato prima ancora di riuscire a scoprire dove fosse stata portata Madison.

Doveva cavare a quell'uomo fino all'ultima informazione possibile, e per farlo avrebbe dovuto essere una versione molto più composta di quella che al momento stava quasi ringhiando nel bel mezzo del corridoio rivestito da un'elegante boiserie. Alexandre inspirò a pieni polmoni dal naso ed espirò dalla bocca, costringendosi con grande difficoltà a ricacciare indietro le zanne mentre si ricomponeva e si preparava ad affrontare quel viscido serpente.

Pochi attimi dopo, il vampiro si materializzò davanti a una scrivania in legno di noce e rimase immobile a fissare la testa china dell'avvocato. L'uomo era concentrato su una lettera che stava scrivendo a mano e non si era ancora accorto della presenza di Alexandre. L'ufficio era ampio e lussuoso, con mobili in legno lucido, pelle e vetrate: un ufficio da gentiluomo.

«Vedo che sta scrivendo un'altra delle sue misteriose missive», osservò Alexandre in tono pacato.

Blythe alzò lo sguardo, rimanendo sconvolto per qualche istante, dopodiché si sforzò subito di imporre un po' di contegno ai propri lineamenti attempati, seppur tutto sommato ancora affascinanti. Aveva i capelli bianchi più radi rispetto all'ultima volta che si erano visti, e Alexandre sperava che in parte fosse anche merito suo.

«Alexandre, figliolo. Quanto tempo. Ti stavo proprio aspettando. Accomodati, prego».

«Preferisco stare in piedi. E, giusto perché lei lo sappia, non apprezzo essere chiamato "figliolo" né tantomeno questa confidenza improvvisa».

«Oh, ma è soltanto un modo di dire. Non volevo certo essere offensivo». Blythe posò la penna sulla scrivania.

«A che gioco sta giocando stavolta?», gli chiese Alexandre.

«Nessun gioco. Sto solo dando una mano a velocizzare un po' le cose. Non dirmi che dopo il nostro ultimo incontro hai creduto che sarebbe finita lì. Eh no. Ahimè, ci sono persone molto più potenti di te o di me, e hanno stabilito che la questione deve essere portata a termine».

«La questione?»

«Sì. Il punto interrogativo che aleggia su di te e sugli altri vampiri di Marchwood. Siete... scomodi, ecco. Dovete andare in Cappadocia e rendere conto di voi stessi davanti a chi di dovere».

«Rendere conto di noi stessi? Ma che vuol dire? E perché?»

«Non spetta a me conoscere il perché delle cose. Io non sono altro che un umile servitore in tutta questa faccenda. Un servitore che esegue gli ordini e documenta gli avvenimenti».

«Un servitore?». Alexandre si abbandonò a una breve risata. «Ma è ridicolo! Può provare quanto vuole a negare qualsiasi responsabilità, ma lei è molto più di un semplice servitore: è un intermediario del male. Un parassita».

«È un'affermazione un po' brusca, ma capisco perché la pensi così. Tu hai una prospettiva limitata. Guardi il mondo attraverso un frammento di vetro invece che con un obiettivo grandangolare. Alexandre, tu sei un cucciolo di tigre che si è messo alle calcagna dei re. A loro non piace. A loro non interessa niente del tuo buon cuore o della tua mancanza di ambizione. Non sono disposti a correre il rischio. Sanno che hai tutta l'eternità per cambiare carattere e passare da passivo ad aggressivo. E vogliono liberarsi di te quanto prima».

«Ma non ha senso. Io non sono alle calcagna di nessuno».

«Forse non ha senso per te, ma è così che stanno le cose».

«Be', allora "le cose" dovranno cambiare».

«Sono già cambiate».

Alexandre agitò una mano come per chiedere ulteriori spiegazioni.

«I miei clienti, quelli del quattordicesimo, quindicesimo e sedicesimo secolo, sono tigri, re. Ma di recente hanno scoperto un imperatore».

«La smetta di parlare per enigmi. Per essere un "servitore", ha una predilezione fin troppo spiccata per il melodramma. Parli chiaro, per una volta».

«Molto bene». Blythe fece una pausa e Alexandre dovette trattenersi dall'impulso di saltare dietro la scrivania e strozzare quel vecchio fino a fargli ritrovare le parole. Alla fine l'avvocato riprese a parlare. «Il vampiro cappadoce è sveglio. Ha più di duemila anni, è l'essere più potente che abbia mai camminato su questa terra ed esige obbedienza».

Alexandre si fece di ghiaccio non appena sentì quelle parole. Le sue peggiori paure si erano appena avverate: c'era il vampiro cappadoce dietro tutta quella storia.

Blythe continuò. «I re si sono inginocchiati al suo cospetto. E adesso sta radunando i principi».

Alexandre rimase a bocca aperta. Ripensò alla città sotterranea in cui era stato trasformato più di un secolo prima. Si ricordò degli occhi spenti e cerchiati di kohl di quel cosiddetto "imperatore" che gli aveva dilaniato la carne e che l'aveva derubato della sua vita mortale. E poi gli tornò in mente l'opportunità che aveva sprecato appena qualche mese prima, in estate, quando si era imbattuto nella sagoma priva di sensi del vampiro cappadoce ma non aveva avuto la prontezza di distruggerlo. E ormai era troppo tardi. Quella creatura aveva catturato Madison. Aveva la vita della ragazza e la felicità di tutti loro nel palmo della mano e si preparava a stringere il pugno.

Tutt'a un tratto Alexandre si rese conto che Blythe non gli aveva mentito quando gli aveva detto di non essere altro che un servitore, di non avere alcun vero potere o ascendente. La rabbia che provava nei confronti dell'avvocato si stava dissipando, trasformandosi in cupa disperazione. Il massimo che Alexandre poteva sperare di ottenere a quel punto era che Blythe sapesse dove fosse stata portata Maddy.

«Dov'è?», sussurrò.

«Sai bene dov'è, Alexandre».

E si rese conto che lo sapeva davvero. L'aveva sempre saputo che sarebbe stata nel sottosuolo, negli abissi più profondi della terra cappadoce. Nel luogo in cui lui aveva sperato di non dover tornare mai più. Andare a Londra era stato un tentativo del tutto vano: Madison era già lontanissima dalla sua portata.

«Dovrei ucciderla per il ruolo che ha avuto in questa storia», dichiarò Alexandre senza troppa convinzione.

«Ma non lo farai».

«No».

I due rimasero a studiarsi a vicenda per diversi secondi. Il ticchettio di un orologio era l'unico suono che riecheggiava nella stanza.

«Ha almeno una sua opinione su quello che sta succedendo?», chiese Alexandre. Non era ancora riuscito decifrare la vera natura di Blythe. Era un uomo ambizioso? Avido? Debole? Qual era il suo reale obiettivo?

«Non sono pagato per avere un'opinione. Diciamo solo che mi entusiasma far parte di questa storia segreta. Lo trovo... eccitante».

«Quindi in pratica è una specie di voyeur».

«Un documentatore di importanti eventi storici», lo corresse Blythe con un sorrisino compiaciuto.

«Un codardo».

«Tu mi stai simpatico, Alexandre, ma sei troppo moralista. Hai la presunzione e l'arroganza tipiche della giovinezza. Magari verrò in cerca della tua compagnia, tra un secolo o due».

Alexandre restò un attimo interdetto quando sentì Blythe pronunciare quell'ultima frase.

Poteva davvero voler dire che...

«Non fare quella faccia così sorpresa, Alexandre. Mi hanno fatto una promessa».

«Una promessa?»

«Sì».

«Intende dire che... la trasformeranno?».

Blythe annuì.

Alexandre rimase a fissarlo sbigottito per qualche istante, ma poi scoppiò a ridere. «Se lo crede davvero, allora è ancora più stolto di quanto pensassi. Non la trasformeranno».

«Mi hanno dato la loro parola, e non solo. Oltre quella, abbiamo sottoscritto un contratto legalmente vincolante».

Alexandre rise di nuovo. «E lei è convinto che a un'immortale, a uno spietato assassino, possa fregare qualcosa della legge? Suvvia, signor Blythe, lei è il primo a non rispettarla».

«Non ha importanza quello che credi tu. Conta solo ciò che credo io, e per quanto mi riguarda nutro la massima convinzione che manterranno la loro promessa».

«E lei sceglierebbe davvero di essere così?», gli chiese Alexandre portandosi una mano al petto.

«Chi non desidererebbe vivere per sempre?»

«Io. Io non sceglierei mai un'esistenza del genere. Mai».

«Non ti credo. A te piace essere un vampiro. Adori il potere che ti dà».

«No!».

«Allora dimmi, com'era la tua vita prima di essere trasformato? Era emozionante? Ti sentivi appagato?».

Alexandre cercò di scacciar via dalla mente i ricordi infidi delle sue frustrazioni umane, della noia e dell'inadeguatezza che un tempo lo attanagliavano.

Blythe sorrise. «Faresti meglio ad andare. Hai un aereo da prendere».

Alexandre lanciò un'occhiataccia fulminante a quello spocchioso di un avvocato.

«Non c'è nulla di personale in tutta questa faccenda, lo sai», aggiunse ancora lui, alzandosi in piedi. «Parlavo sul serio, prima, quando ti ho detto che mi sei simpatico».

«Non si può certo dire che la cosa mi renda felice. Lei non è altro che un povero vecchio stolto», inveì Alexandre.

«Arrivederci, Alexandre. Buona fortuna. Spero tanto che prenderai la decisione giusta. Dopotutto, appoggiare un attimo un ginocchio per terra non è mica la fine del mondo, sai».

Alexandre si voltò e uscì dalla stanza come una furia, incapace di stare ancora a sentire quell'uomo anche solo per un secondo. Mentre scendeva le scale di corsa, percepì gli altri nella strada sottostante. Avevano appena accostato davanti all'edificio. Li avrebbe informati e poi avrebbero dovuto pianificare per bene una strategia. Alex non aveva la benché minima intenzione di farsi trascinare in antiche questioni politiche vampiresche; non avevano nulla a che vedere con lui. Lui e la sua famiglia dovevano poter vivere la loro vita in pace e soprattutto in libertà, non governati da leggi barbariche in contrasto con la sua stessa moralità. Inginocchiarsi era un conto, ma Alexandre non era stupido e sapeva benissimo che non sarebbe finita lì. Quelle creature erano del tutto prive di umanità. Era impossibile ragionare con loro, negoziare o scendere a patti. Gli avrebbero imposto di sottomettersi e basta. La vita eterna di cui disponeva non gli sarebbe mai più appartenuta.

C'era solo un modo per uscirne: l'imperatore doveva morire.

Capitolo 9

Cappadocia, 571 d.C.

C'erano giorni in cui Aelia pensava che la sua vecchia vita dovesse essere stata soltanto un sogno. Era tutto così diverso, ormai, insieme alla vedova Maleina. Eppure, a dispetto delle parole sempre pungenti e degli sguardi severi, l'anziana signora non era poi così terribile. Non c'era affetto, non c'era dolcezza e neanche gentilezza in lei, ma allo stesso tempo non era una persona crudele. Aelia non era prigioniera, anzi, era libera di allontanarsi in qualsiasi momento avesse voluto, ma tanto, dove se ne sarebbe potuta andare? Era un'emarginata e non conosceva nessuno al di fuori del suo villaggio. La vedova non le aveva fatto domande personali e di questo Aelia le era riconoscente. Sarebbe stato troppo umiliante e doloroso dover rivangare tutto. Allo stesso modo, la vedova non aveva fornito alcuna informazione su di sé.

Si era consolidata una sorta di routine nella loro vita quotidiana. Aelia aveva il compito di spazzare e tenere pulita la loro abitazione e poi, una volta alla settimana, di fare il bucato. La grotta aveva una propria sorgente sotterranea e quindi non era necessario fare avanti e indietro dal fiume lontano. Alla ragazza un po' mancava il solito rituale comunitario di andare a prendere l'acqua, ma le occasioni per assaporare un po' di libertà non le mancavano. Passava ore a raccogliere la legna da ardere e a volte, tra andata e ritorno, si faceva più di otto miglia di strada a piedi per andare a far compere al mercato. Un'altra cosa che le piaceva era raccogliere le erbe e le radici selvatiche che l'anziana signora usava per preparare i suoi medicinali. La vedova Maleina, infatti, era una guaritrice.

Aelia aveva una conoscenza molto basilare delle piante; nulla di paragonabile all'ingente bagaglio di nozioni che pian piano l'anziana signora aveva cominciato a condividere con lei. Ogni mattina, prima di fare colazione, le due uscivano presto per andare a raccogliere gli ingredienti necessari. A poco a poco Aelia stava imparando come far abbassare la febbre e alleviare i mal di testa; come disinfettare le ferite, curare i morsi di serpente e persino fasciare le ossa rotte in modo da farle sanare prima.

Ogni giorno si presentavano diversi visitatori alla grotta, i quali pagavano la vedova Maleina affinché lei li curasse dalle loro malattie. All'inizio Aelia si era trovata spesso sotto esame, poiché ognuno di loro la osservava senza nascondere neanche un po' la propria curiosità.

«Mia nipote», spiegava in tono brusco la vedova a ogni paziente, fin quando a un certo punto le occhiate non si fecero meno insistenti.

Inevitabilmente, i pensieri di Aelia tornavano spesso alla sua famiglia e agli amici che si era lasciata alle spalle. Sperava che i suoi genitori l'avessero perdonata e pregava che le sue sorelle non fossero state compromesse in maniera irrimediabile dalla macchia di vergogna che lei aveva gettato su di loro.

L'altra persona a cui pensava era Lysus.

A tal proposito, Aelia era rimasta sorpresa dai propri sentimenti. Aveva creduto che si sarebbe sentita devastata dal tradimento così disinvolto di lui. Si aspettava di piangere e di singhiozzare; di avere il cuore spezzato per il modo in cui lui l'aveva trattata. Ma il fatto che le avesse lanciato addosso quella pietra era stato un vero e proprio insulto, l'ultima goccia a fare traboccare il vaso. Un tempo lei lo ammirava, si fidava di lui e non aveva mai dubitato della sua parola. Crescendo, Aelia aveva sentito un'infinità di storie sui grandi amori e su quanto poteva essere doloroso sperimentare la nostalgia e il rifiuto. Tuttavia, passato lo sgomento iniziale, l'unica cosa che la ragazza provava nei confronti di Lysus era puro odio. Rabbrividì dal disgusto quando si ricordò di come lo aveva seguito volentieri, quel pomeriggio, come un cucciolotto fiducioso. Era stata debole e ingenua. Come aveva fatto a permettergli di prendersi così tanto gioco di lei? Gli aveva dato modo di distruggerle la vita e di rovinare il buon nome della sua famiglia. Ma un giorno quel ragazzo avrebbe sperimentato la sua ira. Un giorno Aelia gliel'avrebbe fatta pagare.

Nell'arco di svariate settimane, Aelia venne a conoscenza di alcune voci che si sentivano in giro. La ragazza aveva captato brandelli di conversazioni scambiate tra vari clienti del mercato ed era rimasta perplessa da certe strane domande di alcuni pazienti della vedova Maleina. Parlavano tutti dei barbari. Di una specie di invasione.

Una sera, mentre le due donne se ne stavano sedute a gambe incrociate sul pavimento e finivano di cenare, Aelia racimolò il coraggio di chiedere maggiori delucidazioni alla vedova.

«È vero?», le domandò.

«Che cosa?», sbottò l'anziana signora. «Parla chiaro o non parlare affatto».

La ragazza alzò un pochino il volume della voce. «È vero che stanno arrivando i barbari? Ne parlano tutti. Dicono che...».

«Quei cialtroni sono tutti degli sciocchi», la interruppe la vedova Maleina. «E lo sei anche tu, se credi a simili baggianate».

«Ma allora perché dicono così?»

«Portami un altro po' d'acqua».

Aelia prese la coppa dell'anziana signora e si affrettò a raggiungere la sorgente in fondo alla grotta. Vi immerse il recipiente e prelevò un po' del liquido cristallino, sperando che la conversazione non fosse finita lì. Desiderava con tutta sé stessa capire che cosa stava succedendo. Tornò dalla vedova e la trovò intenta a fare scarpetta con un pezzo di focaccia. Aelia le posò la coppa accanto, indecisa se sedersi di nuovo lì per terra o piuttosto ritirarsi nel suo angolino in fondo alla grotta.

«Smettila di temporeggiare», le disse la vedova. «Siediti. Mi stai irritando».

Aelia fece come le era stato ordinato, felicissima di non essere stata mandata subito a letto.

«Sta per arrivare qualcosa di brutto», riprese la donna. «Qualcosa che non si vedeva più da secoli. Sta succedendo di nuovo».

Aelia sentì un brivido attraversarle la schiena.

«Ti ho già salvato la vita una volta, mia cara, ma a quanto pare te la salverò di nuovo».

«È per via degli invasori?», domandò Aelia.

«Te l'ho già detto, ragazza, quelle sono solo fesserie. Non mi ascoltavi? A volte sai essere così ottusa. Forse il tuo cervello ormai era danneggiato quando ti ho trovata lì per terra, quel giorno».

Aelia si morse il labbro e chinò il capo, ignorando i modi sgarbati dell'anziana signora. Era come se quella donna non fosse stata in grado di comportarsi in nessun'altra maniera. Si rivolgeva con quegli stessi toni anche ai suoi pazienti, e nemmeno loro le facevano caso. Ma quindi, se non erano gli invasori, il problema, allora cos'era? Di cosa parlava la vedova Maleina? Forse era matta. Ma Aelia non credeva che fosse così. Secondo lei quella donna era più lucida di una moneta appena coniata e più scaltra di una volpe.

«Cos'è che sta arrivando, allora?», chiese Aelia. «Se non sono i barbari, cos'altro c'è di così terribile?».

La vedova la fissò per un istante. «I demoni».

Dunque era davvero matta, in fin dei conti.

«Puoi dubitare di me quanto vuoi, ma questo non cambierà la realtà dei fatti», insistette la vedova. «I demoni sono già tra noi e presto ne arriveranno altri. La tua famiglia morirà, proprio come tutti gli altri».

«La mia famiglia morirà?»

«Non credevo che te ne sarebbe importato qualcosa. Ti hanno cacciata via, non è vero?»

«Come fa lei a saperlo? E comunque non è stata la mia famiglia a cacciarmi, ma il pretore».

«Non ha importanza. Loro non hanno fatto nulla per impedirlo. Non sono venuti con te per assicurarsi che stessi bene. Sono rimasti a guardare, immobili come statue, mentre tu venivi mandata a morire in mezzo al deserto».

Le parole della vedova la ferirono.

«Non è vero. Mia madre mi ha salvato da morte certa». Al pensiero di sua madre, Aelia si sentì stringere il cuore in una morsa e gli occhi iniziarono a bruciarle per tutte le emozioni che non si concedeva di provare da un sacco di tempo.

«Pfff». La vedova agitò una mano per aria come per respingere le proteste di Aelia. «Non ha importanza. L'unica cosa che conta è che qui siamo al sicuro. Tutti gli altri sono condannati. Moriranno tutti».

«Che cosa?!». Aelia scattò in piedi. «Come? Perché moriranno?»

«Mi stai sfiancando con tutte queste domande. Pensavo che fossi una brava ragazza, una ragazza silenziosa. Non mi piace questo interrogatorio. Vuoi avere rifugio qui? O preferisci sfidare la sorte e i demoni?».

Aelia fece un bel respiro. «Mi dispiace. Non volevo...».

«Sono stanca adesso», la interruppe la vedova Maleina. «Tutte queste chiacchiere. Non le sopporto proprio». Si alzò e zoppicò in direzione del suo giaciglio.

Aelia mise via le stoviglie della cena e si ritirò nel suo cantuccio della caverna. Niente di ciò che aveva detto la vedova aveva senso. Dovevano essere assurdità. Ma allora perché lei stessa si sentiva in preda a una tale sensazione di disagio? Perché credeva a ogni parola che la vedova aveva proferito?

Capitolo 10

2024

Madison rabbrividì e fece per allungarsi verso il piumone. Avrebbe dovuto tirarselo fin sopra il mento per riscaldarsi. Dov'era quello stupido aggeggio? Tastandosi intorno, però, si rese conto che non c'era nessun piumone, anzi, nessun genere di coperta. E che cos'era quel tanfo? L'aria puzzava di umido e di muffa… era insopportabile. Poi tutt'a un tratto si ricordò.

Non avrebbe voluto aprire gli occhi per paura di cosa si sarebbe trovata davanti, ma alla fine lo fece comunque. Il letto su cui era sdraiata era stretto e rivestito da un sudicio lenzuolo bianco. Dopo essersi tirata a sedere, Maddy osservò l'ambiente circostante e subito avvertì un nodo allo stomaco. Il pavimento era di cemento grezzo e le pareti erano spoglie e macchiate; non c'erano finestre e una lamentosa luce al neon ronzava e sfarfallava. La stanza era piccola e aveva due porte. Madison si sentiva la testa che martellava e un retrogusto orribile che le infestava la bocca, come di latte avariato da sei mesi. Le facevano male i polsi e anche le caviglie nei punti in cui erano stati legati. Se li strofinò e trasalì non appena vide la pelle arrossata e lacerata.

Sgusciando giù dal letto, Maddy camminò a passo incerto per il metro e mezzo che la separava dalla porta più vicina. Quando provò ad abbassarne la maniglia, la porta sferragliò, ma rimase ben salda nei cardini: era chiusa a chiave. La ragazza allora tirò un calcio poco convinto alla base della porta per poi dirigersi verso la seconda. Stavolta la maniglia cigolò e la porta si aprì su un ambiente immerso nell'oscurità. Maddy tastò la parete interna fin quando non trovò un interruttore. Un'altra luce al neon si accese con un ronzio, illuminando un lavandino, un gabinetto e un soffione della doccia annerito che pendeva dal soffitto. Ogni cosa era incrostata di strati e strati di sporcizia, ruggine e altri residui a cui Maddy preferiva non pensare; il pavimento era ricoperto di piccole pozze di liquido. La ragazza arricciò il naso, spense la luce e richiuse la porta. Dove cavolo era finita?

Tornò verso la prima porta, quella chiusa a chiave, e la scosse di nuovo, più forte di quanto avesse fatto in precedenza.

«Ehi!». Cominciò a battere i pugni sulla vernice scrostata. «Aprite! Ehi! C'è nessuno là fuori?».

Appoggiò l'orecchio alla porta e ascoltò con attenzione, ma l'unica cosa che sentì fu il suo stesso respiro affannoso. Dall'esterno non proveniva neanche un suono. Le cose erano due: o non c'era nessuno, oppure la stavano ignorando. Be', non potevano mica ignorarla per sempre, no? Dovevano averla portata lì per un motivo, e con ogni probabilità Maddy avrebbe scoperto molto presto quale fosse. Rabbrividì. Indossava ancora gli stessi stivali, jeans e maglione che aveva messo per andare alla pista di pattinaggio, solo che lì dentro si gelava. Guardandosi intorno alla stanza scorse una sagoma scura e informe sul pavimento, vicino ai piedi del letto: il suo parka. Lo raccolse da terra e se lo infilò, dopodiché cercò i guanti che avrebbe dovuto avere nelle tasche, ma erano vuote. Pazienza. La giacca le diede subito una piacevole sensazione di calore, e così Maddy si chiuse la zip fin sopra il mento e infilò le mani dritto nelle tasche.

All'improvviso, la luce crepitò e si spense. Buio. Silenzio. La pelle di Maddy si ricoprì di brividi e la paura le attanagliò il ventre. La ragazza fece un bel respiro e si disse che chiunque l'avesse rapita non le aveva fatto del male. Era evidente che la volevano viva. Per il momento, almeno. Si avvicinò al letto, vi si sedette e si portò le ginocchia al petto, stringendosele forte.

Presto Alex l'avrebbe trovata e i suoi rapitori se ne sarebbero pentiti amaramente. Di certo lei non avrebbe voluto trovarsi nei loro panni quando lui sarebbe arrivato. Si ricordò di cosa aveva fatto Alex a quel subdolo avvocato, il signor Vasey-Smith, quando l'uomo le aveva puntato una pistola alla tempia: gli aveva spezzato l'osso del collo con un semplice scatto del polso. Madison si augurò che Alex facesse in fretta a trovarla, perché lei stava cominciando a dare di matto in quel posto, visto che oltretutto era una vera schifezza. Si sentiva infreddolita, affamata e così lercia che la parte più vanitosa di lei quasi non voleva che Alex arrivasse e la vedesse in quello stato, con i capelli unti e l'alito ripugnante.

Iniziarono ad affiorarle alla mente immagini di bagni caldi con tanto di schiuma e bollicine, di soffici piumoni di cotone e puliti e di dentifricio, seguite dall'immagine di una delle cenette casalinghe di Esther a base di arrosto con montagne di patate croccanti e una torta alla melassa per dessert. Il suo stomaco gorgogliò e lei si impose di scacciare via quel genere di pensieri dalla propria mente. No, non poteva perdere tempo a desiderare l'impossibile; doveva capire come fare per svignarsela da quel postaccio. Una vocina nel suo cervello le suggeriva di raggomitolarsi sul letto e piangere a dirotto, ma Maddy si rifiutò di darle retta. Doveva essere forte e lucida; non poteva sciogliersi in lacrime.

All'improvviso un fischio ruppe il silenzio, seguito da un crepitio e da uno schiocco; dopodiché il ronzio della luce al neon tornò a farsi sentire. Ancora una volta Madison si ritrovò a osservare l'ambiente deprimente che la circondava, e concluse che in fin dei conti avrebbe preferito rimanere nell'oscurità. Si appisolò sul letto, con la schiena rivolta verso la parete.

Qualche tempo dopo, anche se non avrebbe saputo dire quanto, fu svegliata di soprassalto da un tintinnio. Aprì gli occhi e si mise subito a sedere. Era buio. La corrente doveva essere saltata di nuovo. Quel rumore... era forse la porta che si apriva? Stava entrando qualcuno nella stanza? Il cuore di Maddy cominciò a battere all'impazzata.

«Ehi», gracchiò. «Chi c'è? Perché mi avete portata qui?».

La luce sfarfallò un paio di volte, rivelando la presenza di una ragazza magrolina, giusto un po' più alta di Maddy: doveva superare il metro e sessanta di appena qualche centimetro, e aveva i capelli raccolti in una treccia a spina di pesce.

La ragazza non degnò Maddy di uno sguardo. Posò qualcosa per terra ai piedi del letto e fece per andarsene. La stanza piombò ancora una volta nell'oscurità.

«Ehi, aspetta un attimo! Dove stai andando? Devi aiutarmi!».

La ragazza fece finta di non aver sentito e la sua sagoma fioca proseguì imperterrita verso la porta. Ancora intontita dal sonno, Maddy saltò giù dal letto e incespicò mentre attraversava la stanza.

«Ehi! Sto parlando con te. Perché sono rinchiusa qui? Chi sei?».

La ragazza però era già uscita dalla stanza. Maddy cercò tastoni di afferrare la maniglia della porta e, quando lo fece, la strattonò, ma non era stata abbastanza veloce: la ragazza l'aveva già chiusa a chiave.

Il generatore entrò in funzione e le luci al neon si accesero una volta per tutte.

«Oh, certo, ora sì che la luce decide di rimanere accesa». Madison avrebbe voluto urlare. Come aveva fatto a lasciarsi sfuggire un'occasione così ghiotta per fuggire? Avrebbe potuto mettere al tappeto quella ragazza senza troppi sforzi e schizzare fuori dalla porta. Che stupida che era. Non credeva nemmeno che quella tizia avesse avuto con sé un qualsiasi genere di arma, eppure l'unica cosa che Maddy era stata in grado di fare era restare a guardare come un'allocca.

La volta successiva si sarebbe fatta trovare più pronta, se non altro... sempre che ci fosse stata, una volta successiva. Sapeva che non sarebbe stato così facile, però. Dovevano esserci altre persone fuori da quella porta, da qualche parte. Alla cattedrale di Gloucester aveva visto diversi uomini nel furgone. Sembravano essere trascorse settimane ormai da quella sera alla pista di pattinaggio. E invece non potevano essere passati più di un paio di giorni. Gli altri dovevano essere preoccupatissimi. Povero Ben, arrivato a quel punto doveva aver perso la testa.

Maddy guardò verso il letto: la ragazza le aveva lasciato una bottiglia d'acqua e un piatto con qualche fetta di pane e una pera. Non proprio una delle prelibate cenette a base di arrosto preparate da Esther, ma Madison stava a dir poco morendo di fame, quindi il menù non le sembrò affatto male. In breve tempo il piatto si svuotò, ma lei si sentiva ancora più affamata che mai. Sorseggiò un po' d'acqua e pensò a come avrebbe potuto fare per avere la meglio sulla sua secondina. I suoi occhi si posarono sul piatto. Era realizzato con una ceramica scadente e si sarebbe dovuto rompere abbastanza facilmente. Entrò nel bagno disgustoso e accese la luce, dopodiché si chiuse la porta alle spalle.

Con un pizzico di esitazione, Maddy sbatté il piatto sulle piastrelle scheggiate del pavimento. Non si ruppe, quindi riprovò con un po' più di forza. Era fondamentale che non andasse del tutto in frantumi. Sperava di riuscire a ottenere un bel frammento appuntito da poter usare come arma. Al secondo tentativo, il piatto si ruppe a metà. Madison prese uno dei due pezzi e lo sbatté contro il muro. Una parte cadde per terra e si frantumò, ma a lei rimase in mano un grosso coccio triangolare che sarebbe stato perfetto. A quel punto si concesse un sorriso, seppur velato di tristezza.

Era già finita in qualche scontro fisico prima di allora, ma mai niente di simile. Be', a parte quella volta in cui aveva tentato di uccidere Alexandre con un piccone. Ma quello era stato prima di conoscerlo. A ogni modo, non aveva intenzione di provare a uccidere la ragazza, voleva solo cercare di neutralizzarla. Sarebbe stato meglio colpirla a un braccio o a una gamba? In un occhio sarebbe stato perfetto, ma Maddy non credeva di avere abbastanza fegato per fare una cosa del genere. Doveva decidere in fretta e con cognizione di causa, perché quella avrebbe potuto essere la sua unica possibilità di fuggire.

Avevano pianificato di arrivare in Turchia facendosi spedire all'interno di alcune casse di legno da imballaggio. Non era un modo di viaggiare granché comodo o elegante, ma non avevano abbastanza tempo per risolvere la questione dei passaporti, e oltretutto in quel modo avrebbero potuto viaggiare in tutta sicurezza anche di giorno. Come al solito, si erano tutti riuniti nell'ampio soggiorno del loro bellissimo appartamento in cantina, dove la luce del sole non avrebbe potuto raggiungerli. Era già mattina inoltrata; l'orologio sulla mensola di marmo del caminetto segnava le undici e venti.

«Ma come facciamo a essere certi che gli addetti aeroportuali non apriranno le casse? E se uno di loro ne aprisse una in piena luce del giorno?», chiese Isobel.

«Non lo faranno», rispose Alexandre.

«Ma voi come fate a saperlo?»

«Semplice», dichiarò Ben. «Basta apporre una dicitura su ognuna delle casse con scritto: "Opere d'arte fotosensibili - Non aprire alla luce del giorno"».

Jacques ridacchiò. «Dici che funzionerebbe davvero? A me sembra un po' strano come stratagemma».

«L'abbiamo studiato a scuola», spiegò Ben. «I danni provocati dalla luce sono anche noti come "deterioramento fotochimico". È il motivo per cui non si possono scattare foto con il flash nelle gallerie d'arte».

«Interessante», commentò Leonora. «Pensate che si tratti dello stesso fenomeno che colpisce noi vampiri? Questo deterioramento fotochimico, intendo. È possibile che i vampiri ne soffrano una versione estrema?»

«Può darsi», rispose Ben. «Aspetta, vediamo se riesco a ricordarmi che cosa ci aveva detto di preciso la nostra insegnante...». Il suo viso si contrasse in una smorfia di concentrazione. «L'energia luminosa che viene assorbita dalle molecole di qualsiasi corpo è potenzialmente in grado di innescare una reazione chimica. Ma ogni molecola ha bisogno di una quantità di energia minima per dare inizio a una reazione chimica che coinvolga anche altre molecole: se non sbaglio, questa quantità di energia minima si definisce "energia di attivazione", e a diverse tipologie di molecole corrisponde un'energia di attivazione diversa. Forse l'energia di attivazione delle vostre molecole di vampiri è molto debole, o qualcosa del genere».

«Wow, Ben. Sei intelligentissimo», osservò Jacques, colpito.

«Sì», concordò Freddie. «È stata una spiegazione davvero illuminante».

«Non fate quelle facce così sorprese», rispose Ben, arrossendo di fronte ai loro sguardi ammirati.

«Quindi secondo voi questa tattica delle diciture sulle casse funzionerà?», chiese Isobel.

«Sono abbastanza convinto di sì», rispose Ben. «Assicuratevi solo di scriverlo a caratteri ben visibili».

«Ho paura», spiegò Isobel. «Ho già la mente invasa da immagini orribili della mia cassa che viene aperta nel bel mezzo della pista. Il dolore per l'esposizione alla luce diurna non è una sensazione che vorrei rivivere un'altra volta».

«Andrà tutto bene, Isobel», la rassicurò Alexandre.

«Forse dovresti restare qui», le suggerì invece Leonora. «Sono sicura che noi ce la caveremmo lo stesso».

«No. Certo che vengo con voi. Voglio solo essere sicura che arriveremo sani e salvi».

«Ricapitolando», disse Ben. «Viaggerete tutti in incognito spacciandovi per sculture dal valore inestimabile».

«Perfetto», rispose Leonora, rivolgendo a Ben un insolito sorriso.

Lui si rallegrò di quella dimostrazione di calore inaspettata, ma la sua felicità ebbe vita breve.

«E non preoccuparti, Ben», aggiunse Freddie. «Ti terremo informato di tutto».

«Che intendi dire con quel "ti terremo informato"?»

«Proprio quello che ho detto», rispose Freddie, con un'espressione perplessa stampata sul volto.

Alexandre intuì che tirava aria di guai. «Ben, lo sai che resterai qui con Esther, vero?», puntualizzò.

«No, non potete farmi di nuovo una cosa del genere», replicò Ben.

«Ben, non ti stiamo facendo un bel niente. Ne abbiamo già parlato. Non hai il passaporto».

«Forse ne avete parlato tra di voi, ma io non ho ancora avuto modo di dire la mia».

«La questione del passaporto è un problema che non può essere aggirato».

«Allora viaggerò anch'io in una cassa da imballaggio».

«Moriresti, dentro una cassa da imballaggio!».

«Ma Maddy è mia sorella!».

«Lo so. Mi dispiace», gli disse Isobel, tendendo una mano verso il suo viso.

Lui si scansò con rabbia. «Mi trattate tutti come se fossi uno stupido ragazzino la cui opinione non conta nulla. Siete andati a Londra senza di me e ora andrete pure in Turchia senza di me. Non è giusto. Non è...».

«Ben, Ben», lo interruppe Isobel. «Non è che vogliamo lasciarti qui. È solo che non puoi salire a bordo di un aeroplano se non hai un passaporto».

«Perché, non posso procurarmene uno?»

«Non c'è abbastanza tempo».

«Potreste accompagnarmi a Londra. Alex, potremmo andare con la tua moto».

«Se servisse a qualcosa lo farei, credimi. Ma non è solo questo. Hai appena quattordici anni. Sei minorenne. Non riusciremmo a sbrigare tutti gli adempimenti burocratici in tempo».

Ben se ne andò dalla cantina come una furia, sbattendosi la porta alle spalle.

«È solo preoccupato», disse Isobel. «Non è arrabbiato con noi, è frustrato per la situazione in generale».

Alexandre strinse la spalla della sorella ed entrambi si scambiarono un sorrisino triste. Jacques e Freddie rimasero fermi in mezzo alla stanza con aria impacciata, mentre Leonora, dal canto suo, sembrava non essersi accorta di nulla, concentrata com'era a picchiettare sulla tastiera del suo computerino portatile blu.

Quando erano ancora a Londra, Alexandre aveva raccontato agli altri vampiri i dettagli della sua conversazione con Blythe, e insieme avevano convenuto di non avere altra scelta se non quella di partire per la Cappadocia. Alexandre si era offerto di andare da solo, ma loro lo avevano rimproverato.

«Andremo tutti, fine della discussione», aveva sentenziato Freddie.

E infatti, due giorni dopo, eccoli nella cantina di Marchwood House a fare i preparativi per l'imminente partenza.

A un certo punto gli occhi di Alexandre si posarono sulla nuca di Leonora. La ragazza aveva i capelli appuntati in uno chignon molto morbido, con alcuni riccioli che le ricadevano in ciocchette sottili sul collo chiaro. Assomigliava a Madison persino vista di spalle, ma aveva un portamento molto più rigido, più controllato. Maddy era un migliaio di volte più rilassata della sua antenata. Entrambe erano ugualmente ostinate, però.

«Come sta andando?», le chiese Alex.

«Bene. Sto giusto stampando il biglietto aereo di Morris. Ancora un paio di minuti e ho finito». Avevano bisogno che Morris li accompagnasse, così una volta arrivati avrebbe potuto supervisionare il trasporto delle casse, nell'eventualità in cui fossero sorti problemi, e risolvere qualsiasi imprevisto avesse potuto verificarsi nelle ore diurne.

«Suonaci qualcosa, Isobel», le disse Jacques. «Sembra che non suoni più nulla in questi ultimi tempi. Mi manca».

«Vuoi che suoni il pianoforte?», gli chiese incredula lei, inarcando un sopracciglio verso il gemello.

«Sì».

«Ma se sentirmi suonare ti irritava sempre».

«So che davo questa impressione», si giustificò lui. «Ma non ero mai del tutto serio quando facevo quel genere di commenti. Sono pur sempre tuo fratello... infastidirti è il mio mestiere», scherzò con un sorriso.

«Sì, Belle», gli fece eco Alexandre. «Suonaci qualcosa».

«Non credo di averti mai sentita suonare», intervenne Freddie.

«Non c'è tempo. Abbiamo troppe cose da fare», replicò Isobel.

«Il tempo c'è», la contraddisse Alexandre. «Abbiamo ancora due ore prima di dover andare in aeroporto».

«Be', vista la grande richiesta come posso rifiutare?». Isobel si diresse verso la parte opposta della stanza, si sedette sullo sgabello tappezzato e sollevò il coperchio lucido del pianoforte. Chiuse gli occhi e fece un bel respiro profondo prima di riaprirli e abbassare le dita sottili sui tasti.

Alexandre sentì le note come se stessero risuonando in lontananza. Il brano era uno dei *Notturni* di Chopin. Quando era ancora umana, Isobel aveva sempre avuto difficoltà con quel pezzo in particolare, ma in quel momento le note si libravano da sotto le sue dita con estrema grazia e Alexandre si lasciò cullare dalla musica, come se questa gli stesse turbinando dentro e lui stesso fosse parte della melodia.

I ricordi della loro vita a Parigi gli affollarono la mente così in fretta che per poco non gli fecero perdere l'equilibrio: il salotto di casa, la risata di Maman, suo padre che si accigliava e si concentrava sulla musica, Jacques che faceva il buffone e lui, Alexandre, che sognava di andar via, annoiato e desideroso di trovarsi in qualsiasi altro posto nel mondo. Se solo avesse saputo apprezzare quei momenti preziosi... Avrebbe dovuto assaporarli, invece di spazzarli via come briciole stantie. Ma ormai erano passati, nient'altro che immagini nella sua mente; ricordi di una vita così vivida, così vicina, che gli sembrava quasi di poterla toccare. Quasi...

Capitolo 11

Cappadocia, 574 d.C.

Con il passare dei mesi, le voci a proposito dell'invasione si fecero sempre più insistenti. La gente non parlava d'altro, sebbene Aelia non avesse quasi mai occasione di scambiare due chiacchiere con chicchessia. Quando si trovava in zone affollate, però, l'atmosfera era permeata dal vocio e dal brusio delle persone preoccupate. C'era un'energia incalzante nell'aria; un'energia carica di propositi, di agitazione e di paura. La gente si stava preparando all'invasione, ma non discuteva di armi o di strategie difensive: parlava di scavare.

«Scusami», disse Aelia a una giovane schiava, appena una ragazzina, la cui attenzione era stata catturata da un cagnolino ammaestrato che veniva fatto esibire nella piazza del mercato. L'animaletto selezionava alcune monetine a seconda del volto dell'imperatore che raffiguravano. Era tutto un trucco, naturalmente, e chiunque avesse tentato di scommettere contro il cagnolino avrebbe senz'altro finito per perdere il proprio denaro.

La ragazzina si voltò verso Aelia con uno sguardo di puro panico. «Oh», disse poi, rilassandosi. «Mi hai fatto prendere un colpo. Mi era sembrata la voce della mia padrona». Squadrò Aelia da capo a piedi e tornò a guardare lo spettacolino.

«Scusa se ti ho spaventata», insistette Aelia. «Mi chiedevo giusto cosa stesse succedendo».

La ragazzina si voltò di nuovo, controvoglia, con le sopracciglia inarcate in un'espressione interrogativa un po' insolente.

«Gli scavi...», specificò Aelia.

«Che scavi?»

«Parlano tutti di mettersi a scavare la terra...».

«Non lo sai che stanno arrivando i barbari? Che c'è, sei lenta di comprendonio per caso?»

«No», rispose Aelia, mordendosi la lingua per l'insulto. «Certo che lo so, anch'io ho sentito parlare dell'invasione. Ma perché scavano tutti?»

«Non ci credo che non lo sai». La giovane schiava le rivolse un sorrisetto scaltro. «Se vuoi posso dirtelo, ma avrò bisogno di un incentivo».

«Eccoti il tuo incentivo», ribatté Aelia, di colpo arrabbiata con quella ragazzina dall'aria furbetta. «Che ne pensi di dirmi tutto ciò che sai, e io in cambio mi assicurerò che la tua padrona non venga a sapere di come hai trascorso la mattinata in giro a bighellonare e a guardare spettacolini da quattro soldi invece di portare a termine il tuo lavoro?».

La ragazzina storse il muso. «E va bene. Non c'è bisogno di essere così scontrosa. Ma come faccio a sapere che non sei una spia barbara venuta da oriente?»

«Ti sembro una spia barbara venuta da oriente?».

La giovane schiava sospirò. «E va bene, d'accordo».

«Allora, questi scavi?», incalzò Aelia.

«Dobbiamo trasferirci tutti laggiù», disse la ragazzina.

«Laggiù dove?»

«Dove, secondo te? Laggiù, sottoterra. Stanno trasferendo un sacco di interi villaggi nel sottosuolo. Vivremo lì per impedire agli invasori di trovarci e sgozzarci nel sonno. A quanto pare, si tratta di una delle civiltà più spietate del pianeta. Tengono le loro donne incatenate e mangiano i bambini... li considerano una prelibatezza».

«Mangiano i bambini?», esclamò Aelia inorridita.

La schiava annuì. «La mia padrona dice che vivere sottoterra sarà divertente. Divertente per lei, forse, dato che non farà altro che andarsene a zonzo con tutti i suoi amici raffinati. Per noialtri non sarà altrettanto divertente, però, visto che ci toccherà trasportare tutta la loro roba a miglia di profondità. Ci toccherà starcene rintanati laggiù per settimane e settimane fino a quando i barbari non se ne saranno andati. E se poi non se ne andassero? Se restassero per sempre? Rimarremmo in trappola. È un piano stupido, se vuoi sapere come la penso io».

Aelia dovette concordare con la ragazza. Sembrava un piano ridicolo. Voleva dire che anche il suo vecchio villaggio si sarebbe trasferito nel sottosuolo?

La folla scoppiò in una risata fragorosa quando il cane scelse ancora una volta la monetina corretta e l'ennesimo scommettitore perse i propri soldi.

«Hai mai sentito parlare del villaggio di Selmea?», domandò Aelia alla sua interlocutrice.

«Sì, ovvio. Tutti quanti hanno sentito parlare di Selmea».

«Sai se anche loro si trasferiranno sottoterra?»

«Certo, sono stati proprio loro a proporre l'idea».

«Davvero?».

La giovane schiava si guardò intorno e poi si avvicinò ad Aelia. «La mia padrona ha sentito dire che a Selmea sono arrivati alcuni viaggiatori dall'oriente e che sono stati loro ad avvertire la popolazione dell'arrivo dei barbari. Hanno detto che dobbiamo costruire i villaggi sotterranei il prima possibile, altrimenti finiremo tutti per essere massacrati».

«Ma perché non restiamo a combattere gli invasori, invece?», chiese Aelia.

«A quanto pare la capitale non vuole fornirci le armi, e in più non ci sono abbastanza uomini da mandare a combattere, visto che la peste se li è portati via quasi tutti».

«E quando arriveranno gli invasori?»

«Oh, ci vorrà ancora un sacco di tempo», rispose la ragazza in tono disinvolto. «Al momento si trovano ancora a centinaia di miglia verso est, intenti a fare stragi e conquiste. A giudicare dalla velocità con cui avanzano, ci vorranno ancora un paio d'anni prima che giungano fin qui. Sempre che nessuno li fermi».

Ad Aelia l'intera faccenda sembrava sospetta. Perché costruire una città sotterranea in vista di un potenziale nemico che poteva anche non arrivare mai?

«La mia padrona dice che è tutta una scusa, comunque. Secondo lei, alcuni vecchi consiglieri fifoni preferiscono essere più prudenti del necessario e ritengono che sia una buona idea costruire la città sotterranea come precauzione. Così oltretutto la gente si tiene impegnata con il lavoro e resta lontana dai guai. Per lei tutta questa faccenda è molto divertente. Ma è anche vero che ai suoi occhi sembra divertente più o meno qualsiasi cosa. Tanto, mica deve mai alzare un dito, lei».

«Ma quindi dove sarebbe l'ingresso di questa città?», domandò Aelia.

«È un segreto. Non lo scopriremo fino a quando non arriverà il momento. Per adesso tutti quelli che ci lavorano vengono calati nel sottosuolo tramite pozzi di ventilazione».

«Musa!».

Aelia vide un braccio peloso farsi strada tra la folla, e subito dopo la mano appartenente a quel braccio afferrò la schiava per la spalla scheletrica. La ragazza alzò lo sguardo e vide un uomo adulto, anche lui uno schiavo, con un'espressione esasperata.

«Musa, se non ti sbrighi ti beccherai una frustata».

La ragazzina alzò gli occhi al cielo in direzione di Aelia e si lasciò portare via. Aelia la seguì con lo sguardo, riflettendo su ciò che aveva sentito. La vedova Maleina le aveva detto che quelle dicerie sui barbari erano stupidaggini insensate, ma come faceva ad affermarlo con tanta certezza? Qualunque fosse la verità, Aelia sperò che la sua famiglia sarebbe stata al sicuro.

Capitolo 12

2024

Il pezzo di piatto era liscio e scivoloso. Madison temeva di perdere la presa; si preoccupava che il coccio le sfuggisse di mano e che finisse per lacerare la pelle a lei, invece di conficcarsi nella carne dell'altra ragazza. A ogni modo, intanto aveva deciso di aspettare dietro la porta. Avrebbe dovuto mirare al viso della ragazza, perché non era sicura che il frammento di ceramica fosse abbastanza affilato da riuscire a bucarle i vestiti. Avrebbe puntato alla guancia, così sarebbe stata una superficie abbastanza morbida. Maddy si sfiorò la sua, di guancia, e si chiese che genere di dolore avrebbe provato se qualcuno gliel'avesse squarciata. In quel momento non poteva permettersi di pensare a cose del genere, però, non poteva fare la schizzinosa o la sentimentale: quella sconosciuta la stava trattenendo in quel posto contro la sua volontà, perciò, se si fosse fatta male, non avrebbe avuto che sé stessa da incolpare.

Erano ore ormai che Maddy aspettava dietro la porta. Si accovacciò per far riposare le gambe, stanca di stare in piedi. Con la coda dell'occhio vide qualcosa sfrecciare sotto il letto: poteva essere o un roditore molto piccolo oppure un ragno gigantesco. Maddy concluse che avrebbe preferito non sapere di quale dei due si trattasse. Rabbrividì, ma poi all'improvviso udì l'inconfondibile cigolio della serratura. Ecco arrivare la sua occasione. Sperava solo che sarebbe stata davvero la sua secondina e non qualcun altro di più muscoloso e imponente.

Non appena la porta iniziò ad aprirsi, Madison scattò in piedi e fece un passo avanti in modo da trovarsi proprio a ridosso del raggio di apertura. Il cuore le batteva all'impazzata e lei si sforzò di trattenere il respiro. Aggiustò la presa sul coccio di ceramica e sollevò il braccio ben in alto. Scorse la corposa treccia liscia che ricadeva sulla nuca della ragazza e, quando questa si voltò verso di lei, calò il braccio a tutta velocità, mirando dritto alla guancia. Sarebbe stato impossibile mancarla.

Eppure, la ragazza non si mostrò nemmeno sorpresa. Si limitò giusto a fare un elegante passo indietro per evitare di essere colpita. Come aveva fatto? Era come se si fosse mossa alla velocità della luce, ma allo stesso tempo anche al rallentatore. A quel punto Maddy si rese conto che aveva già visto quel modo di muoversi in precedenza: a casa sua. Alexandre e gli altri erano capaci di muoversi proprio in quella stessa maniera.

La ragazza era una vampira.

Maddy non riuscì a credere di non essersene accorta prima. Certo che era una vampira: nessun essere umano possedeva una tale bellezza. La ragazza aveva limpidi occhi color nocciola e una pelle liscia e perfetta; i suoi capelli intrecciati erano di un castano caldo lucente e intenso, e in generale aveva il fascino di una stella del cinema. Maddy doveva essere stata davvero mezza addormentata, l'ultima volta, per non aver notato niente di niente. Anche se, bisognava riconoscere che allora la luce non aveva fatto altro che tremolare di continuo, perciò sarebbe stato difficile dare un'occhiata approfondita.

Le spalle di Madison si afflosciarono non appena capì che non ci sarebbe stato modo di fuggire. Che ogni speranza era vana. La vampira le rivolse un sorrisetto. Un sorrisetto! La delusione di Maddy si trasformò subito in una collera furente.

«Perché sono qui?», sbraitò. «Chi sei? Va bene, d'accordo, fattele pure queste due risate, mentre ci sei: la stupida prigioniera umana è troppo lenta per cogliere di sorpresa la ragazza-vampira. Quindi? Che sta succedendo?».

La vampira tese una mano per farsi consegnare il coccio di ceramica, e a malincuore Maddy glielo cedette. Nell'altra mano, la sua secondina reggeva un piatto stracolmo di qualcosa che emanava un profumino delizioso. Lo mollò sul letto prima di dirigersi verso il bagno a raccogliere gli altri frammenti del piatto rotto.

«Questo posto è disgustoso, lo sai?», le disse Maddy. «E io è tutto il giorno che muoio di fame. Per quanto tempo dovrò restare qui?»

«Non posso dirti nulla», rispose piano la vampira. «Perciò è inutile che chiedi».

«Wow, ma allora parli».

Riecco quel sorrisetto.

«Perché sono qui?», insistette Maddy.

La ragazza scosse la testa e la oltrepassò, dirigendosi verso la porta.

«Ehi!». Maddy cercò di afferrarla per un braccio.

La vampira scansò la presa e avvicinò il viso a quello di Maddy. «Non lo rifarei, se fossi in te. Sai di cosa sono capace. Non essere stupida. Non voglio farti del male».

«E allora che cos'è che vuoi?».

La ragazza le lanciò un'occhiata strana e se ne andò, chiudendosi la porta alle spalle.

Maddy sprofondò sul letto con un sospiro. «Be', è andata bene... come no».

Dunque... la sua secondina era una vampira. Una vampira! Che cosa stava succedendo? Era possibile che ci fosse quell'altro avvocato, quel Winston Blythe, dietro tutta quella faccenda? Certo che era possibile. Ma poteva anche darsi che lui non c'entrasse affatto. Forse... Oh, ma che senso aveva tutto quel tirare a indovinare? Tanto Maddy non sapeva un bel niente. Non aveva proprio idea del motivo per cui era stata rinchiusa lì, immaginava solo che dovesse avere qualcosa a che fare con Alex e gli altri. Sperava che stessero bene, che non fossero in pericolo. E Ben! "Ti prego, Dio, fa' che mio fratello stia bene", pensò Maddy. E se avessero rapito anche lui? Se anche lui in quel momento fosse stato rinchiuso in una di quelle stanze orribili? Se gli avessero torto anche un solo capello, lei... lei cosa? Che cosa avrebbe mai potuto fare per sconfiggere anche solo uno di loro? Niente.

Doveva riuscire a procurarsi qualche informazione da qualche parte. Quel non sapere la stava mandando fuori di testa. Doveva calmarsi, ma starsene in quella cella di cemento non la aiutava per niente. Si sentiva come se le pareti intorno a lei stessero per soffocarla, privandola di ogni particella d'aria che aveva nei polmoni. Le si annebbiò la vista. Fece ciondolare le gambe giù dal letto e lasciò penzolare la testa in mezzo alle ginocchia. Stava soltanto avendo un minuscolo attacco di panico, nient'altro. Se avesse fatto qualche bel respiro lento e profondo si sarebbe ripresa. Inspirare dal naso ed espirare dalla bocca, il segreto stava tutto lì. Ma il pavimento si stava inclinando. No. Non poteva arrendersi a quello stupido panico, non sarebbe stato affatto d'aiuto.

Pian piano il senso di vertigine passò e Maddy tornò a distendersi sul fianco, rannicchiata su sé stessa. Si era già trovata in situazioni difficili in passato, ma era sempre riuscita a uscirne. Ce l'avrebbe fatta anche quella volta.

Il terribile tanfo di muffa del lenzuolo le fece venire voglia di piangere. Chiuse gli occhi e fece finta di essere di nuovo a casa, a Marchwood House, sdraiata nel suo lettone enorme, con le portefinestre aperte e una brezza serale estiva che increspava le tende. Era appena calata la notte e Alexandre stava per raggiungerla, stringerla tra le braccia e baciarla sulle labbra. Sospirò. Il suo respiro si era calmato, la sua mente aveva smesso di sfrecciare per sentieri oscuri. Avrebbe rivissuto quel sogno, ma la volta successiva sarebbe stato reale.

Nel Gloucestershire il tempo si era fatto pessimo. Il cielo era invaso da nuvole grigio fumo che di tanto in tanto dispensavano insidiose gocce di nevischio. Soffiava un forte vento da est e la temperatura non era salita sopra e i due gradi.

La cantina sembrava già triste e abbandonata senza di loro, ma era ancora impregnata del loro odore: un leggero profumo di vaniglia. Gli fece venire fame. Ben si lasciò sprofondare su una chaise-longue color panna, tirò su i piedi e si appoggiò allo schienale dall'imbottitura robusta. Aveva ancora le scarpe messe. Meno male che Isobel non c'era, altrimenti avrebbe dato di matto. Maddy e Leonora non si agitavano così tanto per cose del genere, per fortuna.

Tirò fuori il cellulare dalla tasca: nessuna chiamata persa o nuovo messaggio. Presto avrebbe telefonato a Morris per sapere se erano già atterrati in Turchia. Lo sguardo di Ben si posò sul telecomando del televisore. Lo prese e passò in rassegna cinque o sei canali prima di spegnere un'altra volta. Per qualche strano motivo, il silenzio improvviso lo rese nervoso.

Di lì a poco sarebbe stato Natale. Mancava una settimana esatta, a voler essere precisi. Sarebbe stato meglio che per allora Madison fosse tornata a casa. Non potevano passare un altro Natale orribile come quello dell'anno precedente. Oddio, che situazione inutile. Lui era inutile. Che cosa poteva fare per dare una mano? Doveva per forza esserci qualcosa...

Come si chiamava l'albergo in cui alloggiavano? Era vicino alla città sotterranea, almeno quello lo sapeva. Magari poteva cercarlo su internet. Si guardò intorno alla stanza.

Il portatile blu scuro di Leonora era appoggiato sulla sua scrivania, in un angolo. Ben si avvicinò, lo aprì e premette il pulsante di accensione. Una lucina verde lampeggiò e il dispositivo cominciò a ronzare. Ben si accomodò sulla poltroncina girevole in legno di quercia intagliato e pian piano iniziò a girare su sé stesso in attesa che il sistema operativo si avviasse.

Il loro albergo si trovava in un paesino chiamato Ayvali. Ben cercò la località su Google, trovò l'hotel e cliccò sulle immagini delle camere. Erano vere e proprie grotte, ma arredate a mo' di camere di un albergo di lusso. Cliccò su alcuni link. Sembrava che la Cappadocia fosse diventata una località molto turistica ormai. Organizzavano gite in mongolfiera, escursioni a cavallo, spedizioni nelle grotte e un sacco di altre attività interessanti. Per fortuna nessuno aveva ancora scoperto la città sotterranea dei vampiri. Be', anche ammesso che l'avessero fatto, con buone probabilità non sarebbero rimasti vivi per raccontarlo.

«Che cosa ci fai quaggiù tutto solo?».

Ben si voltò e vide Esther che faceva capolino dalla porta e lo fissava con un'espressione accigliata.

«Non serve a niente startene trincerato qua sotto. Vieni di sopra, puoi darmi una mano».

«Ma stavo giusto...».

Troppo tardi, la donna se n'era già andata prima ancora che Ben avesse avuto il tempo di replicare. Si sentivano già i suoi piedi che risalivano a passo pesante i gradini di pietra.

Ben brontolò tra sé e spense il portatile. Si trascinò su per le scale fino a raggiungere la cucina, dove Esther stava svuotando la lavastoviglie. «Dato che Morris se ne è andato a zonzo a divertirsi, ho bisogno di un po' di muscoli che mi diano un aiutino».

Ben attese le sue istruzioni. Sapeva che la donna stava cercando di prenderlo al buono quando aveva parlato di "muscoli": sebbene Esther fosse minuta e mingherlina, era forte come un bue.

«Come va con quella mano?», gli chiese.

«Bene. Era giusto un po' ammaccata, tutto qui». Ben era ancora un tantino imbarazzato per quella storia del pugno che aveva sferrato alla porta.

«Ottimo. C'è una bella catasta di legna nel capanno che va portata dentro. E quando avrai fatto, ci sono anche i bidoni da svuotare. Io intanto preparo qualcosina per cena, per quando avrai finito».

Ben avrebbe voluto protestare, ma non ne trovò le forze. Del resto, cos'altro avrebbe avuto da fare? E poi Esther non gli aveva mai chiesto di dargli una mano con le faccende domestiche prima di quel momento... Si disse che in fin dei conti era stato davvero fortunato.

«Nel capanno ci sono anche i guanti di Morris. Mettiteli, così non rischi di beccarti qualche scheggia».

Ben si trascinò verso l'ingresso.

«E non dimenticare la giacca! Si gela là fuori!», gli urlò dietro la donna.

Ben prese il parka dall'attaccapanni. Esther lo trattava come un bambino di due anni, ma a lui non dispiaceva più di tanto. Sapeva che la governante aveva buone intenzioni. Faceva impazzire Maddy, però, e a volte lui temeva che la sorella potesse essere così scortese da spingere i Foxton ad andarsene. Aprì la porta d'ingresso e una forte raffica di vento lo colpì in piena faccia. Oddio, si gelava sul serio e lui aveva pure perso il cappello. Si chiuse la cerniera del parka, abbassò la testa e sfidò il vento finché non raggiunse il capanno di fianco alla casa.

All'interno regnava un odore di creosoto e di trucioli di legno; un profumo fantastico, secondo Ben. Il ragazzo avvistò i guanti da lavoro di Morris su uno degli scaffali, li prese, li indossò e si munì di una carriola. Tornò verso la catasta di legna e passò i quaranta minuti successivi a riempire di tronchi le enormi ceste di vimini situate nelle quattro stanze principali della zona giorno. Era un lavoro che lo fece sentire accaldato, malgrado avesse il viso, le mani e i piedi così freddi da sembrare lastre di ghiaccio.

«Posso portarla fuori dopo cena, la spazzatura?», chiese a Esther togliendosi il parka e posandolo sullo schienale di una delle sedie della cucina per poi sedersi a tavola con un'aria distrutta.

Esther gli indicò dapprima il giaccone e poi la porta. Ben sospirò, dopodiché riportò il parka nell'androne e lo riappese all'attaccapanni. A quel punto tornò in cucina, dove una nebbia di deliziosi profumi di cibo gli fece gorgogliare lo stomaco.

«Ti ci vorranno giusto due minuti per portare fuori la spazzatura, e nel frattempo la cena sarà pronta».

«D'accordo», rispose lui, rassegnato, dirigendosi verso la lavanderia. «Dove la metto?», chiese a voce alta.

Esther lo raggiunse nella stanza. «L'indifferenziata va messa nel contenitore di legno fuori dalla porta sul retro, mentre la differenziata va nel contenitore verde che c'è accanto».

Ben raccolse il primo sacco di rifiuti e lo trascinò fuori, rimpiangendo di non essersi tenuto addosso la giacca. Aprì il coperchio del contenitore di legno e vi gettò il sacchetto, storcendo il naso per l'odore pungente. Dopodiché gettò ancora altri due sacchi e poi passò a quelli della raccolta differenziata. Aveva quasi finito, e a quel punto, finalmente, avrebbe potuto mangiare qualcosa.

Tutt'a un tratto, un pezzo di carta appallottolato e infilato nella parte laterale di uno scatolone da buttare attirò la sua attenzione e lo fece rimanere per qualche istante con il fiato sospeso. Sembrava il bigliettino del rapitore di Maddy. Ma Alexandre non l'avrebbe mai buttato via, quindi che cosa ci faceva nella raccolta differenziata? Magari Alex l'aveva smarrito. Ben allungò la mano e lo prese, dopodiché se lo appiattì contro una gamba. Era bianco. Lo girò, ma era bianco anche da quell'altro lato.

A quel punto Ben si accigliò e lo esaminò per bene. Non aveva alcun dubbio che si trattasse della stessa identica tipologia di carta su cui era stato scritto il messaggio del rapitore: un rettangolo di cartoncino avorio un po' screziato. Non aveva senso che quel foglietto si trovasse lì, in mezzo alla raccolta differenziata. Era possibile che il rapitore avesse scritto il suo messaggio lì a Marchwood? E qualora l'avesse fatto, perché mai si sarebbe preso la briga di gettare il cartoncino bianco nella raccolta differenziata? Che senso aveva? Ben non sapeva cosa fare.

«Come procede?», gli gridò Esther da dentro. «La cena è pronta!».

Ben si infilò il foglietto in tasca. «Arrivo!», gridò.

La prima cosa che Alexandre vide quando aprì gli occhi fu il tetto di feltro grigio del furgone. Si alzò a sedere e, dalla portiera aperta del veicolo, contemplò il quarto di luna crescente la cui superficie era punteggiata di crateri dalle sfumature aranciate.

Stentava ancora a credere che l'uomo avesse davvero camminato sulla luna. Era pazzesco.

Morris Foxton si fermò di fianco alla portiera del mezzo e si sporse in avanti per offrirgli una mano. In realtà Alexandre non avrebbe avuto bisogno dell'aiuto del custode, ma lo accettò comunque per educazione.

«Grazie, Morris», gli disse, scendendo dal veicolo con leggerezza. «Mi confermi che sta procedendo tutto secondo i piani?».

Morris annuì.

Alexandre si guardò intorno. La notte era fredda e immobile, l'aria più pulita e pungente di quanto non fosse in Inghilterra. Morris aveva parcheggiato il loro furgone a noleggio grigio metallizzato dietro un capannello di alberi defilati dalla strada principale. Alle loro spalle si profilavano costoni rocciosi e montagne di pietra. Alexandre si ricordava ancora di quello strano paesaggio frastagliato dall'ultima volta in cui l'aveva visto. Non esisteva nulla di simile altrove. Erano passati più di centoquarant'anni dall'ultima volta che era stato in quei luoghi. Quei mesi così lontani nel tempo si erano rivelati i più ricchi di avvenimenti della sua vita. Aveva vissuto così tante emozioni e avventure, prima del terrore di quell'orribile notte.

Lui e Morris si misero al lavoro e iniziarono ad aprire le altre casse. Quella mattina avevano preso un volo internazionale dall'aeroporto di Birmingham alla volta di Istanbul, e poi da lì avevano preso un volo interno per l'aeroporto di Nevşehir, in Cappadocia. L'aereo era atterrato alle sette di sera, ma di lì a quando Morris aveva ritirato il furgone a noleggio e vi aveva caricato le cinque casse, si erano fatte le dieci e un quarto. Avevano deciso che sarebbe stato più saggio se il custode li avesse portati in un luogo isolato, prima di aprire le casse.

«Siamo a circa mezz'ora di distanza dall'albergo», annunciò Morris.

Alexandre lanciò una rapida occhiata all'orologio. Erano già le undici e venti. La notte stava volando via. Una volta aperte tutte le casse, Alexandre fu pervaso da un'ondata di sollievo nel constatare che erano tutti sani e salvi.

«L'alba è alle sette e mezza spaccate», disse Freddie, uscendo dalla cassa con un saltello.

«Perciò abbiamo ancora la maggior parte della nottata», aggiunse Isobel.

«Forza, torniamo dentro il furgone», disse Alexandre. «Non possiamo permetterci di sprecare neanche un minuto. Guido io».

Morris non protestò. Salì sul retro del veicolo con Freddie e Jacques mentre Leonora e Isobel si sedettero davanti con Alexandre.

«Credi che sappiano che siamo qui?», gli chiese Isobel.

«Ne sono sicuro», le rispose Alexandre.

Guidò per la strada vuota procedendo in modo spedito. Non parlò, anche se sentiva Jacques e Freddie che chiacchieravano sul retro. Sui versanti delle colline brillavano diverse luci. Quel posto non gli sembrava la Cappadocia che conosceva. Sembrava quasi... addomesticato, con tutte quelle strade asfaltate e luci elettriche. Ben presto, però, attraversarono un ponticello e imboccarono la deviazione verso il villaggio di Ayvali. Lì, allontanandosi dalla strada principale, il paesaggio circostante divenne più agreste. La strada si restrinse e nel giro di poco tempo fu evidente che il furgone non ce l'avrebbe fatta. Alexandre imprecò, fece retromarcia e scese dal veicolo. Poi aprì il portellone posteriore.

«Dobbiamo trovare un posto dove parcheggiare. La strada non è abbastanza larga».

«Voi salite a piedi», propose Morris. «Io intanto parcheggio e poi vi raggiungo più tardi».

«Grazie», gli disse Alexandre, porgendogli le chiavi.

I cinque vampiri risalirono il viottolo che conduceva all'hotel. Un grande edificio squadrato ai piedi della collina cedeva il passo a una serie di gradoni di roccia sempre più alti dietro i quali si celava un alveare di stanze scavate nel ripido versante collinare. Davanti alle grotte si incrociavano scale tortuose e alberelli sottili fremevano sui pendii.

I ragazzi avrebbero fatto il check-in e poi sarebbero passati a esplorare la zona. Quel posto non era come Alex se lo aspettava: sembrava una splendida località turistica, non il luogo strano e selvaggio che era stato un tempo. Ma se Madison era lì, lui l'avrebbe trovata.

Capitolo 13

Cappadocia, 575 d.C.

I mesi sfumarono via uno dopo l'altro mentre la vita di Aelia assumeva un andamento che lei tutto sommato accettava. Era fatta così, la sua vita, ormai. Pian piano i giorni e le notti diventarono sempre più freddi e presto arrivò un altro inverno gelido e luminoso, che rischiarò l'aria e conferì al paesaggio brullo una limpidezza abbagliante. Un giorno la vedova Maleina aveva lanciato un mucchio di coperte in direzione di Aelia e, nel mezzo, la ragazza vi aveva trovato anche una tunica di lana molto spessa con un cappuccio, indumento per cui si era sentita molto riconoscente. Viveva con la vedova da quasi quattro anni ormai e, sebbene non si sarebbe definita proprio felice, non era nemmeno triste.

Aveva imparato molto dall'anziana signora, e apprezzava la libertà che le era stata concessa. I suoi unici crucci erano legati al pensiero della sua famiglia e alla solitudine che caratterizzava la sua vita. Doveva considerarsi fortunata se riusciva a scambiare più di una frase con la vedova nell'arco di un'intera giornata, e parlava molto di rado con gli eventuali pazienti che venivano alla grotta. Se qualcuno provava a rivolgerle la parola, la vedova o lo interrompeva o spediva Aelia a occuparsi di qualche altra mansione altrove, al punto che spesso la ragazza si ritrovava a parlare da sola per darsi un po' di conforto.

Una mattina si svegliò, come al solito, ma ebbe subito la sensazione che ci fosse qualcosa di diverso dalla norma. La grotta era sempre silenziosa, ma quel giorno lo sembrava ancora di più. Il silenzio era proprio assoluto, quasi tombale. La vedova era già uscita, e così Aelia si stiracchiò e si vestì in fretta. Si sciacquò il viso nella sorgente ghiacciata e si avviò lungo lo stretto corridoio che conduceva all'ingresso della grotta. Quando sentì uno scricchiolio sotto i piedi, abbassò lo sguardo: era neve. Era entrata da fuori e, non appena Aelia uscì, fu accolta da un mondo ricoperto di bianco. Un turbine di fiocchi umidi e svolazzanti le si sciolsero sulle guance. Lei sorrise e si tirò su il cappuccio. Dopodiché si incamminò per raggiungere l'anziana signora, le cui piccole impronte si vedevano a malapena.

Non aveva percorso molta strada quando all'improvviso sentì urlare. Si voltò e vide una figura ammantata vicino all'ingresso della caverna... un uomo. Aveva appena gridato il suo nome. Il battito cardiaco di Aelia accelerò. Conosceva quella voce. Gli corse incontro, con il cuore traboccante di gioia.

«Padre!».

Lui sembrò esitare per un momento, ma poi spalancò le braccia. Lei vi si tuffò, con le guance rigate di lacrime calde. Si era sforzata molto per non pensare troppo alla sua famiglia, visto che la cosa finiva sempre e solo per rattristarla. Ma lì, tra le braccia del suo adorato papà, Aelia si abbandonò ai sentimenti che tanto aveva cercato di soffocare: un misto di solitudine, umiliazione e angoscia.

«Suvvia, tesoro», le disse lui, stringendola a sé prima di sciogliere l'abbraccio. «Cosa sono queste lacrime? Pensavo che saresti stata felice di vedermi», aggiunse, cercando di sdrammatizzare.

Aelia però vedeva l'emozione nei suoi occhi. «Come mi hai trovata?», gli chiese.

«Non è importante», rispose lui. «Avevo promesso a tua madre che ti avrei trovata e adesso l'ho fatto. Mia piccola Aelia, sei diventata una donna stupenda. Un po' magrolina, ma comunque stupenda».

«Vieni, padre. Entra, togliamoci dalla neve e riscaldati».

Che cosa significava il fatto che suo padre era venuto a cercarla? Forse era stata perdonata? Le sarebbe stato concesso di tornare al villaggio? Si affaccendò per ravvivare il fuocherello fumante e mise un po' d'acqua a scaldare. Suo padre si avvicinò alla fiamma e tese le braccia per scaldarsi le mani.

«Mi hanno detto che vivi con una guaritrice», le disse.

«Sì. Mi ha trovata dopo... dopo...». Aelia deglutì. «Padre, mi dispiace davvero tanto... per tutto. Mi vergogno moltissimo di ciò che ho fatto. Spero che tu, la mamma e le mie sorelle non abbiate sofferto per le mie azioni».

«È acqua passata. Abbiamo questioni più urgenti di cui occuparci, adesso».

Aelia porse al padre una tazza con dentro un infuso e lui la strinse tra le mani, soffiandoci sopra.

«Come hai fatto a trovarmi?», gli chiese ancora una volta la ragazza.

«Mi ci è voluto un po'. Ho chiesto in giro e ho captato qualche pettegolezzo qua e là. Ti tratta bene, questa donna?»

«Sì. È severa, ma non crudele».

«Immagino che avrai sentito le voci sull'invasione dei barbari».

«La vedova Maleina dice che sono un mucchio di stupidaggini».

«Be', è un bene che la vedova Maleina non sia al comando, allora».

«Sai, credo che lei sappia cose che altri non sanno», rispose Aelia, sorpresa di ritrovarsi a difendere l'anziana signora agli occhi di suo padre.

«Sarà, ma adesso non abbiamo tempo per metterci a discutere della saggezza della tua vecchia sapientona. Lo sanno tutti che i barbari stanno arrivando. Sono vicini ormai, e saranno qui entro la fine dell'anno. Noi abbiamo quasi finito con i preparativi e sono venuto qui apposta per dirti che ci sarà posto anche per te quando arriverà il momento di scendere sottoterra».

«Posto per me?»

«Sì. Avremo una stanza tutta nostra nel sottosuolo, e ci sarà posto anche per te».

«Per me? Ma com'è possibile? Io sono stata esiliata. Come ci siete riusciti?»

«Lascia perdere come ci siamo riusciti», tagliò corto lui. «Dovrai venire all'ora stabilita e scenderemo tutti insieme. L'ingresso dell'insediamento sotterraneo si trova appena fuori dal nostro villaggio, dove c'è la grotta con i camini. Dovrai essere lì al tramonto del primo giorno d'estate. Scenderemo a quell'ora».

Aelia conosceva bene quella grotta: era un luogo inquietante, su cui circolavano moltissime dicerie. Da bambini credevano tutti che fosse infestata. Lei l'aveva vista soltanto un paio di volte, ma chiunque sapeva dell'esistenza della grotta con i cinque pilastri di pietra: si diceva che fossero i camini di un'antica divinità che era stata bandita nel sottosuolo per l'eternità.

«Quindi nel frattempo devo restare qui con la vedova?»

«Sì, tesoro, mi dispiace... non sono riuscito a convincerli a fare altrimenti. Ecco, tieni». Porse alla figlia un rotolo di pergamena stropicciata che lei aprì. «Una mappa da qui alla grotta. Il tragitto è abbastanza semplice e non dovrebbe richiedere più di un giorno di cammino. Dovrai metterti in marcia presto, quel giorno, però».

«Solo un giorno di cammino? Ma quando sono andata via c'è voluto così tanto tempo per arrivare fin qui... Devo aver girovagato in tondo».

Suo padre posò la tazza e le prese il viso tra le mani. «Mi addolora moltissimo che tu abbia dovuto affrontare tutti questi ostacoli da sola, ma sapevo che saresti sopravvissuta. Sei sempre stata una ragazza coraggiosa».

«Sul serio? Lo pensi davvero?».

Lui rise. «Sì, certo. Perché, tu non ti senti coraggiosa?»

«Per niente. Mi sembra sempre di essere terrorizzata da tutto».

«Il vero coraggio sta nell'andare avanti nonostante le proprie paure. E tu, mia piccola Aelia, sei andata avanti eccome». Le baciò la fronte.

«Anche la vedova Maleina deve venire con noi».

«Non credo sia possibile, tesoro. È stato già abbastanza difficile trovare un posticino per te. Dubito che permetteranno di venire anche a lei».

«Ma non posso abbandonarla alla mercé dei barbari. Non dopo che mi ha salvato la vita e accolto qui».

Suo padre sospirò. «E va bene. Falla venire, ma non posso garantirti che le consentiranno di scendere con noi. Tutti gli spazi sono già stati assegnati. C'è persino una lista».

«Troveremo un modo. Sempre ammesso che accetti di venire, certo. Lei non crede a tutta questa storia dell'invasione».

Si accorse che il padre aveva un'aria distratta.

«Che succede?», gli chiese Aelia. «C'è qualcosa che non mi stai dicendo?»

«So che è stato Lysus Garidas», rispose lui sottovoce, a denti stretti.

Aelia sussultò. Come faceva suo padre a saperlo? Ebbe troppa paura per chiederglielo, però. Non era un argomento che avrebbe voluto affrontare con lui. L'uomo le stava parlando come a un'adulta e la cosa la faceva sentire a disagio.

«Siete stati visti entrambi», proseguì suo padre. «Ma all'epoca, la ragazza che vi ha seguiti ha tralasciato di ammettere che aveva visto anche lui. Al pretore è stato fatto soltanto il tuo nome».

Quindi qualcuno aveva davvero seguito lei e Lysus! Aelia si sentì mortificata. Chi poteva essere stata?

«Non ha importanza chi era la ragazza», continuò suo padre, come leggendole nel pensiero. «Ma sono riuscito a farle dire la verità, e adesso anche il pretore Garidas sa come sono andate davvero le cose. Il vero colpevole era suo figlio, eppure il ragazzo è sfuggito a qualsiasi punizione. È stato grazie a questo che sono riuscito a convincere il pretore a cedere e a riservarti un posticino con noi nel sottosuolo».

«E cosa... cosa ha avuto da dire Lysus al riguardo? All'epoca mi aveva detto che ci saremmo sposati...». Un fiume di ricordi spiacevoli cominciò ad affiorare e Aelia cercò con tutte le sue forze di trattenere le lacrime. Era decisa a non piangere per lui.

«Il pretore Garidas l'ha mandato a vivere in uno dei villaggi vicini, con un pretesto o con un altro», spiegò il padre. «Ed è anche un bene, perché non credo che sarei riuscito a guardare quel ragazzo senza...». Strinse i denti e poi anche i pugni.

«Padre, mi dispiace tanto». Gli mise una mano sul braccio.

«Basta, tesoro, non pensiamoci più. Presto saremo di nuovo tutti insieme e a quel punto potremo trovarti un valido pretendente. Hai già diciannove anni, ormai sei un po' grandicella per essere una sposa». Fece un sorriso triste. «Ma sei molto avvenente, perciò vedrai che la tua età passerà in secondo piano. Così ci lasceremo tutta questa storiaccia alle spalle».

Un valido pretendente? La realtà di come sarebbe stato tornare a casa cominciò a prendere forma nella mente di Aelia. Come avrebbe fatto a guardare in faccia gli amici e i vicini? Di sicuro loro l'avrebbero emarginata.

«Per quanto mi addolori, adesso devo lasciarti, figlia mia. Sono stato via troppo a lungo».

«Di già? Ma non hai nemmeno conosciuto la vedova Maleina! Tornerà prima di mezzogiorno. Devi restare almeno per qualche ora».

«Vorrei poter restare ancora un po'. Mi sei mancata da morire ed è meraviglioso vedere il tuo dolcissimo viso dopo tutto questo tempo. Ma ho promesso a tua madre che sarei tornato con delle notizie. Sarà molto preoccupata».

«Va bene». Aelia abbassò lo sguardo nel disperato tentativo di non scoppiare a piangere. «Ti fermerai almeno per colazione?».

Lui sorrise. «Sì, questo si può fare».

Capitolo 14

2024

Da quanto tempo era lì a tremare in quel posto umido e orribile? Non c'era neanche una finestra, quindi Maddy non poteva nemmeno farsi un'idea di che ora del giorno fosse. La sensazione di panico di non molto prima si era trasformata in noia e frustrazione nel giro di poco tempo. Madison camminava avanti e indietro per la stanza, battendo forte i piedi sul pavimento per cercare di far arrivare un po' di calore alle sue ossa infreddolite. Era in preda al disperato bisogno di sapere se Ben stesse bene. Lui e Alex le mancavano così tanto da provocarle quasi un dolore fisico.

«Andiamo!». Picchiò diversi pugni sulla porta. «Che sta succedendo?». Se fuori c'era qualcuno, era evidente che non la calcolava di striscio. Che altro poteva fare? Ci pensò su per un po', cercando di stabilire quale fosse la strategia migliore da adottare. Be', magari poteva cercare di fare amicizia con la ragazza-vampira. Non aveva sempre sentito dire che era una buona idea tentare di instaurare un legame con i propri sequestratori? Era sicura di averlo visto in un documentario. O forse era un film?

Diverse ore dopo, finalmente la porta si aprì di nuovo.

Maddy cercò di intercettare lo sguardo della vampira non appena quella mise piede nella stanza, ma la creatura rimase con lo sguardo fisso davanti a sé.

«Ciao», le disse Maddy. «Come ti chiami?».

Niente.

«Io sono Madison. Ma forse lo sapevi già. Gli amici mi chiamano Maddy».

Nessuna risposta. Maddy si sentì un po' stupida, ma era decisa a non mollare. La vampira le aveva portato un vassoio con una scodella di una cosa che sembrava una zuppa e un abbondante pezzo di pane.

«Ha un'aria molto appetitosa. Grazie».

La ragazza squadrò Maddy dalla testa ai piedi. Maddy, per tutta risposta, si sentì un tantino incoraggiata.

«Non ti annoi a portarmi sempre da mangiare e poi a riportarti via i miei piatti sporchi? Non può essere così entusiasmante».

La vampira le lanciò un'occhiataccia mentre mollava il vassoio sul letto e riprendeva un piatto vuoto. "Ooops", pensò Maddy. Criticare le mansioni della sua secondina forse non era stata la mossa più intelligente del mondo.

«Voglio dire, essendo una vampira puoi fare un sacco di cose davvero pazzesche. Perché non glielo danno a un umano qualsiasi, il compito di farmi da fattorino per il cibo?»

«Perché un umano qualsiasi potrebbe farsi accoltellare in piena faccia con un pezzo di piatto rotto», replicò la vampira.

Maddy sorrise. «E va bene, me la sono meritata. Allora, come hai detto che ti chiami?».

La vampira alzò gli occhi al cielo e uscì dalla stanza.

Madison sorrise tra sé.

Nel corso delle visite successive, la ragazza proseguì con il suo piano di farsi amica la sua secondina.

«Quando sei diventata una vampira?».

La vampira non rispose, ma Maddy ormai si stava quasi abituando a essere ignorata. Non si lasciò scoraggiare.

«Fammi indovinare... mmm... hai quella bella treccia a spina di pesce e parli in modo abbastanza normale, ma non vuol dire che devo lasciarmi influenzare da questi indizi. Ok, la mia stima è che sei stata trasformata all'incirca trecento anni fa. Ci sono vicina?».

La vampira cercò di nascondere un sorrisino.

«A-ha! Stai sorridendo. Secondo me ci ho preso in pieno. Allora? Che mi dici, ci ho azzeccato? Basta che mi fai un cenno con la testa una volta per dire di sì».

La sua secondina uscì dalla stanza.

«Guastafeste!», le urlò dietro Maddy. «Oh, e sappi che farei di tutto per una bella tazza di tè! Ho qualche possibilità?».

Maddy cominciò a pensare che forse a poco a poco avrebbe ottenuto qualche risultato grazie al suo piano. La vampira non era ostile. Se solo fosse riuscita a farla parlare, magari avrebbe potuto indurla a farsi rivelare qualche informazione utile su dove fosse e su chi c'era dietro il suo rapimento. Aveva anche bisogno di sapere se Ben era al sicuro.

Intanto, Madison fremeva per l'impazienza di andarsene da quel postaccio. E se Alex e gli altri non fossero riusciti a rintracciarla? Era lì da un sacco di tempo ormai, e di una squadra di salvataggio non si vedeva neanche l'ombra. Sapeva che, se voleva fuggire, doveva pensarci da sola. Doveva impegnarsi un po' di più e riuscire a farsi amica la vampira.

Sul serio però, da quanto tempo era lì? Ipotizzò che quando la ragazza le portava il pane e la frutta, era probabile che si trattasse di una specie di colazione. E gliel'aveva portata già tre, anzi, no, quattro volte, perciò voleva dire che doveva trovarsi lì da almeno quattro giorni. Quattro giorni! A lei sembrava di essere là dentro da quattro mesi, piuttosto. Un momento, la porta si stava riaprendo. Wow, che rapidità. Di solito intercorrevano diverse ore tra una visita e l'altra.

Ebbene, era di nuovo la vampira, e stavolta aveva in mano una tazza.

«Non dirmi che è...». Maddy si avvicinò e la prese. «...una tazza di tè! Oh, ma è meraviglioso! Grazie. Morivo dalla voglia di bermi una bella tazza di tè sin da quando sono arrivata. Di solito lo prendo con un po' di latte, ma ehi, non mi lamento».

La vampira si girò e si diresse di nuovo verso la porta.

«Ti prego, non andartene così presto», disse Maddy, e lo pensava sul serio. «Mi sento davvero sola qui. Ed è sempre piacevole bere un tè e scambiare due chiacchiere. Non serve neanche che tu dica niente, resta giusto a farmi compagnia per un minutino o due. *Ti prego*».

La ragazza si fermò davanti alla porta, esitante, con la schiena rivolta a Maddy.

«Allora, alla fine non mi hai più detto quando sei stata trasformata in una vampira. Avevo ragione? È successo tre secoli fa?». Maddy bevve un sorso di tè. «Mmm, che buono».

«No», disse piano la vampira.

«No? D'accordo, quindi non tre secoli fa. In epoca vittoriana, allora? Mi sembri una ragazza molto femminile... senza offesa, eh. È solo che i tuoi vestiti e i tuoi tacchi alti sono... così graziosi, così eleganti. Sei nata in epoca vittoriana?»

«No». Detto questo, la vampira se ne andò.

Maddy sospirò e soffiò sulla sua tazza di tè.

Il viaggio non era stato molto confortevole, ma infine erano arrivati in Turchia. Alexandre non si concesse di ripensare all'ultima volta che era stato lì. Piuttosto, lanciò una rapida occhiata alla loro sistemazione d'albergo, una suite di sfarzose stanze scavate nella roccia color miele e collegate da preziose arcate con intarsi fitti ed elaborati. Tappeti turchi, arazzi e mobili tappezzati adornavano il salotto, e nella sua camera da letto c'erano addirittura alcune colonne e il baldacchino del letto che erano stati scolpiti proprio nella roccia. Non aveva tempo di apprezzare lo splendore che quel luogo gli offriva, però. Dovevano trovare l'ingresso della città sotterranea e salvare Madison.

Non aveva nessuna intenzione di starsene ad aspettare con le mani in mano per due giorni, ovvero fino al 21, per poi consegnarsi nelle mani del vampiro cappadoce come se fossero stati carne da macello. Quella creatura poteva anche farsi passare per un imperatore, ma agli occhi di Alexandre non era altro che un mostro, un ladro di vite. E non c'era da fidarsi di lui.

Anche Morris, nel frattempo, era già andato nella sua stanza. Per il momento sarebbe andato a dormire, ma aveva dato appuntamento ai ragazzi alle sei del mattino, nel caso in cui loro avessero avuto bisogno di fargli fare qualcosa una volta che si fosse fatto giorno. Isobel, Jacques e Freddie si stavano dando da fare per coprire le finestre con abbondante materiale oscurante, mentre Leonora era andata a caccia. Aveva detto che non ci avrebbe messo molto, ma Alexandre era impaziente. Perché diamine non si era nutrita prima di partire?

Prima di contrarre la malattia del sonno, i vampiri erano stati molto aperti tra di loro sul modo in cui si nutrivano, al punto che a volte erano persino andati a caccia in due o anche in tre. Dopo il lungo sonno, però, erano diventati tutti più solitari. Non ne parlavano più.

Certo, Alexandre comunque raccontava tutto a Madison. Lei non glielo faceva pesare, ma lui si rendeva conto che la cosa la turbava, forse perché le ricordava di quella volta in cui lui, senza volerlo, si era nutrito bevendo da lei e poi anche da Ben. Alexandre apprezzava il fatto che Madison non cercasse di far finta di nulla o di nascondere quel lato di lui. Al contrario, la ragazza si dimostrava molto interessata, facendogli mille domande su cosa gli servisse di preciso per sopravvivere. Sì, Alex si nutriva di sangue, ma no, non uccideva nessuno. Poteva bere il sangue degli animali, ma non aveva lo stesso effetto. Il loro sangue aveva un sapore terribile e non gli dava abbastanza energie per permettere al suo organismo di funzionare in maniera adeguata. Alex cercava di nutrirsi soltanto da esseri umani ormai prossimi alla morte. Purtroppo era probabile che le sue vittime avrebbero sofferto la classica febbre e i deliri, ma lui faceva in modo che non si ricordassero di quanto era successo. Faceva parte di ciò che era. Le sue uniche possibilità erano o morire di fame, o convivere con i sensi di colpa. Tuttavia, poteva resistere anche per giorni interi senza nutrirsi, e cercava sempre di rinviare il momento della caccia quanto più possibile.

Aaah, ecco Leonora, con le guance arrossate e gli occhi splendenti. La ragazza gli rivolse un sorriso smagliante, tanto splendido quanto inaspettato.

«Questo posto ti dona», le disse allora lui. «Sei raggiante».

«È il sangue che mi dona», gli rispose Leonora. «Ero così affamata, prima, in aeroporto... figurati che quando ho sentito l'odore degli addetti alla dogana, per poco non mi sono lanciata fuori dalla cassa».

Alexandre scoppiò in una risatina nervosa al solo pensiero.

«Be', sono contento che alla fine ti sia trattenuta», commentò Freddie. «Altrimenti saresti stata un mucchietto di cenere, in questo preciso istante».

«Santo cielo, non dirlo neanche per scherzo». Isobel rabbrividì.

«Siamo tutti pronti ad andare?», chiese Alexandre.

«Cosa serve che facciamo di preciso?»

«Niente, dobbiamo restare uniti. Questo è il loro territorio, e se sanno che siamo qui entreranno in massima allerta. Insieme siamo più forti, per cui saranno meno propensi ad attaccarci».

«Pensi che lo faranno?», domandò Jacques.

«Non ne ho idea, a dirti la verità. Ma spero di no. Se avessero voluto farci del male, ci avrebbero già provato molto prima di adesso. Blythe mi ha detto che vogliono che ci uniamo a loro».

«Perciò stanotte faremo giusto un piccolo sopralluogo?», chiese Jacques.

«Esatto», rispose Alexandre. «Se riusciamo a scoprire dove tengono Maddy, possiamo escogitare un piano per salvarla».

«Andremo dove si trovava il vecchio cunicolo d'ingresso? Il pozzo di ventilazione?», chiese Leonora.

«Non ancora. Ho come il presentimento che quello sia il punto in cui dovremo presentarci all'ora stabilita. L'avranno riempito di guardie».

«Quindi che cosa facciamo?», chiese ancora Leonora.

«Andremo al fiume dove c'è la grotta».

«Ma la grotta è andata distrutta», osservò Freddie. «Harold e Refet l'avevano fatta esplodere».

«Vero, però possiamo provare a camminare *al di sopra* della città sotterranea. Per vedere se percepiamo qualcuno sotto di noi».

«Se lo dici tu...». Jacques sembrava dubbioso.

«Be', hai un'idea migliore? Non possiamo attirare la loro attenzione. Non abbiamo idea di quanti di loro potremmo trovarci ad affrontare».

«Secondo me siamo spacciati».

«Jacques!», esclamò Isobel.

«Grazie del contributo, fratello. Per fortuna io sono un po' più ottimista di te».

«Mi dispiace, Alex», disse Jacques. «È solo che... adesso che siamo qui, comincio a rendermi conto che non sarà affatto facile».

«Ovvio che no! Ma cosa suggeriresti? Di rimetterci nelle nostre casse e farci rispedire a casa? Abbandoneresti Maddy al suo destino?»

«Certo che no, Alex. Mi dispiace. Non fare caso a me, stavo solo dicendo cavolate».

«Non sono cavolate, Jacques», rispose Isobel. «Siamo tutti molto tesi».

«Forza», la interruppe Freddie. «Andiamo. Continuare a parlarne mi sta solo facendo venire mille dubbi su tutto».

«Hai ragione, Freddie», affermò Alexandre. «Non sapremo cosa c'è là fuori finché non andremo a vedere».

Uscirono sulla veranda della loro suite arroccata a metà altezza della parete rocciosa e contemplarono il paesaggio. La valle e i costoni in lontananza erano costellati di tante altre grotte: alcune buie e vuote, altre che rilucevano di calde luci dorate. Per fortuna faceva troppo freddo perché gli altri ospiti dell'albergo potessero approfittare degli spazi esterni: erano tutti a letto, rintanati sotto le coperte, o nella hall, accanto a fuochi scoppiettanti. E così i vampiri rimasero inosservati, là fuori.

«Dobbiamo dirigerci verso nord», dichiarò Alexandre.

«Me lo ricordo». Isobel sospirò. «Non potrei mai dimenticarmene».

Alexandre strinse la mano della sorella. «Siamo venuti fin qui per mettere un punto a tutta questa storia. La chiuderemo una volta per tutte e ce la lasceremo alle spalle».

«Spero che tu abbia ragione», rispose lei, chiudendo gli occhi e sparendo dalla veranda. Gli altri la seguirono e Alexandre rimase a osservarli mentre loro in un batter d'occhio scendevano la parete rocciosa costellata di grotte e risalivano fino alla cima del costone di fronte. Si fermarono sulla sommità erbosa, quattro sagome scure che si stagliavano contro un cielo scuro come l'inchiostro. Alexandre esitò, poi fece un bel respiro e li raggiunse.

Esther si affaccendò intorno ai fornelli ancora per qualche minuto, dopodiché, finalmente, posò due piatti fumanti sul tavolo della cucina. Si sedette davanti a uno dei due.

«Non ti dispiace se mi unisco a te, vero?», domandò a Ben. «Ti faccio compagnia».

«No, certo che no». Il ragazzo prese posto di fronte alla governante e guardò il contenuto del piatto: un'omelette al formaggio e ai funghi con contorno di patatine fritte e insalata. «Sembra buonissimo. Grazie». Ma non riusciva ancora a smettere di pensare al pezzo di carta che aveva in tasca. Gli aveva fatto passare l'appetito.

«Bene, mangia tutto, allora», gli disse Esther, guardandolo negli occhi.

Ma lui ancora non aveva nemmeno impugnato il coltello e la forchetta.

«Qual è il problema? Sei troppo stanco per mangiare?»

«No, no, va tutto alla grande». Prese la forchetta e infilzò una patatina. Si stava comportando in modo paranoico? Forse la carta del biglietto non era affatto la stessa, forse era solo la sua memoria a giocargli qualche brutto scherzo. E invece no. Sapeva che era proprio identica. Ma allora perché era finita nella raccolta differenziata di casa loro?

Continuavano ad affiorargli alla mente tutta una serie di conclusioni sgradevoli, e lui cercò di scacciarle via. Era stata Esther a portare loro la lettera originale. Ma lei non poteva avere niente a che fare con tutta quella storia... giusto? Per quale ragione avrebbe mai dovuto scrivere un biglietto del genere? Non ne aveva motivo. Certo, lei e Maddy ogni tanto cozzavano un po', ma non così tanto da spingere Esther a tradirla in quel modo. No. Esther era una brava persona. Dopo le loro rispettive prime disavventure con i vampiri, la governante aveva accudito sia Madison sia Ben fino a quando non si erano rimessi in sesto, e poi lei e Morris erano accorsi in loro aiuto, a Londra, quando Maddy e gli altri erano rimasti intrappolati nella struttura sotterranea di Blythe. Quella donna non si sarebbe presa cura di loro per poi tradirli alla fine.

Per non parlare del fatto che, oltretutto, era stata proprio Esther a chiedere a Ben di buttare quello scatolone nella differenziata, e di certo non l'avrebbe fatto sapendo che Ben avrebbe potuto benissimo trovarci il cartoncino. A meno che non fosse stata davvero stupida, cosa che non era affatto. Ben si sentì di una slealtà indicibile già solo per aver immaginato uno scenario del genere. Come poteva guardarla in faccia? Abbassò gli occhi sull'omelette.

«Sei preoccupato per tua sorella?», gli chiese la donna. «Non serve. Morris la riporterà a casa sana e salva. E non sei costretto a mangiare, se non ti va. Puoi sempre riscaldare tutto più tardi. Immagino che sarai stanco dopo tutte quelle faccende che ti ho dato da fare».

«Sto bene». Ben arrossì, convinto che Esther avesse intuito che cosa gli passava per la testa.

«Hai il viso un po' arrossato. Spero che non ti stia per venire qualche malanno. Anche se, devo ammettere che non mi stupirebbe dopo tutti i drammi che abbiamo vissuto negli ultimi tempi».

«Sto bene. Sul serio».

«Non avrei dovuto farti fare tutto quel lavoro. Forse era davvero troppo, considerato che hai ancora la mano dolorante e tutto il resto. Pensavo solo che avrebbe potuto farti bene, che ti avrebbe aiutato a distrarti un po'».

Ben la lasciò ai suoi sproloqui. Non aveva senso dissentire, ma nemmeno concordare, in realtà. Quando Esther parlava, era come una forza della natura: bisognava solo attendere che facesse il suo corso e che dicesse tutto ciò che aveva da dire, dopodiché la cosa finiva lì.

Magari Ben avrebbe chiamato Jacques o Freddie, più tardi, per vedere che cosa ne avrebbero pensato loro del fatto che aveva trovato quel cartoncino nella spazzatura e che la carta assomigliava a quella del biglietto del rapitore. Alex avrebbe potuto non prenderlo sul serio; con ogni probabilità sarebbe stato troppo indaffarato e avrebbe già avuto fin troppi pensieri per la testa. Avrebbe pensato che Ben fosse troppo paranoico. Ma Freddie forse avrebbe avuto una qualche opinione in merito. Ben assaggiò un boccone di omelette, ma non c'era niente da fare: l'appetito lo aveva abbandonato del tutto.

«Ti dispiace se vado di sopra?», chiese a Esther. Sapeva che quella donna non era sua madre, né il suo capo, né nient'altro del genere, ma pensò comunque che sarebbe stato più educato chiedere. Non voleva rischiare di offenderla, soprattutto visto che si era presa il disturbo di preparargli la cena.

«Mi sembra una buona idea», gli rispose lei. «Va' pure e mettiti a dormire presto. Non so come mi sia saltato in mente di farti fare tutto quel lavoro. È solo che non volevo vederti preoccupato e sovrappensiero, tutto qui».

«Non fa niente. In fondo un po' mi è piaciuto».

«A-ha! Lo sapevo che avresti apprezzato. Ti ha aiutato a distrarti un pochettino, dico bene?».

"Non molto", pensò lui.

«Bene. D'accordo. Allora va' pure di sopra e speriamo che domani ti sentirai meglio».

Ben si alzò da tavola e uscì dalla cucina. Salì i gradini a due alla volta e tirò fuori il cellulare dalla tasca dei jeans. Aveva un nuovo messaggio da parte di Morris. Come aveva fatto a non accorgersene prima? Una volta entrato nella sua stanza, aprì il messaggio e sprofondò sul pavimento per leggerlo. Appoggiò la schiena contro il letto e sospirò. Diceva solo che erano atterrati. Non che in realtà Ben si aspettasse di ricevere chissà quali grandi notizie, soprattutto così presto, ma una parte di lui sperava in qualcosina di più.

Lasciò ricadere il cellulare sul tappeto e con cautela estrasse il bigliettino stropicciato dalla tasca. Il cartoncino era abbastanza spesso. Lo appiattì sul pavimento. Era rettangolare, più piccolo di un foglio A4. Forse era un A5. Allungò il braccio con cui lo reggeva e lo esaminò per bene, con la testa inclinata di lato. No, non era neanche un A5. Sembrava che un lato fosse un po' irregolare, come se fosse stato tagliato. Ben rimpianse di non avere il bigliettino originale con cui confrontarlo. Perché mai un lato era stato tagliato? Era forse parte del bigliettino vero e proprio e chiunque l'aveva scritto aveva poi deciso di tagliare via quel pezzo bianco? Non aveva senso, però.

Ben si mordicchiò il labbro inferiore e si scostò il ciuffo da davanti agli occhi. Forse si trattava solo di un pezzo di carta innocente che per puro caso assomigliava al cartoncino su cui era stato scritto il messaggio dei rapitori di Maddy. Forse era davvero così semplice.

Capitolo 15

Cappadocia, 575 d.C.

L'inverno si sciolse, cedendo il passo alla primavera, e a sua volta la primavera si sarebbe tramutata presto in estate. Le giornate di Aelia insieme alla vedova avevano un ritmo rassicurante e la ragazza nutriva sentimenti contrastanti all'idea di ritornare al villaggio. Voleva rivedere la sua famiglia, certo, ma come avrebbero reagito tutti gli altri al suo ritorno? Alle sue amiche sarebbe stato dato il permesso di frequentarla? Le sue sorelle erano a conoscenza di ciò che aveva fatto? E che dire di Lysus? Ci sarebbe stato anche lui? Suo padre le aveva detto che ormai viveva in uno dei villaggi vicini, ma visto che tutti i villaggi si stavano trasferendo sottoterra, di sicuro significava che si sarebbero ritrovati tutti insieme. Una parte di lei avrebbe voluto non vederlo mai più, ma un'altra parte voleva guardarlo dritto negli occhi e trasmettergli tutto il disprezzo e l'odio che si meritava.

Quel giorno, Aelia e la vedova si stavano destreggiando lungo uno stretto sentiero scavato in una gola scoscesa e di solito battuto dalle capre. In fondo a quel sentiero, nella relativa ombra della valle, avrebbero trovato funghi selvatici e asparagi. Oltre a essere commestibili, gli asparagi venivano utilizzati come rimedio per combattere l'itterizia, il mal di denti e come antidoto ai morsi dei ragni velenosi.

Lo scroscio dell'acqua corrente cominciò a farsi più forte e Aelia scorse alcuni bagliori argentei ai piedi della gola, dove il fiume faceva capolino da sotto le chiome dei pioppi e degli alberi di pistacchio. La discesa era pericolosa e richiedeva molta concentrazione. Aelia era consapevole che sarebbe bastato un passo falso per precipitare verso morte certa, eppure la vedova Maleina, di fronte a lei, sembrava procedere con un'andatura decisa e fiduciosa, conficcando il suo solito bastone in fessure poco profonde per mantenersi in equilibrio.

Aelia sospirò pensando all'anziana signora. Si comportava in modo ostile e si rifiutava in maniera categorica di parlare dell'invasione. Ogni volta che Aelia cercava di intavolare l'argomento, la vedova o la sgridava in malo modo, oppure faceva finta di non averla sentita parlare. Aelia non sapeva cosa fare. Come poteva lasciare quella povera anziana da sola, a farsi ammazzare o ridurre in schiavitù? Era una vecchia scorbutica, però le aveva salvato la vita e le aveva messo un tetto sopra la testa.

Il sole del mattino si fece più forte e la schiena di Aelia fu attraversata da un rivolo di sudore. Ormai mancava giusto qualche giorno all'inizio dell'estate, al giorno in cui la ragazza avrebbe dovuto fare ritorno al suo villaggio e cominciare a vivere nel sottosuolo. Aelia non aveva pensato di chiedere al padre per quanto tempo sarebbero dovuti rimanere tutti quanti là sotto. Di sicuro si sarebbe trattato di diverse settimane, forse addirittura di mesi. Quanto sarebbe stato strano vivere nella più completa oscurità, senza mai vedere né il cielo né gli alberi... L'idea le faceva un po' paura.

Crescendo, Aelia si era sempre immaginata a vivere una vita semplice: una figlia giudiziosa che si sarebbe sposata e avrebbe avuto dei figli. Tuttavia, ormai si era resa conto che nella vita non c'era mai nulla di certo. Forse prima o poi le sarebbe anche capitato di avere quelle cose, ma le venivano sempre più difficili da immaginare. Chi avrebbe voluto sposarla ormai? Forse sarebbe finita come la vedova, a vivere da sola in una grotta ai margini della società. Non era poi così male, come vita. Se non altro, offriva una certa indipendenza. D'altra parte, però, vivere così a lungo senza amore doveva essere terribile. Forse era per quello che la vedova era così scontrosa: non aveva nessuno ad ammorbidire i suoi spigoli. Aelia credeva ancora nell'amore? Il matrimonio dei suoi genitori ne era senz'altro pieno. E lei? Avrebbe mai sperimentato qualcosa di simile? Una piccola parte di lei osava ancora sognarlo.

«Stai cincischiando». La voce della vedova interruppe il filo dei suoi pensieri. «Non mi piacciono i fannulloni e i perdigiorno. Chi ti credi di essere, una principessa che osserva le sue terre? Sei una povera emarginata, ragazza. Non dimenticarlo».

Aelia arrossì, abbassò lo sguardo e accelerò il passo. Negli ultimi giorni, la vedova Maleina le aveva rivolto una serie di frasi piuttosto offensive. Aelia pensò che potesse essere colpa dell'invasione imminente. Magari la vedova era spaventata. Poi però scartò quel pensiero non appena le venne in mente: secondo lei quella donna non era capace di farsi spaventare da nulla. Aelia aveva il sospetto che quelle frecciatine avessero lo scopo di scoraggiarla dal tornare a casa. Vocaboli come "emarginata" erano promemoria lampanti di ciò che si era lasciata alle spalle.

«Allora, verrà insieme a me?», chiese la ragazza, senza lasciarsi scoraggiare dalle provocazioni della vedova.

«In quella sottospecie di tomba sotterranea?». L'anziana signora sghignazzò.

«Non è una tomba. È un rifugio. Ed è solo temporaneo».

«Questo è quello che pensi tu».

«Perché, lei cosa pensa?», le domandò Aelia.

«Penso che parli troppo».

E così, come sempre, la conversazione si concluse.

Una volta rientrate a casa, quella sera, Aelia iniziò a preparare la cena. Avevano raccolto erbe e verdure in abbondanza, e la ragazza era entusiasta di poter cucinare qualcosa di nuovo per la vedova: un piatto a base di verdure estive che ricordava di aver preparato tante volte insieme a sua madre.

«Stasera preparerò io da mangiare», disse la vedova, dirigendosi verso la sorgente dove Aelia stava sciacquando alcune foglie di lattuga.

«Oh, no, non c'è bisogno. Avevo pensato di preparare...».

«Ho detto che stasera preparo io». La vedova strappò la lattuga dalle mani di Aelia e la ragazza purtroppo ne fece cadere la maggior parte delle foglie nella sorgente, che se le portò via sottoterra.

Aelia rimase sconvolta e anche piuttosto arrabbiata. Quella donna diventava ogni giorno più maleducata. La ragazza si alzò, si asciugò le mani sulla tunica e si allontanò a grandi passi. Era una fortuna che di lì a un paio di giorni sarebbe partita. E se la vedova non voleva accompagnarla, be', tanto peggio per lei. Poteva benissimo restarsene in quella grotta e farsi massacrare da quei selvaggi dei barbari. E va bene, non lo pensava sul serio, però quella donna era davvero impossibile.

Aelia uscì dalla grotta e si portò subito una mano alla fronte per schermarsi gli occhi dal bagliore del sole che, mentre si inabissava dietro il paesaggio roccioso, proiettava ancora intensi fasci di luce. Altri due giorni e la ragazza si sarebbe ricongiunta alla sua famiglia. Doveva soltanto stringere i denti e sopportare i malumori della vedova ancora per un po'. Si sedette a gambe incrociate sul terreno polveroso e osservò alcuni uccelli che sfrecciavano nel cielo per cercare di arrivare a casa prima del tramonto. Una brezza calda le turbinò intorno e lei chiuse gli occhi per un istante. Rimase seduta in quel modo per qualche tempo, cercando di scacciare via l'irritazione per il comportamento della donna.

«La cena è pronta». La voce della vedova Maleina interruppe il suo raccoglimento. Aelia si voltò, ma l'anziana signora era già rientrata nella grotta. La ragazza sospirò e si alzò in piedi. Non avrebbe nemmeno provato a intavolare una conversazione con quella donna quella sera: era troppo estenuante, oltre che una completa perdita di tempo.

Vide che la vedova aveva preparato uno stufato. Secondo lei faceva già troppo caldo per un pasto del genere, ma se non altro emanava un profumino buonissimo. Si rese conto che stava morendo di fame, perciò si sedette e ne assaggiò una cucchiaiata enorme.

«Non volevo essere così brusca con te, prima», le disse la vedova Maleina.

Aelia per poco non si strozzò con il cibo. Quella donna si stava forse scusando?

«Ti sono grata per il tuo aiuto in tutti questi anni», continuò. «Ti sei più che guadagnata il tuo mantenimento. Volevo che lo sapessi».

«Grazie», mormorò Aelia, prima di trangugiare un altro boccone.

«Sei una brava ragazza», osservò la vedova con un sorriso triste.

Ma quella fu l'ultima cosa che Aelia sentì: dopodiché, il suo mondo si tinse di nero.

Capitolo 16

2024

Ok, c'era poco da fare: Maddy doveva armarsi di coraggio e affrontare la doccia. Si sentiva così lercia e ripugnante che persino farsi una doccia ghiacciata nel bagno più disgustoso dell'universo sarebbe stato meglio che sentirsi così sudicia. Oltretutto, il pensiero che Alexandre la vedesse in quelle condizioni quando sarebbe venuto a salvarla era troppo per il suo ego.

Stava congelando già da vestita, perciò spogliarsi non fu piacevole. Le batterono i denti e le si ricoprì la pelle di brividi. Maddy si fece forza e si preparò ad affrontare lo squallore e il tanfo del bagno, dopodiché aprì la porta, accese la luce ed entrò. Ignorò la sensazione del pavimento viscido, sforzandosi di trattenere i conati di vomito, e si piazzò sotto il soffione arrugginito della doccia. Preparandosi all'impatto sferzante con il gelo, ruotò la manopola metallica sulla parete.

Una cascata di acqua gelida e marroncina le si riversò sui capelli e sulla pelle. Maddy si rese conto, seppur troppo tardi, che sarebbe stato meglio far scorrere l'acqua per un po' di tempo prima di mettercisi sotto. E vabbe', le sarebbe toccato arrangiarsi come meglio poteva. Tuttavia, con sua grande sorpresa e soddisfazione, a poco a poco l'acqua si fece più calda e più limpida, finché, più o meno una ventina di secondi dopo, le gocce brunastre si trasformarono in un getto caldo e fumante a dir poco paradisiaco. Oddio, era proprio quello di cui aveva bisogno. Le sue membra cominciarono a scongelarsi e la sua pelle a risplendere per il calore e la pulizia. Avrebbe potuto benissimo restarsene lì tutto il giorno. Persino senza shampoo o bagnoschiuma, si sentiva già un milione di volte meglio.

Quando infine si sentì abbastanza pulita, Maddy chiuse l'acqua, a malincuore, e tornò nella sua stanza – o cella, o qualsiasi cosa fosse. Usò la canottiera per asciugarsi e sospirò, visto che non aveva altra scelta se non quella di rimettersi i vestiti sporchi. Bene, a quel punto non le rimaneva altro da fare che aspettare che la sua secondina vampira tornasse a trovarla, così avrebbe potuto insistere nei suoi sforzi per farsela amica. Sentiva che era solo questione di tempo prima che la ragazza capitolasse. Le aveva portato una tazza di tè e le aveva persino rivolto qualche parola. La volta successiva Madison sarebbe riuscita a strapparle una frase intera, anche a costo che fosse stata l'ultima impresa che avrebbe mai compiuto nella vita.

Non passò molto tempo prima che la vampira tornasse. Appena entrò, guardò Maddy e le sorrise. Fu un sorrisino rapido e appena accennato, ma comunque inconfondibile. Maddy ricambiò con una versione a trentadue denti.

«Avanti, dimmelo», esordì. «Da quanto tempo sei una vampira? Cent'anni? Cinquanta? Cinquecento? Ti preeego, metti fine alle mie sofferenze. O almeno dimmi come ti chiami».

«Mi chiamo Zoe Marshall e sono una vampira da appena un anno».

Maddy rimase sconvolta dal fatto che la ragazza le avesse risposto. Che traguardo. A essere sincera, non si aspettava che l'avrebbe fatto davvero.

«Zoe... Ciao! Un anno? Be', quindi ero del tutto fuori strada».

«Sembra un'eternità, però».

«Ti credo». Maddy era seduta sul letto, con la schiena appoggiata al muro e le gambe distese davanti a sé. Zoe le appoggiò il vassoio del cibo sul letto e fece per andarsene.

«Non puoi andartene proprio ora», le disse Maddy. «Devi raccontarmi come hai fatto a diventare una vampira».

«Non devo raccontarti proprio un bel niente». Il volto di Zoe si rabbuiò.

«Oh, non intendevo... volevo solo dire che mi piacerebbe ascoltare la tua storia. Sarebbe interessante. Scusa se ti ho fatto arrabbiare».

«No, non sono arrabbiata con te».

«E con chi, allora?»

«È meglio che vada», disse Zoe.

«No, ti prego».

«Mi dispiace». La porta si chiuse sbattendo.

«Merda. I miei complimenti, Maddy», borbottò Madison tra sé.

All'improvviso la porta si spalancò di nuovo e, in quel modo sconcertante tipico dei vampiri di materializzarsi nei posti come per magia, riapparve Zoe, seduta sul letto accanto a Madison. La vampira appoggiò la schiena al muro e cominciò a parlare.

«Non capisco perché mi abbiano detto di non parlarti. Voglio dire, in fondo non è che ti direi dove ti trovi, o perché sei qui o altra roba del genere. Ma anche ammesso che lo facessi, tu che cosa potresti mai farci? Non puoi mica scappare. Questo posto è pazzesco».

«Wow», esclamò solo Maddy.

«Già», rispose Zoe.

Anche se, a dire il vero, il "wow" di Maddy non era una risposta alle parole di Zoe: Maddy aveva detto "wow" perché le era sembrato troppo strano sentir uscire quel fiume di parole dalla bocca di Zoe. Zoe, la vampira silenziosa che non parlava mai.

«Non hai idea di quanto sia pazzesco questo posto».

«Pazzesco... in che senso?»

«Oh, lo sai», rispose la vampira in tono disinvolto, sventolando la mano in un gesto evasivo.

«No, dimmi», insistette Maddy.

«Be', tanto per cominciare è iper-sorvegliato. E poi non è nemmeno un normale edificio».

Tutt'a un tratto Maddy si ricordò di quando, durante il tragitto fin lì, si era svegliata e aveva sentito quello strano ronzio di un motore. Le affiorò alla mente uno strano pensiero. «Sono ancora in Inghilterra?».

Zoe rise. «Suppongo che non ci sia nulla di male a dirti soltanto questo: no, non siamo più nel Regno Unito».

Quindi quel ronzio doveva essere stato il motore di un aereo. Non era così che Maddy si era immaginata il suo primo viaggio all'estero: aveva sognato di viaggiare in prima classe insieme ad Alexandre, alla volta di una qualche destinazione esotica, loro due da soli, per godersi un paio di settimane di felicità ininterrotta. E invece era stata rapita, bendata, drogata e portata al resort del Bagno Ripugnante. Se non altro il servizio in camera era decente, perlomeno.

«Mi puoi dire in che paese siamo?»

«Meglio di no», rispose Zoe. «Mi sa che già ho detto fin troppo».

«Grazie per avermi portato il tè, prima».

«Sai, anch'io un tempo adoravo rilassarmi con una bella tazza di tè», le confessò Zoe. «È una delle cose che mi mancano di più dell'essere un'umana. È strano. Questo fatto di nutrirsi di sangue è incredibile, ma in un certo senso è come se la sete prendesse il sopravvento su qualunque altra cosa. Con il cibo vero e proprio, invece... ci sono tutte queste chicche e questi rituali. È tutto molto più interessante. Più vario».

Maddy le lanciò un'occhiatina sbilenca. Stentava a credere a quanto si sentisse a suo agio in presenza di Zoe. Si disse che doveva essere perché era innamorata di un vampiro, che era la persona più divertente e generosa che avesse mai conosciuto. Un'emozione forte e improvvisa le fece bruciare gli occhi, e così Maddy fece un bel respiro.

«Spero di non offenderti se te lo dico, ma non mi sembri il genere di persona che terrebbe rinchiuso qualcun altro».

Zoe si imbronciò e guardò fisso la parete di fronte.

«Zoe?», la chiamò Madison.

«Lo sai, non sei l'unica a trovarsi qui contro la sua volontà. Io non sono proprio...».

All'improvviso la porta si aprì. Entrò un uomo. Anzi, non un uomo: un altro vampiro.

«Fuori», sibilò.

Zoe si precipitò fuori dalla porta così in fretta che Madison neanche la vide. Dopodiché si alzò in piedi, con il cuore che le martellava nel petto. Il vampiro era di media statura e aveva folti capelli scuri. Il suo viso sembrava quello di un adolescente, ma i suoi occhi neri e il suo portamento rivelavano un'età di gran lunga superiore. Fissò Madison per qualche istante. Di solito la ragazza non si ritrovava mai a corto di parole, ma quel vampiro aveva un'aria così minacciosa che Maddy si sentì opprimere dalla paura, come se fosse stata un peso palpabile sulla sua spalla. Si sarebbe nutrito del suo sangue? Il solo pensiero le fece venire voglia di urlare dallo sgomento. Poi, all'improvviso, proprio come era entrato, il vampiro si voltò e uscì dalla stanza.

Con un brivido di terrore, Maddy si rese conto che con ogni probabilità quello sarebbe diventato il suo nuovo carceriere. E Zoe? Il vampiro le era sembrato molto arrabbiato con lei. Sarebbe finita nei guai? Maddy si augurò che quell'uomo non le avrebbe fatto del male. E se Zoe non fosse tornata? Che cosa avrebbe fatto lei allora? Quel vampiro non sembrava il tipo di persona con cui era possibile fare amicizia. Era un individuo spaventoso. Non sarebbe mai riuscita a fuggire da lì. “Pensa, Maddy, pensa. Che cosa farai adesso?”, si domandò.

Quella era più simile alla Cappadocia di cui Alexandre si ricordava, solo che ormai non la vedeva più con gli occhi di un essere umano, bensì con quelli di un vampiro. L’ultima volta che aveva osservato la regione, l’aveva fatto dal dorso di un cammello, ondeggiando piano per il paesaggio roccioso mentre avanzava lungo un misero sentiero battuto dall’uomo, con gli occhi ingenui di ragazzo sgranati per lo stupore. Quella volta, invece, sfiorava a malapena le superfici scure di pietra e di roccia e saltava oltre qualsiasi ostacolo gli si parasse davanti. Si inerpicava sulle pareti rocciose, si lanciava in caduta libera verso le valli e guadava i torrenti come se fossero state minuscole pozzanghere.

Gli altri gli viaggiavano accanto, assecondando la sua velocità e coprendo chilometri su chilometri nel silenzio e nel buio. Erano sorti più centri abitati ormai, con nuove strade più ampie e levigate dove un tempo c’erano soltanto sentieri polverosi o addirittura il nulla più assoluto, ma il paesaggio in fondo era ancora lo stesso di una volta. Si stavano avvicinando al villaggio di Zelmat e ad Alexandre tornò in mente l’anziana signora che per prima gli aveva raccontato la leggenda dei demoni del sangue. Come si chiamava? Havva Sahin. Certo, ormai sarebbe stata senz’altro morta da tempo, come anche i suoi adorabili nipotini. Ma magari aveva ancora dei discendenti che vivevano da quelle parti.

In breve tempo, Alexandre e gli altri vampiri raggiunsero il fiume impetuoso in cui lui, tanti anni prima, si era tuffato per scendere nella grotta. Sperava di riuscire a ricordarsi ancora di dove fosse l’ingresso. Non essendoci più i camini delle fate a fargli da punto di riferimento, avrebbe dovuto affidarsi alla memoria. Scrutò la riva del fiume.

«È qui?», chiese Leonora, fermandosi al suo fianco. «È questo il posto?». Le si erano sciolti i capelli, e così cominciò a riappuntarseli.

«Il fiume è questo, ma non so se siamo proprio nel punto giusto. Aspettatemi qui un momento». Alexandre percorse la riva del fiume per qualche chilometro: gli ci vollero appena un minuto o due. All'improvviso si ricordò che la grotta si trovava in un tratto di fiume particolarmente ampio e anche che sulla riva opposta c'era una scogliera. Lì di fronte invece il terreno era pianeggiante, quindi il punto non poteva essere quello. Tornò sui suoi passi e invitò gli altri a seguirlo. Presto giunse in una zona che sembrava promettente.

«Credo che ci siamo», disse. «Magari non sarà proprio il punto esatto, ma è abbastanza vicino».

«Quindi ora che facciamo?», chiese Isobel.

«Camminiamo. Ascoltiamo. Annusiamo l'aria e il terreno. Sfruttiamo al massimo tutti i nostri sensi per cercare di trovarla».

«Sparpagliamoci», suggerì Jacques. «Copriremo più terreno se...».

«No», lo interruppe Alexandre. «Dobbiamo rimanere tutti insieme come concordato».

«Che ne dici se io e Freddie andiamo insieme mentre tu e...».

«Ho detto di no!».

«E va bene. Restiamo tutti insieme», brontolò Jacques.

«Senza perderci di vista neanche per un istante».

«Va bene, ti ho detto!».

Si misero in marcia, procedendo molto più piano, quella volta.

Alexandre si concentrò su tutto ciò che lo circondava. Sentì l'odore della brina che copriva il terreno e il profumo fresco e avvolgente degli aghi di pino sospinti dal vento. La terra sotto di lui sembrava solida e densa. Vi percepiva la presenza di insetti, lucertole, serpenti e roditori, ma non riusciva a captare nient'altro.

«Non sento nulla sotto la superficie», dichiarò sua sorella Isobel, dando voce ai suoi stessi pensieri. «Sento solo la roccia sotto i piedi. Nulla di più».

Gli altri mormorarono, concordi.

«Forse la roccia è troppo spessa perché i nostri sensi riescano a penetrarla», commentò Leonora.

«Credo che tu abbia ragione», le disse Freddie. «A me sembra solo normale terreno. Non riesco nemmeno a capire se sotto ci sono grotte o meno».

«Non riesco proprio a capire se ci sono persone laggiù. Umani o vampiri», aggiunse Isobel.

«Shhh». Alexandre sollevò una mano per farli tacere. «Abbiamo compagnia». Ogni centimetro del suo corpo si irrigidì. Erano in quattro e si stavano dirigendo verso di loro, muovendosi in fretta. Alexandre capì che stavano per imbattersi in quelle creature e desiderò di poter mandare via gli altri per affrontarle da solo. La paura per i suoi fratelli e i suoi amici era molto più grave dell'apprensione che provava in vista dell'incontro con quegli esseri così potenti.

Si fermarono ad appena pochi metri di distanza da loro: quattro vampiri maschi abbigliati in abiti moderni.

«Non c'è bisogno di essere nervosi», esordì uno di loro. «Non mordiamo».

Gli altri tre risero per l'umorismo del compagno.

«Dov'è lei?», chiese Alexandre, pregando che la sua voce rimanesse ben salda. E così fu.

«Salve, piacere di conoscervi. Mi chiamo Sergell». Sembrava giovane, ma Alexandre sapeva che quel vampiro era antico. Più di lui, comunque. Molto più di lui.

«Dov'è Madison, Sergell?»

«E tu devi essere Alexandre», continuò lui.

Alexandre fece un passo avanti.

«Via, via». Sergell alzò una mano. «Presto diventeremo una famiglia. Non vogliamo che si verifichino situazioni spiacevoli».

«Avete cominciato voi con le situazioni spiacevoli quando avete rapito Madison».

«Vedo che questo incontro non ci sta portando da nessuna parte. Tornate al vostro albergo. Rilassatevi, godetevi il panorama e venite alla città sotterranea tra due giorni, come concordato».

«Non è stato concordato un bel niente», sbottò Alexandre. «Niente!».

Leonora gli mise una mano sul braccio come per trattenerlo. «Torneremo il 21», disse poi.

«Molto bene», rispose Sergell.

Con ciò, i quattro sconosciuti se ne andarono con la stessa rapidità con cui erano arrivati.

«Perché hai detto una cosa del genere?», ringhiò Alexandre rivolto a Leonora.

«Per evitare problemi. Sono certa che non volevamo affrontarli adesso, non prima di aver trovato Madison».

«Sì, lo so, hai ragione, ma cedere con questa arrendevolezza...». Alexandre alzò le braccia al cielo per la frustrazione.

«Quei tizi erano davvero terrificanti», intervenne Jacques. «Io credevo che *noi* fossimo spaventosi. Ma quei vampiri erano...».

«Già», concordò Freddie. «Si sentiva che sprigionavano potere a ondate. E anche loro ne erano consapevoli».

«Che cosa dobbiamo fare, Alexandre?», chiese Isobel. «Non possiamo misurarci con quelle creature. Ci distruggeranno».

Alexandre fremeva per la rabbia e l'impotenza. Sapeva già che quei vampiri avrebbero riso di loro. Lui e gli altri erano come pesci fuor d'acqua in quel contesto. Di sicuro non sarebbero riusciti a spuntarla con la forza. Per l'ennesima volta, Alexandre rimpianse di non aver fatto fuori il vampiro cappadoce quando ne aveva avuto la possibilità. Ormai quella creatura malvagia si era insediata ancora una volta al comando, circondandosi di numerosi strati di protezione, radunando i vampiri dalla struttura di Londra e rianimando quelli che erano rimasti intrappolati in Cappadocia. Alexandre si sentiva impazzire al pensiero che Madison fosse al di fuori della sua portata. Non riusciva a sopportare l'idea che fosse sola e spaventata, ignara di cosa stesse succedendo. Ed era tutta colpa sua. Se non era in grado di tenerla al sicuro, che senso aveva che facesse parte della sua vita? Lei era in pericolo per colpa sua, per colpa di ciò che era.

Non poteva deludere Maddy. Gli mancava già così tanto che gli sembrava tutto sbagliato. Il mondo gli sembrava vuoto e desolato senza di lei, e ancora una volta si rese conto di quanto la amava. Lui e gli altri avrebbero dovuto rivedere la loro – quasi inesistente – strategia per ritrovarla. Sentendosi invadere da un'improvvisa ondata di disperazione, Alexandre si rese conto che avrebbero avuto bisogno di un miracolo.

Capitolo 17

Cappadocia, 575 d.C.

L'oscurità era asfissiante e le stava schiacciando il viso e il petto fino a impedirle di respirare. Il terrore di non riuscire a riprendere fiato le aveva persino fatto dimenticare chi fosse. L'aria le stava abbandonando i polmoni, il sudore le faceva formicolare tutto il corpo e un fischio incalzante le riecheggiava nelle orecchie. Non riusciva a parlare, né ad aprire gli occhi, né a muoversi. Ma non era reale, giusto?

Sentì un mormorio. Era un suono secco e rasposo, oltre che privo di senso. Aelia avvertì un forte dolore alla gola e si rese conto che era stata lei a emettere quello strano suono. Cercò di ricordarsi cosa fosse successo. Viveva con la vedova... era con lei da anni, ormai. Erano scese giù nella valle per raccogliere funghi e verdure selvatiche. Poi erano tornate a casa e la vedova aveva assistito un paio di pazienti. La sera si erano sedute insieme per cenare e, per la prima volta, la vedova Maleina tutto sommato era stata gentile. Dopodiché... Aelia non riusciva a ricordare nient'altro.

«Sei sveglia?». La ragazza riconobbe la voce dell'anziana signora. Aprì gli occhi e pian piano ne mise a fuoco il volto.

«Che cosa è successo?», gracchiò.

«Hai avuto la febbre. Ma ti riprenderai».

«Mi sento uno straccio».

«Lo sembri, mia cara». La vedova rise.

Aelia cercò di alzare gli occhi al cielo, ma era troppo debole persino per quel misero gesto.

«Tieni, bevi questo». La vedova Maleina la aiutò a tenere la testa sollevata e Aelia avvertì un dolore sordo e martellante alla fronte. Aprì la bocca e sorseggiò il liquido caldo. Era amaro, ma le offrì un leggero sollievo alla gola.

«Grazie». Si sdraiò di nuovo e il suo stomaco gorgogliò. «Perché ho così tanta fame?»

«Hai dormito per due giorni».

Due giorni? Oh, no! Il primo giorno d'estate! Avrebbe dovuto raggiungere la sua famiglia, quel giorno. «Ma... dovevo farmi trovare alla grotta oggi!».

«È troppo tardi ormai».

«Forse se parto subito riesco ancora a fare in tempo. Non sarà mica un problema così grande se arrivo giusto un po' in ritardo». Aelia cercò di mettersi a sedere da sola, ma si sentì come se avesse avuto un macigno enorme e pungente al posto della testa, come se fosse stata sul punto di rimettere o di perdere conoscenza. Si distese di nuovo, con cautela.

«Ti ci vorrebbe tutta la notte per arrivare fin laggiù, e a quel punto sarebbe troppo tardi».

«Ma la mia famiglia sarà così preoccupata. Penseranno che sono stata aggredita per strada, o che mi sono ammalata, o che sono morta. Mia madre...».

«È troppo tardi per loro. Ma tu sarai al sicuro qui».

«Troppo tardi? No, loro saranno al sicuro sottoterra. Siamo noi a essere in pericolo. Dobbiamo solo sperare che i barbari non ci trovino, qui».

«Ma che barbari e barbari! Quante volte te lo devo ripetere? Lo so che non sei stupida, anche se a volte ti comporti come tale».

«Ma...».

«Ma, ma, ma... niente ma. A quest'ora la tua famiglia e i tuoi amici potrebbero già essere tutti morti. E se non lo sono, faresti meglio a pregare per loro, perché presto rimpiangeranno di non esserlo».

«Perché dice queste cose? Mi sta mettendo paura».

«Giusto. Fai bene ad avere paura. Ti ho salvata da un destino che va molto oltre ogni tua possibile immaginazione».

«Lei? Lei mi ha salvata?». Tutt'a un tratto Aelia si rese conto che la vedova non aveva mai avuto intenzione di lasciarla andare e farla ricongiungere alla sua famiglia: l'aveva trattenuta in quella grotta di proposito. «Perché l'ha fatto? Come ha potuto mandare a monte la mia opportunità per essere felice? È così crudele e rancorosa da negarmi la possibilità di provare a rimettere in sesto la mia vita? Mi ha drogata per tenermi qui?».

La vedova Maleina le lanciò un'occhiataccia e si allontanò in fondo alla grotta, borbottando tra sé. Aelia si sentì travolgere da un'ondata di impotenza e una lacrima le rigò la guancia. Con ogni probabilità sarebbe rimasta bloccata lì per sempre. Poi, però, un lampo di rabbia ebbe la meglio sulla sua tristezza.

«Perché l'ha fatto?», gridò, dal lato opposto della grotta riecheggiante. «Per tenermi qui in eterno come sua serva? È così?».

Non ricevette alcuna risposta.

Sfinita, si girò sul fianco e chiuse gli occhi. Prima che suo padre andasse a farle visita alla grotta, Aelia era serena al pensiero di rimanere con la vedova. Per molto tempo non aveva avuto altra opzione. Dopo la visita di suo padre, però, si era concessa di nutrire un barlume di speranza per il futuro. Certo, non poteva negare di aver provato anche una sana dose di paura all'idea di tornare a vivere tra coloro che l'avevano condannata all'esilio, ma quantomeno avrebbe avuto l'occasione di ricominciare daccapo. E invece... ormai era sfumato tutto nel nulla. Non le si prospettavano altro che lunghi anni trascorsi a fare sempre la stessa vita. Ammesso che i barbari non l'avessero sgozzata prima.

Un profumino delizioso si diffuse nell'aria e ad Aelia cominciò a venire l'acquolina in bocca.

«Brodo», disse la vedova, fermandosi accanto a lei.

Aelia era ancora sdraiata di spalle e non proferì parola.

La vedova Maleina sospirò. «So che adesso sei arrabbiata, ma col tempo capirai che avevo ragione».

L'aroma del brodo stava mandando Aelia fuori di testa. Aveva una fame da lupi, ma non voleva dare alla vedova la soddisfazione di vederglielo bere.

«So che i demoni sono qui perché li ho visti», aggiunse l'anziana signora. «E mi ricordo di loro da parecchio tempo addietro».

«Se li ricorda?», rispose Aelia prima di riuscire a trattenersi.

«Sono venuti fin qui da molto lontano. Da un freddo paese del nord. Lo stesso paese in cui sono nata io».

«Intende dire che lei non è di qui?». Aelia si voltò e si mise a sedere, dimenticandosi della propria collera per qualche minuto. La vedova le porse una scodella e la ragazza bevve un sorso abbondante del limpido brodo caldo. Man mano che beveva, le fitte di dolore alla testa sembravano svanire nel nulla.

«No», le rispose la vedova. «Sono stata portata in queste terre come schiava quando ero ancora una bambina. Dalle mie parti, chiunque sa dell'esistenza dei demoni della notte. Ma adesso che sono arrivati qui semineranno terrore e distruzione, perché siete tutti impreparati e ignoranti».

Nonostante il calore della zuppa, Aelia fu scossa da un brivido.

«Noi conoscevamo tutti i loro trucchi», continuò la vedova. «Abbiamo sopportato le loro malvagità per secoli. Ma sapevamo come affrontare la loro specie. La vostra gente invece è ignorante. Non si rende conto di cosa ha fatto».

Aelia scorse un velo di tristezza negli occhi della vedova Maleina. «Ma quindi, se tutto ciò che mi ha raccontato è vero, perché non ha cercato di avvertirli? Perché non gliel'ha spiegato?»

«Credi che anche un solo membro dei vostri consigli darebbe ascolto a una vecchia strega mezza matta? E non guardarmi in quel modo. So cosa pensano tutti quanti di me. Visto che sono vecchia e vivo da sola, mi ritengono una sottospecie di fattucchiera squilibrata. Sono ben felici di venire a farsi curare da me, quando ne hanno bisogno, ma questo è quanto».

«Se ci sono questi demoni, dove sono?»

«Stanno conducendo gli abitanti dei villaggi nella città sotterranea proprio in questo momento. Sono stati loro a inventarsi questa storia dell'invasione. Non possono esporsi alla luce del giorno, hanno bisogno del buio e del sangue per sopravvivere. E, nel sottosuolo, nella nuova città appena costruita, li avranno entrambi».

Aelia non sapeva cosa pensare. Le parole della vedova sembravano convincenti, però poteva anche darsi che quella donna fosse davvero la vecchia strega pazza che la gente sospettava che fosse. In ogni caso, Aelia sapeva che avrebbe dovuto trovare la sua famiglia e assicurarsi che stessero tutti bene. Demoni o non demoni, Aelia sarebbe tornata a casa per controllare di persona.

Capitolo **18**

2024

Ben fu svegliato dal tintinnio di un nuovo sms. Con gli occhi ancora chiusi, sporse un braccio verso il comodino e cominciò a tastarne la superficie alla ricerca del cellulare. Dopo qualche secondo infruttuoso, si ricordò che il dispositivo era rimasto sul pavimento. Gemette e si alzò a sedere, malgrado si sentisse ancora a dir poco intorpidito dal sonno.

Prese il piumone, se lo avvolse intorno alle spalle e scivolò giù dal letto. Il cellulare era sul tappeto, a faccia in giù. C'erano due nuovi messaggi: uno di Alexandre e uno di Freddie. Di colpo Ben si sentì più sveglio che mai. "Ti prego, fa' che l'abbiano trovata. Ti prego", pensò.

Il messaggio di Alexandre era breve e per nulla esaustivo:

Ciao Ben, abbiamo perlustrato la zona ma di Maddy ancora non c'è traccia. Non preoccuparti, però. La troveremo.

Ben tornò a essere assalito da quella terribile sensazione di nausea. I ragazzi erano stati lì per una notte intera e ancora non avevano trovato nulla. A essere sincero con sé stesso, Ben era sicuro che per allora l'avrebbero già salvata. Dopo aver sentito il racconto della loro strabiliante fuga dalla struttura sotterranea di Londra, in estate, si era lasciato convincere che non c'era nulla che Alex non potesse fare.

Il messaggio di Freddie invece era un po' più onesto, ma di gran lunga più preoccupante:

Ieri sera ci siamo imbattuti in quattro vampiri spaventosi. Troppo potenti perché potessimo provare a fare qualsiasi cosa. Stiamo studiando una strategia. Ti faremo sapere non appena avremo elaborato un piano.

Ma allora, se i vampiri della Cappadocia erano troppo forti persino per Alexandre e gli altri, che cosa avrebbero fatto? Come avrebbero fatto a salvare Maddy?

Ben si sentiva davvero inutile. Mandò un messaggio di risposta a Freddie:

Fate attenzione. C'è qualcosa che posso fare io da qui?

Ma dentro di sé il ragazzo sapeva che gli amici vampiri non gli avrebbero chiesto di fare nulla. Il suo stomaco brontolò e di colpo si ricordò che non aveva toccato cibo la sera prima. Avvertiva ancora una leggera nausea, ma al tempo stesso si sentiva come se avesse avuto una voragine enorme in pieno stomaco. Aveva bisogno di cibo. In quattro e quattr'otto, si infilò i calzini del giorno precedente, un paio di pantaloni di una tuta e una felpa al rovescio e scese al piano di sotto a fare colazione.

Esther era nell'androne e stava raccogliendo la posta dallo zerbino.

«Ciao, Esther», la salutò, dirigendosi verso il confortevole tepore della cucina.

«Buongiorno», rispose lei, seguendolo nella stanza.

Ben prese una scatola di cereali dalla dispensa e una ciotola dalla credenza. Esther gli passò un cucchiaio.

«Grazie», le disse. «Mi hanno mandato un messaggio. Non l'hanno ancora trovata».

«Lo so, tesoro. Morris mi ha telefonato subito. Forse ci vorrà un po' di tempo, ma vedrai che ce la faranno, non preoccuparti». Gli porse una manciata di lettere. «È la posta di Maddy. Forse dovresti aprirla tu mentre lei non c'è. Nel caso in cui ci fosse qualcosa di importante».

«Davvero?». Ben si sentiva un po' a disagio all'idea di aprire la posta della sorella. Oltretutto, non era illegale aprire la corrispondenza di qualcun altro?

«Sì, be', di norma non ti direi di aprire la posta di qualcun altro, ma queste sono circostanze fuori dal comune».

«Va bene, allora». Ben appoggiò le lettere sul tavolo e si versò un po' di cereali. Aveva beccato quell'immangiabile mix al muesli, ma non aveva la benché minima voglia di alzarsi e andare a prendere un'altra scatola. Comunque, si disse che aveva talmente tanta fame che avrebbe divorato qualsiasi cosa. Ci versò sopra un po' di latte e iniziò a mangiare. Mmm, non era così male come pensava.

Mentre masticava, aprì la prima busta con un dito. Era stata mandata dall'autofficina e avvisava che la Land Rover di Maddy doveva essere revisionata. Poteva aspettare. La lettera successiva riguardava una visita di controllo dal dentista sia per lui sia per Maddy, mentre la terza era una lettera di conferma da parte dell'hotel dove avevano prenotato i vampiri, in Cappadocia. Ben finì di aprire anche le altre buste, che si rivelarono o posta indesiderata oppure noiosi appuntamenti.

«Niente di interessante», dichiarò.

«Bene», rispose Esther. «Le cose sono state fin troppo "interessanti" da queste parti negli ultimi tempi. Potremmo farne anche un po' a meno, se capisci che intendo».

E Ben capiva benissimo cosa intendesse la governante: lui avrebbe dato di tutto per tornare alla noiosa routine di tutti i giorni, se la cosa avesse significato riavere a casa Maddy.

Maddy fu svegliata di soprassalto dal cigolio della serratura e, pochi attimi dopo, la porta si spalancò. La ragazza si ricordò di quel vampiro maschio e del modo in cui l'aveva fissata, e si sentì attraversare la schiena da un brivido di terrore. Aveva la bocca secca e il collo rigido per via della posizione in cui si era addormentata, appoggiata contro il muro. La sua mente e il suo corpo erano intorpiditi dal sonno, incapaci di affrontare qualsiasi genere di ostilità. Le sue preoccupazioni si rivelarono inutili, però, visto che la persona che stava varcando la soglia era Zoe.

«Oddio, è un vero rompipalle», esordì la vampira, sedendosi a gambe incrociate ai piedi del letto.

«Temevo che non ti avrei più rivista», le rispose Maddy, sentendosi pervadere da una sensazione di sollievo. «Chi era quel tizio? Faceva paura».

«Era Sergell. Sergell Elioreg. E sì, fa davvero paura. Meglio non metterselo contro».

«Sei finita nei guai? Per aver parlato con me?», chiese Maddy.

«Che cosa? No, figurati. Mi avevano detto di non rivolgerti la parola, ma sono tutti troppo indaffarati per fare caso a sciocchezze simili. Non gliene frega un bel niente. A loro interessa soltanto che io faccia il mio lavoro, ovvero assicurarmi che tu faccia la brava e non muoia».

«Oh». Maddy non se l'aspettava. Credeva che sarebbero stati più... cattivi, o qualcosa del genere. "Anche se", pensò, "in effetti non c'è molto di più cattivo che rapire qualcuno e rinchiuderlo in una cella". Si lasciò sfuggire una risatina.

«Che c'è da ridere?», le chiese Zoe.

«Oh, non lo so», rispose Maddy. «Tutta questa situazione...», aggiunse, facendo un cenno intorno a sé con entrambe le mani. «In un certo senso, anche se un po' contorto, mi ricorda di quando andavo ancora a scuola. Sai, come se io e te ci stessimo lamentando degli "insegnanti"».

Zoe le rivolse un sorrisino malinconico. «Sì, immagino di sì».

«Comunque, di dove sei? Sei inglese, vero?»

«Sì, sono di Newcastle».

«Su al Nord, eh?»

«Esatto».

«Non hai un accento molto marcato».

«Il mio accento tende sempre a riaffiorare quando vado a trovare la mia famiglia. Non che possa più farlo, ormai... credono tutti che io sia morta».

«Mi dispiace», le disse Maddy.

«Non c'è più niente di normale nella mia vita», sbottò Zoe. «È sempre tutto cupo, serio e spaventoso. La mia esistenza è cambiata più di quanto avrei mai potuto immaginare».

Maddy si sporse verso la vampira e prese la sua mano fredda nella propria, dopodiché gliela strinse. «So che forse ti sembrerà inverosimile, ma capisco benissimo cosa intendi dire. A me non è andata sempre molto bene nella vita. Fino a un paio d'anni fa, mi pareva tutto cupo e senza speranza, ma da allora è cambiato praticamente tutto. Non l'avrei mai creduto possibile, eppure sono così felice adesso...». Le parole le uscirono di bocca senza che avesse avuto modo di rifletterci granché: per un attimo, Maddy si era dimenticata di essere rinchiusa in una cella.

Zoe le lanciò un'occhiata sconvolta. «Stai scherzando, vero?».

Il grado di assurdità delle parole di Maddy le investì entrambe, e di colpo le ragazze scoppiarono a ridere come due matte.

Maddy si afferrò la pancia. «Ahi ahi, non riesco più nemmeno a respirare».

«Già, pensa a me, che mi sono fatta fare un discorso di incoraggiamento dalla ragazza che tengo prigioniera in una cella!». Zoe sghignazzò ancora, facendosi scappare persino un grugnito. «Troppo divertente».

«*Sono così felice adesso*», ripeté Maddy, facendosi il verso da sola, con le guance rigate di lacrime.

Quando entrambe si furono calmate un pochino, Zoe sospirò.

«Dicevo sul serio, però», riprese Maddy. «Non sarò sul punto di impazzire dalla gioia *in questo preciso frangente*, ma non è impossibile che la vita migliori. E vale anche per te».

«Grazie, ma ho seri dubbi in proposito», rispose Zoe, alzandosi.

Maddy ebbe la sensazione che il loro attimo di complicità fosse giunto al termine, almeno per il momento.

«Ci vediamo domani mattina quando torno a portarti la colazione», aggiunse Zoe.

«Certo. Grazie. Buonanotte».

«Anche a te».

A quel punto Maddy sentì la solitudine avvilupparla di nuovo. Oddio, quanto le mancava Alexandre... La ragazza avvertiva un vero e proprio dolore fisico al petto e alla gola. Lui era diventato tutta la sua vita. Come aveva fatto prima del suo arrivo? Non riusciva nemmeno a ricordarsi di com'era. Sapeva che un tempo era sempre arrabbiata, sempre a lottare contro qualche ingiustizia che angustiava la sua vita e quella di Ben. Ma ormai in Alex aveva trovato un alleato e un migliore amico, oltre che un amore così grande che Maddy stessa non sapeva cosa avrebbe fatto se non l'avesse più rivisto. La sua vita insieme a lui era perfetta e lei non aveva intenzione di lasciarsela fregare da niente e da nessuno. Doveva tornare da lui.

La sensazione di nausea che attanagliava le viscere di Ben si intensificava sempre di più mentre il suo appetito si affievoliva per la preoccupazione. Mancava soltanto un giorno al momento in cui Alexandre e gli altri avrebbero dovuto presentarsi alla città sotterranea. Se non fossero riusciti a salvare Madison entro la sera dell'indomani, che cosa sarebbe successo? Si sarebbero presentati il 21, come da accordi, e a quel punto i vampiri cappadoci avrebbero lasciato andare sua sorella? E poi cosa? Avrebbero fatto del male ai suoi amici? Li avrebbero uccisi?

Mentre se ne stava sdraiato a letto, con una flebile luce invernale che filtrava dalla finestra, Ben si rigirava il cartoncino color avorio tra le mani. Lo fece più e più volte, seguendo con le dita le pieghe in cui era stato accartocciato, fissandone la finitura screziata, ascoltandone il fruscio. Era convinto che ci fosse qualcosa di cruciale che gli stava sfuggendo. Quella carta assomigliava a quella delle lettere che aveva aperto di mattina, però era di qualità migliore, più spessa. E aveva una forma diversa. No, niente da fare: proprio non riusciva a farsi venire in mente cos'era che potesse sfuggirgli.

Anche quel giorno Esther aveva tentato di coinvolgerlo nelle faccende domestiche. Ben sapeva che la governante stava solo cercando di aiutarlo, ma lui non riusciva proprio a condividere quel modo di pensare. Che senso aveva? Ciononostante, anche starsene senza far nulla si stava rivelando alquanto deleterio. La sua stanza gli sembrava opprimente, anzi, l'intera casa gli dava quasi la sensazione di soffocarlo. Aveva bisogno di uscire. Magari un giretto gli avrebbe permesso di schiarirsi un po' le idee. Era strano: anche se Maddy gli aveva regalato quella fantastica moto da cross, il Natale prima, lui continuava a preferire la mountain bike. Gli piaceva essere circondato dal silenzio e gli piaceva la resistenza dei pedali quando spingeva.

Ben si stiracchiò, sbadigliò, si alzò a sedere e posò il cartoncino sul comodino. Prima, quando si era sdraiato sul letto, aveva appoggiato le lettere di quella mattina sopra il piumone, e così, in quel momento, quando si alzò, per sbaglio le fece cadere per terra. Imprecò e si accovacciò per raccoglierle, rimettendole tutte nel verso giusto, già che c'era. Dopodiché le posò sul comodino, adagiando il cartoncino avorio in cima alla pila.

Fuori avrebbe fatto freddo, ma a lui non importava: si sarebbe riscaldato pedalando. Scese le scale di corsa, prese il cappotto dall'attaccapanni dell'ingresso, tirò fuori i guanti dalla tasca e uscì di casa. Mentre si dirigeva verso il capanno delle bici, l'aria fredda gli sferzò il viso e lo risvegliò da quello stato di intorpidimento. Non vedeva l'ora di farsi una bella pedalata nel bosco. Aprì il capanno e vide la sua Trek davanti a tutte le altre biciclette. Maddy e gli altri non le usavano quasi mai, perciò quella di Ben era sempre vicino alla porta, proprio dove la lasciava lui. Su uno dei manubri era appeso il suo berretto.

«Ecco dov'era», esclamò. Era da qualche giorno che cercava

quel cappello. Se lo calò sulle orecchie, portò fuori la bicicletta e chiuse a chiave il capanno. Pochi secondi dopo, pedalava già a tutta birra sul prato davanti casa, dimenticandosi per qualche istante delle sue paure mentre i suoi muscoli si davano da fare e l'ossigeno gli fluiva in tutto il corpo.

Si augurò che la sua mente potesse rimanere sgombra il più a lungo possibile, ma ben presto le preoccupazioni riaffiorarono, lottando per farsi sentire, e lo colpirono a volte come coltellate, altre come pugni allo stomaco.

Tutt'a un tratto Ben si fermò di scatto, sgommando, e con la ruota posteriore fece schizzare in aria una scia di fango. Gli era appena venuto in mente un dettaglio importante, e così girò di nuovo la bici verso casa: aveva bisogno di riguardare quel pezzo di carta per comprovare la sua teoria.

Una volta arrivato, lasciò la bici davanti alla porta della lavanderia, si tolse le scarpe da ginnastica calciandosele via dai piedi e corse su per le scale. Il cartoncino era proprio dove l'aveva lasciato: sul comodino, in cima alla posta di quella mattina. Si tolse i guanti e prese il mucchietto di lettere.

Il foglietto color avorio era della stessa identica dimensione delle altre lettere, solo che era più corto in altezza. Ogni singola lettera che Ben aveva aperto quel mattino era stata scritta su carta intestata, mentre sul cartoncino color avorio, invece, di un'intestazione non c'era neanche l'ombra. Forse perché in origine si trattava davvero di un foglio di carta intestata e qualcuno aveva rimosso quei dettagli di proposito? Se non altro la cosa spiegava il motivo per cui il bordo superiore del cartoncino era irregolare. Ma perché fare una cosa del genere? E chi poteva essere stato? Da dove proveniva quella carta intestata? Cosa significava quella nuova scoperta? Aveva un qualche significato, tanto per cominciare?

La lettera subito dietro il cartoncino era la conferma di prenotazione dell'hotel cappadoce. La carta era simile a quella del foglietto color avorio: spessa e dall'aria costosa, di una grammatura più pesante rispetto alle altre. Forse allora il bigliettino proveniva da un hotel… avrebbe avuto un sacco di senso. Blythe aveva detto che Maddy era stata rapita dal vampiro cappadoce. Se fosse stato vero, il vampiro sarebbe dovuto venire in Inghilterra e avrebbe dovuto alloggiare in un albergo. Be', magari non per forza lui, certo, ma forse qualcuno dei vampiri suoi seguaci, o collaboratori, o qualsiasi altra cosa fossero. Perciò era possibile che avessero usato la carta intestata dell'albergo per scrivere il biglietto e che poi ne avessero tagliato la parte superiore. Sarebbe stato un hotel locale, Ben ne era sicuro. Un posto lussuoso, con ogni probabilità.

Il ragazzo cominciò a entusiasmarsi. Quella poteva essere la sua prima vera pista. Poteva davvero portarlo a scoprire qualcosa di utile. Sapeva che il suo ragionamento era piuttosto azzardato. Magari era del tutto fuori strada, ma lui non la pensava così. E poi, in ogni caso, che aveva da perdere? Non aveva mica altre piste da seguire. Forse si sarebbe rivelata una ricerca inutile e senza senso, ma non era affatto scontato che andasse in quel modo. Poteva trasformarsi in una svolta. Eppure, Ben non riusciva ancora a spiegarsi come avesse fatto quel cartoncino a finire nella raccolta differenziata di casa loro.

Comunque fosse, all'improvviso il ragazzo si rese conto che il suo appetito era tornato a ruggire. Avrebbe mangiato e poi sarebbe andato a fare un giro a Tetbury per dare un'occhiata agli hotel della zona.

Capitolo 19

Cappadocia, 575 d.C.

Aelia si riprese in fretta e, al mattino seguente, si sentiva già di aver recuperato quasi del tutto le proprie forze. L'atteggiamento della vedova Maleina le parve diverso, cambiato, come se di colpo la donna si fosse ammorbidita. Non era certo diventata quello che Aelia avrebbe definito "amichevole", ma quantomeno la sua lingua tagliente si era un po' smussata. Alla ragazza però non importava molto di quanto fosse gradevole l'atteggiamento dell'anziana signora, perché l'unica cosa a cui era capace di pensare era come fare per trovare la sua famiglia.

«Se te ne andrai, finirai per invitare la morte, in un modo o nell'altro», la avvertì la vedova. «So che non mi credi fino in fondo, mia cara. Ma ti sto dicendo la verità».

«Ho bisogno di una boccata d'aria fresca», ribatté Aelia. La grotta le sembrava rovente e soffocante.

«Vieni. Usciamo». L'anziana signora recuperò il bastone da passeggio e si avviò a passo malfermo verso l'ingresso della grotta. Aelia si alzò e la seguì. Avrebbe preferito rimanere da sola con i suoi pensieri, ma sembrava che non ci fosse alcun modo per farlo. L'aria fuori stava diventando sempre più calda; il sole era già alto nel cielo e pareva quasi scolorire le rocce sottostanti. Faceva più caldo là fuori rispetto alla grotta, e subito Aelia rimpianse di non essere rimasta all'interno.

La vedova era già più avanti di lei di qualche passo, e così Aelia sospirò e la seguì. Le due donne si fecero strada tra i cespugli e i ginepri inariditi, beneficiando di tanto in tanto di un briciolo della preziosa ombra regalata dalle alte formazioni rocciose che punteggiavano il paesaggio.

Dopo circa dieci minuti di cammino nel silenzio più assoluto, la vedova si fermò e conficcò il bastone nella terra polverosa. Aelia si sedette su un macigno basso e raccolse una manciata di ghiaia fine e marrone. Se la lasciò scorrere tra le dita e rimase a fissarla mentre quella precipitava di nuovo per terra. La vedova le porse una fiaschetta d'acqua e lei ne bevve un sorso, riconoscente.

«Tornerò al mio villaggio», disse poi Aelia a bassa voce, ma in tono di sfida.

«Sì», rispose la vedova.

«Che cosa? Ha intenzione di lasciarmi andare?». Aelia era stupita. Si aspettava la solita reazione ostile e derisoria. Sempre che l'anziana signora non avesse avuto in programma di drogarla un'altra volta...

«Sì, puoi andare. Credo che tu possa avere un ruolo da ricoprire in tutta questa faccenda», insistette la vedova.

Aelia non sapeva di cosa stesse parlando la sua interlocutrice, ma non aveva intenzione di controbattere. Si sentiva nervosa e al tempo stesso elettrizzata all'idea che presto, infine, si sarebbe ricongiunta alla sua famiglia.

«Oggi mi riposo, ma domani mi metto in viaggio», sentenziò Aelia, con un sorrisino teso a incresparle le labbra. «Verrà con me anche lei?»

«No», rispose la vedova. «Ma ti aiuterò. Dobbiamo tornare alla grotta e prepararci. Ci sono moltissime cose da fare e altrettante cose che devi sapere a proposito del rischio che stai per correre».

Aelia ancora non sapeva se credere o meno agli avvertimenti della vedova Maleina, ma perlomeno sembrava che la donna ormai non fosse più intenzionata a metterle i bastoni tra le ruote. Aelia decise di assecondarla e di accettare di prendere qualsiasi precauzione l'anziana signora avesse ritenuto necessaria.

Una volta rientrate, la vedova Maleina cominciò a preparare alcuni dei suoi medicinali. Chiese ad Aelia di passarle le varie polveri ed erbe di cui aveva bisogno.

«Lo sto preparando per te, questo, mia cara».

«Che cos'è?»

«Ho fatto un sacco di anni di esperimenti e sono sicura che funzionerà. Però potrebbe anche finire per ucciderti».

«Che cosa intende dire?», le chiese Aelia, allarmata.

«Quei demoni bevono sangue umano. Passami quella coppa».

Porgendole il recipiente, Aelia si accorse che le tremava la mano. La strinse a pugno per arrestarne il tremore.

«Se metterai piede in quella città sotterranea», proseguì la vedova, «sappi che vorranno bere il *tuo* sangue. Su questo non c'è dubbio».

«Quindi sta dicendo che mi uccideranno e berranno il mio sangue?»

«No. Sto solo dicendo che berranno il tuo sangue. Non è detto che ti uccideranno. Potrebbero tenerti umana come potrebbero anche ucciderti, oppure potrebbero trasformarti. Accendi il fuoco. Devo far restringere questa miscela».

«*Trasformarmi?*»

«Sì. In una di loro», rispose la vedova.

Aelia si sentì come tramortita. La vedova parlava con una tale sicurezza e cognizione di causa... In tutti gli anni che Aelia aveva vissuto con lei, quella donna non aveva mai mentito. Perciò che motivo avrebbe avuto per inventarsi tutte quelle storie così raccapriccianti proprio in quel momento? A ogni modo, la ragazza si mise all'opera e, mentre cercava di decidere cosa pensare, cominciò ad accendere un fuocherello. La legna era così secca che il fuoco prese vita all'istante, scatenando una vampata improvvisa che fece trasalire e fare un minuscolo saltello all'indietro alla povera Aelia.

La voce della vedova si levò al di sopra del ruggito e del crepitio della fiamma. «Arrivate a questo punto, devo proprio chiedertelo: sei sicura che è questa, la via che desideri intraprendere? Perché una volta che ci saremo imbarcate su questo sentiero, non sarà più possibile tornare indietro. E devi renderti conto che c'è un'elevata probabilità che tu muoia di una morte lenta e straziante».

Aelia cercò di ignorare le parole melodrammatiche dell'anziana signora. «Però c'è anche una possibilità di salvare la mia famiglia, giusto?»

«Una speranza c'è. La speranza c'è sempre».

Aelia attese qualche istante prima di parlare. «Tre anni fa ho quasi rischiato di essere condannata a morte. Questa seconda vita che sto vivendo adesso è una benedizione, ma sono disposta a metterla a rischio pur di salvare la mia famiglia. Non c'è altra scelta».

«Allora è deciso. E chissà, magari ne vivrai persino una terza, di vita. Ma ora devi andartene da questa grotta, mia cara. Il passo successivo è troppo pericoloso perché tu possa rimanere». La vedova Maleina si annodò un quadrato di stoffa per coprirsi la bocca e il naso. «Non rientrare qua dentro prima che sia calata la sera».

Aelia aveva il cuore che le batteva a tremila. Tutta quella faccenda stava diventando fin troppo reale. Che cosa stava per fare la vedova Maleina di così pericoloso?

«Perché te ne stai ancora lì impalata?», sbottò l'anziana signora, con la voce smorzata dalla stoffa. «Fuori!».

Aelia indietreggiò, uscì dalla grotta incespicando e cominciò a camminare. Nella migliore delle ipotesi, se la vedova fosse stata pazza, Aelia avrebbe raggiunto il suo villaggio e trovato la sua famiglia al sicuro nel sottosuolo, e da quel momento in poi avrebbe potuto iniziare a ricostruire la sua vita. Nella peggiore delle ipotesi… Be', Aelia non voleva pensare alla peggiore delle ipotesi, perché era comunque un incubo. Barbari assassini oppure demoni della notte e morte. E cosa caspita stava facendo la vedova in quella grotta? Aelia era certa che l'avrebbe scoperto molto presto.

Capitolo **20**

2024

Man mano che le ore si trascinavano lente e inesorabili, Maddy passava dalla paura alla frustrazione e infine alla noia mortale. Avrebbe dovuto chiedere a Zoe se poteva farle avere un libro, una rivista o qualcosa di simile. Aveva persino provato a fare un po' di addominali e qualche flessione, segno che la situazione si era fatta davvero disperata, ma non ci aveva messo il benché minimo impegno. D'altronde, Madison non aveva bisogno di tenersi in forma: aveva bisogno di andarsene da lì, di tornare da Alex e Ben.

Ogni volta che cercava di elaborare un piano di fuga, riusciva soltanto a pensare: "Chiedi aiuto a Zoe", dopodiché la sua mente partiva per la tangente oppure si svuotava del tutto. E le probabilità che Zoe la aiutasse erano piuttosto scarse, comunque. Anche ammesso che avesse accettato, il che era già parecchio improbabile, Maddy era abbastanza certa che gli altri vampiri le avrebbero uccise entrambe, o anche peggio. Insomma, doveva scoprire perché si trovava lì e chi c'era dietro.

Maddy ebbe un tuffo al cuore quando sentì il solito cigolio della serratura.

«Ciao». Zoe entrò nella stanza per portarle il pranzo e, come al solito, lo appoggiò ai piedi del letto.

«Ciao, Zoe».

«Ehilà».

«Scusa, ma devo proprio chiedertelo: sai se c'è anche mio fratello rinchiuso qui? O Alex? O gli altri?»

«No, ci sei solo tu».

«Sei sicura?»

«Abbastanza, sì».

«Quindi non lo sai con assoluta certezza?»

«Diciamo che sono sicura almeno al novantanove per cento che non sono qui».

«Bene». Maddy tirò un sospiro di sollievo. «Questo è proprio un bene». Se non altro, era uno scenario di cui Maddy poteva smettere di preoccuparsi. «Allora, che si dice là fuori?»

«Il solito».

«E cioè?»

«Senti, Maddy, l'unica cosa che devi sapere è che non corri nessun pericolo immediato».

«Meraviglioso».

«Dai, non fare così».

«Be', tu come ti comporteresti se fossi stata rapita e trattenuta contro la tua volontà, oltretutto senza neanche saperne il perché?».

Zoe si sedette per terra e appoggiò la schiena alla parete sudicia. «Maddy, guarda che io non sono qui per divertimento. Nemmeno io ho scelta».

Maddy inarcò un sopracciglio con aria cinica. «Solo perché sei una vampira, non significa che devi rimanere qui insieme a tutti loro».

«Dove altro potrei andare? Sergell mi ha trasformato in questa creatura. Credeva di farmi un favore, ma si è sbagliato alla grande».

«Che vuoi dire?»

«Voglio dire che... ormai ero proprio a un passo dalla morte, ma poi lui ha cambiato idea e mi ha trasformata in questo essere».

«Come ci sei finita a un passo dalla morte? Se non ti dispiace che te lo chieda».

«La mia vita era normale. Qualcuno avrebbe potuto definirla noiosa, ma io ero felice. Sposata, con un figlio bellissimo, tanti amici... il solito». Zoe pronunciò quelle parole come se fosse stata un automa, senza nemmeno un briciolo di emozione.

«Credimi», la interruppe Maddy. «Non è affatto "il solito". Anzi, io ti avrei definita fortunata».

«Oh, ma io sapevo benissimo di essere fortunata. La mia vita rasentava la perfezione».

«E allora cos'è successo?»

«Sergell, ecco cos'è successo», replicò Zoe con un sospiro.

Maddy aspettò, sperando che la vampira continuasse a raccontare.

«Ero andata a Londra per lavoro, dovevo partecipare a un corso di formazione che durava un'intera giornata. Avevo perso il primo treno utile per tornare a casa, perciò mi toccava aspettare un paio d'ore prima di poter prendere quello successivo. Non volevo trattenermi alla stazione, e così sono andata a fare una passeggiata. Era una bella serata e c'era un sacco di gente in giro per le strade, quindi non ero nervosa all'idea di andarmene a spasso da sola. Avevo pensato di trovare un posticino dove mangiare, aspettare lì per il tempo necessario e poi tornarmene alla stazione. Stavo giusto per chiamare mio marito per avvisarlo che sarei rincasata più tardi del previsto quando, mentre tiravo fuori il cellulare dalla borsa, per sbaglio ho fatto cadere per terra il lucidalabbra. Era uno di quelli a forma di barattolino in cui si infila il dito, hai presente?».

Maddy annuì.

«Ecco, dopo essere caduto per terra è rotolato fino a una stradina secondaria. E io non ci ho pensato due volte, l'ho seguito e basta. Era di una marca costosa, sai. Comunque, è rotolato lungo il marciapiede fino a fermarsi davanti a un paio di scarpe nere e lucide e, appena ho alzato lo sguardo, ho visto quest'uomo di una bellezza incredibile. Non bello come mio marito, certo, ma... senz'altro un uomo fuori dal comune. Ha raccolto il mio lucidalabbra e me lo ha restituito. Io non sono riuscita a spiccicare neanche una parola, nemmeno per ringraziarlo o roba del genere. Quell'uomo mi ha fatto subito sentire strana. Nervosa. Ma allo stesso tempo, mi sembrava quasi di conoscerlo. Comunque, mi sono ripresa il lucidalabbra e mi sono voltata per andare via, ma poi mi sono sentita il suo respiro sul collo. Parte di me voleva urlare, ma l'altra parte...». Zoe si alzò. «Mi dispiace, sono sicura che la mia storia dev'essere l'ultima cosa che vorresti sentire».

«Che cosa?», gracchiò Maddy. «No. Continua. Per favore. Certo che voglio sentire la tua storia».

«Be', se ne sei proprio sicura...».

Maddy le rivolse quello che sperava sarebbe sembrato un sorrisino incoraggiante. La storia di Zoe era la perfetta dimostrazione di quanto potessero ingannare le apparenze. Quando Maddy l'aveva vista per la prima volta, l'aveva scambiata per un'antica vampira priva di veri sentimenti. Quanto si era sbagliata!

E invece Zoe non era altro che una persona normale che si era trovata nel posto sbagliato al momento sbagliato. Proprio come Alexandre.

«Dunque, stavo dicendo, mi sono sentita il suo respiro sul collo». Zoe chiuse gli occhi e strinse i pugni. Nel frattempo si era rialzata da terra e si era fermata in piedi di fronte al letto, e così Maddy si sporse in avanti e le prese una mano tra le sue. La vampira proseguì. «Ho sentito un dolore lancinante e poi un bagliore caldo pervadermi tutto il corpo. Ho perso i sensi piuttosto in fretta». Zoe riaprì gli occhi e guardò Maddy.

«Quindi quando hai ripreso conoscenza eri già una vampira?», le chiese la ragazza.

«In pratica sì, ma aggiungici più o meno un paio di giorni di brutale agonia. All'epoca Sergell mi ha spiegato che in un primo momento non aveva avuto intenzione di trasformarmi, ma poi... gli ricordavo qualcuno che conosceva. Una persona a cui teneva molto quando era ancora umano. Mi tratta bene».

«Perciò tu e lui...?»

«Oddio, no! Proprio no. Mi tratta come una figlia, o una sorellina. È strano, perché anche se sembra così giovane, si comporta come se fosse mio padre. Solo che è molto, molto più severo. Suppongo che a questo punto sarei morta, se lui non mi avesse trasformata. Ma non lo so, forse sarebbe stato pure meglio. Mi ha spiegato che non avrei più dovuto rivedere la mia famiglia umana, perché altrimenti sarebbero stati in pericolo. E mio figlio mi manca così tanto che è come se qualcuno mi riempisse il cuore di pugnalate ogni giorno». Zoe rimase con il fiato mozzato in gola e lungo una guancia le scivolarono due lacrime di sangue.

«Mi dispiace tanto». Maddy cercò di stringerle la mano rigida come la pietra.

Zoe si asciugò le lacrime dalla guancia e si sedette accanto alla ragazza. «La vita è una merda, ma poi muori e anche la morte è una merda. Solo che non è proprio così per me, perché la mia vita era stupenda e mi manca tantissimo».

«E allora tornaci», le disse Maddy.

«E come, di preciso?»

«Quello che ti ha detto Sergell... sul fatto che rivedere la tua famiglia li metterebbe in pericolo... be', sì, forse potrebbe anche essere vero. Ma non credi che loro preferirebbero così, invece di crederti morta?»

«Ma io...».

«No!», sbottò Maddy all'improvviso, in preda a un violento impeto di rabbia. «Io sono cresciuta senza un padre, e poi un giorno, di punto in bianco, ho perso anche mia madre. Se scoprissi che lei è là fuori, da qualche parte, e che non è mai venuta a trovarmi perché la cosa mi avrebbe messo in pericolo, non ci penserei due volte a dire: "Chi se ne frega del pericolo!". Credi davvero che la tua famiglia sarebbe più felice sapendoti morta, piuttosto che trasformata in una vampira?»

«Ma rimarrebbero sconvolti! Come potrei presentarmi da loro così? E se Sergell avesse ragione e poi succedesse qualcosa di brutto? Se finissero per farsi del male per colpa di tutta questa situazione?»

«Perché dovrebbero farsi del male? Sei una vampira, puoi proteggerli da qualsiasi cosa».

«Non lo so...».

«Non puoi essere così codarda! Tuo figlio ha bisogno di te!».

Gli occhi di Zoe si infiammarono per la rabbia e lei avvicinò la faccia a quella di Maddy con un ringhio. Dopodiché si diresse dalla parte opposta della stanza e lasciò penzolare la testa. «È troppo rischioso. Prendi te, come esempio. Vivi con dei vampiri e sei stata rapita e rinchiusa in una cella. Oltretutto, questi vampiri che ci sono qui... non mi permetteranno mai di andarmene e tornare alla mia vita come se nulla fosse».

«Be', non sembra che tu ci abbia provato molto. Forse la tua vita perfetta non era poi così perfetta, e in fondo preferisci rimanere qui a portare il servizio in camera ai prigionieri per il resto della tua vita immortale».

«Sei proprio una stronza, lo sai?», replicò Zoe.

«No, non è vero. Dico solo le cose per come sembrano davvero».

Zoe le lanciò un'occhiataccia e uscì dalla stanza.

Maddy era troppo arrabbiata per chiamarla e dirle di tornare indietro. Se ci fosse stata lei, nella situazione di Zoe, sapeva che avrebbe fatto di tutto per tornare dalla sua famiglia. Detto ciò, non è che stava mettendo a repentaglio le proprie possibilità di svignarsela da quel posto, facendo arrabbiare la vampira? In teoria avrebbe dovuto farsela amica, conquistare la sua fiducia e convincerla ad aiutarla a fuggire. E invece le stava dando solo del filo da torcere. Il problema era che a Maddy Zoe cominciava a piacere davvero, e desiderava farla riavvicinare alla sua famiglia. Povera Zoe. Forse Maddy era stata un po' troppo dura con lei. La vampira aveva avuto il coraggio di confidarsi e Maddy non aveva fatto altro che criticarla. Forse era davvero una stronza, dopotutto.

«Credo che dovremmo correre il rischio e attaccare stasera», disse Alexandre.

Morris e gli altri vampiri erano riuniti nel salottino della loro suite d'albergo, dove l'ampia finestra per fortuna era ben sigillata grazie al materiale oscurante. I loro volti erano carichi di tensione e preoccupazione.

«Sono d'accordo», dichiarò Freddie, con gli occhi azzurri che gli scintillavano. «Dobbiamo attaccare».

«Be', io non sono d'accordo», ribatté Isobel, alzandosi in piedi. «Metteremo a rischio la vita di Madison se ci fiondiamo là dentro senza avere un piano vero e proprio».

«Stiamo mettendo a rischio la sua vita anche adesso, a non fare nulla», rispose Alexandre.

«Posso offrire un suggerimento?», intervenne Morris.

«Ma certo», rispose Isobel.

Alex e gli altri si voltarono verso di lui. Il custode era seduto al tavolo da pranzo e faceva tamburellare le dita tarchiate sulla superficie lucida. «Perché intanto non cercate di parlarci, con questi vampiri?», chiese.

«Ci abbiamo provato ieri sera», spiegò Alexandre. «Ma non ha funzionato. Vogliono a tutti i costi che ci presentiamo domani sera, come schiavetti obbedienti».

«Secondo me è una buona idea, Morris», intervenne Leonora. «Magari un paio di noi potrebbero andare da loro stasera e vedere se sono disposti a parlare, a dirci cosa vogliono da noi».

«Ma chiunque lo facesse si esporrebbe a un pericolo di gran lunga maggiore di quanto non accadrebbe se andassimo tutti insieme e attaccassimo subito», osservò Freddie.

«No», ribadì con fermezza Isobel. «Attaccare dovrebbe essere la nostra ultima spiaggia».

«Andrò io a "parlare" con loro». Alexandre mimò una coppia

di virgolette immaginarie a mezz'aria. «E mentre ci sono, tenterò un salvataggio. Maddy sarà lì dentro, da qualche parte, e quando l'avrò localizzata, la tirerò fuori».

«Ma avrai bisogno del nostro aiuto», riprese Jacques. «Come puoi sperare di...».

«No». Alexandre interruppe il fratello. «Se andiamo tutti, di sicuro si aspetteranno un attacco. Se vado da solo è meno sospetto. Più... conciliante».

Cominciarono a parlare tutti in una volta, manifestando le loro obiezioni e avanzando proposte alternative. Ma Alexandre non era in grado di starli a sentire. Uscì dal salotto, entrò nella sua camera da letto e chiuse la porta.

Non riusciva a pensare con lucidità, non con tutti gli altri che blateravano e cercavano di imporgli le loro opinioni. Sospirò. Si disse che forse, in fondo, stava facendo lo stesso anche lui: cercare di imporre il proprio punto di vista. Tuttavia, Madison era una sua responsabilità. Spettava a lui tirarla fuori da quel postaccio.

Si sedette ai piedi dell'enorme letto a baldacchino e si prese la testa tra le mani, con la mente che gli frullava da una parte all'altra, senza riuscire a delineare nulla che assomigliasse anche solo lontanamente un piano a prova di bomba. Ogni opzione comportava un rischio enorme, e Madison ne sarebbe stata sempre al centro. Se fosse andato da solo, perlomeno, sarebbe stata la soluzione più semplice. La meno incasinata.

«Stai bene?».

Leonora entrò nella sua stanza e, per fortuna, si richiuse la porta alle spalle. Alexandre non era nelle condizioni di affrontare un'altra seduta del comitato di salvataggio, con tutti che parlavano in contemporanea. Era troppo estenuante e confusionario.

Leonora sprofondò in una poltrona di pelle e lo guardò. «Andrà tutto bene», gli disse. «Ne sono sicura».

«Ma non puoi esserne sicura. Siamo incastrati in una situazione impossibile e io mi sento addosso la responsabilità di tutti voi».

«Non hai alcuna responsabilità nei miei confronti», gli rispose lei con un sorriso triste.

«E invece sì, ho una responsabilità nei confronti di tutti voi, che vi piaccia o no. E mi rifiuto di lasciare che a qualcuno di voi accada qualcosa di male».

«Perché non ci andiamo io e te alla città sotterranea stasera? Parliamo con quei vampiri e scopriamo che cosa vogliono. Morris ha ragione. È la via più semplice».

«Fammici pensare», le rispose Alexandre. «Mancano ancora diverse ore da qui al tramonto. Forse nel frattempo si presenterà un'altra soluzione».

Capitolo **21**

Cappadocia, 575 d.C.

Quando i pipistrelli emersero dal buio dei loro rifugi e le cicale diedero inizio al loro canto serale, Aelia tornò alla grotta della vedova. Una volta fuori, esitò. E se fosse arrivata troppo presto? La vedova le aveva detto di non tornare prima che fosse calata la sera. La ragazza si voltò a osservare il cielo di velluto. Davanti ai suoi occhi cominciavano ad apparire stelle bianco latte, e man mano che lei le fissava, quelle diventavano sempre più grandi e luminose. Era giunto il momento.

All'interno, la zona in cui di solito cucinavano era pulita e ordinata, e sia il pavimento sia il focolare erano stati spazzati, ma della vedova Maleina non c'era traccia.

«Sono tornata!», esclamò a voce alta nell'oscurità riecheggiante.

Nessuna risposta.

Aelia accese una lanterna e, brancolando nell'oscurità, perlustrò l'intera parte posteriore della caverna, ma la vedova non era nemmeno lì. La ragazza si sentì spiazzata e anche un po' preoccupata, ma aveva fame e sete. Immerse una coppa nella sorgente e bevve un lungo sorso d'acqua. L'idea di cucinare non la allettava, però riuscì a trovare un pezzo di pane raffermo e un'albicocca. Raggomitolandosi sul suo giaciglio, Aelia smangiucchiò il pane e attese il ritorno della vedova. Nel giro di poco tempo si addormentò.

A svegliarla fu un brusio basso e ovattato. O era forse qualcuno che borbottava? Aelia tese le orecchie e si rese conto che si trattava di una sorta di mormorio stonato. Aprì gli occhi e si alzò a sedere. La luce pallida e cerea le rivelò che era già mattina. La grotta sprofondava sempre nel buio più assoluto durante la notte. La ragazza si alzò e vide la vedova Maleina che metteva ordine tra i suoi medicinali, sistemandone alcuni in una borsa di cuoio e disponendo tutti gli altri sulle spesse sporgenze di pietra della grotta. Non era una vista così insolita. Il vero dettaglio insolito era il modo in cui la vedova si aggirava per la grotta: sembrava quasi di buon umore e... stava forse... *canticchiando*? Ebbene sì. Era proprio lei a emettere quel mormorio stonato.

«Buongiorno», la salutò Aelia, sbigottita dallo strano comportamento della vedova, ma anche contenta di vederla di ritorno alla grotta dopo l'assenza della sera precedente.

«Sei sveglia», rispose dal canto suo l'anziana signora. «Bene».

Non appena la vedova Maleina si voltò, Aelia si accorse che portava ancora il panno che le copriva la bocca e il naso.

«Suppongo sia meglio che io parta presto», disse Aelia, trepidante, al pensiero del viaggio che l'attendeva. «Mi ci vorrà quasi tutta la giornata per arrivare al mio villaggio, e non vorrei essere ancora in viaggio dopo il tramonto».

«Non è necessario. Puoi partire un po' più tardi».

«Ma devo...».

«Ho qualcosa per te», la interruppe la vedova. «Vieni».

Aelia la seguì. Non appena imboccarono lo stretto passaggio che conduceva verso l'esterno, la ragazza sentì l'odore caldo e terroso di un animale. Legato quasi davanti all'uscita della caverna, Aelia vide un piccolo cavallo grigio.

«È tuo, quindi non occorre che tu te ne vada tanto presto». Gli occhi della vedova incrociarono quelli di Aelia per qualche breve istante, poi la donna tornò all'interno.

«Che cosa?». Aelia le corse dietro. «Come sarebbe a dire che è mio? Ma...».

«Non c'è tempo per cambiarlo, quindi pazienza se non è quello che volevi».

«Cambiarlo? Perché dovrei volerlo cambiare? È bellissimo. Grazie infinite. Wow, un cavallo tutto mio. E non è nemmeno un mulo! Perché mai mi ha fatto un dono simile?»

«L'ho fatto per fermare loro. È più sicuro viaggiare a cavallo che a piedi. Questo è un animale veloce. Ti porterà via da ogni pericolo, qualora dovessi incontrarne. Dobbiamo tenerti al sicuro fin quando non riuscirai a fare ciò che devi».

«Non capisco».

«Certo che non capisci. Ora ti spiego, mia cara. Vieni, siediti».

Aelia ebbe un déjà vu non appena la vedova le indicò lo stesso masso a forma di sedia su cui la ragazza si era seduta il giorno in cui aveva messo piede in quella grotta per la prima volta. Vi si sedette di nuovo, tanto confusa quanto lo era stata tutti quegli anni prima.

«Hai mai sentito parlare della peste del sangue?», le chiese la vedova Maleina. Dopodiché si allontanò verso i suoi medicinali e riprese ad armeggiare con i vari vasetti e flaconcini, dandole le spalle.

«Ho sentito parlare della peste normale», rispose Aelia.

«Be', la peste del sangue è simile, ma peggiore. I sintomi sono terribili, massacranti. Brutali».

«Prima lei mi ha detto che i demoni bevono sangue umano. La peste del sangue è causata da loro?», chiese Aelia.

«No. I demoni sono immuni a qualsiasi malattia umana. E per quanto riguarda la peste del sangue, è un morbo umano che, per l'appunto, avvelena il sangue. Non esiste una cura ed è molto contagioso».

Aelia assimilò l'informazione. Nel frattempo, la vedova Maleina si voltò verso di lei e, sul palmo, reggeva una scatolina. Le tremò la mano nel porgerla ad Aelia.

«Che cos'è?», chiese la ragazza, anche se pensava di conoscere già la risposta.

«È la peste del sangue».

«In quella scatolina?».

La vedova annuì.

Aelia guardò il minuscolo cofanetto marrone. «Come fa ad avere una malattia chiusa dentro una scatola?»

«Ho prelevato questo morbo da un insetto minuscolo e insignificante, dopodiché l'ho tramutato in qualcosa di diverso e l'ho sigillato all'interno di questa scatola».

In realtà Aelia avrebbe preferito non ascoltare il resto della spiegazione della vedova. A essere sincera, la prospettiva la terrorizzava. Tutto quel parlare di sangue e malattie era già abbastanza orribile, ma in qualche modo la ragazza sapeva che presto la conversazione avrebbe preso una piega ancora peggiore.

«Come ho detto prima, la peste del sangue è letale per gli esseri umani, ma i demoni sono immuni a qualsiasi morbo umano. Adesso ho cambiato la natura della malattia, però. Adesso sarà in grado di colpire quei demoni. Possiamo infettarli con questa peste».

«Quindi infetterà i demoni ma non gli esseri umani?»

«No, li infetterà entrambi, ma d'ora in poi il contagio potrà avvenire soltanto attraverso il sangue».

«Ma come fa a essere sicura che funzionerà anche sui demoni?»

«Infatti non lo sono», sbottò la vedova. «Ma è il meglio che sono riuscita a fare, e dovremo accontentarci. Adesso ascoltami, mia cara. Ascoltami con estrema attenzione e ti spiegherò cos'è che dovrai fare».

Capitolo 22

2024

Tetbury, la cittadina locale, era già in piena atmosfera natalizia. Ghirlande di lucine scintillanti adornavano Long Street e, in fondo alla via, due alberi di Natale svettavano ai lati della scalinata di Market Hall, il municipio. Nella piazzetta laterale, delimitata su un lato dalla loggia in pietra del municipio, era stato allestito un vivace mercatino natalizio che brulicava di commercianti e acquirenti, mentre un gruppo di cantori intonava *Silent Night* con l'accompagnamento di una banda di ottoni. Tutta quella scena fece tornare alla mente di Ben il bigliettino d'auguri di Natale in stile vittoriano che, qualche giorno prima, aveva ricevuto da Esther e Morris.

Per le strade, gli acquirenti chiacchieravano, ridevano e sgomitavano, con le guance rosse e l'aria innocente. Facevano entra ed esci dai graziosi edifici in pietra Cotswold, dove i negozianti vendevano splendidi articoli che presto sarebbero stati impacchettati, infiocchettati e ammonticchiati nei soggiorni di tutta la contea.

Ben guardava tutto quanto come se stesse guardando un film. Quel clima di allegria festosa di certo non aveva nulla a che vedere con lui. Il ragazzo si fermò e deglutì alla vista dell'imponente edificio che aveva davanti: un albergo d'epoca georgiana sulla via principale. Si disse che non era il momento di essere titubanti o nervosi, e così entrò, dirigendosi subito verso il banco della reception.

«Mi scusi», disse all'uomo in servizio.

«Sì?». L'uomo non era proprio ostile, ma di sicuro non era nemmeno molto cordiale.

«Avete della carta intestata?»

«Come prego?».

Ben arrossì e cominciò a farfugliare. «Ehm... Carta... carta intestata. Mia... Mia mamma ha soggiornato qui e io... ehm... pensavo di prendergliene qualche foglio. Ehm.... *comprargliene* qualche foglio, intendevo dire». Sembrava un completo idiota.

«Mi dispiace», rispose l'uomo. «Ma la nostra carta intestata non è in vendita al pubblico». Pronunciò la parola "pubblico" come se fosse stata sinonimo di un qualcosa di immondo e rognoso.

«Potrei vederla solo un attimino allora?», insistette Ben, anche se mentre parlava avrebbe voluto sprofondare sottoterra. «Vorrei giusto controllare una cosa».

«No, non puoi». L'uomo cominciò a guardarsi intorno in cerca di qualcuno da chiamare e Ben capì di aver mandato tutto a rotoli. «E devo chiederti di andartene», intimò al ragazzo.

«Ma non sto facendo nulla di male. Vorrei solo...».

«Subito. Altrimenti sarò costretto a chiamare la sicurezza».

«La sicurezza? Ma sta scherzando!».

L'uomo alzò la cornetta del telefono e rimase con il dito sospeso sopra la pulsantiera mentre fissava Ben con uno sguardo tagliente.

«E va bene», sbuffò il ragazzo, indignato. «Me ne vado. Anche se non capisco che bisogno c'era di fare tanto lo spocchioso». Ben si voltò e, strascicando i piedi, se ne tornò al freddo che c'era per strada. Che deficiente quel tizio. Ma che problemi aveva? Be', era evidente che quella tattica non aveva – e forse non avrebbe – funzionato. Ben sperò che non fosse proprio quella, la carta intestata che stava cercando. Se lo fosse stata, avrebbe dovuto aspettare che quell'imbecille smontasse dal turno. In ogni caso, la volta successiva avrebbe dovuto inventarsi una storiella migliore. Molto migliore.

Si sentì più sicuro di sé mentre saliva i gradini dell'hotel successivo. Alla reception, dietro una scrivania nera e curvilinea, sedeva una giovane ragazza che parlava al telefono dandosi un tono da donna d'affari. Subito dopo Ben era entrata una famigliola chiassosa con due figli piccoli, seguita da un facchino che portava le loro valigie su per i gradini e nella hall. Mentre Ben aspettava al banco, il maschietto slittava sul pavimento di marmo con un certo stile e, nel frattempo, il papà faceva il solletico alla bambina che strillava e ridacchiava. La mamma, invece, alzava gli occhi al cielo e rideva. A quella vista, Ben sperimentò una fitta di qualcosa: non era proprio invidia, quanto piuttosto una mancanza; una nostalgia velata di rimpianto per qualcosa che non aveva mai avuto.

«Posso aiutarla? Ehilààà! Dicevo, posso aiutarla?». Ben alzò lo sguardo e vide la receptionist che gli sorrideva. «Era finito a chilometri di distanza, eh?»

«Oh, mi scusi», le rispose Ben. «Mi stavo... ehm... mi stavo giusto chiedendo se avesse un foglio di carta da prestarmi, o meglio... ehm... da farmi usare. Alcuni miei amici alloggiano qui e dovrei lasciare loro un messaggio».

«Sì, certo», rispose lei. «Aspetti che glielo prendo».

Anche la famigliola appena arrivata si era avvicinata al banco della reception: i bambini si erano messi a saltellare mentre la mamma cercava di calmarli.

«Un attimo e sono da voi», disse la ragazza ai due adulti prima di porgere a Ben un foglio di carta intestata e una penna.

«Grazie», le disse lui, dopodiché andò a sedersi su uno dei divanetti posizionati a ridosso dell'ampia finestra a golfo. La carta intestata era liscia e di un bel bianco brillante, niente a che vedere con quella che stava cercando lui. Ben rimase seduto sul divano per qualche secondo, imbronciato per la delusione. Poi si tirò su e tornò alla reception.

«Come non detto», esclamò, sollevando il foglio e la penna. «Il mio amico mi ha appena chiamato. Questi non mi servono più».

La receptionist era indaffarata con i nuovi arrivati, dunque si limitò a rivolgergli un rapido cenno di intesa.

Ben lasciò da parte carta e penna e uscì dall'albergo. Si fece largo tra la folla di acquirenti e si accodò alla scia di gente che, ignorando gli sguardi esasperati degli automobilisti fermi, attraversava le strisce pedonali in un flusso continuo. Una volta arrivato dall'altro lato dell'incrocio, Ben si fermò davanti all'Old Bell, la sua tappa successiva.

La hall era gremita e Ben dovette aspettare in fila alla reception mentre vari ospiti facevano il check-in. La gente continuava a sgomitare e a spintonare, facendogli quasi perdere il posto, e intanto nessuno degli addetti alla reception pareva essersi accorto di lui. Si disse che quella confusione così esagerata fosse dovuta alle imminenti festività natalizie. Tutte quelle persone erano venute fin lì per trascorrere il Natale con i propri affetti, amici o familiari che fossero. Ma dov'erano i suoi, di amici e familiari? In un altro stramaledetto paese a cercare di salvare sua sorella da un mucchio di vampiri malvagi. Sembrava la trama di uno squallido film di serie B. E in tutto ciò, lui che faceva? Guardava carte intestate negli hotel. Era patetico. *Lui* era patetico.

Si voltò per andarsene. La sua impresa era soltanto una perdita di tempo, e lui non era altro che un povero ragazzino stupido e illuso che credeva di poter fare qualcosa di utile. Non c'era da stupirsi che gli altri l'avessero lasciato a casa. Un attimo prima di uscire dalla porta, Ben passò davanti a un leggio di legno su cui erano poggiati una penna e un blocco per gli appunti. Ben si fermò e indietreggiò. La carta era di una tinta avorio screziata e presentava un'intestazione blu inchiostro. La hall era ancora affollata. Nessuno stava guardando nella sua direzione. Il ragazzo sgraffignò un paio di fogli e uscì.

Intanto aveva iniziato a piovere, e una raffica di nevischio obliquo aveva costretto gli acquirenti a rifugiarsi al coperto. Il coro e la banda di ottoni avevano interrotto la loro esibizione e gli unici suoni rimasti nell'aria erano lo scroscio della pioggia, il rombo ovattato dei motori delle auto e lo stridio degli pneumatici bagnati. Ben si fermò davanti all'entrata dell'hotel, riparata da una tettoia di pietra.

«Senta, non può aspettare qui», gli disse un fattorino in uniforme.

«Sì che posso. Sono un ospite dell'albergo», ribatté Ben. «E mi serve un taxi». Ben non sapeva da dove fosse venuta fuori tutta quella sicurezza, eppure aveva funzionato.

«Oh, mi scusi tanto. Gliene chiamo subito uno. Ci vorranno giusto un paio di minuti».

Mentre aspettava, Ben tirò fuori dalla tasca il foglietto di carta originale e lo confrontò con quello dell'albergo. Trattenne il respiro. L'originale era parecchio sgualcito, ma per quel che vedeva lui, i due fogli erano del tutto identici, a parte il punto in cui l'intestazione era stata strappata via. Il cuore cominciò a battergli più forte. "E ora?", pensò. Come poteva fare per scoprire chi aveva alloggiato lì?

Quell'albergo, l'Old Bell, era il locale abituale dove andava Morris. Un tempo era stato un normalissimo pub, ma in seguito era stato trasformato in un hotel di lusso. Morris e i suoi compagni di bevute comunque lo frequentavano ancora con una certa regolarità. Un pensiero orribile si insinuò nella mente di Ben. Ma di sicuro... no. Non poteva essere. No. Non *Morris*.

Gli altri non sarebbero stati affatto contenti di lui. No, si sarebbero infuriati e preoccupati, ma era un prezzo irrisorio da pagare per tenerli al sicuro. Ok, Alexandre aveva mentito. Ma che altra scelta gli era rimasta? Lui aveva provato a insistere dicendo che voleva andare alla città sotterranea da solo, ma loro non gli avevano dato retta. Non si rendevano conto che era il piano migliore per tutti. E così, quando avevano protestato, lui aveva fatto finta di capitolare. Aveva detto che avevano ragione loro. Che avrebbe aspettato fino all'indomani e poi sarebbero andati alla città sotterranea tutti insieme.

Isobel, in particolare, si era mostrata parecchio sollevata. All'inizio si era fatta prendere da una certa agitazione, ma poi si era tranquillizzata. Be', certo, nei limiti di quanto potesse sentirsi tranquilla lì in Turchia, visto che i ricordi del passato minacciavano di soffocarli tutti. Comunque, Alexandre li aveva avvertiti che voleva rimanere da solo quella sera, in modo da riflettere per bene su come organizzarsi in vista dell'indomani. Alle sue stesse orecchie era sembrata una scusa debole, e non era convinto che gli altri se la sarebbero bevuta. Ma loro erano così sollevati all'idea che lui si fosse rassegnato a non fare nulla di sciocco e avventato, che alla fine non avevano indagato oltre.

E invece eccolo lì, Alexandre, in procinto di fare proprio qualcosa di sciocco e avventato. Il vampiro sorrise tra sé, ma era di umore cupo. Sperava solo che gli altri non avrebbero fatto nulla di stupido, come seguirlo, per esempio. Era così arrabbiato con sé stesso. Avrebbe dovuto farlo già dal primo giorno. Avrebbe dovuto organizzarsi per andare dritto da Maddy non appena Blythe gli aveva confermato dove fosse stata rinchiusa. Perché aveva sprecato così tanto tempo a rimuginarci su? Era un idiota. Non aveva bisogno di escogitare un piano; aveva bisogno di recuperare l'amore della sua vita. E invece aveva permesso agli altri di dissuaderlo. Ebbene, le cose stavano per cambiare: quella notte sarebbe passato all'azione.

Nell'aria aleggiava un delicato profumo di neve mentre un'atmosfera di silenzio trepidante gli schiariva la mente e rasserenava il corpo. Quella notte Alex si sentiva invincibile. I vampiri cappadoci non gli avrebbero impedito di trovare Madison. Lui li avrebbe fatti a pezzi. Sapeva di esserne capace. Loro potevano anche essere più antichi e più potenti, ma non avevano il suo stesso grado di motivazione. Ai loro occhi, Madison non era altro che una pedina in un disegno più ampio, mentre per Alexandre quella ragazza era tutto. Si sentiva fomentato dalla rabbia, dalla disperazione e dall'amore.

Avrebbero cercato di fermarlo prima che arrivasse alla città? Lui sospettava di sì, ma per il momento non riusciva a percepire nemmeno un odore riconducibile a loro. Ed ecco che iniziò a cadere la neve, silenziosa. Dapprima rada, poi via via sempre più fitta e veloce, depositandosi sul terreno roccioso e addolcendo il paesaggio con morbide curve.

Nonostante il panorama cominciasse a sembrare diverso, sotto il manto di neve, Alexandre sapeva benissimo qual era la strada da percorrere. Ricordava i dettagli più intimi di quel luogo in cui le sue speranze si erano tramutate in incubi. Oltretutto, era anche l'ultimo posto in cui aveva visto i suoi genitori vivi.

All'epoca, dopo quella catena di spiacevoli avvenimenti, il padre di Freddie e Leonora, Harold, aveva distrutto l'ingresso della città sotterranea facendola saltare in aria con la dinamite, nel tentativo di proteggere il mondo dai suoi pericoli nascosti. Ma Alexandre era certo che ci sarebbe stata un'altra via d'accesso. L'avrebbe scavata lui stesso a mani nude, se ce ne fosse stato bisogno.

Arrivò nel posto giusto nel giro di poco tempo, ma ancora non riusciva a cogliere neanche una traccia che gli segnalasse la presenza di altri vampiri. Era una trappola? Persino mentre annusava l'aria intorno a sé in cerca di segni di vita fu sopraffatto dai ricordi. Ogni cosa era proprio come lui la rammentava. Che strano. Si aspettava di trovarlo cambiato, quel posto: modernizzato, in un certo senso, magari addirittura asfaltato e sovrastato da una nuova città. E invece vi ritrovò tutto immutato: lo stesso capannello di alberi, sebbene ormai spogli e ricoperti di neve; la minuscola collinetta dietro la quale, all'epoca, erano state piantate le loro tende. E ancora, proprio lì davanti, l'area in cui un tempo veniva acceso il fuoco, intorno al quale tutti loro si riunivano per riscaldarsi durante le fredde serate primaverili di tutti quegli anni addietro. Si ricordò del delizioso profumo che invadeva le loro narici quando, dopo una dura giornata di lavoro, si preparavano a gustare la meritata cena. Gli tornarono in mente le battutine bonarie e scherzose, i disaccordi, l'incessante pianificare delle due famiglie di archeologi e le intrepide guardie turche con cui presto tutti loro avevano stretto amicizia. Quella notte, tuttavia, la neve cadeva nel più assoluto silenzio.

Alexandre si ricordava di ogni dettaglio come se l'avesse vissuto appena il giorno prima. Ripensò al ragazzo che era stato quando era ancora un essere umano, così pieno di ambizione ed entusiasmo all'idea dei tesori che avrebbero potuto scoprire in quelle terre. E invece, tutti quei piani e quelle speranze erano sfumati nel nulla, trasformati in cenere, morte e distruzione. E ancora non era finita. Avrebbe mai avuto tregua? L'amaro retrogusto della cenere l'avrebbe perseguitato per sempre nei secoli a venire?

Ma in quel momento non aveva tempo per rimuginarci sopra.

La neve aveva imbiancato ogni cosa, però lui individuò subito il punto in cui un tempo si trovava il pozzo di ventilazione, ovvero l'ingresso segreto della città sotterranea. Ormai l'unica cosa che si intravedeva al suo posto era un profondo avvallamento del terreno.

Perplesso, Alexandre si rese conto che ancora non gli arrivava nessun odore che potesse appartenere ad altri vampiri. Che stranezza. E dire che lui si sarebbe aspettato di trovare nientemeno che una fitta schiera di guardie a sorvegliare quella zona.

A ogni modo, il pozzo era scomparso da tempo, e così Alexandre iniziò a scavare. Sotto il superficiale strato di neve trovò una spessa lastra di ghiaccio, che frantumò dapprima con il tallone e poi con il gomito. Al di sotto incontrò un misto di terriccio duro e roccia morbida. Sfruttando la sua forza di vampiro, vi scavò un tunnel nel giro di pochi minuti, scagliando la terra verso l'alto, fin quando non si imbatté in uno strato di roccia solida. A quel punto passò dallo scavare verso il basso allo scavare in orizzontale. Provò in diverse direzioni, ma ogni volta finì per incontrare la stessa roccia dura. Poi, dopo un po' di tempo, trovò proprio quello che cercava: roccia, ma levigata a mano fino a renderne la superficie uniforme. Ripulì la zona, esponendo una parete di quella roccia liscia. Dopodiché vi posizionò le mani al centro e cominciò a spingerla di lato.

Alexandre sperava che il suo tentativo avrebbe funzionato, perché in caso contrario non avrebbe saputo cos'altro fare. La lastra di roccia che stava spingendo era una delle vecchie macine di pietra usate per sigillare i passaggi sotterranei. Nessun essere umano avrebbe avuto abbastanza forza da riuscire ad aprirla trovandosi dal lato sbagliato, ma Alex era sicuro di potercela fare. E infatti, presto avvertì un leggero cedimento. Si sentì un tremolio fortissimo e, non appena la macina si scostò di lato, Alexandre venne sommerso da una cascata di altra terra e pietre.

Il varco che si era appena aperto davanti ai suoi occhi era sgombro e Alexandre lo attraversò, sputacchiando terriccio e pulendosi gli occhi e le orecchie dal fango. Era dentro. Tuttavia, non ebbe molto tempo per congratularsi con sé stesso, perché all'improvviso li sentì arrivare da tutte le direzioni. Lo avrebbero raggiunto in pochi secondi.

Alexandre si guardò intorno e soppesò le proprie alternative. Non poteva scappare e non voleva farlo. Una conversazione amichevole sarebbe stato l'approccio migliore, così magari gli avrebbe permesso di carpire quante più informazioni possibili.

Il cunicolo che si estendeva davanti a lui era lunghissimo e si apriva su una marea di stanze e altri corridoi. Non c'era luce, ma Alexandre non ne aveva bisogno. Riusciva a vedere, sentire e percepire tutto quanto con estrema chiarezza.

I vampiri arrivarono con le lucenti zanne sguainate, anche se poi le rinfoderarono subito. Erano sei in tutto, ma Alexandre non ne riconobbe neanche uno. Erano più giovani di quegli altri che aveva incontrato in precedenza; meno padroni di sé ma anche meno forti. Ognuno di loro, però, emanava pura ostilità.

«Chi sei?», gli domandò una giovane donna.

«Alexandre Chevalier. Sono qui per Madison Greene». Cercò di mantenere un tono di voce basso e calmo. «Scusate, sono un po' in anticipo», aggiunse.

I vampiri si fecero da parte per farne passare un altro. Uno che Alexandre conosceva già. Era Sergell, il vampiro che aveva incontrato la sera prima.

«A dire il vero», replicò Sergell, «malgrado il tuo anticipo a dir poco inelegante, allo stesso tempo arrivi anche troppo tardi».

Un brivido gelido e pesante come un macigno fece sprofondare lo stomaco di Alexandre.

«Come sarebbe a dire "troppo tardi"?»

«Ebbene sì, sei arrivato troppo tardi. Lei non c'è più».

Capitolo 23

Cappadocia, 575 d.C.

Il cavallo era veloce e Aelia si sentiva al sicuro sul suo dorso caldo. Avvicinando il viso alla criniera, la ragazza assaporò il connubio tra l'aria fresca e il profumo dell'animale. Cercò di godersi la velocità e la libertà; di ignorare il destino verso cui stava cavalcando di sua spontanea iniziativa. Certo, poteva fermarsi subito. Invertire la rotta e tornare alla caverna della vedova. E invece no, era troppo tardi pure per quello.

Dopo che la vedova Maleina le aveva spiegato cosa fare, l'aveva bandita dalla grotta e le aveva detto di non tornare mai più. Aelia avrebbe voluto ringraziarla, salutarla come si deve; perciò, quando l'anziana signora si era voltata e aveva fatto per allontanarsi, Aelia le aveva afferrato una manica per fermarla. Non appena si erano ritrovate faccia a faccia, però, la ragazza si era accorta che la vedova aveva gli occhi così rossi da sembrare iniettati di sangue e la fronte imperlata da goccioline di sudore luccicanti. A quella vista, Aelia le aveva lasciato andare la manica all'istante: si era resa conto che la vedova Maleina era stata infettata. Aveva contratto la peste del sangue.

Aelia aveva gridato e aveva cercato di pensare a qualcosa da dire, ma le erano venute a mancare le parole e non era riuscita a fare altro che fissarla in preda all'orrore.

«Via, via, sono solo una vecchia ormai», aveva borbottato la vedova da dietro il panno che ancora le copriva il naso e la bocca.

«Ma dev'essere senz'altro in grado di curarsi!».

«Non avrei potuto creare questa nuova versione del morbo senza espormi. E ti ho già detto che non esiste una cura. È una circostanza sfortunata, però è così e basta».

«Ma allora è tutta colpa mia!», esclamò Aelia. «Se non avessi insistito per tornare…».

«Tu non c'entri nulla con tutta questa storia, mia cara. Ci sono ben altre forze in gioco: il tempo, il destino e circostanze che vanno molto oltre la tua influenza. Coraggio, hai molto da fare e poco tempo per farlo. Devi andartene da questo posto, altrimenti tutti i nostri piani non saranno serviti a nulla. Che Dio ti assista, bambina, e ricordati tutto ciò che ti ho detto».

A quel punto Aelia si era sentita sopraffatta dal desiderio di piangere e ribellarsi. Di stringere le braccia intorno alla donna che l'aveva protetta per così tanto tempo e supplicarla di fare qualcosa per salvarsi. Tuttavia, sapeva che sarebbe stato inutile: la vedova Maleina faceva sempre come meglio le pareva, e non desiderava né tantomeno gradiva manifestazioni d'affetto.

«Grazie!», si era quindi limitata a urlarle dietro la ragazza. Ma invano, perché la vedova non le aveva risposto.

E così, mentre tornava verso il suo villaggio, Aelia si sentiva soffocare dai sensi di colpa, perciò spronava il cavallo a galoppare sempre più veloce per cercare di liberarsi del peso di quei sentimenti. Un po' come se il vento avesse potuto spazzare via i suoi rimpianti e le sue paure. Eppure, presto il suo destriero si sarebbe fermato, lei sarebbe arrivata a destinazione e non avrebbe più avuto modo di sfuggire al suo destino. Chissà che cosa avrebbe dovuto affrontare. Certo, c'era pur sempre una possibilità che la vedova Maleina fosse in errore, ma Aelia doveva prepararsi al peggio. E, a parte i demoni, comunque le rimanevano da affrontare Lysus e anche il resto degli abitanti del villaggio, che senza dubbio sarebbero stati pronti a sputare sentenze.

La mappa che le aveva fornito suo padre era dettagliata e facile da seguire. La portava lontano dalle vie principali, attraverso stretti valichi rocciosi e tratti desolati di sterpaglie. La sua preoccupazione principale erano i banditi, quindi Aelia teneva sempre un occhio fisso sull'orizzonte, in cerca di nuvole di polvere e segni di movimento. In testa sua, rivolse un pensiero di ringraziamento alla vedova per averle procurato quel cavallo. La faceva sentire molto più al sicuro e meno sola.

A un certo punto fecero una sosta nei pressi di un ruscello poco profondo, dove sia lei sia il cavallo bevvero e si riposarono. Per un breve istante, mentre se ne stava in piedi a fissare l'immenso cielo azzurro e ad ascoltare il cinguettio degli uccelli, Aelia si sentì bene.

Non era spaventata o in preda al panico per ciò che l'aspettava. Accarezzò il collo del suo destriero.

«Come ti chiami, bello?», gli mormorò.

Il cavallo sbuffò e pestò un piede per terra.

«Non riesco a pensare a un nome abbastanza azzeccato per te. In ogni caso, sei il mio eroe, mio caro amico equino». Gli baciò il muso vellutato e sospirò. Avrebbe dovuto essere terrorizzata, ma invece si sentiva soltanto impaziente di arrivare, di scoprire cosa le riservava il futuro. Quel non sapere era terribile. «Dieci minuti di riposo e poi andiamo», disse all'animale. Secondo la mappa, erano già arrivati a poco più di metà strada.

Qualche tempo dopo, le distanze si erano ormai ridotte parecchio e il crepuscolo si avvicinava. Era una fortuna che non avessero incontrato nessuno durante il tragitto. Forse erano già scesi tutti nel sottosuolo. Forse lei e la vedova erano le uniche rimaste in superficie. Che pensiero strano. Man mano che gli zoccoli del cavallo scalpitavano sul terreno polveroso, Aelia non poté fare a meno di immaginare le migliaia di persone laggiù, sotto di loro. Erano tutte felici e contente di sistemarsi nella loro nuova casa? O erano in trappola e terrorizzate? Aelia doveva sbrigarsi a raggiungere la sua famiglia prima che fosse troppo tardi.

Quando la ragazza giunse a destinazione era già buio. Smontò da cavallo e legò l'animale a un albero defilato, non troppo lontano dalla caverna. Decise che si sarebbe seduta e riposata un po' prima di avvicinarsi alla sua meta. Aveva bisogno di farsi coraggio e di ripassare il piano ancora una volta. Durante il tragitto, la sua mente era stata o un ammasso ingarbugliato di pensieri, oppure del tutto vuota. Perciò aveva bisogno di concedersi qualche minuto per schiarirsi le idee e farsi forza. Il cavallo emise un leggero nitrito e lei gli accarezzò la criniera.

«Presto dovrò lasciarti», gli sussurrò. «Ma vedrai che te la caverai».

Aelia era seduta per terra a gambe incrociate, con la schiena appoggiata contro il tronco dell'albero. Prima di partire, la vedova le aveva dato una borsetta di cuoio con dentro alcune provviste: Aelia la prese e ne allentò i cordini. Tirò fuori la fiaschetta d'acqua e ne bevve diversi lunghi sorsi. Dopodiché infilò di nuovo la mano nella borsa, tastandone gli oggetti all'interno fin quando le sue dita non si strinsero intorno alla scatolina marrone. La tirò fuori e la fissò sotto il luminoso chiarore della luna. Un oggetto all'apparenza così innocuo che, tuttavia, nascondeva l'elemento cruciale per la riuscita del piano della vedova. Aelia rabbrividì al pensiero del suo contenuto. C'erano un'infinità di cose che potevano andare storte. Si infilò la scatolina sotto la tunica e la assicurò al proprio corpo con un lungo lembo di stoffa che annodò ben stretto.

All'improvviso, una corrente d'aria le sferzò il viso, poi un'altra ancora: pipistrelli. Ad Aelia non dispiacevano quelle piccole creaturine svolazzanti, le considerava come grandi falene o uccellini notturni. Innocue. A parte i loro svolazzi melodrammatici, l'ambiente era silenzioso. Nessun frinire di cicale né versi di altri animali. Solo la quiete notturna.

«Salve».

Aelia trasalì e scattò in piedi, spaventata dalla voce che, di contro, sembrava calma e divertita. La ragazza si voltò e si diede un'occhiata intorno, ma non vide nessuno.

Poi, dalla penombra, emerse un uomo. Il cavallo nitrì e Aelia gli prese il muso tra le mani per tranquillizzarlo.

«Mi sembra un po' tardi per andare in giro da sola», affermò l'uomo. Si tenne a debita distanza e non fece la benché minima mossa per avvicinarsi.

Il primo impulso di Aelia fu quello di saltare in groppa al cavallo e partire al galoppo. Lo sconosciuto era a piedi, quindi sarebbe stata in grado di seminarlo senza troppe difficoltà. Ma non poteva andarsene adesso. Doveva entrare nella città sotterranea. Forse quell'uomo era una guardia, ma per qualche strano motivo non le dava quell'impressione. Era abbigliato in maniera troppo sfarzosa e parlava con un accento che Aelia non riusciva granché a riconoscere. Forse era uno degli invasori? Eppure non aveva un aspetto minaccioso.

«Non sono un invasore. Vivo qui», le disse l'uomo. «Sei libera di andare via, se vuoi. Non intendo farti del male».

«Chi... chi è lei?»

«Prima tu», rispose lui.

La ragazza esitò, ma non riuscì a farsi venire in mente nemmeno un motivo per non dirgli come si chiamava. «Aelia. Mi chiamo Aelia».

«Che nome grazioso». L'uomo fece un altro passo avanti. «Io sono Mislav. E ti prego di darmi del tu».

Mislav. Quel nome rimase sospeso nell'aria come una promessa sussurrata. Il cavallo nitrì di nuovo e pian piano Aelia cominciò a slegarlo, per ogni evenienza.

«Comunque, perché sei qui tutta sola?», le domandò. «Sei nei guai?».

Lo era? Sì. Era in una montagna di guai. «No», rispose. Non voleva fare parola della città sotterranea nell'eventualità in cui lo sconosciuto fosse stato davvero un invasore.

«Ti sei persa l'appuntamento per la discesa?», le chiese.

Lei non rispose.

«Sono già scesi tutti nella città sotterranea, sei rimasta solo tu in superficie. Desideri scendere?».

Bene, non era un invasore, dunque. «Sì», rispose lei, sentendosi pervadere da un'ondata di sollievo. «Sì, grazie. Non sono riuscita a presentarmi all'appuntamento concordato. Ero malata».

Lui sorrise. Aveva un sorriso bellissimo che la riempiva di gioia e di leggerezza. Era davvero ammaliante, con quei capelli che gli sormontavano i lineamenti regali come una corona dorata. Intanto Aelia aveva finito di slegare il cavallo, e ne teneva in mano le briglie con una presa molto morbida. Tutt'a un tratto l'animale nitrì, si impennò e scappò via nella notte.

«Il mio cavallo!», gridò la ragazza.

«Oh, lascialo andare. Sembrava uno splendido destriero, ma tanto comunque non avresti potuto portarlo con te. Non c'è più posto per altri animali, laggiù».

«Ma...».

«Lascialo andare».

Aelia strinse forte la borsa, sentendosi più sola che mai.

«Io...». Non sapeva nemmeno cosa avrebbe voluto dire.

«Vieni». L'uomo le rivolse di nuovo il suo meraviglioso sorriso.

Aelia fece un bel respiro e gli si avvicinò. Sarebbe andata con lui. C'era un motivo per cui si era avventurata fin lì: la sua famiglia. E presto li avrebbe rivisti.

Capitolo 24

2024

«Shopping natalizio, eh?»

«Come? Ah, ehm, sì».

«Preso niente di carino per la fidanzatina?»

«Io non ho una...».

«Lascia che ti dia un consiglio, ragazzo: bisogna sempre prendere qualcosa di carino alle ragazze per Natale e per i compleanni. È il modo migliore per tenersele strette».

«Giusto. Grazie».

Chiacchierare con il tassista era proprio l'ultima cosa che Ben aveva voglia di fare. Per carità, il tizio sembrava anche simpatico, ma il cervello di Ben era intrappolato in una spirale discendente a dir poco catastrofica. *Non Morris. Non Morris.* Quelle parole continuavano a ripetersi nella sua mente senza sosta. Non era possibile, doveva trattarsi per forza di una coincidenza. Eppure... I conti tornavano, e anche fin troppo bene.

«Che tempo orribile», esclamò il tassista. «Ho i tergicristalli alla massima velocità».

«Come ha detto, scusi?»

«I tergicristalli... ho dovuto azionarli alla massima velocità, ma non fanno uno straccio di differenza. Sembra il diluvio universale, là fuori».

«Eh già», rispose Ben, fissando i rivoli di pioggia che colavano lungo il parabrezza. Un profumatore per auto a forma di fiocco di neve penzolava dallo specchietto retrovisore, sprigionando un profumo sintetico di finti aghi di pino che gli si era insinuato fin dentro le narici, provocandogli un senso di nausea.

«Posso sfiorare al massimo i trenta chilometri orari. Più veloce di così non posso andare, non su queste curve».

Attaccata al cruscotto, in una cornice dorata, c'era una foto che ritraeva una donna e due ragazzine adolescenti che sorridevano. La famiglia del tassista, ipotizzò Ben.

«Ma guarda quell'idiota!».

Il ragazzo alzò gli occhi dal cruscotto e vide un'auto che li sorpassava.

«Si farà ammazzare», sentenziò il tassista scuotendo la testa. «E così sì che non arriverà prima!».

All'improvviso Ben si rese conto che il fatto di aver rinvenuto il cartoncino appallottolato nella raccolta differenziata aveva perfettamente senso. Certo, se fosse stato lui, avrebbe preferito bruciare la carta in modo da sbarazzarsi delle prove. Ma a quanto pareva, Morris non guardava molti film polizieschi. Perché l'avrebbe fatto, però? Che cosa ci avrebbe guadagnato a tradirli? Soldi? Ed Esther ne era al corrente? Ben si sentì malissimo, tremante e a disagio. Come avrebbe fatto ad affrontare quella donna, ora che sapeva ciò che sapeva? Non riusciva a decidere cosa sarebbe stato peggio: se Esther fosse stata coinvolta nell'intera faccenda o se fosse rimasta devastata dallo scoprire cosa tramava Morris. Ben si accorse di essere davvero spaventato all'idea di tornare a casa.

«Accosti», disse.

«Come, prego?»

«Accosti!». Era a tanto così dal mettersi a sbraitare.

«Eh? Devo fermarmi? Aspetta, devo prima trovare un posto dove poterlo fare. Non stai per vomitare, vero? Ho pulito la macchina proprio stamattina. Non avrai mica bevuto? Quanti anni hai? Di sicuro sarai minorenne». Mise la freccia e accostò in un punto in cui il ciglio della strada si allargava un po'.

«Grazie», disse Ben. «Possiamo restare fermi qui per qualche minuto? Ho bisogno di pensare».

«Be'», gli rispose il tassista, con un'aria un po' scocciata. «Sì che possiamo. Però il tassametro continuerà a correre. Non posso mica starmene fermo qui all'infinito per tutta la notte. Non con questo tempo. Dovevo...».

«Guardi», lo interruppe Ben, tirandosi fuori dalla tasca una mazzetta di banconote. «Le do...». Le contò. «Le do sessanta sterline se accetta di rimanere fermi qui, in silenzio, per un paio di minuti».

«D'accordo allora».

Ben gli porse le banconote con fare maldestro mentre la pioggia intanto continuava a scrosciare e le auto che li superavano li riempivano di schizzi. Il ragazzo si sentiva come se stesse precipitando in caduta libera. E non c'era nessuno pronto a prenderlo.

Aveva girovagato là dentro centinaia di volte, ma in qualche modo la configurazione era cambiata. Quella che un tempo era l'uscita, invece, era bloccata dall'ennesima siepe altissima. Era quasi buio, lunghe ombre scure incombevano su di lei e Maddy non riusciva a trovare una via d'uscita. Era intrappolata nel labirinto di Marchwood House. Cercò di urlare per chiedere aiuto, ma dalla sua bocca non uscì alcun suono. Una mano la afferrò per la spalla e lei si girò di scatto, ma non vide nessuno.

«Maddy. Maddy, presto, svegliati».

La ragazza aprì gli occhi e l'incubo si dissolse. In piedi accanto al suo letto c'era Zoe, con uno zainetto in mano.

«Alzati, presto», le sibilò la vampira.

«Che succede? Cosa c'è?». La paura fece svanire ogni briciolo di sonno residuo e Maddy scattò in piedi e sbatté le palpebre.

«Sto per tirarti fuori di qui», dichiarò Zoe.

«Che cosa?»

«Be', vuoi andartene oppure no? È quasi l'alba. Avrai un discreto margine di vantaggio prima che se ne accorgano».

«Oh mio Dio. Davvero? Mi stai aiutando?»

«Ti prego, sbrigati. E abbassa la voce». Zoe era già mezza uscita dalla porta, ma Maddy era ancora immobile accanto al letto.

«Scusami», esclamò la ragazza. «Arrivo. Certo che arrivo». Aveva dormito vestita di tutto punto, con tanto di scarpe e giaccone per provare a stare un po' più al caldo, quindi non aveva bisogno di cambiarsi.

«Da questa parte», la esortò Zoe.

Madison non si girò nemmeno una volta per guardarsi indietro e seguì la vampira fuori dalla porta. La stanza si apriva su un vero e proprio tunnel del tutto privo di luci. Non appena la porta alle sue spalle si chiuse, il tunnel sprofondò nel buio più pesto.

«Non vedo niente», sussurrò Maddy.

«Shhh. Vieni, tienimi per mano».

La ragazza sentì le dita gelide di Zoe intrecciarsi alle sue. Ma che razza di posto era quello? Ebbe come la sensazione di conoscere già la risposta, e il solo pensiero le fece accapponare la pelle. «Siamo nella città sotterranea? In Cappadocia?»

«Per l'amor del cielo, Maddy, ti prego, sta' zitta. Sì, siamo in Cappadocia».

Zoe si muoveva in silenzio, senza emettere il benché minimo rumore, respiro o fruscio. In confronto, i passi impacciati di Madison riverberavano per tutto il corridoio, scalpicciando, incespicando e sfregando sul pavimento. E il suo respiro era così rumoroso che sembrava quello di una persona asmatica che scalava l'Everest. Ma tutto ciò non era nulla in confronto al ritmo martellante del suo battito cardiaco. Per non parlare del fatto che non vedeva letteralmente nulla.

Ebbene, eccola lì, nell'oscurità, nel luogo che faceva da sfondo a tutti gli incubi di Alexandre. Maddy sapeva la storia dei vampiri bizantini che avevano aggredito lui e la sua famiglia: erano creature brutali e incapaci di provare sentimenti, e in quel momento lei si trovava proprio lì in mezzo a loro. Perché la volevano? Avevano intenzione di trasformare anche lei in una di loro?

Il pensiero di diventare una vampira le era già passato per la testa in precedenza, ovvio, ma lei non avrebbe mai scelto un'esistenza simile di sua spontanea volontà. Amava Alex, ma il modo in cui era costretto a vivere non era allettante. Senza mai poter uscire alla luce del sole, senza poter assaporare il cibo. Certo, c'erano anche dei vantaggi, ma Maddy non credeva che le sarebbe piaciuto vivere per sempre. Era un concetto troppo spaventoso. Vedere tutti gli altri invecchiare e morire; osservare il mondo cambiare fino a diventare irriconoscibile. Essere mortali era una cosa positiva, secondo lei. Capiva gli occasionali momenti di disperazione di Alexandre: non era una vita semplice. Sapeva che lui cercava spesso di dimenticare ciò che era.

«Stiamo per arrivare a una rampa di scale», la avvertì Zoe. «Strette e ripide. Attenta».

Maddy procedette verso l'alto arrancando, per metà trascinata da Zoe. Con la mano libera si appoggiò al muro per cercare di reggersi meglio in equilibrio.

«Così non va bene», le sussurrò Zoe. «Dobbiamo andare più veloci».

«Ma se non vedo un cavolo di dove sto andando!», sbottò Maddy, continuando a sbattere le palpebre come un'invasata e cercando con tutte le sue forze di mettere a fuoco qualcosa, qualsiasi cosa.

Zoe sospirò. «Sarebbe stato bello avere una torcia».

«Si sono già accorti che non ci sono? Riesci a capire se c'è qualcuno che ci insegue?»

«Sì, e non ci sta inseguendo nessuno, ma è quasi l'alba e abbiamo un intervallo di tempo molto ristretto per farti uscire di qui. Non posso spostare la pietra dopo l'alba».

«La pietra?»

«Vedrai. Forza, andiamo».

Quando infine giunsero in cima alla scala, Maddy andò a sbattere contro la schiena di Zoe, che si era fermata in modo brusco.

«Il prossimo cunicolo è abbastanza dritto e regolare», spiegò Zoe. «Pensi di riuscire a correre?»

«Al buio? Posso provarci».

«Bene, continua a tenermi per mano».

Maddy mise un piede dopo l'altro e iniziò a correre. Zoe si adeguò alla sua velocità. Era una sensazione stranissima muoversi così in fretta nel buio più totale: Madison continuava a immaginare di andarsi a schiantare dritto contro un muro di mattoni e perdere i sensi.

Ma a un certo punto Zoe rallentò. «Adesso si gira a destra», bisbigliò.

Continuarono in quel modo ancora per diversi minuti, correndo e rallentando, correndo e rallentando. Era disorientante e strano. Maddy si aspettava che i suoi occhi si sarebbero abituati all'oscurità, ma si sbagliava. Doveva essere così che ci si sentiva a essere ciechi.

«Ci siamo», esclamò infine Zoe.

«Dove?»

«Tieniti forte alla mia mano e usa tutte e due le mani per farlo. Andremo abbastanza in alto, e se cadi rischi di farti davvero male».

«Andare in alto? Ma in che senso?». Maddy afferrò la mano di Zoe con entrambe le sue.

«Pronta?», le chiese la vampira.

«Credo di sì». Maddy strinse fortissimo la presa non appena sentì Zoe inerpicarsi verso l'alto, agile come un ragno su una parete. Maddy era letteralmente sospesa a mezz'aria e penzolava dalle sue stesse braccia. Era troppo scioccata per emettere anche soltanto un suono. Dopodiché si sentì un forte raschiare, un tonfo e un'improvvisa folata d'aria gelida. In meno di un secondo erano fuori.

Più che lievemente scossa dal suo volo a mezz'aria, Maddy sfilò le dita dalla mano di Zoe. Le due ragazze si attardarono nella buia penombra del crepuscolo, nervose e sull'attenti.

«Ho trovato quest'uscita qualche settimana fa», disse Zoe. «Credo che fosse un vecchio scivolo o una presa d'aria o qualcosa del genere».

Maddy lanciò un'occhiata verso il basso, nell'oscurità, e rabbrividì. Il cunicolo squadrato si mimetizzava tra diversi affioramenti rocciosi.

«La prima volta che l'ho vista», continuò Zoe, «era scoperta, e faceva entrare la luce del sole all'interno del tunnel. Ero a dir poco terrorizzata. Ma poi sono tornata di notte e l'ho coperta con quella roccia enorme».

«Quindi gli altri vampiri non sanno nulla della sua esistenza?»

«Sono sicura di no. Altrimenti non l'avrebbero lasciata incustodita. Hanno bloccato tutte le altre aperture e ogni uscita conosciuta è sorvegliata. A me non è permesso uscire senza essere accompagnata».

«Ma scusa, ora che hai trovato quest'uscita, non potresti andartene anche tu?»

«Senti, Maddy. Non ricominciare a farmi la predica, per favore».

«Scusami. Mi dispiace tanto. Dovrei ringraziarti, non mettermi a fare polemica. Voglio solo che tu sia felice».

Zoe le strinse il braccio e le sorrise. «Grazie, tesoro».

«No, grazie a te».

«Sta per sorgere il sole. Devo andare. Ecco, tieni...». Porse a Maddy lo zainetto che per tutto quel tempo aveva portato con sé. «Cibo, denaro e qualche altro oggetto utile. Prosegui sempre verso est, verso il sole che sorge. Dovrebbe portarti verso la civiltà e lontano dalla città sotterranea. Vai più veloce che puoi. Loro non potranno seguirti fino al tramonto, ma potrebbero mandare qualcun altro. Anzi, rettifico: *manderanno* qualcun altro».

«E tu non finirai nei pasticci? Per avermi aiutata?»

«Mi inventerò qualcosa».

«Ti prego, Zoe, sii prudente. Dovresti andartene anche tu. Scappa insieme a me. Possiamo aiutarci a vicenda. E poi, quando saremo al sicuro da loro, posso aiutarti a tornare dalla tua famiglia. Non solo io, anche Alex e gli altri».

«Devo andare. È quasi l'alba». Zoe sembrava terrorizzata. Il chiarore del mattino cominciava a illuminare l'orizzonte.

«Mi avevi detto di andare a est, giusto?», chiese Maddy, per un attimo in preda al panico.

«Sì, a est. Coraggio, te la caverai».

«Grazie», rispose Maddy. Ma Zoe era già sparita; di lei Madison non vide altro che la mano pallida che rimetteva a posto il masso davanti all'entrata, con uno stridio e un leggero tonfo.

Maddy contemplò il bagliore rosso vivo del cielo d'oriente. Il paesaggio era brullo e faceva freddo, là fuori. Sperò che il sole potesse levarsi in fretta, in modo da regalarle un po' di calore. Avrebbe fatto meglio a mettersi in marcia.

Capitolo 25

Cappadocia, 575 d.C.

Mentre si dirigevano verso l'ingresso della caverna, Aelia si rese conto che stava stringendo la borsa così forte che le facevano male le mani. Allentò un po' la presa e cercò di respirare in modo naturale. Quell'uomo, Mislav, profumava di vaniglia e di chiaro di luna: un profumo fresco e avvolgente che la fece sentire un po' stordita. Ma la ragazza si diede una leggera scrollata. Era solo stanca per il viaggio, nulla di più.

Davanti a loro si ergevano cinque colonne naturali di pietra chiara: tre all'ingresso della caverna e due sulla sua sommità, come sentinelle intente a fare la guardia. Erano ben più alte di un normale essere umano, di forma conica e con l'estremità appuntita. Aelia aveva visto quella grotta diverse volte nella sua vita. Da bambine, lei e le sue amiche si sfidavano spesso a entrare al suo interno, ma nessuna era mai stata abbastanza coraggiosa. Avevano sempre finito per strillare e scappare via. Si diceva che la caverna fosse la dimora di una divinità malvagia che era stata esiliata e condannata a vivere nel sottosuolo per l'eternità. E, secondo la leggenda, quelle colonne erano i camini di quella divinità. Ormai invece sembrava che fossero diventati i camini di qualcun altro… ma di esseri umani o di demoni? Era quella la domanda.

«Hai familiari quaggiù? Amici?», le chiese Mislav.

«Sì».

«Da dove vieni?»

«Da qui. Da Selmea». Aelia desiderò che quel tizio la smettesse di tartassarla di domande. Non voleva raccontargli di essere stata esiliata dal villaggio e non riusciva a pensare con chiarezza. Voleva soltanto concentrarsi sull'impresa che la aspettava. «È… sicuro laggiù?»

«Sicuro?», rispose lui. «Dagli invasori, intendi dire? Ma certo.

Nessuno immaginerebbe mai di trovare anche soltanto una persona sottoterra, figuriamoci un'intera città».

Non era quello ciò che intendeva dire Aelia, ma d'altronde non poteva mica chiedergli se c'erano demoni nel sottosuolo. «È davvero grande come una città?»

«Sì. È molto più grande di quanto tu possa immaginare. Ma tra poco lo vedrai con i tuoi stessi occhi».

Giunsero alle colonne, e Aelia allungò una mano per sfiorarne una. La superficie gessosa le parve ruvida a contatto con il palmo. Mislav le fece cenno di entrare.

«Un momento», gli disse lei, sentendosi assalire da una sensazione di panico. Si voltò e contemplò il cielo notturno, le stelle, la luna e le sagome scure degli alberi e delle rocce. Inspirò a fondo, a pieni polmoni: un ultimo respiro di libertà che forse avrebbe dovuto farsi bastare per sempre. «Va bene», disse poi. «Sono pronta».

Mislav le rivolse un cenno di assenso e la ragazza entrò nella caverna. Era ampia, bassa e fresca. Non c'era nessuno a fare la guardia. Mislav prese una torcia da una staffa sulla parete e si incamminò verso il fondo. Quando l'uomo si infilò in una piccola fenditura, ancora una volta non sorvegliata, Aelia lo seguì. Il silenzio era inquietante. Se ci vivevano così tante persone da riempire una città, lì, nel sottosuolo, di certo lei non riusciva a sentirle. La fiammella della torcia tremolava sulle pareti dello stretto passaggio e i respiri di Aelia riecheggiavano come un migliaio di sussurri. La ragazza si tastò il punto in cui, non molto tempo prima, si era legata la scatolina alla pelle, appena sotto la cassa toracica, e si sentì sollevata nel percepirne la sagoma sotto le dita.

Dopo qualche istante, il cunicolo terminò e Aelia entrò in un enorme spazio cavernoso. La fiammella della torcia era l'unica fonte di luce, quindi le venne difficile cogliere la reale ampiezza del luogo. Aelia rabbrividì. Faceva freddo, lì dentro, soprattutto dopo il tepore esterno della serata estiva.

«Siamo quasi arrivati», annunciò Mislav.

«Spero che la mia famiglia sia al sicuro», rispose lei.

Lui sorrise. «Vieni».

La ragazza lo seguì per tutto l'antro. Avvicinandosi all'estremità opposta, scorse tre rampe di gradini di pietra che salivano lungo la parete. Ma non c'erano porte, solo la piatta parete rocciosa. Mislav risalì la scalinata sulla sinistra e, mentre lo faceva, si udì uno strano rimbombo e la parete sembrò aprirsi davanti a lui. Era una specie di magia? Aelia esitò. Lui attraversò il varco che si era appena aperto e attese che lei lo seguisse.

Una volta che anche Aelia ebbe oltrepassato la soglia, i due si ritrovarono in un altro stretto cunicolo. Alla sua sinistra, la ragazza scorse un uomo tarchiato e di mezza età. Intercettò il suo sguardo, ma lui abbassò subito gli occhi a terra. Sembrava spaventato, anzi, terrorizzato. Aelia guardò Mislav, ma lui era girato di spalle e continuava a percorrere il cunicolo con un'aria del tutto indisturbata. Quando la ragazza tornò a guardare l'uomo di mezza età, vide che stava facendo girare una specie di bastone attaccato a un'enorme ruota di pietra, la quale a sua volta stava rotolando di nuovo a coprire l'ingresso. Aelia si affrettò a seguire Mislav, che non l'aveva aspettata.

Era strano pensare di essere finalmente arrivata in quel posto, dopo averci pensato per tutti quei mesi. Mislav non sembrava impaurito o preoccupato per i demoni. Forse la vedova si era sbagliata, dopotutto. Aelia se lo augurava con tutto il cuore e con tutta l'anima. Sarebbe stato meraviglioso potersi ricongiungere alla sua famiglia senza doversi preoccupare di demoni e pestilenze. Si sarebbe comportata da figlia modello e avrebbe sposato chiunque i suoi genitori avessero scelto per lei. Sarebbe stata gentile e servizievole e avrebbe reagito ai commenti crudeli del resto degli abitanti del villaggio con la massima grazia. Avrebbe evitato Lysus e abbandonato ogni pensiero di vendetta. Avrebbe fatto tabula rasa e intrapreso un nuovo inizio. Le dispiaceva soltanto che la vedova Maleina fosse stata così convinta della sua teoria da essersi in pratica condannata a morte. Povera vedova, costretta a soffrire da sola dopo aver aiutato così tante persone nel momento del bisogno. Cos'era che aveva detto a proposito della peste del sangue? Che i suoi sintomi erano *brutali*. Aelia pregò che la donna potesse andare incontro a una fine misericordiosa.

«Hai bisogno di cibo?», si levò la voce di Mislav, riecheggiando per il corridoio.

Aelia non aveva più mangiato nulla da quando si era fermata al ruscello con il cavallo. Non aveva più nemmeno pensato al cibo, ma ora che l'uomo ne aveva parlato, si era resa conto di avere una gran fame e un leggero giramento di testa.

«Be', in effetti avrei un po' di fame. Se potessi avere un tozzo di pane...».

«Credo proprio che possiamo fare di meglio», rispose lui.

Si era fermato poco più avanti, in attesa che lei lo raggiungesse. Non appena Aelia gli si avvicinò, lui riprese a camminare, con un passo fluido e spedito che lei faticava a tenere. Il cunicolo si diramava a sinistra e poi a destra. Arrivarono a un incrocio e lui proseguì dritto. Aelia guardò i corridoi a destra e a sinistra, ma vide solo un'oscurità infinita. Rabbrividì. Come avrebbe mai fatto a trovare una via d'uscita da lì, qualora ne avesse avuto bisogno? Man mano che proseguivano cercò di concentrarsi sul percorso, ma nella sua mente tutto si ingarbugliava in modo confuso. Era senza speranza, e così si arrese. C'era così tanto silenzio... Dov'erano tutti quanti? Scesero una scala angusta e tortuosa. I gradini erano strettissimi e irregolari, e Aelia dovette appoggiare le mani alle pareti per reggersi.

Quando infine arrivarono in fondo alla scala, le giunse un lieve rumore di musica alle orecchie. Il suo cuore iniziò a battere più forte: ma allora c'era gente! Percorsero altri corridoi bui finché Aelia non cominciò a sentirsi stordita per tutto quel camminare. Temeva quasi di svenire. La musica man mano risuonava sempre più forte e si udivano risate e chiacchiere. Suoni allegri. La ragazza non vedeva l'ora di gettarsi tra le braccia dei suoi genitori. Pensava che sarebbe scoppiata a piangere.

All'improvviso, il cunicolo si aprì su una sala enorme. Mislav si fermò e le cinse le spalle con un braccio. Lei rimase a bocca aperta per lo stupore. La sala era tempestata di lanterne e drappeggiata con sontuosi arazzi, mentre enormi tappeti intessuti di fili dorati ne ornavano i pavimenti. I tavoli erano ricoperti di vassoi traboccanti di frutta e dolci, carni, pesce e verdure. Tutti quegli aromi le fecero venire l'acquolina in bocca. In un angolo c'erano musicisti che suonavano e in un altro danzatori che ondeggiavano al ritmo ipnotico. E la gente... c'erano così tante persone, tutte abbigliate con vesti sontuose e più felici di quanto Aelia non avesse mai visto in vita sua. Ognuno sorrideva o rideva. Malgrado fosse già tardi, c'erano persino alcuni bambini seduti a mangiare, mentre altri giocavano spensierati, rincorrendosi tra i tavoli senza che nessuno li disturbasse o li rimproverasse per la loro chiassosità.

«Allora, ti piace la nostra città sotterranea?». Mislav parlò a voce bassa, ma nonostante le chiacchiere e il baccano, le sue parole risuonarono con grande chiarezza nelle orecchie di Aelia.

«È bellissima. Davvero... inaspettata. Posso mangiare qualcosa?», chiese lei.

Lui rise e la accompagnò verso un tavolo. «Accomodati, mangia».

Lei non se lo fece ripetere due volte e prese posto in fondo a un lungo tavolo a cavalletto. Davanti a sé vide un piatto luccicante colmo di carne speziata e fichi. Prese un pezzo di carne succulenta e chiuse gli occhi mentre masticava. Capra arrostita. Una vera prelibatezza. Mislav le versò una coppa di vino. Lei la prese dalla sua mano tesa e sorseggiò il liquido spumeggiante, che le frizzò sulla lingua.

«Devo trovare la mia famiglia», esclamò, con la bocca ancora piena.

«Prima pensa a sfamarti, alla tua famiglia potrai pensarci dopo», replicò lui.

Aelia non protestò. Mislav prese un piatto vuoto e percorse l'intero perimetro del tavolo, riempiendo il piatto di squisiti manicaretti per poi posarlo di fronte ad Aelia. Lei gli sorrise e gli rivolse un cenno di ringraziamento con la testa. Lui si sedette accanto a lei e la osservò mangiare, mostrando ancora una volta un'espressione divertita.

Nessun altro le prestava un minimo di attenzione. Erano tutti troppo impegnati a divertirsi, a festeggiare. Doveva essere la contentezza per aver ultimato la costruzione della città. Dopo anni di duro lavoro, era infine arrivato il momento di rilassarsi. Aelia bevve un altro sorso di vino. Si sentiva stanca, ma allo stesso tempo sollevata e stranamente euforica. Il mangiare e il bere avevano soddisfatto il suo corpo. A quel punto, non le rimaneva che trovare la sua famiglia. Si alzò e, mentre lo faceva, si accorse che l'atmosfera nella sala si era placata parecchio. La musica suonava ancora, ma il chiacchiericcio e le risate erano cessati. Mislav si alzò in piedi e lei lo guardò. Lui le sorrise, ma quella volta sfoderò un sorriso diverso: tagliente e terrificante.

Aelia fece cadere la coppa e incespicò all'indietro, sbattendo contro la sedia. Mislav la afferrò per la spalla per impedirle di cadere, ma poi si chinò su di lei e le trafisse la morbida pelle del collo con i denti. Nell'istante prima di svenire, Aelia si rese conto che la vedova aveva sempre avuto ragione, fin dall'inizio. E lei invece non aveva agito abbastanza in fretta. Era troppo tardi, ormai. Davvero troppo tardi.

Capitolo **26**

2024

La chiamata venne subito inoltrata alla segreteria telefonica di Alexandre.

«Alex, sono Ben. Mi puoi richiamare? C'è una cosa di cui ho urgente bisogno di parlarti. Spero che vada tutto bene lì. Comunque sia, chiamami appena puoi. Grazie».

Ben riagganciò. Una pioggia furiosa si stava abbattendo contro le finestre della sua camera e lui chiuse le tende per schermarsi dalla notte ostile. Alla fine, dopo un po' era rientrato a casa, ma per evitare di parlare con Esther era corso a rifugiarsi in camera sua e aveva chiuso la porta. Avrebbe preferito che la governante se ne fosse tornata a casa sua, a un certo punto, e invece era previsto che rimanesse lì con lui mentre gli altri erano lontani. Ben la sentiva trafficare al piano di sotto, e provava al tempo stesso fastidio, paura, ma anche pena nei suoi confronti.

Sperava che Alex si sbrigasse a richiamarlo. Nel frattempo, magari poteva provare a chiamare Freddie. Compose il numero, ma ancora una volta partì la segreteria telefonica. Ben non si prese neanche la briga di lasciargli un messaggio. Si alzò e guardò fuori dalla finestra, contemplando l'oscurità che avvolgeva il mondo esterno.

Non sapeva proprio cosa fare. La sua mente brulicava di pensieri sgradevoli e lui aveva bisogno di condividerli con qualcuno. Magari Jacques avrebbe risposto. Lo chiamò. Niente da fare. Forse erano nel bel mezzo di un'operazione di salvataggio... forse stavano per liberare Maddy.

Il telefono di Isobel squillò e squillò all'infinito. D'accordo, magari non aveva alcun senso provare a chiamare anche Leonora, ma tanto Ben si disse che non aveva nulla da perdere.

«Pronto?»

«Leonora, sei tu?»

«Ciao, Ben. Come stai?»

«Tutto a posto. C'è Freddie lì da qualche parte?»

«No, lui e gli altri sono andati a caccia».

«Ci sono novità? È uscito anche Alex?»

«Sì, è andato a caccia anche lui e temo che per il momento non ci siano grandi novità. Aspetteremo fino a domani sera per andare alla città sotterranea e poi sono certa che si risolverà tutto».

«Lo spero. Freddie mi ha accennato che vi siete imbattuti in alcuni di quei vampiri...».

«Ma non mi dire. Be', non era il caso che te lo dicesse e ti facesse preoccupare. Comunque non è successo niente di che, c'è stata più che altro... una conversazione».

«D'accordo. Mi raccomando, siate prudenti».

«Certo, Ben, sta' tranquillo. Ci sentiamo».

Ben stava quasi per riattaccare, ma all'ultimo secondo cambiò idea e decise di raccontare a Leonora ciò che aveva scoperto. Certo, lei non sarebbe mai stata la sua prima scelta, come confidente, ma tanto dovevano essere avvisati tutti e cinque della possibile minaccia alla loro sicurezza.

«Leonora...».

«Sì?»

«Penso che potrebbe esserci un problema». Fece una pausa.

Lei aspettò che continuasse.

«Penso che potrebbe esserci un problema con Morris». A quel punto Ben procedette a raccontare a Leonora tutto ciò che sapeva.

«E ne sei proprio sicuro?», gli chiese.

«No. Non sono sicuro di nulla», rispose lui, con il telefono bollente appiccicato all'orecchio.

«Ma... *Morris?* Mi sembra davvero improbabile».

«Io ti sto solo dicendo quello che so. Magari non sono che un mucchio di coincidenze. Anzi, spero davvero che sia così. Pensavo di potermi fidare di Morris. È sempre stato...».

«Ma è sconvolgente», lo interruppe Leonora.

«Be', ho pensato che fosse meglio dirvelo. Non si sa mai. Voglio dire... Morris è lì con voi. Magari dovreste... non so... tenerlo d'occhio. Controllare se fa qualcosa di sospetto o di strano».

«Sì, sì, certo, hai ragione. Grazie per avercelo fatto sapere. E complimenti. Sei stato molto ingegnoso».

«Grazie». Ben arrossì, sollevato al pensiero che Leonora non avrebbe potuto vederlo.

«Ben, lo sai che stiamo facendo tutto il possibile per recuperarla, vero? Su questo non devi avere dubbi».

«Lo so. Grazie, Leonora».

«Stammi bene, Ben. Ci vediamo presto».

«Ciao».

Maddy cominciò a camminare. Forse avrebbe anche potuto correre, ma non credeva che sarebbe riuscita a farlo a lungo. Per fortuna trovò un paio di guanti nella tasca del giaccone: doveva averceli messi Zoe. Non aveva un cappello, ma il cappuccio del parka era foderato da un caldo rivestimento in pile che le proteggeva le orecchie dalle raffiche di vento. Si gelava sul serio là fuori. Man mano che il sole si alzava, Maddy sperò che potesse regalarle un po' di calore. Quel posto sembrava sperduto nel bel mezzo del nulla. Non c'era nient'altro a parte rocce e pietre dalle forme strampalate. E il cielo era impressionante: un'immensa coltre grigia che incombeva su di lei e pareva pronta a soffocarla da un momento all'altro.

Dirigersi verso est significava camminare verso un costone roccioso lontano e imponente. Avrebbe dovuto inerpicarsi fino in cima? Maddy aveva deciso di provare a non pensarci fin quando non fosse arrivata laggiù. Tuttavia, sperava di trovare aiuto molto prima. Nella zona in cui era al momento, perlomeno, il terreno era abbastanza pianeggiante, se non si contavano alcuni affioramenti rocciosi e altrettanti alberi rachitici. Per quanto fosse spaventata e infreddolita, Maddy scoprì che le piaceva il rumore delle sue scarpe che scricchiolavano sul terreno irregolare e ghiaioso, ricoperto da ampie chiazze di brina: era la colonna sonora della sua fuga.

Prima di mettersi in marcia, aveva dato un'occhiata al contenuto dello zaino. C'erano pane, formaggio, frutta, uvetta, una bottiglia d'acqua, una scatola di fiammiferi e alcune banconote che non riconobbe: la valuta locale, suppose. Si augurò di trovare presto un posto dove spenderle. In quel momento, in cima alla sua lista dei desideri c'erano una bella camera d'albergo calda e confortevole e una telefonata a casa. Purtroppo non aveva trovato un cellulare nello zaino, ma si rendeva conto che sarebbe stato troppo azzardato sperare di trovarne uno. Anche se, conoscendo Zoe, era probabile che non fosse semplicemente riuscita a procurarselo.

Quando Maddy aveva aperto la tasca anteriore dello zaino, al suo interno vi aveva trovato un coltello. Un coltello di quelli seri, affilato e scintillante, con cui avrebbe potuto causare un sacco di danni. Aveva la lama seghettata e misurava all'incirca quanto il suo piede. Sapere di avere a disposizione un oggetto del genere la spaventava e la confortava allo stesso tempo. Aveva fatto scorrere il dito sul metallo piatto e freddo e poi l'aveva subito rimesso nella tasca. La sua speranza era quella di non avere bisogno di tirarlo fuori un'altra volta.

Guardandosi alle spalle, strizzò gli occhi per vedere se in lontananza c'era qualcuno che la seguiva. Per il momento sembrava di no, ma potevano arrivare da un istante all'altro. Maddy sapeva che non avrebbe dovuto perdere tempo a fermarsi per controllare cosa ci fosse dietro di lei, ma non riusciva a farne a meno. Di tanto in tanto abbozzava una leggera corsetta, ma era troppo faticoso tenere il passo, e ogni volta poi le toccava fermarsi per riprendere fiato. Se solo non avesse fatto tutto quel freddo... A ogni respiro le sembrava di sentirsi trafiggere i polmoni da affilate schegge di ghiaccio. Forse avrebbe dovuto mangiare qualcosa. Non le piaceva l'idea di fermarsi, ma mangiare un boccone forse avrebbe potuto darle più energia. Poco più avanti vide un masso abbastanza liscio su cui potersi sedere.

Ormai c'era parecchia luce e il sole faceva capolino già per metà da sopra le imponenti rocce, lucente come un diamante, ma abbastanza tiepido da essere percepito. Maddy si sedette sul masso, chiuse gli occhi e inclinò il viso verso l'alto, sperando in un minimo di calore che le scongelasse un po' le membra. Dopo qualche attimo però si arrese e aprì la cerniera dello zaino. Vi infilò una mano, staccò un pezzo di pane, se lo ficcò in bocca e cominciò a masticare. Il suo stomaco gorgogliò in segno di apprezzamento. Dopodiché la ragazza proseguì con qualche boccone di un delizioso formaggio un po' salato e qualche sorso d'acqua. Sarebbe stato davvero allettante raccogliere un po' di legna secca e accendere un fuocherello per scaldarsi, ma non ne aveva il tempo e, in ogni caso, il fumo l'avrebbe smascherata agli occhi di chiunque l'avesse inseguita. Le sarebbe toccato accontentarsi di quella colazione fredda.

Non aveva tempo da perdere: doveva rimettersi in marcia. Dopo essersi ficcata in bocca una manciata di uvetta, si alzò, si infilò lo zaino in spalla e riprese a camminare. Fu una bella sensazione rimettersi i guanti, e quantomeno il cibo l'aveva scaldata un po'. Il sole invernale brillava alla sua destra. Se non ci fosse stato, Madison non credeva che sarebbe riuscita a sopportare il freddo. Il costone roccioso davanti a lei sembrava ancora lontano come quando si era messa in marcia. Chinò la testa per riparare il viso dal vento sferzante e continuò a camminare.

Sperava che i vampiri non si sarebbero messi a cercarla almeno fino al tramonto. Con un po' di fortuna, avrebbe avuto l'intera giornata per allontanarsi il più possibile. Magari non avevano a disposizione esseri umani da mandare sulle sue tracce durante le ore di luce. A ogni modo, Zoe li avrebbe tenuti a bada abbastanza a lungo da permetterle di raggiungere un posto sicuro. Quella ragazza era un mito.

Madison camminava a fatica, trascinando un piede dopo l'altro. Il suo passo batteva un ritmo costante mentre lei procedeva sul terreno sconnesso. A un certo punto cominciarono a farle male le gambe, ma lei ignorò il fastidio e continuò ad andare avanti. Presto avrebbe rivisto Alex, lo sapeva. Forse quella sera stessa. Le parevano passati mesi dall'ultima volta che aveva posato gli occhi su di lui, eppure dovevano essere trascorsi appena pochi giorni. La serata alla pista di pattinaggio le sembrava lontana decenni. Di sicuro Alex doveva aver scoperto che lei era lì in Turchia e, al calar della notte, avrebbe percepito la sua presenza e sarebbe venuto a salvarla. A meno che... e se non fosse stato lì? Poteva benissimo essere in Inghilterra, senza la minima idea di dove fosse finita lei. Il solo pensiero la fece star male.

Secondo le sue stime, Maddy camminava ormai da parecchie ore. Il sole era salito fin dove aveva potuto prima di perdersi d'animo e sprofondare di nuovo un po' più in basso, alle sue spalle, verso ovest. Lei avrebbe voluto mettere una mano sotto quella sfera pallida e spingerla un po' più in alto nel cielo. Le serviva più tempo. Come avrebbe fatto a raggiungere la civiltà prima che calasse la sera? Non osava pensare all'alternativa. Non poteva tornare in quella squallida cella sotterranea.

La fame le corrodeva le viscere, ma rischiare di fermarsi sarebbe stato stupido, e così mangiò al volo mentre camminava. Una pera morbida, un altro pezzo di pane e di formaggio e un po' d'acqua. Non servì a molto. Aveva ancora fame, e in più anche la stanchezza ormai cominciava a farsi sentire. Le uniche provviste che le rimanevano erano un po' di uvetta, un modesto tozzo di pane e una mela. Sarebbe stata capace di trangugiare tutto con facilità, ma si impose di conservare quegli avanzi per dopo, nel caso in cui fosse rimasta bloccata là fuori per tutta la notte. Quel pensiero le fece venire voglia di raggomitolarsi in posizione fetale. Se fosse stata ancora in giro dopo il tramonto, non credeva di avere grandi possibilità di salvezza.

E se avesse continuato a camminare e camminare senza mai arrivare da nessuna parte? Avrebbe rischiato di morire, là fuori. Faceva abbastanza freddo perché potesse succedere davvero. Era convinta che la Cappadocia fosse una meta turistica molto gettonata: ma allora dov'erano tutti quei maledetti turisti? Be', di sicuro non lì. Cosa non avrebbe dato in quel momento pur di vedere un gruppo di escursionisti con zaini pieni di cibo e thermos di tè caldo… Il suo stomaco brontolò di nuovo e Maddy cominciò a sentirsi mancare. Aveva i talloni in fiamme e pieni di vesciche e le dita dei piedi intorpidite dal freddo. Ma non poteva rallentare. Ormai dovevano essersi accorti che era sparita. Forse avevano anche già mandato qualcuno a cercarla. Quel pensiero la spinse a interrompere le sue fantasticherie a occhi aperti sul cibo e ad accelerare di nuovo il passo. Maddy si disse di smetterla di preoccuparsi. Se solo avesse continuato a camminare, alla fine avrebbe senz'altro trovato qualcuno che l'avrebbe aiutata. Doveva per forza andare così.

Il cielo iniziò a imbiancare, con il sole che si nascondeva e riappariva a intermittenza da dietro la pallida e spumosa distesa color ghiaccio. "Ti prego, Dio, fa' che non nevichi", pensò Maddy, immaginandosi dispersa in una tormenta di neve, sul punto di morire assiderata. Sentì il fischio del vento, ma capì che non poteva essere quello, perché l'aria si era fatta immobile e silenziosa. Ma allora da dove proveniva quel rumore? All'improvviso fu scossa da un fremito di paura. Trattenendo il respiro, si costrinse a smettere di camminare e si voltò. Con lo sguardo fisso in lontananza nella stessa direzione da cui era arrivata, scrutò il paesaggio invernale. I suoi occhi si posarono su qualcosa: un punto distante in cui si sollevava una scia di polvere a mezz'aria. Accanto, ne scorse un'altra. E un'altra ancora. Strizzando gli occhi, Maddy si concentrò sulle nuvole di polvere: si muovevano verso di lei.

Con un sussulto di terrore, si rese conto di sapere benissimo cosa fosse quel suono lamentoso: il rombo di motociclette lontane. Si disse che non doveva farsi prendere dal panico, che doveva pensare in maniera razionale. Magari non avevano nulla a che vedere con lei. Ma il fatto che venissero da ovest e avanzassero nella sua direzione era una coincidenza troppo grande. Il cuore le martellava fortissimo nel petto. Quanto tempo avrebbero impiegato a raggiungerla? Dieci, quindici minuti? Forse un po' di più? Non poteva saperlo. Al momento erano ancora puntini in lontananza. La sua opzione migliore era provare a nascondersi da qualche parte. Aveva quasi raggiunto il costone, e lassù il terreno si era fatto un po' più montuoso. Magari ci sarebbe stata una qualche grotta o un qualche anfratto in cui avrebbe potuto rifugiarsi. Tuttavia, il vero problema era un altro: ovvero, che presto avrebbe fatto buio. E a quel punto, quando i vampiri fossero usciti allo scoperto, non ci sarebbe stata grotta capace di tenerla al sicuro.

Maddy fece un paio di respiri lenti e profondi per placare il panico. Le moto erano ancora puntini lontani. Bene, doveva avvicinarsi ancora di più alla formazione rocciosa. Cominciò a correre piano, ignorando le gambe doloranti e le fitte al petto. Se mai fosse riuscita a uscire viva da quella situazione, una volta tornata a casa si sarebbe impegnata per mettersi in forma sul serio.

Era quasi arrivata al costone, ormai. Le rocce alla base erano lisce e tondeggianti e le ricordarono una serie di meringhe bruciate. Se non fosse riuscita a scalarlo, l'unica alternativa sarebbe stata farne il giro, e per quello non c'era abbastanza tempo. Ancora un paio di minuti e avrebbe raggiunto il primo agglomerato di grosse rocce. Fece un ultimo sprint. I suoi inseguitori l'avevano già vista? Era probabile che avessero un binocolo. Forse la stavano guardando proprio in quel momento. "Non ci pensare, continua ad andare avanti e basta", si disse.

Non molto tempo dopo, gli enormi massi color sabbia la costrinsero a fermarsi. Erano troppo ripidi, le bloccavano la strada e la intrappolavano tra il costone e i suoi inseguitori. Rimase immobile per un istante, tenendosi il fianco e ansimando mentre cercava di riprendere fiato. Intanto il rombo delle moto si era fatto più forte, più vicino, più simile a un ruggito, e a Maddy parve di sentire la voce di un uomo che gridava qualcosa. Costeggiò la base della parete rocciosa alla disperata ricerca di un posto in cui nascondersi: una grotta, un buco per terra... qualsiasi cosa.

All'improvviso notò una stretta fenditura tra due rocce. Era proprio angusta, ma lei credeva che in qualche modo sarebbe riuscita a passarci in mezzo. Una volta attraversata, Maddy vide che conduceva verso l'alto, in mezzo ad altre pietre. Era un sentiero! Stretto, ma pur sempre un sentiero. Maddy non riusciva a credere alla sua botta di fortuna e vi si incamminò, grata. Il percorso era fangoso, costellato di macigni e di spesse aree ghiacciate. Sembrava il letto di un torrente ormai prosciugato e lei lo risalì, procedendo a zig-zag tra le pietre. Le chiazze di ghiaccio la facevano scivolare e incespicare, ma la ragazza si aggrappava alle rocce per non perdere l'equilibrio.

Dopo un po' si fermò e si acquattò dietro un macigno, guardandosi alle spalle per controllare se la stavano ancora seguendo. Ebbene sì: le vedeva con chiarezza, le moto, ormai. Ce n'erano quattro, e i centauri indossavano montoni e berretti di lana. Se non fosse riuscita a trovare quel sentiero, di sicuro a quel punto l'avrebbero già vista da tempo. All'improvviso i suoi inseguitori scomparvero per un attimo dalla sua visuale: dovevano aver raggiunto anche loro la base del costone. Poco dopo Maddy li rivide mentre si dividevano a coppie e si dirigevano rombando a perlustrarne il perimetro. Con buone probabilità credevano che lei avesse fatto il giro e speravano di raggiungerla. Pregò che continuassero su quella traiettoria e non tornassero indietro. Anche ammesso che fosse riuscita a seminare i motociclisti, però, le rimaneva ancora il problema del sole che tramontava in fretta e che presto le avrebbe sguinzagliato dietro una serie di inseguitori ancora peggiori.

La sua unica speranza era che dall'altra parte di quel costone roccioso ci fosse stata una città, un paesino, un albergo o qualche altra cosa, qualsiasi cosa, purché non si trattasse di altre rocce, pietre e desolazione incontaminata. Se fosse riuscita a trovare qualcuno con un telefono avrebbe potuto chiamare Alex e gli altri. Continuò a risalire il sentiero sempre più ripido, con le dita delle mani e dei piedi ancora intorpidite dal freddo. Non pensava più a nulla, solo alla necessità di muoversi quanto più in fretta possibile. Al bisogno di arrivare in cima e vedere cosa c'era oltre. Non sentiva più le moto. Bene. Per il momento aveva un pensiero in meno di cui preoccuparsi. Ormai doveva essere arrivata a metà della salita. Si voltò e si guardò indietro, ma fu subito colpita da un'ondata di vertigini. «Non guardare giù», si sussurrò tra sé.

Riportò l'attenzione sul sentiero, superò la curva a gomito successiva e poi, di colpo, lanciò un breve urlo di terrore. C'era un uomo che le bloccava la strada. E aveva un coltello.

Capitolo 27

Cappadocia, 575 d.C.

Era circondata da un tanfo terribile, fetido e soffocante, e tutt'intorno a lei gemiti e mugolii si mescolavano ai lamenti dei bambini che piangevano. Sentiva caldo e freddo allo stesso tempo ed era così stanca e indolenzita che riusciva a malapena a muoversi. Aelia aprì gli occhi e fu subito presa dal panico. Non vedeva niente! Era forse cieca? Sbatté le palpebre come una forsennata, ma tutto rimase nero. Tendendo le braccia intorno a sé, si rese conto di essere incastrata tra diversi corpi. Soffocò un urlo. Erano corpi... o cadaveri? Si alzò a sedere.

«Qualcuno riesce a sentirmi?», chiese, percependo il terrore nel suo tono. «Dove siamo? Non riesco a vedere nulla».

«Siamo all'inferno», le rispose una voce stanca. Una voce maschile, molto vicina a lei.

«Erano demoni?», domandò. «Prima, in quel salone».

«Demoni, sì».

«Dio, salvaci da questo orrore», gemette una donna.

Aelia cominciò a distinguere qualche sagoma vaga e indistinta man mano che i suoi occhi si adattavano all'oscurità. «Qualcuno ha una luce?», chiese.

«Pensi che se ce l'avessimo ce ne staremmo qui per terra in questo buio?», le rispose qualcuno.

«Perché siamo ancora vivi?», chiese ancora Aelia. «Perché non ci hanno uccisi?»

«Gli piace il nostro sangue», rispose l'uomo. «Questo è il loro magazzino alimentare. Ci stanno tenendo da parte per dopo».

Non era troppo tardi, dunque, si rese conto Aelia mentre un briciolo di sollievo si mescolava all'orrore che le attanagliava le viscere. C'era ancora tempo per mettere in moto il suo piano.

«Ma perché si sono presi il disturbo di offrirci da mangiare? Perché la musica e i danzatori? Perché festeggiavano tutti quanti?»

«I festeggiamenti erano per loro, mica per noi», le rispose l'uomo. «Solo che noi non lo sapevamo, certo. Ci tengono segregati qui come animali, nutriti e abbeverati in attesa di essere portati al macello».

«Mi faccia il favore, stia zitto!», riecheggiò nel buio una voce femminile. «Non è il caso di far sentire queste cose ai bambini».

«Mi dispiace», replicò l'uomo. «Ma tanto che importanza ha? Presto saremo tutti morti lo stesso».

«Per l'amor del cielo!», sbraitò la donna. «Qualcuno faccia tacere quell'imbecille!».

Altri bambini cominciarono a piangere e presto si ritrovarono tutti a urlare e litigare. Dal volume raggiunto dalle voci, sembrava che ci fosse una marea di gente in quella stanza. Aelia si strinse le ginocchia al petto, cercando di farsi quanto più piccola possibile e di non sfiorare nessun altro. I corpi accanto a lei erano immobili e lei aveva l'orribile sensazione che potessero essere morti. I suoi occhi si stavano ancora adattando all'oscurità, ma ormai riusciva a distinguere i contorni delle persone e le curve pallide dei loro volti spaventati.

«E torneranno a prenderci, i demoni?», chiese Aelia, girandosi nella direzione in cui credeva si trovasse l'uomo. «Ebbene?». Alzò il volume della voce per cercare di sovrastare il baccano. «Qualcuno sa se torneranno a prenderci?»

«Non sappiamo nulla», le rispose una donna. «Potrebbero benissimo lasciarci qui a marcire. Ho così tanta sete... C'è acqua da qualche parte?»

«Per favore, se qualcuno ha un po' d'acqua fatemene bere un sorso, vi imploro!», esclamò qualcun altro.

Aelia aveva ancora la borsa di cuoio a tracolla con dentro la fiaschetta, ma non poteva certo farlo sapere al mondo: sarebbe scoppiata una sommossa.

«C'è qualcuno di Selmea, qui?», domandò.

«Selmea?», si levò di scatto la voce dell'uomo. «È proprio a Selmea che è cominciata tutta questa storia. Hanno avuto loro l'idea di costruire questo posto maledetto e dimenticato da Dio. Sono pronto a uccidere chiunque dica di essere di Selmea».

Aelia stava giusto per chiedere se qualcuno lì conoscesse la sua famiglia, ma di colpo non le sembrò più una buona idea. Poi però una mano gentile strinse la sua e un'anziana signora le sussurrò all'orecchio: «Io vengo da Selmea. E tu chi sei?»

«Aelia Laskarina», mormorò lei con una certa trepidazione.

La signora rimase in silenzio per qualche istante. «Aaah», disse infine. «La giovane Laskarina. Sei ancora viva, dunque».

«Sì», rispose lei in tono sprezzante. Ma poi, più contrita, ripeté: «Sì».

«Buon per te. Peccato che alla fine non abbia fatto molta differenza... Ora che siamo qui».

«Ha per caso visto la mia famiglia? Ci sono anche loro quaggiù?»

«Li ho incrociati all'entrata della grotta, prima di scendere, ma da allora non li ho più visti. Non ho più visto nemmeno la mia, di famiglia, e ormai credo che non li rivedrò mai più».

Aelia strinse la mano della signora. «Non possiamo arrenderci così presto. Pensi a me... qualche anno fa ho rischiato di essere condannata a morte, eppure sono ancora viva. Mi dica una cosa: se potesse salvare la sua famiglia sacrificando sé stessa, lo farebbe?»

«Tanto per me la morte è comunque vicina», le rispose la donna. «Ho due figli e ciascuno di loro ha una famiglia tutta sua. Farei di tutto per salvarli, certo che lo farei. Ma cosa potrei fare? Non sono altro che una povera e fragile vecchia».

«Non lo so», rispose Aelia. E invece lo sapeva. E avrebbe dovuto farlo. Avrebbe dovuto agire prima che quelle creature demoniache fossero tornate a prenderla e fosse stato davvero troppo tardi. Quello che le aveva fatto Mislav era inconcepibile. E l'espressione sul suo volto un attimo prima di compiere quel gesto... era stata terrificante. Il suo viso si era tramutato del tutto. E quei denti! Aelia si portò le dita alla gola. Se la sentiva livida e indolenzita. Non c'era tempo da perdere.

Allungò una mano sotto le pieghe della tunica e si slegò la striscia di stoffa che teneva ben ferma la scatolina al suo posto. Con le dita tremanti, se la sfilò di dosso e la strinse forte. Se l'avesse fatta cadere là in mezzo, avrebbe rischiato di non ritrovarla mai più. Era terrorizzata all'idea di aprirla, ma sapeva di non avere altra scelta. Una volta che l'avesse aperta, non ci sarebbe più stato modo di tornare indietro.

La vedova le aveva detto che, se fosse entrata nella città sotterranea e l'avesse trovata abitata dai demoni della notte, Aelia avrebbe dovuto fare in modo di contrarre la peste del sangue. Sarebbe bastato un pezzettino di tessuto infetto. Con ogni probabilità il morbo avrebbe finito per ucciderla, ma se i demoni avessero bevuto il suo sangue, poteva sperare che avrebbe ucciso anche loro. Aelia pregò che la vedova avesse avuto ragione e che la malattia si sarebbe trasmessa soltanto attraverso il sangue, altrimenti aprire quella scatolina avrebbe arrecato più danni a tutti i presenti che ai demoni. Tuttavia, doveva correre il rischio.

Una volta che un demone fosse stato infettato, avrebbe trasmesso il morbo anche agli esseri umani da cui avrebbe bevuto. Questi ultimi, a loro volta, l'avrebbero trasmesso agli altri demoni che si fossero nutriti del loro sangue, e così via. Era proprio quello il fattore che più angosciava Aelia: diffondere la malattia anche tra gli esseri umani. Ma che alternativa aveva? Come aveva appena detto la signora, tanto sarebbero morti tutti comunque. Meglio morire nel tentativo di salvare tutta quella gente che come semplice spuntino per i demoni. Se ci avesse rimuginato troppo, Aelia avrebbe finito per non fare nulla e poi sarebbe stato troppo tardi.

Le urla e i litigi ormai si erano placati, e si sentivano soltanto un po' di gemiti misti a singhiozzi e qualche conversazione sommessa.

Aelia si mise a gambe incrociate e tenne la scatolina sul suo grembo, onde evitare di farla cadere. Alla base del cofanetto era attaccata una piccola lama d'osso che la ragazza staccò dal legno. Usò le dita per individuare il punto esatto in cui la scatolina era stata sigillata e con cautela fece scorrere la lama lungo il bordo. La lama era ancora appiccicosa, e così la riattaccò sul fondo. Trattenendo il respiro, aprì il piccolo coperchio. Con un briciolo di esitazione, introdusse l'indice all'interno della confezione e sentì qualcosa di molle e gelatinoso. Aelia ebbe un conato di vomito e cercò di tenere sotto controllo la respirazione. Se avesse vomitato lì dentro, di certo non l'avrebbero ringraziata. Si appoggiò la scatolina in grembo, si tirò su la manica della tunica e riprese la lama; dopodiché se la tenne sospesa sopra il braccio.

Per liberare la mente dall'orrore, pensò alla sua famiglia. Al modo di ridere delle sue sorelle e alle braccia confortanti di sua madre. Al buon umore di suo padre e all'accogliente dimora in cui era cresciuta. Pensò al fresco ruscello in cui aveva sguazzato a piedi nudi e allo splendido cavallo grigio che aveva posseduto per un pomeriggio. Con decisione, si affondò il coltellino nella tenera carne dell'avambraccio. Un pizzicore caldo le si propagò sulla pelle e a quel punto fece cadere la lama. Poteva benissimo considerarla perduta, ma tanto ormai non le serviva più. Usando il pollice e l'indice, estrasse il contenuto della scatolina e se lo strofinò sulla ferita fresca. La vedova le aveva detto che era quello il modo più rapido per contrarre la malattia. Se lo tamponò anche sul collo, sulla zona dolorante, ma le fece così male che temette di svenire.

«Che cos'hai lì?».

Era la voce dell'uomo. Stava parlando con lei?

«Ehi, ragazza. Che cos'hai lì, ti ho chiesto? È acqua? Hai dell'acqua?».

Sentì una mano allungarsi e toccarla. Poi un'altra. La scatolina e il suo contenuto caddero per terra da qualche parte, lontano da lei.

«No, no. Non ne ho acqua», rispose lei, e cercò di respingere quelle mani che provavano ad afferrarla.

«Che cos'è questa cosa?», chiese una voce femminile. «Ha una borsa!».

Qualcuno cominciò a strattonarle la borsa di cuoio che portava ancora a tracolla. Dentro le erano rimaste mezza fiaschetta d'acqua e un po' di cibo. All'improvviso Aelia si sentì davvero assetata. Ma ormai c'erano troppe persone che le afferravano il corpo e i vestiti. La borsa le venne strappata di dosso.

«Basta! Lasciatemi in pace!», gridò.

Ma i corpi delle persone continuarono ad ammassarsi su di lei fin quando la ragazza non riuscì quasi più a respirare. L'avrebbero uccisa. Sarebbe soffocata lì dentro. «Per favore», piagnucolò. «Fermatevi, vi prego».

Capitolo 28

2024

Nel bel mezzo dello stretto sentiero roccioso, l'uomo torreggiava sopra di lei. Maddy lo fissò, trasformata per qualche istante in pietra da una paura improvvisa e paralizzante. Era uno dei motociclisti e indossava un montone color cammello e occhiali da sole a goccia. Il coltello che l'uomo aveva in mano rifletteva i raggi del sole morente, che la abbagliarono e le fecero sbattere più volte le palpebre, risvegliandola dal suo stato di paralisi. Madison fece un passo indietro, imponendosi di voltarsi e di scappare. Ma proprio in quel momento il tizio prese a parlarle, con una voce bassa e gutturale, in una lingua che lei non conosceva e che non pensava nemmeno di voler conoscere. Qualunque cosa le stesse dicendo, non sembrava niente di buono né di amichevole, tantomeno qualcosa che le sarebbe piaciuto sentire.

Dopo quella che le parve un'eternità, Maddy riuscì a voltarsi per iniziare a fuggire, incespicando. Lui le si fiondò appresso con il coltello, ma lei era troppo veloce. La discesa lungo il sentiero che aveva percorso fino a quel momento non le risultò facile come la salita: tanto per cominciare, la diversa prospettiva le fece capire davvero quanto fosse arrivata in alto, mentre numerose ondate di vertigini per poco non rischiavano di farla cadere. Per di più, il sole era riapparso da dietro la fosca cortina di nubi e le riluceva dritto negli occhi, quasi accecandola. Dopo aver sentito così freddo per tutte quelle ore, di colpo si sentì invadere da una bollente scarica di terrore, e rivoli di sudore pungente cominciarono a colarle lungo il ventre, la schiena e le braccia.

I passi pesanti e rumorosi che le riecheggiavano alle spalle quasi indussero Madison a scaraventarsi giù per il sentiero pur di sfuggire al suo inseguitore, al punto che la ragazza andò a sbattere contro un'infinità di massi e per poco non ruzzolò giù per il pendio. Mentre correva, le affiorò alla mente una domanda: se quell'energumeno che la inseguiva era uno dei motociclisti, allora dov'erano gli altri?

La risposta non tardò ad arrivare. Nonostante i fasci abbaglianti di luce solare e l'ammasso disordinato di rocce, Maddy intravide tre motociclette ai piedi del costone. Due sagome la attendevano in piedi, mentre un'altra se ne stava seduta in sella alla motocicletta. Tutti e tre gli uomini avevano il viso inclinato verso l'alto, però. Quegli energumeni stavano provando a stanarla, a farla cascare dritto nella loro trappola. Era spacciata.

Tuttavia, il suo inseguitore era lento. Madison lo sentiva borbottare e imprecare da un punto parecchio più arretrato rispetto a dov'era lei. Se avesse avuto intenzione di provare a fare qualcosa, avrebbe dovuto agire subito, mentre era ancora abbastanza lontana dalla base del costone roccioso perché gli altri tre riuscissero a vederla. In quattro e quattr'otto, si lanciò dietro un macigno enorme, accovacciandosi e trattenendo il respiro. La tentazione di sbirciare oltre il masso era irrefrenabile, ma Maddy resistette e rimase del tutto nascosta.

Più o meno una ventina di secondi più tardi, sentì sopraggiungere il suo inseguitore. Strinse fortissimo gli occhi, con il cuore che le batteva all'impazzata, certa che da un momento all'altro sarebbe stata scoperta. L'uomo passò a pochi centimetri dal suo nascondiglio, ma di lì a poco la ragazza ne intravide la schiena che spariva lungo il pendio. Ciononostante, Maddy sapeva benissimo che non era finita lì: molto presto l'uomo si sarebbe reso conto del proprio errore. E così la ragazza uscì da dietro il macigno e cominciò a risalire il sentiero ancora una volta.

Sarebbe riuscita a seminarli? Ne avrebbe incontrati altri in agguato dietro le rocce? Non lo sapeva, ma non poteva nemmeno preoccuparsene, in quel preciso istante. Doveva solo continuare ad andare più veloce che poteva e sperare che la fortuna sarebbe rimasta dalla sua parte. Aveva il respiro affannoso e le gambe che le bruciavano dal dolore per lo sforzo muscolare sempre più intenso, man mano che si spingeva sempre più verso l'alto. Di colpo si rese conto che la luce del sole si era affievolita, offuscata dalla coltre di nubi.

«Ti ho presa!».

Madison venne afferrata da dietro e sollevata da terra. La ragazza strillò per lo spavento e tirò un calcio all'indietro, sugli stinchi dell'aggressore.

«Calmati». Era una voce maschile con uno strano accento. L'uomo le immobilizzò le braccia lungo i fianchi, perciò Maddy non poté fare altro che usare i talloni per martellargli le gambe.

«Mettimi... giù!», sbraitò la ragazza. «Lasciami andare!».

«Dammi un altro calcio e userò questa». Tenendo Maddy ben salda con il braccio sinistro, l'uomo mollò la presa con il braccio destro e lo usò per prendere qualcosa. Di colpo la ragazza sentì una superficie di metallo freddo premerle sulla guancia. Dopodiché, l'uomo la scaraventò per terra. «E se scappi, ti sparo un colpo alla schiena. Non ho intenzione di inseguirti per tutta la montagna».

Maddy non si mosse. Non alzò lo sguardo. Non voleva nemmeno pensare. Che perdita di tempo... Tutta quella fatica per niente. Per giunta si era fatto quasi buio, ormai. La luce del giorno non era che un sogno lontano di speranza e di fuga.

«Alzati». L'uomo le diede un calcio alla gamba.

Maddy trasse un respiro tremante, imponendosi di non piangere. Non avrebbe dato a quel lurido arrogante la soddisfazione di vederla in lacrime. Si alzò, dopodiché si girò e lo fissò dritto negli occhi. Ma non era l'uomo con il coltello: il tizio che aveva davanti era più bassino e aveva una pistola in mano, anche se teneva il braccio morbido lungo il fianco. Lo sconosciuto le diede uno spintone e la punzecchiò con la canna della pistola, facendole cenno di iniziare a scendere lungo il sentiero. Mentre Madison camminava, cercava di manifestare tutto il suo odio e il suo disprezzo con un evidente atteggiamento di sfida, muovendosi il più lentamente possibile. Ma l'uomo continuava a pungolarle la schiena con la pistola, facendola inciampare e rischiare di cadere diverse volte. Quando infine giunsero a valle, ormai era già calata la sera.

«Ben mi ha appena detto che sei un traditore».

Morris alzò lo sguardo dal quotidiano inglese che stava leggendo e fissò Leonora. Dal volto del custode non trapelava il benché minimo accenno di emozione.

«Ebbene?», proseguì lei. «Non hai nulla da dire a tua discolpa? Non hai intenzione di giustificarti?»

«Ben deve aver avuto un buon motivo per dirti una cosa del genere». Ripiegò il giornale e lo posò sul tavolo.

«Be'», rispose Leonora. «A essere sinceri, non è che le prove siano proprio schiaccianti. Tuttavia, fanno sorgere un punto interrogativo alquanto allarmante su di te».

«E tu cosa ne pensi?», le chiese Morris. «Pensi che vi abbia traditi?»

«Io? Io non so cosa pensare. È una preoccupazione di cui potremmo benissimo fare a meno in questo preciso frangente. Abbiamo già abbastanza carne al fuoco senza aggiungerci anche una spia, non trovi?».

Morris intrecciò le mani e se le appoggiò sulle gambe.

«Credo che la soluzione migliore sia tenerti fuori dai giochi, per il momento. Almeno finché non saremo in grado di scoprire la verità. Ti sta bene?»

«Non mi sembra di avere granché voce in capitolo», ribatté lui.

«No, infatti», affermò lei. «Ti rinchiuderò nel retro del furgone con un po' di coperte. Dovresti stare abbastanza comodo finché non decideremo cosa fare di te».

«Giusto per sapere, per chi è che starei facendo la spia?»

«Per i vampiri cappadoci, suppongo».

«Chiaro».

«Bene, andiamo, allora», disse Leonora. «Ti consiglierei di indossare qualcosa di pesante. Ci sarà comunque freddo nel furgone, e in più dovrò legarti per impedirti di scappare».

«L'hai già detto agli altri?», le domandò Morris.

«Non ancora. È meglio se sistemo te, prima di metterli al corrente di questa storia».

Morris si alzò e prese un bel maglione spesso dalla valigia. Dopodiché andò verso l'armadio e tolse il giaccone dalla gruccia. Si infilò sciarpa, cappello e guanti, si schiarì la gola e seguì Leonora all'esterno, nella fredda notte cappadoce.

«Come sarebbe a dire che non c'è più? Che fine le avete fatto fare?». Alexandre fece un passo avanti verso Sergell, che dal canto suo si innervosì. Anche gli altri vampiri si irrigidirono. «Sarà meglio che non le abbiate fatto del male, altrimenti…».

«Altrimenti cosa?», lo interruppe Sergell con un sorriso beffardo. «Non l'abbiamo toccata, la tua ragazza. È scappata proprio stamattina».

Alexandre studiò il volto dell'altro vampiro. Non sembrava che stesse mentendo. Aveva un'aria calma, per niente arrabbiata o preoccupata per la piega che avevano preso gli eventi.

«Come può essere scappata da questo posto? Lei è un'umana soltanto. E voi siete un mucchio di immortali». All'improvviso, Alexandre ebbe quasi voglia di ridere. Madison era una sorpresa continua per lui. Si concesse un sorrisino appena accennato. Buon per lei. L'avrebbe trovata senza troppi sforzi, portata in salvo in un posto sicuro e poi avrebbe risolto quella "situazione".

«Mi fa piacere che lo trovi divertente», dichiarò Sergell. «Ma vedi, la tua ragazza ha soltanto peggiorato la sua situazione. Adesso non posso più garantire la sua incolumità, quando la troveranno».

Il sorriso di Alexandre si spense all'istante. «Quando la troveranno? Ma di chi parli? Che cosa avete fatto?»

«Ci siamo messi all'inseguimento. È calata la notte. È soltanto questione di tempo prima che i miei cacciatori la riacciuffino».

Alexandre si mosse in un baleno. Doveva trovarla prima di loro. Solo che, per un attimo, aveva dimenticato che quelle creature erano veloci quanto lui, se non di più. Prima ancora di raggiungere l'uscita, due di loro lo immobilizzarono contro la parete di roccia.

«Sei appena arrivato, Alexandre», gli disse Sergell, avvicinandosi. «Non puoi già pensare di andar via. Oltretutto, domani arriverà Sua Altezza Imperiale. E adesso che sei qui, non possiamo rischiare di farci sfuggire anche te».

«Non serve che vi comportiate così», rispose Alexandre, lottando per divincolarsi dai due vampiri che lo tenevano fermo. «Possiamo risolvere la questione in modo amichevole. Lei non è una minaccia per voi».

«Siamo ben oltre questa possibilità», lo interruppe Sergell. «E comunque, direi che la questione si sta già risolvendo nel migliore dei modi. Presto arriverà anche la tua famiglia a vedere che cos'è che ti trattiene, e dopo avrai modo di "ricongiungerti al tuo creatore", per così dire». Rise.

Mentre Alexandre ascoltava il discorsetto tronfio e compiaciuto di Sergell, cercava di sgomberare la mente dalla nebbia rossa che l'aveva invasa. «Avevamo un accordo, Sergell. Avevi detto che avresti liberato Madison se io fossi venuto qui. Adesso, se ci tieni all'onore, hai l'obbligo morale di lasciarla andare. Richiama i tuoi uomini dalla caccia».

«Non avevamo nessun accordo del genere. È stato emanato un ordine, e siete voi ad avere l'obbligo assoluto di obbedire. Spetta a Sua Altezza Imperiale dare gli ordini, noi ci limitiamo soltanto a eseguirli».

«E chi è questa Altezza Imperiale? Perché dovrei ascoltare una sola parola...».

Sergell gli schiaffeggiò il viso con il dorso della mano e con un'unghia gli squarciò la guancia. Alexandre era ancora immobilizzato contro il muro dai due vampiri, incapace di reagire, anche se continuava a dimenarsi per liberarsi dai suoi detentori.

«Non usare quel tono con me, novellino», ringhiò Sergell. «Non sono dell'umore adatto».

Di colpo Alex si rese conto della gravità della sua posizione. Ma era anche terrorizzato per la sicurezza di Maddy. Gli altri avevano ragione quando lo avevano messo in guardia dall'andare lì da solo: ma lui era stato così ingenuo da pensare di poter convincere quei vampiri a fare come voleva lui o di poterli sopraffare in qualche modo. Che assurdità. Doveva riuscire a svignarsela da lì. Avrebbe cercato di distrarli in qualche modo.

«Chiedo venia», esclamò Alexandre, smettendo di divincolarsi dai due vampiri. «Non intendevo mancare di rispetto a nessuno. Ma vorrei sapere chi è questa Altezza Imperiale di cui tanto parlate. Si tratta per caso del vampiro che mi ha trasformato?».

L'espressione di Sergell si distese un po'. «Sì. Il nostro imperatore. E come ho detto prima, è proprio lui il tuo creatore. Abbiamo un padre in comune, a quanto pare».

Per poco Alexandre non ebbe un conato di vomito. Quella creatura non era affatto suo padre; la sola idea di condividere un qualche rapporto di parentela con lui gli procurava un vero e proprio malessere fisico. Eppure, fu costretto a reprimere il disgusto e a rivolgere a Sergell un cenno d'intesa.

A quel punto, Sergell fece capire ai suoi vampiri di allentare la presa su Alexandre. Non appena quelli obbedirono, Alex cercò di fiondarsi di nuovo verso l'uscita. Solo che non fu abbastanza veloce: prima ancora di riuscire a fare due passi in avanti, diverse mani lo afferrarono per le braccia e lo strattonarono all'indietro. Lui alzò subito i gomiti per cercare di scrollarsi i vampiri di dosso e sferrò un calcio in avanti, colpendone un altro in pieno stomaco e mandandolo a sbattere contro il varco nel muro che lui stesso aveva aperto non molto tempo prima. Era riuscito a divincolare un braccio, e cominciò a utilizzarlo per cercare di scrollarsi di dosso un vampiro che gli si era avvinghiato all'altro braccio. Ma era troppo tardi; ormai era circondato. Alexandre sapeva che era inutile continuare, ma comunque non si diede per vinto e proseguì imperterrito nel tentativo di liberarsi.

«Davvero notevole», commentò Sergell. «Ci tornerai molto utile». Dopodiché si rivolse a uno dei suoi scagnozzi. «Prendetelo». Infine, fece un passo verso Alexandre. «Va' con i miei uomini senza fare storie e mi assicurerò personalmente che alla tua famiglia non venga torto neanche un capello quando arriveranno».

«E Madison?», chiese Alexandre, serrando la mascella e sforzandosi di tenere sotto controllo la rabbia.

«Ahimè, come ti accennavo prima... faresti bene a considerarla già morta, a quest'ora».

A quella frase, Alexandre inclinò la testa all'indietro e poi la abbatté in avanti con tutta la forza che riuscì a racimolare, assestando una testata in piena faccia a Sergell e divincolandosi ancora una volta. Riuscì a liberarsi, ma nel giro di pochi istanti tutti gli altri vampiri gli si scagliarono addosso, prendendolo a calci e a pugni, ringhiando e dilaniando il suo corpo fino a quando Sergell non gridò: «Adesso basta!». A quel punto, i vampiri indietreggiarono e calò un silenzio tombale.

Dal punto in cui giaceva, riverso sul pavimento, Alexandre alzò lo sguardo con gli occhi tumefatti e iniettati di sangue. La collera lo aiutava a tenere a bada il dolore, ma lui non riusciva a muoversi. Gli avevano spezzato diverse ossa e ridotto le viscere in poltiglia. Il volto di Sergell che si stagliava sopra di lui entrò a fuoco a rilento e, quando l'antico vampiro gli si avvicinò a un palmo dal naso, Alexandre ne sentì il fiato metallico sul viso.

«Se si fosse trattato di chiunque altro, sappi che l'avrei ucciso», dichiarò Sergell, con un tono di voce basso e freddo.

Dopodiché il vampiro si allontanò e Alexandre venne trascinato lungo il pavimento di pietra. Eppure, nonostante i pochi istanti trascorsi, Alexandre sentiva già il proprio corpo che cominciava a guarire. Le ossa che si ricomponevano, la pelle che si rigenerava, gli organi interni che si riparavano. Ovunque quei vampiri lo stessero portando, lui sarebbe fuggito. Non sarebbero riusciti a tenerlo rinchiuso lì tanto a lungo. Sarebbe scappato, a qualsiasi costo. Presto avrebbe recuperato appieno le forze e non ci sarebbe stata creatura o stanza in grado di trattenerlo.

Capitolo 29

Cappadocia, 575 d.C.

Un basso brontolio rimbombò nella stanza, che all'improvviso venne inondata da un fascio di luce arancione. Un breve istante di quiete e di silenzio fu subito rimpiazzato da mugolii e grida. Aelia avvertì i corpi che poco prima le si erano scagliati addosso, afferrandola e sballottandola, sparire da sopra di lei. Riuscì a respirare di nuovo. Erano corsi tutti a rifugiarsi verso il fondo della caverna, con il terrore negli occhi. Aelia era rannicchiata su sé stessa per proteggersi dalle persone che avevano cercato di impossessarsi della sua borsa. E così, mentre era ancora in ginocchio per terra, sollevò la testa e volse lo sguardo verso il punto da cui proveniva la luce. Si ritrovò a fissare intimorita e affascinata i due demoni che si trovavano sulla soglia del passaggio appena aperto.

Fatta eccezione per diversi corpi inerti stramazzati al suolo, Aelia era l'unico essere umano rimasto al centro della caverna. Tutti gli altri si erano rannicchiati e addossati alle pareti più distanti, il più lontano possibile dalle creature.

I demoni sulla soglia erano splendide creature femminili dai capelli biondi, con terrificanti occhi rosso cupo e denti affilati, le cui sagome sinuose si stagliavano nell'alone luminoso delle torce. Dai loro volti non traspariva la benché minima emozione, e ad Aelia ricordarono l'espressione impassibile di un serpente in procinto di avventarsi sulla sua preda. Il silenzio che era calato nella stanza era così pesante da sembrare un qualcosa di tangibile, di vivo.

«Qui, micio, micio, micio», disse una di loro con un tono di voce basso e ipnotico. «Non farci aspettare».

«Un bel marmocchietto non sarebbe male», intervenne l'altra. «C'è nessuno disposto a offrirci il proprio bambino? O devo venire io a scegliere?». Il demone si addentrò all'interno della grotta e fece scorrere lo sguardo lungo le pareti. Non sembrava aver notato Aelia, accovacciata appena un paio di metri davanti a lei. Il silenzio cominciò a essere punteggiato da singhiozzi e mugolii.

Aelia sapeva di doversi offrire volontaria a quei demoni, ma il solo pensiero le aveva ridotto le viscere in poltiglia. Tanto ormai aveva anche contratto la peste del sangue: era già praticamente morta. Il suo corpo tremò mentre si alzava in piedi a fatica. Un leggero sussulto si levò alle sue spalle: qualcuno sbigottito dalla sua audacia, dalla sua stoltezza. Ma lei si costrinse a stamparsi in faccia un bel sorriso.

«Verrò io con voi», esclamò.

«Oh, che tenerezza», commentò il demone di fronte a lei. «La creaturina vuole giocare».

I due demoni scoppiarono in una risata fragorosa e Aelia mosse un primo passo impacciato verso di loro, costringendosi a proseguire e a mettere un piede dopo l'altro. Le due creature la presero sottobraccio e la condussero fuori dalla grotta, lungo il corridoio. Aelia sentì la pietra che rotolava e veniva rimessa al suo posto, sigillando ancora una volta tutti gli altri umani nella camera buia.

«Una basterà?», chiese una delle due all'altra.

«Questa è allettante. Il sapore della paura mi ha stufata».

«Molto bene. Vuol dire che sarà il nostro piccolo segreto». I due demoni ridacchiarono e abbandonarono il corridoio illuminato dalle torce per addentrarsi nell'oscurità.

Mentre proseguivano, di tanto in tanto passavano di nuovo davanti a lucine tremolanti che provenivano da lanterne collocate in alcune nicchie nelle pareti. Non incrociarono nessuno e Aelia si sentiva quasi come trasportata, con i piedi che a malapena sfioravano il suolo. La ragazza cercò di distrarsi dal terrore crescente concentrandosi sugli splendidi abiti delle creature al suo fianco: indumenti degni dei membri di una famiglia reale, confezionati con tessuti sontuosi dalle preziose tonalità di oro, di blu e di verde; pregiati come non ne aveva mai visti in tutta la sua vita. E, man mano che attraversavano i cunicoli e le caverne vuote, gli orli di quelle sontuose vesti sfioravano il pavimento di roccia con un fruscio che le fece tornare in mente il soffio del vento tra gli alberi.

Non molto tempo dopo, entrarono in una piccola camera del tutto ricoperta di tappeti, con grandi cuscini di broccato sparsi sul pavimento. Se non fosse stato per le circostanze, Aelia avrebbe adorato quella stanza. Era calda e accogliente, permeata da un'atmosfera di opulenza che lei non avrebbe mai ritenuto possibile. Tuttavia, si rese subito conto che quella stanza non sarebbe stata un luogo da amare: sarebbe stata un luogo da temere e da far tremare.

Una delle creature le accarezzò la guancia con un'unghia affilata e Aelia chiuse gli occhi. Non voleva vederne i denti né tantomeno incrociarne lo sguardo. Cercò di calmare il respiro e di concentrarsi sulla pestilenza che ormai le scorreva in corpo e che presto avrebbe infettato quei due demoni terrificanti. Quando avvertì il primo morso sorrise, dopodiché si sentì pervadere da una sensazione di leggerezza pulsante. Poco dopo, sprofondò nell'incoscienza.

«È sveglia».

Aelia aprì gli occhi e fu investita dall'oscurità. Anche se non vedeva dove si trovava, lo intuì subito dall'odore: era di nuovo nella camera sigillata con gli altri esseri umani. Aveva la testa appoggiata sul grembo dell'anziana signora, e tutt'a un tratto si sentì bagnare le labbra da un liquido che le colò lungo il mento. Aelia schiuse un po' la bocca per farlo gocciolare sulla lingua inaridita.

«Ti hanno dato cibo e acqua», disse un uomo. «Hanno detto che erano solo per te. Che se li avessimo toccati, loro ci avrebbero spezzato il collo. Ma di certo potrai lasciarne un po' ai bambini».

«Lasciala in pace, Marcus», replicò la donna. «Ha ripreso conoscenza appena adesso».

«Be', qui tutti quanti stiamo morendo di fame e di sete. Non c'è tempo per lasciarla in pace. Se ci dice che possiamo averne un po' non sarà mica una tragedia, non è vero?».

Intanto l'acqua le era arrivata alla gola e aveva smussato alcune delle pungenti lame che la tormentavano. Aelia deglutì e sbatté le palpebre. Ma poi le arrivò una zaffata dell'alito stantio dell'anziana signora e tossì.

«Non sapevamo se ce l'avresti fatta», le disse la donna. «Tremavi nel sonno e farfugliavi ogni sorta di cose».

«Signora, come si chiama?», gracchiò Aelia.

«Chiamami pure Nonna. E dammi del tu».

«Nonna, è vero quello che ha detto quell'uomo? Ci sono cibo e acqua per me?»

«Sì, è vero», intervenne subito l'uomo.

«Dateli ai bambini», aggiunse allora Aelia.

Si levò un mormorio di gratitudine, ma la voce di Nonna lo sovrastò.

«Aspettate! Dobbiamo comunque lasciarne un po' per la ragazza. Se non ne riceverà, loro vorranno sapere perché».

«C'è della frutta, per caso?», chiese Aelia. «Vorrei giusto un frutto, tutto qui». Dopodiché chiuse gli occhi e si riaddormentò.

Al suo risveglio non si sentiva tanto male. Fu un vero sollievo tornare a sentirsi quasi del tutto normale. La vedova Maleina le aveva detto che la malattia avrebbe agito in fretta, ma Aelia non si sentiva affatto malata. Solo stanca. Rimase sorpresa nel constatare che gli altri le avevano lasciato del cibo da parte: un tozzo di pane, un po' di carne fredda e una pesca matura. Vi si avventò, sentendosi addosso gli sguardi invidiosi e affamati delle altre persone. Costringendosi a fermarsi prima di divorare ogni singolo boccone, passò qualche altro pezzetto di pane e di carne ai bambini, che glielo sfilarono dalle mani senza proferire parola.

«Che hai tu di così speciale?», le domandò in tono acido una delle donne. «Perché *a te* viene dato da mangiare?»

«Per caso ti sei offerta volontaria a quegli esseri, tu che parli?», controbatté subito Nonna.

La donna si guardò i piedi.

«No», proseguì Nonna. «Non l'hai fatto. Aelia è una ragazza coraggiosa. I demoni ci stanno lasciando in pace da quando è arrivata lei. Dovreste ringraziarla e tessere le sue lodi, invece di lamentarvi».

Un rivolo di succo di pesca colò sul mento di Aelia, che se lo asciugò con la manica. Nel farlo, sentì un forte dolore al polso. Tastandosi il punto indolenzito con le dita, si accorse che la pelle era lacerata. I demoni dovevano averle perforato il polso, oltre che il collo. All'improvviso Aelia accusò un forte senso di nausea e dovette lottare con tutta sé stessa per trattenere il cibo nello stomaco. Non avrebbe dovuto mangiare così in fretta.

Si sentiva la pelle appiccicosa e imbrattata di sangue e sporcizia. Che cosa non avrebbe dato per immergersi in un bel fiume fresco, starsene a galla e lasciarsi trasportare dalla corrente finché il suo corpo non fosse tornato pulito... Tuttavia, non poteva permettersi il lusso di abbandonarsi a simili fantasticherie. Ormai non avrebbe più fatto il bagno in nessun fiume, non si sarebbe potuta ripulire mai più. Quello che avrebbe fatto, invece, sarebbe stato infettare quei mostri succhiasangue e salvare la sua famiglia, sempre pregando che fossero ancora tutti vivi. Dopodiché sarebbe morta.

Capitolo **30**

2024

Man mano che si faceva sempre più buio, una pioggia di fiocchi di neve turbinanti cominciarono a posarsi sul viso di Maddy, sciogliendosi sulla sua pelle e attaccandosi alle sue ciglia. I fanali delle motociclette le risplendevano dritto negli occhi mentre l'uomo con la pistola la incalzava verso uno dei veicoli. Dopo averla fatta salire in sella, il tizio si sedette dietro di lei e, non appena si sporse verso il manubrio, le sue braccia la circondarono, sgradite. La ragazza lanciò una rapida occhiata agli altri uomini e riconobbe l'energumeno che aveva fregato poco prima, sul sentiero. Quello la fissò in cagnesco e lei ricambiò con l'occhiataccia più torva che riuscì a sfoderare.

I motori presero vita con un ringhio e il gruppo iniziò ad avviarsi lungo la stessa strada che aveva percorso a piedi lei. Maddy non riusciva ancora a credere che le ci fosse voluto un giorno intero per raggiungere il costone roccioso. Che inutile perdita di tempo. Ma non poteva farci nulla. Non aveva modo di fuggire. Oltretutto, era a dir poco esausta. La neve cominciò a cadere più fitta e più pesante mentre i fanali delle moto illuminavano vortici di bianco. La ragazza dovette chinare la testa per impedire al vento e alla neve di farle bruciare gli occhi.

All'improvviso Maddy sentì la moto frenare e sbandare. Per poco non venne sbalzata via dalla sella, perciò vi si aggrappò con tutta la forza che aveva. Una sagoma scura sembrava volare appena sopra il terreno, sfrecciando verso di loro. Un vampiro. Venuto senz'altro a reclamarla e a congratularsi con i motociclisti per aver catturato la fuggitiva. I centauri si fermarono, con i motori che ancora facevano le fusa. Maddy notò che il terreno era già ricoperto da una fitta coltre di neve in cui per poco gli pneumatici non affondavano.

«Ne è fuggito un altro», gridò la creatura per sovrastare il rombo dei motori.

Maddy alzò lo sguardo e vide che il vampiro era in realtà una vampira, con il volto quasi del tutto coperto da una grossa sciarpa nera.

«Questa la riporto indietro io», aggiunse la vampira. «Voi dovete inseguire l'altra fuggitiva. È una ragazza. Si è diretta a nord, la stupida creatura. Non c'è nulla per chilometri e chilometri in quella direzione, perciò la acciufferete senza problemi».

«Ma la neve...», cominciò a protestare uno dei motociclisti.

«Non voglio sentire storie. Le vostre moto possono farcela. Non vi paghiamo mica per frignare. Questa datela a me. La riporto indietro io».

Maddy non poteva crederci. Riuscì a trattenersi a malapena dallo sbuffare in una risata fragorosa. Conosceva benissimo quella voce: era Zoe!

«Scendi dalla moto», ordinò Zoe allo scagnozzo che ancora teneva le braccia ben ferme intorno a Madison.

«La mia moto?»

«Sì, certo. Non ho intenzione di portarmi questa fuggitiva in spalla per tutto il viaggio di ritorno. Tu puoi proseguire con uno degli altri».

«Ma è...».

«Hai voglia di rimanere qui a discutere? Perché nel frattempo c'è un'altra fuggitiva, là fuori, che attende solo di essere riacciuffata».

L'uomo spense il motore e smontò dal veicolo, lasciando Maddy ancora seduta in sella. Dopodiché salì a cavalcioni di un'altra moto, dietro uno dei suoi colleghi.

«Su, partite. E non tornate senza di lei», ordinò Zoe.

Se ne andarono. Non appena vennero inghiottiti dalla notte innevata, Maddy scese dalla moto e corse ad abbracciare Zoe. «Non ci posso credere», esclamò.

Zoe si scostò la sciarpa dal viso. «Che ti è successo che ti sei fatta beccare? Non l'hai trovato il coltello?»

«Sì, l'ho trovato, ma non potevo mica usarlo contro quei quattro motociclisti enormi. Mi avrebbero fatta fuori».

«Mmm, suppongo di sì».

«Non posso crederci che mi hai salvata di nuovo! Sergell lo sa che sei qua fuori?»

«Sì. Gli ho detto che ti avrei riportata indietro. Ho inventato che mi sentivo in colpa per il fatto che tu fossi riuscita a svignartela sotto la mia custodia e che doveva permettermi di sistemare le cose».

«E adesso che cosa farai? Non puoi tornare in quel posto senza di me. Capiranno tutto. Quei motociclisti racconteranno cos'è successo. Presumo che non ci sia nessun'altra ragazza in fuga?»

«Tu non preoccuparti dei motociclisti». Zoe le rivolse un sorrisino cupo, ma a Maddy non piacque il pensiero di cosa potesse significare l'espressione sul suo volto. «Prendi la moto e accertati di fuggire come si deve, stavolta».

Maddy lanciò un'occhiata alla motocicletta.

«Allora?», le chiese Zoe. «La sai guidare?»

«Sì. Abbiamo alcune moto a casa».

«Grazie al cielo. Non abbiamo tempo di metterci a fare pure lezioni di scuola guida. Devi andartene subito».

«Grazie, Zoe. Dico sul serio».

«Lo so. Ma adesso vai. Non sei ancora al sicuro. Ne arriveranno altri».

Maddy saltò in sella alla moto. Non credeva di essere spaventata, eppure le tremavano le mani.

«Prenditi anche la mia sciarpa». Zoe se la srotolò e la avvolse intorno alla testa di Maddy, coprendole per bene la bocca e il naso. «Torna verso il costone roccioso e cerca di trovare un modo per aggirarlo. Ci sono alcuni paesini in quella direzione».

«D'accordo». Maddy si tirò su il cappuccio sopra la sciarpa e accese il motore. «Ciao, Zoe. Sii prudente».

«Anche tu».

Maddy girò la moto verso le montagne e si avviò nella tormenta.

Dove si trovava? Stava sognando?

«Papà? Isobel?». Erano lì nell'oscurità insieme a lui? «Maman? Ci siete? State bene?». Alexandre aveva fatto un sogno stranissimo su demoni e... no. Non era un sogno. La sua mente cominciò a riacquistare lucidità. Doveva essere svenuto. Si trovava di nuovo lì, in Cappadocia, sottoterra. Prigioniero. Sergell. I suoi scagnozzi lo avevano pestato. E nel frattempo, Madison era là fuori, da qualche parte, con quei vampiri che le davano la caccia. Alexandre doveva trovare un modo per andarsene da lì.

Sgomberò il cervello da ogni residuo di sonno e di sogni e si alzò. Il suo corpo si era ripreso da tutte quelle percosse e lui si sentiva di nuovo in forze. Si tastò la tasca della giacca: il suo cellulare era sparito, ma a dire il vero Alexandre non si aspettava di trovarlo ancora lì. La stanza in cui l'avevano rinchiuso era una delle caverne sotterranee, con una macina a bloccarne l'ingresso. Avrebbe potuto spostarla senza grandi difficoltà. Di sicuro ci sarebbero state delle guardie dall'altro lato, eppure lui non riusciva a percepire la presenza di nessuno. Che strano. Era impossibile che lo avessero lasciato senza sorveglianza. Be', c'era soltanto un modo per scoprire come stavano davvero le cose.

Si appoggiò alla pietra con tutto il peso del corpo e spinse. Non appena la macina si spostò di qualche centimetro, Alexandre fece un balzo all'indietro per lo sgomento. Dalla fessura che si era appena aperta filtrava un micidiale fascio di luce ultravioletta che gli bruciò il viso e il collo. Lui si scansò, ma la luce lo seguì fino all'angolo più remoto della caverna. Fece un bel respiro e si riavvicinò per rimettere la pietra al suo posto, ma mentre lo faceva la luce lo trafisse di nuovo, squagliandogli la pelle e i capelli.

"Bastardi", pensò.

Si sentì ribollire di rabbia e ululò per il dolore. Quei vampiri lo avevano imprigionato per bene. Sarebbe stato impossibile oltrepassare quella luce così potente. Era davvero in trappola.

Maddy si lanciò un'occhiata alle spalle mentre si allontanava da Zoe. Pian piano cominciava a nevicare un po' meno, ma lei doveva mantenere una presa ben salda sul manubrio per evitare di sbandare. Era un'impresa difficile e le ci volevano un sacco di concentrazione ed energie... energie che lei non aveva. Il costone roccioso si profilava dritto davanti a lei, per fortuna sempre più vicino e ormai imbiancato. Man mano che la tormenta si placava, la luna faceva qualche sporadica apparizione, illuminando il paesaggio invernale.

La moto rombava troppo forte. Di sicuro qualsiasi vampiro nel raggio di ottanta chilometri sarebbe riuscito a sentirla fuggire. Con un po' di fortuna, magari tutti quanti avrebbero pensato che si fosse trattato degli altri motociclisti. Il vento le faceva lacrimare gli occhi e il cappuccio le si era abbassato, ma non poteva permettersi di fermarsi soltanto perché si sentiva le orecchie fredde.

Proseguì nella notte, costeggiando la base del costone roccioso finché, finalmente, non girò dall'altra parte, dove il terreno cadeva a picco su un ripido pendio.

Era snervante guidare a una velocità così elevata nella neve. Le buche per poco non la sbalzavano via dalla sella e la moto era stata sballottata in aria più di una volta per via delle irregolarità del terreno in cui Maddy si era imbattuta lungo il percorso. Tuttavia, la ragazza continuò a tenere salda la presa e ad andare avanti. Quanto carburante poteva esserci nel serbatoio di una moto del genere? Cosa sarebbe successo se fosse rimasta a secco? Madison aveva ancora lo zaino in spalla, quindi avrebbe avuto un po' di contanti nell'eventualità in cui gliene fossero serviti. Imbattersi in una stazione di servizio non sarebbe stato per niente male in quel momento.

Si chiese che ora fosse e se il mattino fosse ancora lontano. Dov'era Alexandre? Di certo l'avrebbe già trovata, se fosse stato in zona. "Andiamo, Alex. Raggiungimi". Madison desiderò che il suo ragazzo si manifestasse davanti a lei, ma il paesaggio rimase deserto, pallido e freddo. La ragazza sentiva soltanto il rombo della moto e il sibilo del vento nelle orecchie. All'improvviso una creatura le sfrecciò davanti, con gli occhi luminosi abbagliati dai fari. Maddy sterzò in modo brusco e per poco non cadde dalla moto, ma poi si ricompose e raddrizzò il tiro. Che cos'era stato? Lei avrebbe detto una volpe, un grosso gatto o qualcosa del genere. Continuò per la sua strada, imperterrita.

L'intenso grado di concentrazione le aveva affaticato e appesantito la vista. Era davvero esausta, ma proprio non poteva permettersi di fermarsi in quel momento. "Ti prego, fa' che ci sia...". Ma non riuscì a completare il pensiero. Quelle erano...? Sì! Sì! Luci! Maddy intravedeva delle luci davanti a sé. Minuscole sfere gialle e arancioni che le facevano l'occhiolino nell'oscurità. Una scarica di adrenalina le attraversò il corpo e all'improvviso le sembrò di avere di nuovo la vista fresca e riposata. Inclinò un po' la moto verso destra e si diresse spedita verso la città, o il paesino, o qualunque altra cosa fosse. Aveva bisogno di un telefono, di carburante per la moto e di un po' di carburante pure per sé, anche se ormai aveva superato già da parecchio tempo la soglia della fame. In quel momento, l'unica cosa che avvertiva era un'insistente sensazione di nausea e di debolezza.

Le luci pian piano si fecero più luminose e Maddy si accorse che si trovavano oltre una stretta valle. Avrebbe potuto o scendere e attraversarla, visto che pareva esserci un sentiero, oppure aggirarla. La strada per scendere sembrava troppo insidiosa con tutta quella neve, e così Madison optò per fare il giro.

Presto raggiunse un cartello con un nome straniero che indicava la via per scendere verso il paesino. La ragazza non si fermò, anzi, imboccò subito la stradina dalla pendenza moderata. Fu una bella sensazione guidare su una superficie liscia, dopo essere stata sballottata in lungo e in largo per il deserto ghiacciato, sebbene la strada fosse ricoperta da un fitto strato di neve anche lì. Maddy vide una casetta inerpicata sul fianco della collina e la porta di legno le sembrò quasi un invito. Vi si fermò davanti. Non c'erano luci accese. Spense il motore. Il silenzio era a dir poco inquietante. Scese dalla moto, con le scarpe che stridevano e scricchiolavano sulla neve. Si accorse di barcollare un po' e cercò di ritrovare l'equilibrio. Doveva essere colpa o degli scossoni subìti in moto o della mancanza di cibo se si sentiva un po' instabile sulle sue stesse gambe.

Bussò alla porta con dei colpetti bassi e sordi. Dopodiché cominciò a picchiare più forte e a chiamare qualcuno.

«Salve!».

Niente.

Bussò di nuovo. «C'è qualcuno che può aiutarmi? Vi prego!».

«Salve».

Maddy si girò di scatto. C'era un uomo in mezzo alla strada. La ragazza fece un passo indietro. Il tizio non le sembrava un vampiro. Aveva un'aria... innocua. Pareva un normalissimo signore di mezza età, infagottato in uno spesso giaccone impermeabile con tanto di sciarpa, cappello e stivali di gomma.

Cominciò a parlarle. In turco, suppose lei.

«Mi dispiace, ma non so cosa mi stia dicendo. Non capisco».

«Aaah, americana?», le chiese l'uomo.

«Inglese», rispose lei. «Ho bisogno di aiuto. Ha un telefono che potrei usare?»

«Sì, sì, certo. Venire da questa parte, prego. Io sì avere telefono».

«Ha un cellulare? Posso usarlo subito? È un'emergenza. Posso pagarla».

«No, no. No pagare. Solo usare telefono. Da questa parte».

L'uomo riprese a scendere lungo il sentiero e le fece cenno di seguirlo. «Molto freddo, sì?»

«Eh sì, un po'». Maddy impugnò il manubrio della moto e la spinse a mano, camminando di fianco all'uomo.

«Molto bella moto», commentò lui.

Maddy fu colta da un fugace momento di dubbio all'idea di seguire quell'uomo in casa sua, o dovunque la stesse portando, ma lo scacciò via in fretta. Riteneva di essere abbastanza in forze da riuscire ad assestargli un bel calcio nei gioielli di famiglia, se lui avesse tentato di fare qualcosa di strano, ma l'uomo sembrava abbastanza innocuo e lei si disse che comunque quel tizio non poteva essere peggio di un motociclista mercenario o di un qualche vampiro arrabbiato.

Camminarono lungo la strada in silenzio, accompagnati soltanto dallo scricchiolio dei loro passi e dal leggero fruscio delle ruote della moto.

«È molto distante?».

L'uomo si girò verso Madison e annuì con un sorriso. Lei non si scomodò a chiederglielo di nuovo. Raggiunsero una stretta curva a sinistra e l'uomo la imboccò. In quel tratto, la strada era delimitata da un muretto su un lato e fiancheggiata da una ripida scarpata sull'altro. Maddy si tenne a ridosso del muretto. In fondo al sentiero intravide un agglomerato di modeste casette. Dai camini piccoli e tozzi uscivano sottili colonne di fumo, e in corrispondenza delle finestre brillavano calde luci dorate.

«Prego, prego, venire». Il signore le sorrise e indicò la casetta all'estrema sinistra. «Casa mia. Tu benvenuta. Lascia moto qui fuori».

Maddy sistemò la moto sul cavalletto e seguì l'uomo dentro casa. Una volta nell'ingresso, lui si tolse le scarpe, ma lei esitò, indicandogli le proprie calzature.

«Sì, sì. Tu togli. Poi entra».

Maddy si tolse le scarpe e toccò quei blocchi di ghiaccio che un tempo erano stati i suoi piedi. La stanza era calda, allegra e accogliente. Le pareti erano di pietra grezza, ma decorate con tele, quadri e tendaggi. A sua volta, anche il pavimento, sempre in pietra, era ornato di tappeti intessuti a mano. C'erano una panca di legno, due poltrone e un paio di sgabelli bassi. Una stufa a legna sprigionava un calore impressionante, e per poco Maddy non collassò sul pavimento, grata di essere finalmente riuscita a sfuggire alla pungente morsa del freddo.

Nella stanza c'erano altre persone, e tutte si girarono a fissarla. Due donne e un ragazzino. Si alzarono per salutarla e subito dopo iniziarono a parlare con l'uomo nella loro lingua.

«Un telefono», disse Maddy. «Ho bisogno di un telefono». Si avvicinò alla stufa, allungando le mani verso la fonte di calore. Ma la donna più matura la prese per il braccio e la allontanò subito, facendola sedere su una delle due poltrone. Dopodiché le tolse i guanti, le prese le mani e gliele strofinò con forza. Si rivolse alla donna più giovane, che procedette a togliere le calze a Maddy e incominciò a massaggiarle i piedi. A quel punto la signora abbaiò qualcosa al ragazzino, che si allontanò e tornò pochi istanti dopo con le braccia cariche di coperte. Le due donne le avvolsero i piedi e le adagiarono le coperte sul resto del corpo.

Maddy si rese conto che nel frattempo aveva iniziato a tremare in maniera incontrollabile, con i denti che le battevano così forte da impedirle quasi di parlare.

«Ho bisogno di un telefono. Per favore. È urgente».

L'uomo disse qualcosa alla donna più matura, che gli rispose in tono piccato. Maddy ipotizzò che fosse sua moglie.

"Vi prego, non incominciate un battibecco domestico proprio adesso", pensò.

L'uomo gridò qualcosa alla donna, entrambi si guardarono in cagnesco e poi lui allungò un cellulare verso Madison. Lei tirò fuori la mano gelata da sotto la coperta e lo prese con un sorriso riconoscente. Finalmente, finalmente poteva chiamare Alexandre. Il cuore cominciò a batterle fortissimo. Se Alex era in zona, avrebbe potuto raggiungerla nel giro di pochi minuti. Poi, però, con un gemito interiore, si rese conto di un dettaglio fondamentale: non sapeva il numero di Alex a memoria. Non sapeva nessuno dei loro numeri. Non aveva mai avuto l'esigenza di impararli. Ce li aveva memorizzati nel telefono. Cavolo, no! Come avrebbe fatto a contattarlo a quel punto? "Pensa... pensa", si disse. Iniziava con 078, di quello almeno ne era certa. Oddio! Era proprio senza speranza.

Ben! Poteva chiamare suo fratello a casa e avrebbe potuto pensarci lui a darle il numero di Alex, oppure avrebbe potuto chiamarlo per lei. Sì. Poteva anche darsi che Alexandre stesso fosse stato lì a casa. Magari non sapeva che Maddy era finita in Turchia. Con le dita che le tremavano per il freddo e l'agitazione, la ragazza telefonò a casa e aspettò, con il cuore che le martellava nel petto, incapace di credere che a breve sarebbe riuscita a parlare con i suoi cari. C'era stato un momento in cui aveva pensato che forse non avrebbe mai più rivisto o parlato con nessuno dei suoi affetti. All'inizio udì uno strano segnale di chiamata, seguito dalla voce registrata di una donna straniera. Madison si allontanò il telefono dall'orecchio e lo fissò con aria confusa. L'uomo glielo prese dalle mani e ascoltò.

«Questo numero no buono», le disse. «No funziona».

«Ma è il mio numero di casa! Devo chiamare casa mia», affermò lei, ormai quasi in lacrime. «Ho bisogno di chiamarli. Vi prego, aiutatemi».

Capitolo 31

Cappadocia, 575 d.C.

Non passò molto tempo prima che la ruota di pietra venisse scostata di nuovo. E, quella volta, Aelia si fece trovare pronta, consapevole che gli altri si sarebbero aspettati che andasse ancora lei al posto loro. Ma tutto sommato non le dispiaceva. Anzi, la faceva sentire un po' meglio riguardo a ciò che si prospettava all'orizzonte. Lei non si era rannicchiata in un angolo in preda al terrore; aveva preso in mano la situazione e stava combattendo, malgrado la sua fosse una battaglia silenziosa. Forse era quello il motivo della sua forza: il fatto che solo lei era a conoscenza del potere del suo sangue infetto. Forse, se anche gli altri avessero saputo della guerra segreta che stava conducendo contro i demoni, anche loro avrebbero ritrovato un po' di speranza e, di riflesso, anche di coraggio.

Tuttavia, il coraggio di Aelia vacillò non appena la ragazza vide chi era venuto a prenderla: sulla soglia, infatti, era apparso quel tizio, il demone, Mislav. Aelia si ricordò della sensazione di puro terrore che aveva provato quando, nella sala da pranzo, aveva alzato gli occhi su di lui e per la prima volta aveva visto il suo volto demoniaco. Quei denti e la completa assenza di espressività umana... erano stati come un sogno che si tramutava in un incubo. Ma lì, in quel momento, il volto della creatura era di nuovo mite, permeato da quell'ingannevole cordialità di cui lei si era quasi fidata al suo arrivo.

Mislav non degnò gli altri nemmeno di un'occhiata. Le sorrise e le tese la mano. Lei si alzò e gli andò incontro, senza riuscire a guardarlo negli occhi, fissando invece un punto imprecisato sul suo petto. La mano di lui le parve fredda e dura, come marmo vivo. Si incamminarono lungo il corridoio, sempre senza proferire parola. Lui avanzò piano, quella volta, continuando a tenerle la mano. Indossava una lunga tunica scura con sopra una ricca veste di un blu brillante fermata da una cintura. Il tessuto era di una varietà che Aelia non aveva mai visto prima e si increspava come le acque di un fiume man mano che il demone camminava. Le passamanerie della veste brillavano come oro colato alla luce delle lanterne e lei si sentì un'insulsa mendicante al confronto.

Giunsero a una stretta rampa di scale e la scesero, con i piedi che sfioravano appena gli angusti gradini. Una volta arrivati in fondo, Aelia esitò non appena un grido stridulo squarciò l'aria. Ma Mislav la trascinò con sé e proseguirono. Altri cunicoli, altre camere sigillate, altri gradini che scendevano sempre più in basso, altre grida, tenebre, luci di lanterne. Le girava la testa per il ritmo sostenuto di quella marcia. Quanto erano scesi? Avrebbe trascorso il resto della vita così lontana dalla luce del giorno? Sarebbe morta e sarebbe stata dimenticata nel sottosuolo?

Ben presto, Aelia percepì un addensamento nell'aria: un calore e un'afa si sostituirono all'atmosfera fresca e polverosa da cui proveniva. C'era proprio una strana temperatura in quel corridoio. Si stavano dirigendo verso qualcosa. Sembrava quasi come se l'aria avesse avuto la febbre. La pelle di Aelia si ricoprì di goccioline. Era arrivata? Era l'infezione che iniziava a manifestare i propri sintomi sul suo corpo?

«Vieni», le disse Mislav.

Aelia si era fermata per asciugarsi le goccioline dalla fronte e dal mento.

«Fa caldo», osservò.

«Vieni», le ripeté lui.

Aelia prese ancora una volta la mano che Mislav le porgeva, un po' imbarazzata dal fatto che la propria fosse bollente e sudaticcia rispetto alla pelle fresca di lui. Perché mai la cosa la stesse turbando, proprio non lo sapeva. Per quale motivo avrebbe dovuto importarle di cosa poteva pensare un demone succhiasangue dei suoi palmi sudati?

Un attimo dopo, il cunicolo si aprì in una grande camera e Aelia capì perché l'aria era così densa e calda. Si ritrovarono su una sporgenza bagnata e scivolosa, e di fronte a loro, da un lago sotterraneo, si levavano grandi sbuffi di vapore. Dal tetto della caverna pendevano frammenti di roccia simili a schegge gocciolanti, e c'era una specie di luce naturale che illuminava le pareti e il soffitto. Splendeva e tremolava in sfumature di blu e di verde, come se fosse stata un essere vivente. All'improvviso, due ragazze si materializzarono al suo fianco, come apparse dal nulla.

«Torno più tardi», le disse Mislav, dopodiché girò sui tacchi e si allontanò dalla caverna.

Le ragazze la strattonarono per i vestiti e Aelia capì che intendevano farla immergere nel lago. La sua superficie era nera, con giusto qualche increspatura nei punti in cui l'acqua gocciolava dal soffitto. Aelia non sapeva se fosse il caso di rallegrarsi per essere riuscita a sfuggire a Mislav per un po' e per l'inaspettata possibilità di fare il bagno e lavare via il sangue e la sporcizia che ormai le sembravano parte integrante del suo corpo, oppure se avrebbe dovuto essere terrorizzata al pensiero di cosa potesse nascondersi al di sotto di quelle acque placide e tenebrose.

«È sicuro?», chiese alle ragazze che le stavano togliendo i vestiti.

Ma loro non risposero.

«Siete... umane?», domandò allora.

Una di loro annuì in fretta e poi distolse subito lo sguardo.

«Siete in grado di parlare?».

La ragazza si portò un indice alle labbra con un'espressione spaventata impressa sul volto.

«Non vi è permesso parlare con me?».

La ragazza annuì e l'altra le lanciò un'occhiataccia di avvertimento.

Aelia sospirò. Si sentiva sempre così isolata da tutti. Prima era stata esiliata da casa sua, diventando una reietta che viveva ai margini della società, e poi lì... be', era di nuovo tenuta in disparte rispetto a tutti gli altri esseri umani. Che cosa c'era di così sbagliato in lei che sembrava non permetterle mai di integrarsi? Si rese conto che quella sensazione l'aveva accompagnata per tutta la vita. Si sentivano tutti in quel modo? O era solo lei a essere diversa? Persino da bambina, non le era mai venuto semplice trovarsi a suo agio tra la folla. Nelle rare occasioni in cui capitava, era solo perché lei si era sforzata di fare cose che non le venivano naturali pur di essere accettata.

Una delle ragazze le passò una sottoveste sottile che lei si infilò dalla testa. L'altra le diede una strana pallina morbida e le indicò il lago. Aelia si sedette sulla sporgenza e con cautela immerse le dita di un piede. Il calore dell'acqua si propagò subito sulla sua pelle e così immerse entrambe le gambe fino ai polpacci. Guardò la pallina che aveva in mano, se la portò alle narici e la annusò: sapone. Sporgendosi in avanti, Aelia cominciò a sciacquarsi via la sporcizia da entrambi i piedi, massaggiandoseli fino a far scomparire i dolori; dopodiché pian piano si girò e si immerse nel lago, con attenzione, sempre tenendosi aggrappata alla sponda.

Il calore dell'acqua era quasi insopportabile, ma dopo qualche secondo Aelia vi si abituò e si godette la sensazione di pace, di benessere e di sollievo, sentendosi come se fosse stata ancora nel grembo materno. Aveva già sentito parlare di quel genere di sorgenti calde naturali, in passato: sua madre una volta ne aveva visitata una all'aperto, ma per Aelia quella era la prima volta che si imbatteva in un luogo simile, figurarsi sperimentarne gli effetti in prima persona.

Le ferite sparse sul suo corpo le bruciavano e pungevano mentre i minerali dell'acqua le purificavano, ma a lei non importava. In un impeto di coraggio, Aelia lasciò andare la sporgenza e si diresse verso il centro del lago. Si distese a pancia in su e rimase immobile a galleggiare, sentendo i capelli biondi e opachi che le si distribuivano a ventaglio intorno al viso. Chiudendo gli occhi, cercò di non pensare a dove si trovasse e a cosa stesse facendo davvero in quel luogo, però le spaventose immagini della realtà che stava vivendo le si affollarono nella mente, e così riaprì le palpebre e si mise a fissare il soffitto della caverna. Spuntoni e schegge di roccia appuntiti e luminosi pendevano sopra di lei come la chioma intrisa di alghe di una dea delle acque, ricadendo a cascata lungo le pareti sotto forma di onde irregolari.

Aelia non sapeva per quanto tempo le sarebbe stato permesso di rimanere nel lago, e così incominciò a lavarsi, usando la stoffa della sottoveste a mo' di spugna. Era un'operazione complicata, perché le acque del lago erano troppo profonde e, siccome Aelia non toccava, doveva continuare a muoversi per tenersi a galla mentre cercava di sfregarsi il sapone sulla pelle e sui capelli. Alla fine decise di tornare di nuovo verso la riva e terminò le sue abluzioni dalla sponda. Una volta finito, ormai calda e pulita, si sentì molto meglio: quasi un'altra persona, rispetto alla creatura sudicia e patetica che era stata appena venti minuti prima.

Le ragazze la aspettavano all'ingresso del corridoio. La scortarono lungo il cunicolo, dove camminarono per diversi minuti. Aelia si sentiva calda e assonnata per via del bagno nel lago bollente.

Poco tempo dopo, cominciò a riecheggiare un leggero fruscio. Il suono si intensificò sempre di più fino a diventare un vero e proprio ruggito. Aelia guardò le ragazze, che però avevano gli occhi fissi per terra. Presto il rumore divenne troppo forte per tentare di intavolare una conversazione.

Dopo un po' arrivarono in un'altra caverna, più piccola della precedente, e finalmente Aelia individuò la fonte del rumore. Non c'erano né luci né bagliori verdi lì dentro, ma solo un paio di torce che illuminavano l'ingresso e le pareti. Proprio davanti a lei, una cascata alta una trentina di piedi sgorgava dalla parete rocciosa e ricadeva in una piccola vasca sottostante. La caverna era invasa dal rumore scrosciante dell'acqua. Il frastuono lì dentro era tanto assordante quanto lo era stato il silenzio nella caverna con il lago.

Di nuovo, una delle ragazze le fece cenno di immergersi nella pozza d'acqua. Aelia obbedì e sussultò per la temperatura dell'acqua. Sembrava neve sciolta dopo il calore del lago, ma la vasca era piuttosto bassa e le arrivava soltanto alla vita. Aelia si diresse verso la cascata per lasciare che l'acqua scrosciante le percuotesse la pelle e le districasse i capelli. Usò di nuovo il sapone e poi rimase per qualche tempo sotto il getto, immobile, con gli occhi chiusi. Tutt'a un tratto sentì una mano posarsi sul suo braccio e vide che una delle due ragazze era venuta a prenderla. Tornarono insieme verso il pavimento roccioso e lasciarono la caverna.

A quel punto, Aelia venne accompagnata in un'altra piccola camera: questa volta sontuosa, arredata in varie tonalità intense di blu e decorate con fili d'argento. Le pareti raffiguravano un paesaggio marino con imbarcazioni lunghe e strette che solcavano onde tempestose, mentre il soffitto scintillava di astri argentei tra i quali spiccava una falce di luna crescente. L'ambiente era rischiarato da una serie di lanterne che, con le loro fiammelle tremolanti, davano vita agli affreschi sulle pareti.

Su una stretta panca, accanto a un mucchio di vestiti, giaceva un quadrato di stoffa. Aelia suppose che quelle cose fossero per lei, perciò si tolse la sottoveste bagnata e si asciugò con il telo. Trovandosi finalmente in una stanza illuminata, riuscì a esaminare per bene il taglio sul braccio in cui si era strofinata il tessuto infetto. La pelle si era rimarginata, ma era sbiadita e scura, con chiazze nere e rosse. Se la tastò piano piano con l'indice e trasalì per il dolore. Era giunta la sua ora, dunque: l'infezione si sarebbe diffusa nel resto del suo corpo e il suo sangue avrebbe contagiato i demoni. Aelia era contenta, ma anche spaventata. Presto sarebbe morta di una morte orribile.

Per distrarsi dal pensiero di ciò che l'aspettava, esaminò gli abiti che le erano stati preparati. Per prima cosa indossò la tunica bianca, che aveva le maniche lunghe e le arrivava fin sotto le caviglie. Poi prese un indumento di seta azzurra che le ricordava quasi un cielo terso. Se lo infilò dalla testa e lo cinse in vita, notando che era ornato da una passamaneria intrecciata d'argento e impreziosito da piccoli gioielli scintillanti. Era abbigliata come una regina, ma non era affatto nelle condizioni di poterlo apprezzare. Per quel che la riguardava, avrebbe potuto indossare benissimo un sudario funebre.

Una volta vestita, Aelia si lasciò sprofondare su un ampio cuscino da pavimento. Le due ragazze intanto erano rimaste fuori. Su un tavolino basso c'era una caraffa, e Aelia si versò un po' del liquido contenuto al suo interno in un calice d'argento. Annusandolo, riconobbe il dolce profumo del succo di melograno. Ne bevve un sorso, cauta. Il tavolino era disseminato di altre pietanze, e Aelia si concesse di assaggiare qualche dattero appiccicoso e un dolcetto. Perché si trovava lì, in quella splendida saletta? Si ricordò dell'ultima volta in cui i demoni le avevano dimostrato una simile ospitalità. Be', se doveva rivivere quell'esperienza un'altra volta, tanto valeva godersi quei lussi, mentre le venivano offerti.

E invece no. Che caspita stava facendo? Come poteva starsene lì, abbigliata in quelle vesti così pregiate, a riposarsi e a gustare cibi deliziosi mentre la sua famiglia soffriva? Si alzò e si diresse fuori dalla stanza, dove le ragazze la attendevano in piedi ai due lati dell'apertura.

«Perché mi trovo in questa saletta?», domandò loro Aelia. «Perché mi sono stati dati questi vestiti?».

Loro non dissero nulla in risposta. Una delle due le rivolse un'occhiatina di scuse, l'altra si girò dalla parte opposta. Aelia afferrò il braccio della ragazza più amichevole.

«Vi ho chiesto che cosa ci faccio qui. Ti prego, dimmelo. Quel demone ha intenzione di tornare? Tu sai come muoverti qui dentro? Hai mai sentito parlare di Selmea? Sto cercando la mia famiglia».

L'altra ragazza staccò a forza le mani di Aelia dal braccio della sua amica.

«Bene, se voi due non avete intenzione di dirmelo, lo scoprirò da sola».

Entrambe le ragazze si avventarono su di lei, ma Aelia si divincolò e cominciò a scappare lungo il corridoio.

«Non puoi andartene!», le urlò dietro una delle ragazze. «Ti troveranno e ti puniranno!».

Aelia continuò a correre. Sapeva di trovarsi almeno sei piani più in basso rispetto alla caverna in cui era stata rinchiusa all'inizio. Ma se era vero che quel posto era abbastanza grande da ospitare ventimila persone, non avrebbe mai trovato la sua famiglia. E comunque, aveva ancora molti altri demoni da infettare. Che cosa avrebbe dovuto fare? *Che cosa avrebbe dovuto fare?* Se solo la vedova Maleina fosse stata lì a consigliarla... Rallentò il passo e infine si fermò, appoggiando la schiena alla ruvida parete rocciosa e lasciandosi scivolare fino a terra, con le guance rigate di lacrime.

«Perché sei così triste?».

Aelia alzò lo sguardo e vide Mislav che torreggiava sopra di lei. Non gli fece caso. Si limitò ad abbassare gli occhi e a fissarsi le ginocchia. La mano di lui si strinse intorno alla sua e lei si lasciò aiutare a rimettersi in piedi. Il demone la riaccompagnò lungo il corridoio, scortandola ancora una volta verso la bellissima saletta blu e argento dove le imbarcazioni navigavano in una notte senza fine.

Capitolo **32**

2024

Maddy era a corto di alternative. Non sapeva cos'altro fare. Non aveva il numero di cellulare di Alex né quello di nessun altro, e per di più non riusciva nemmeno a contattare Ben al telefono di casa. Era nella dimora di uno sconosciuto, bloccata in un paese straniero e inseguita da un branco di vampiri. Non mangiava da ore, si sentiva congelare, non aveva più riserve di energia e l'unica cosa che avrebbe voluto fare era affondare la testa in mezzo alle braccia e piangere. Tuttavia, non aveva la benché minima intenzione di lasciarsi andare a un crollo emotivo davanti a quegli estranei, per quanto gentili potessero sembrare.

«Chiamato Inghilterra?», le chiese l'uomo.

«Sì... cioè, ho provato a chiamare in Inghilterra, ma non funziona».

«Fatto numero per Regno Unito? Codice giusto?».

Codice? Ma certo! Maddy aveva dimenticato di inserire il prefisso internazionale per il Regno Unito. La moglie dell'uomo ricominciò a parlare, e nel frattempo la donna più giovane e il ragazzino, seduti sugli sgabelli vicino al fuoco, fissarono Maddy con evidente curiosità. L'uomo gridò qualcosa alla moglie e lei ricambiò. A quel punto Maddy ebbe un'idea. Si tolse lo zaino dalle spalle e vi frugò dentro finché la sua mano non si avvolse intorno a un mucchietto di banconote fruscianti. Porse il denaro alla donna.

«Per la chiamata», spiegò, indicando il telefono.

La donna sorrise e accettò i soldi, ma l'uomo diede di matto e cominciò a sbraitare, indicando prima Maddy e poi le banconote.

Maddy si voltò verso di lui. «Sì», insistette. «Per la telefonata in Inghilterra».

«Niente soldi», replicò lui. «Tu fare chiamata, però niente soldi».

«Qual è il prefisso per l'Inghilterra?», gli chiese. «Il numero per chiamare il Regno Unito?».

L'uomo le prese il telefono dalle mani e digitò un paio di cifre.

«Riprovare ora. Niente zero. Niente zero».

Maddy richiamò a casa sua, tralasciando lo zero come da indicazioni. Dopo un paio di secondi, sentì un segnale di chiamata. Non erano squilli normali, ma se non altro sembravano più promettenti rispetto a prima. Alle sue spalle, marito e moglie avevano ricominciato a litigare, ma lei cercò di non farci caso, desiderando con tutta sé stessa che Ben rispondesse.

«Pronto?»

«Esther!».

«Madison! Ti hanno tirata fuori dai guai, quindi? Stai bene, cara?»

«Ascolta, Esther. Ho bisogno che Alex venga a prendermi. Mi stanno dando la caccia. Non è che avresti il suo numero?»

«Aspetta un momento».

«Esther?».

Nessuna risposta. Era evidente che la governante doveva essere andata a prenderle il numero di Alex. Maddy avrebbe fatto meglio a chiederle di parlare subito con Ben; lui ce l'avrebbe avuto memorizzato nel cellulare. "Oh, sbrigati, Esther", pensò Maddy, aspettandosi di veder irrompere un mucchio di vampiri dalla porta di casa da un momento all'altro. La sua moto aveva lasciato tracce, e sarebbe stato facile seguirle. Si augurò che presto ricominciasse a nevicare, così la neve le avrebbe nascoste.

«Bene, eccomi qua». Esther era tornata.

«È ancora lì in Inghilterra?»

«Ma chi? Alex?»

"Be', sì, ovvio. Chi altri potrei intendere secondo te?", pensò Maddy. «Sì, Alex», si limitò a dire invece.

«No. Lui e gli altri sono partiti per la Turchia insieme a Morris per riportarti a casa. Io e Ben stiamo tenendo la situazione sotto controllo qui».

Maddy tirò un lungo sospiro di sollievo e abbozzò il più accennato dei sorrisi. Allora Alex era davvero lì!

«Ben sta bene?»

«È stato un po' giù di corda in questi ultimi giorni, ma l'ho convinto ad aiutarmi con le faccende domestiche per farlo distrarre un po'».

«Oh, aspetta». Maddy si girò verso l'uomo, intento a guardare la moglie in malo modo. «Avete carta e penna?», chiese a entrambi, mimando un piccolo scarabocchio.

La moglie batté il marito sul tempo e porse a Maddy un blocchetto per gli appunti e una matita, con un sorriso che le andava da un orecchio all'altro.

«Ok, Esther, continua pure. Qual è il numero?». Maddy se lo appuntò. «È meglio se mi dai anche i numeri di Isobel e degli altri, non si sa mai».

Esther glieli dettò. «Vuoi che ti passi Ben? Posso chiamartelo. È di sopra».

«Mi piacerebbe un sacco parlargli, ma per ora non posso. Non ho abbastanza tempo. Salutamelo e digli che tornerò il prima possibile».

«Ma certo».

«Esther, potresti appuntarti anche questo numero, nel caso in cui aveste bisogno di contattarmi qui?». Maddy chiese all'uomo di dettarle il suo numero di cellulare e lo riferì a Esther. «Non dimenticare di dire a Ben che lo saluto... e che gli voglio bene». Le si incrinò la voce mentre parlava e si impose di non scoppiare a piangere di fronte a quegli estranei e soprattutto davanti alla governante.

«Senz'altro, tesoro».

A quel punto Maddy riagganciò e fece un bel respiro per calmarsi. Se non altro, almeno aveva smesso di tremare, per il momento.

«Devo fare un'altra telefonata», disse all'uomo.

«Sì, prego, fare, fare. Mia moglie ora portare cibo. Fame, sì?»

«Sì, grazie. Ma solo se non è un problema».

«No. No problema».

«Dove siamo qui?», chiese all'uomo mentre, con dita tremanti, componeva il numero di Alexandre.

Lui la guardò con un'espressione accigliata, senza capire.

«Questo posto. Come si chiama questo paesino?»

«Aaah. Mio paese Akarsuli».

Non appena partì la segreteria, Maddy si sentì stringere il petto in una morsa di delusione.

«Alex, sono io. Maddy. Ero nella città sotterranea, ma sono scappata. Mi stanno dando la caccia, Alex. Ho bisogno che vieni a prendermi. Sono in un paesino che...». Si voltò verso il padrone di casa. «Com'è che si chiamava? Questo paesino?»

«Akarsuli».

«Sono in un paesino chiamato Akarsuli. A casa di sconosciuti, a metà strada verso la valle. Ti prego, vieni appena puoi».

Maddy riagganciò. Magari Alex non aveva semplicemente fatto in tempo a rispondere e l'avrebbe richiamata subito. Ma lei non poteva aspettare. Digitò il numero di Leonora. Nel frattempo, un profumino delizioso si diffuse nella stanza. Se era quello del cibo che le avrebbero offerto, non vedeva l'ora di assaggiarlo. Neanche Leonora rispose. E neppure gli altri. Maddy lasciò un messaggio in segreteria a ognuno di loro, ma era tutto inutile. Che cosa avrebbe potuto fare? In quel preciso istante, le squillò il telefono tra le mani.

Rispose subito, trafelata. «Pronto?»

«Maddy, sei tu?». Era di nuovo Esther.

«Sì».

«Ho pensato che potesse essere utile farti sapere che Morris e gli altri alloggiano al Vadi Hotel, in una località che si chiama Ayvali».

Madison chiese a Esther di farle lo spelling e si appuntò il nome dell'albergo e del paesino. Dopodiché ringraziò Esther e la salutò.

Mentre la ragazza si arrovellava per capire quali possibilità le fossero rimaste, la padrona di casa le portò una scodella che conteneva una specie di stufato. Maddy la prese con entrambe le mani: la ceramica era calda e liscia.

«Grazie mille. Ha un profumo meraviglioso».

La donna le sorrise e lo stesso fece anche il marito. Sembrava che avessero già dimenticato la loro discussione di poco prima.

«Mio nome Eren», disse l'uomo. «Questa mia moglie, Derya». Dopodiché indicò l'altra donna e il ragazzino. «Mia sorella e mio figlio».

Maddy sorrise a tutti loro. «Piacere, io mi chiamo Madison».

«Molto piacere, Madison». Sorrisero e risero, tutti insieme.

Maddy assaggiò un boccone di stufato. Era squisito, proprio come se l'era immaginato già solo sentendone il profumo, e ne assaporò sia il gusto che il calore. «Fantastico». Si voltò verso Derya. «È davvero buonissimo. Grazie».

La donna era raggiante.

«Dove si trova Ayvali?», chiese poi Madison a Eren.

«Ayvali molto lontana. Se tu desidera andare, io portare te domani. Ma tu rimanere qui ora. Mangiare, dormire. Poi, domani mattina, noi andare a Ayvali».

«Purtroppo devo andare subito. Non posso fare altrimenti».

Eren si girò verso la moglie e le disse qualcosa in tutta fretta. Con ogni probabilità, la stava mettendo al corrente delle intenzioni di Maddy. La donna sbottò in un fiume di parole, alcune destinate al marito, ma la maggior parte rivolte a Madison.

«Anche mia moglie dire no. No andare stasera. Tempo no buono. Presto arrivare altra neve».

«Lo so, ma sono in pericolo».

«Sì. Neve pericolo».

«No, non mi sono spiegata bene. Sono in... non importa. Devo andare». Maddy trangugiò il resto dello stufato. «Avete anche un po' d'acqua, per favore?».

Eren tradusse e la moglie andò a prenderne un bicchiere. Maddy se lo scolò e si alzò.

«Grazie, vi ringrazio davvero moltissimo», disse. «Mi avete salvato la vita, ma ora potreste indicarmi la strada da seguire per arrivare ad Ayvali? Devo raggiungere i miei amici».

Loro protestarono ancora, ma Maddy non era intenzionata ad accettare un no come risposta. Eren la invitò a tenersi il suo cellulare, per ogni evenienza, e lei gli disse che glielo avrebbe restituito appena possibile: se tutto fosse andato per il verso giusto, l'indomani o il giorno dopo ancora. Derya le diede un cappello pesante e un maglione in più, poi le mise nello zaino un altro po' di cibo e acqua. Maddy era commossa dalla generosità di quegli estranei appena conosciuti: non riusciva a immaginarsi di ricevere un'accoglienza simile in Inghilterra. Lì le persone le avrebbero detto di andarsene a quel paese.

Presto fu di nuovo all'aperto, stavolta vestita con abiti più caldi e con lo stufato di Derya che la riscaldava dall'interno. La donna stava ancora protestando, ma Maddy non poteva preoccuparsene in quel momento. Doveva mettere quanta più distanza possibile tra sé e la città sotterranea e cercare di raggiungere l'albergo. Eren la accompagnò fino alla strada principale e la indirizzò verso la stazione di servizio più vicina, a parecchi chilometri di distanza. Madison doveva sperare che la moto l'avrebbe portata fin lì, dopodiché avrebbe proseguito verso Ayvali. Doveva essere rimasta nel villaggio di Eren per almeno un'ora, forse anche di più. Un lasso di tempo più che sufficiente perché i vampiri individuassero le sue tracce.

«Grazie mille, Eren». Lo abbracciò, saltò in sella e accese il motore. Poi partì, di nuovo sola, nel buio della notte.

Dopo aver camminato avanti e indietro per la caverna per un po', la pelle di Alexandre era finalmente guarita dalle ustioni dei raggi UV, ma in compenso il suo cuore era ancora traboccante di dolore e di rabbia. Non sapeva nemmeno se Madison fosse ancora viva o se per caso l'avessero ricatturata. Non poteva abbandonarsi a pensieri di quel genere, però. Conoscendo Maddy, era probabile che in quel momento fosse già stata a metà strada per tornare in Inghilterra. E Jacques, Isobel e gli altri? Che cosa avrebbero fatto se lui non fosse tornato prima dell'alba? Non riusciva a credere di essersi lasciato rinchiudere in quel modo.

All'improvviso percepì qualcuno fuori dalla caverna. La macina rotolò di lato e Alexandre indietreggiò nell'angolino più remoto della sua cella per sfuggire alla micidiale luce UV appena fuori. Ma la luce era sparita e, al suo posto, all'ingresso della caverna buia, c'era un vampiro. Alexandre non si fermò a pensarci due volte: si scagliò contro la creatura ed entrambi volarono all'indietro, schiantandosi contro la parete del cunicolo. Alex afferrò il vampiro per la gola. Tuttavia, quello non stava reagendo come previsto, anzi, sembrava addirittura spaventato. Perfetto.

«Se non vuoi che ti spezzi il collo e ti scaraventi al sole, dimmi come uscire da questo posto», ringhiò Alexandre.

Il vampiro lo fissò con un misto di paura e rabbia negli occhi. O meglio, la vampira: si trattava di una donna piuttosto giovane. Alexandre allentò un po' la presa.

«Mi chiamo Zoe», gli disse lei. «Sono venuta a liberarti. Ho aiutato io Maddy a fuggire».

«Ma davvero?», le chiese lui, senza lasciarla ancora andare.

«L'ho salvata due volte. E adesso ho depistato le guardie per tirarti fuori di qui. Ho detto loro che Sergell voleva vederli, ma presto scopriranno che ho mentito. Dobbiamo andare».

Alexandre non rispose. In quel momento non aveva altra scelta che fidarsi di quella vampira, e così la lasciò andare, chinò la testa e la seguì per i vari corridoi fino a raggiungere un pozzo di ventilazione che sbucava all'esterno.

«Che cosa è successo? Dov'è lei?», chiese Alexandre, guardandosi intorno. Si trovavano su una distesa innevata che sembrava espandersi per chilometri e chilometri in ogni direzione. Soltanto in lontananza si intravedeva una piccola catena montuosa.

«Non c'è tempo per spiegare», gli disse Zoe. «È in pericolo. Seguimi».

Alexandre non ebbe bisogno di sentire altro. Si lasciarono la città sotterranea alle spalle e si inoltrarono per il paesaggio innevato verso il costone roccioso.

Capitolo 33

Cappadocia, 575 d.C.

Quando arrivarono nella saletta blu e argentata, Mislav scortò Aelia verso uno dei cuscini sul pavimento. La ragazza si sedette con le gambe piegate di lato e rimase a guardare mentre il demone si accomodava in un angolo, su una poltroncina di legno intagliata. La osservava con uno sguardo franco, e lei abbassò gli occhi a terra. Che cosa voleva? Perché non si stava nutrendo del suo sangue?

«Sei un'umana interessante», le disse.

Lei non rispose.

«Perché non tremi e non gridi?».

Lei continuò a non proferire parola.

«Rispondimi. Perché non hai paura?»

«Io... non lo so. Immagino che non servirebbe a nulla, se ne avessi».

Lui rise. «Stai diventando l'argomento centrale di parecchie conversazioni. Sei un soggetto desiderabile».

Aelia arrossì.

«Non nel modo in cui potresti pensare», proseguì lui. «Hai un certo non so che...». Si interruppe. «Vuoi essere mia? Accetterai di essere solo mia? A nessun altro sarà permesso nutrirsi del tuo sangue. Io e soltanto io mi prenderò cura di te; mi assicurerò che tu abbia tutto ciò che possa mai servirti».

La mente di Aelia cominciò ad andare a mille. Che cosa avrebbe dovuto dire? Se avesse accettato e fosse diventata di proprietà esclusiva di Mislav, non sarebbe riuscita a trasmettere l'infezione agli altri demoni. Però forse sarebbe riuscita a salvare la sua famiglia. Forse lui in cambio sarebbe stato misericordioso con loro. Eppure, persino mentre ci pensava, sapeva che non sarebbero mai stati davvero liberi. Presto la peste del sangue l'avrebbe uccisa e allora la sua famiglia sarebbe tornata di nuovo in pericolo. L'unica vera possibilità che aveva era quella di attenersi al suo piano originario.

«Che cosa succederebbe se dicessi di no?».

Il viso di Mislav si rabbuiò per qualche istante. «Mi sentirei insultato. Tu verresti riportata in quella fetida caverna con tutti gli altri e saresti contesa tra i miei compagni. Non ci sarebbe tregua per te. I miei fratelli e le mie sorelle ti prosciugherebbero». Sorrise.

Sentendo quelle parole, il cuore di Aelia prese a battere fortissimo. Era quello il motivo per cui era andata fin lì: infettare il maggior numero di demoni possibile. Eppure, ora che era pulita e riposata, il pensiero di tornare in quella caverna con gli altri e aspettare che i demoni venissero a darle il tormento ancora e ancora la rendeva debole per il terrore. Che cosa avrebbe dovuto fare? Sapeva benissimo che cosa avrebbe dovuto fare, ma le sarebbe servito ogni briciolo di coraggio per pronunciare quelle fatidiche parole.

«Io non... non posso essere tua». Ecco, gliel'aveva detto.

Il sorriso di Mislav si dissolse all'istante. «Ho mentito, poco fa», le disse. «Non hai alcuna possibilità di scelta in questa situazione, piccola mortale. Mi interessava solo sapere quale sarebbe stata la tua risposta. Parte di me è indignata... ma un'altra parte apprezza il tuo coraggio. Non tornerai dai tuoi umani, ma devo ammettere che mi dispiace sapere che avresti preferito tornartene da loro piuttosto che rimanere qui. Mi hai deluso».

Aelia si vergognava di sentirsi sollevata dal fatto che non avrebbe più dovuto sopportare la claustrofobica oscurità della caverna. Ma quali sarebbero state le conseguenze di quel cambiamento per lei? Mislav l'avrebbe tenuta lontana dagli altri demoni? In tal caso, come avrebbe fatto lei a diffondere la peste tra di loro?

«Questa sarà la tua stanza», le disse ancora Mislav. «E adesso... eccome se sei mia». Si avvicinò, le scostò i capelli dal collo e si avventò sulla sua gola.

Aelia si sforzò di pensare ad altro mentre avvertiva il bruciore e le prime avvisaglie della perdita di conoscenza. Il cuore le batteva fortissimo e sentiva il proprio sangue che pulsava e defluiva. Quella parte era quasi piacevole, ma lei sapeva che di lì a poco sarebbero subentrati il dolore e la debolezza. Presto l'oblio la reclamò e ogni cosa scivolò nel nulla.

Quando rinvenne, Mislav era sparito e in camera con lei c'erano le ragazze del lago. Una le stava tamponando la fronte con uno straccio fresco e bagnato e l'altra se ne stava in piedi accanto all'ingresso.

«Per quanto tempo sono rimasta addormentata?», gracchiò.

Nessuna delle due ragazze le rispose.

«Ah, già, dimenticavo. Voi due siete le gemelle mute», sbottò Aelia, la cui spossatezza fu inframmezzata da una scintilla di irritazione. Chiuse di nuovo gli occhi.

Mislav la trattava come un animaletto domestico, a volte con gentilezza, altre con impazienza. Spesso le parlava in toni rassicuranti nel tentativo di intavolare una conversazione, ma lei era sempre troppo stremata per prestargli attenzione, tormentata da febbri continue e da una nausea terribile. I suoi sogni erano invasi da immagini inquietanti: un cavallo demoniaco, la sua famiglia defunta e straziata, una cascata di sangue. Spesso riusciva a distinguere a malapena se era sveglia o dormiva. Ma a un certo punto accadde qualcosa che la scosse dal suo torpore. Mentre giaceva immersa negli incubi, avvertì una presenza nella camera e, quando aprì gli occhi, vide due demoni maschi in piedi davanti a lei. Che cosa volevano? Quasi non le importava.

«Dov'è Mislav?», ringhiò uno di loro.

«Non lo so», sussurrò Aelia.

«Tu», abbaiò allora lui a una delle ragazze. «Dov'è il tuo padrone?»

«Non... non lo so», balbettò lei.

«Allora aspettiamo». Rimasero immobili.

Aelia pensò che quei due demoni dovessero essere personaggi importanti. Erano vestiti in abiti formali, quasi militari, con mantelli scuri appuntati sulla spalla destra. Ma lei sprofondò di nuovo nel sonno prima di avere il tempo di porsi altre domande.

Fu svegliata qualche tempo dopo da una serie di urla e strepiti.

«Fuori di qui», gridò Mislav ai demoni.

«Non è autorizzato ad averla», gli rispose uno dei due.

«Chi vi ha sguinzagliati? Andatevene», intimò Mislav, voltando loro le spalle.

«Non è autorizzato, signore», continuò il demone. «È stato disposto che...».

Mislav imprecò e rovesciò un tavolo. «Fuori!».

I demoni se ne andarono, con i mantelli svolazzanti che frusciavano alle loro spalle.

Mislav si accovacciò accanto ad Aelia e le accarezzò i capelli. «Non ti porteranno via da me. Non ne hanno alcun diritto. Ti ho reclamata io per primo».

A ogni singola carezza, Aelia si sentiva trafiggere il cranio da fitte di dolore lancinanti.

Poco dopo i demoni tornarono, solo che quella volta si presentarono in cinque.

«Signore», esordì uno di loro. «I miei ordini provengono direttamente da Sua Altezza Imperiale. Quest'umana non può essere di sua proprietà esclusiva».

Mislav rimase immobile, all'apparenza padrone della situazione, tuttavia Aelia lo vide affondarsi le lunghe unghie nei palmi delle mani.

«Sua Altezza Imperiale? Perché mai Sua Altezza Imperiale dovrebbe interessarsi della sorte di una misera umana debole e moribonda?»

«Non spetta a noi domandarcene il perché, e non dovrebbe farlo neanche lei».

«Cos'è questa insolenza?», lo apostrofò Mislav, sibilando.

«Chiedo scusa, signore. Ma ci sono stati impartiti ordini ben precisi. Dobbiamo riportarla nella caverna con gli altri. Non è soltanto sua. Non è autorizzato».

«Non sono autorizzato...», borbottò Mislav. «Molto bene. La riporterò indietro io stesso».

All'improvviso Aelia sentì un dolore bruciante al cuoio capelluto. La stanza scomparve mentre lei veniva trascinata per i capelli, come un sacco di farina, nel buio dei corridoi rocciosi. In pochi secondi si ritrovò distesa nell'oscurità, con il corpo martoriato e dolorante e il cuoio capelluto in fiamme. Ansimava per lo sgomento.

«Aelia?». Era la voce di Nonna.

Tuttavia, la ragazza non riusciva a parlare.

«Aelia? Qualcuno mi passi dell'acqua!», esclamò Nonna.

«Non ce n'è più», si sentì in risposta.

«Che Dio ci aiuti, allora».

E così Aelia si ritrovò di nuovo nella grotta puzzolente insieme ai suoi simili. Non sapeva come stesse riuscendo ad andare avanti.

Era debole, delirante, febbricitante e malata, anche se non sapeva se fosse colpa dell'infezione o di tutto il sangue che aveva perso.

Nel frattempo, i demoni venivano a cercarla di continuo: maschi, femmine e persino alcuni che sembravano bambini. Lei non riusciva a farsi un'idea di quanto tempo fosse passato, ma le pareva un'eternità. Non c'era giorno e non c'era notte; c'erano solo il buio e, a volte, le luci tremolanti delle torce. E lei passava dal sentirsi scottare per la febbre al sentirsi congelare dal freddo, ricoperta di brividi, con i denti che le battevano in maniera incontrollabile. Si rese conto che non le rimaneva molto tempo. Poteva solo sperare di aver fatto il suo dovere nel diffondere la malattia tra i demoni. Si era rassegnata all'idea che non avrebbe mai più rivisto la sua famiglia o i suoi amici, ma magari erano ancora vivi e prima o poi sarebbero riusciti a fuggire da quell'inferno.

Di tanto in tanto, frammenti delle conversazioni dei demoni fluttuavano fino al suo subconscio. Loro amavano la sua docilità e la sua propensione ad assecondarli. Le parve di capire che la paura umana infondeva un retrogusto amaro al sangue e che la sua sottomissione la rendeva irresistibile. Tuttavia, lei stessa a volte diventava una fonte di conflitto tra di loro, e le capitava di cogliere spezzoni di litigi terribili e violenti.

Aelia si sentiva sempre più vicina alla fine. Non riusciva a mangiare, camminava a stento e aveva la pelle ricoperta di piaghe arrossate. Ai demoni, tuttavia, non sembrava importare. La volevano comunque.

Proprio come gli altri, anche Mislav veniva ancora a cercarla. Non aveva più fatto parola del trattamento crudele che le aveva riservato dopo che quelle guardie gli avevano ordinato di riportarla nella caverna, ma lei aveva la sensazione che in fondo gli dispiacesse. Le offriva sempre dell'acqua e le aveva dato qualche cataplasma lenitivo per la pelle piena di pustole. Cercava di tentarla con varie prelibatezze, ma il suo appetito ormai era scomparso. Stava morendo. Non ci sarebbe voluto ancora molto, anche se Mislav le aveva detto che non l'avrebbe lasciata morire, che l'avrebbe salvata. L'unica cosa di cui Aelia era consapevole era che il suo corpo stava facendo il suo dovere e contagiando quei mostri. La sua mente cominciava a spegnersi e lei non aveva le forze per provare nient'altro, a parte l'irrefrenabile desiderio di morire.

In quel momento la ragazza era sdraiata su un divanetto di

broccato, ma il motivo della tappezzeria era così intricato che le aveva provocato un capogiro fortissimo, costringendola a chiudere gli occhi. Non riusciva a ricordarsi di quando erano venuti a prenderla, né di quello che avevano detto o fatto. La sua vita era appesa a un filo di ragnatela ormai; i suoi respiri ridotti a rantoli affaticati e superficiali. Le voci dei demoni le sembravano lontanissime.

«Non mi interessa, lo farò».

Aelia conosceva quella voce.

«Non puoi», rispose una voce maschile sconosciuta.

«E invece lo farò. Non puoi impedirmelo».

«Non puoi farlo, ti ho detto».

«Che peccato che sia così debole», intervenne un'inaspettata voce femminile. «Questa qui mi avrebbe soddisfatta per anni. Davvero non c'è nulla che si possa fare?»

«Ha una penosa malattia umana. Sarà morta prima che finisca la notte», riprese l'uomo. «Non posso permetterti di farlo».

«Juraj, ti strapperò i denti se proverai a fermarmi».

In quel momento Aelia riconobbe la voce. Era Mislav. Le sue palpebre si schiusero appena e, dalla sua posizione orizzontale, vide i due maschi uno di fronte all'altro.

Juraj rise. «Ti è proprio entrata nel sangue, fratello. Dimenticala. Ce ne sono tantissime altre».

«Non sono affari tuoi».

«Oh, ma invece sono affari miei! Sono affari di tutti noi e non posso permetterti di procedere con il tuo folle piano».

Mislav ringhiò e si avventò contro il demone dai capelli scuri. I due volarono dall'altra parte della stanza e rimbalzarono persino giù dal soffitto. Juraj si alzò e si diede una ripulita.

«Sei uno stolto, fratello, a sprecare così tante energie per una patetica umana».

«Ti avverto, Juraj. Non metterti contro di me su questa faccenda».

«È troppo tardi, Mislav. È già fuori dal mio controllo». Uscì dalla stanza insieme all'altro demone donna.

Mislav ringhiò per la rabbia e scagliò un tavolinetto d'argento dall'altra parte della saletta. Il rumore del tavolo che si schiantava contro il muro riverberò nel silenzio.

Aelia non sapeva perché i demoni avessero litigato, ma capì che in qualche modo c'entrava lei. Si trattava di qualcosa che aveva fatto o non fatto. Non riusciva a ragionare con lucidità e soffriva moltissimo. Muoversi, e persino respirare, le provocava un dolore atroce. “Ti scongiuro, Dio”, pregò mentalmente. “Prendimi con te adesso. Ho fatto tutto ciò che potevo. Non credo di riuscire a sopportare un altro secondo di questa esistenza”.

Capitolo 34

2024

Seguendo le indicazioni di Eren, Maddy si allontanò dal paesino e presto si ritrovò su una strada più larga. Un camion rumoroso le procedeva davanti e lei lo sorpassò. Incrociò persino un paio di auto. Le parve strano imbattersi in altri veicoli, dopo il suo lungo viaggio solitario per quelle terre desolate. Passò ancora qualche altra auto; procedevano tutte con cautela per via delle condizioni atmosferiche avverse. Era tornata la neve, con altri fiocchi turbinanti che le andavano dritto negli occhi. Madison sbatteva le palpebre e aguzzava la vista per cercare di vedere oltre la foschia bianca, aspettandosi di essere trascinata via dalla moto da un momento all'altro e riportata alla città sotterranea… o peggio. Tuttavia, dopo una ventina di minuti circa, scorse le luci sfocate di una stazione di servizio non troppo distante.

Sperando di avere abbastanza soldi, la ragazza svoltò in direzione del distributore e si fermò accanto a una delle pompe. Si scrollò di dosso lo zaino e vi frugò dentro fin quando non trovò le banconote. Un uomo si avvicinò e le parlò in turco. Aveva tutta l'aria di lavorare lì.

«Mi scusi, per caso parla inglese?», gli chiese Maddy.

«Inglese? No».

«Ecco, tenga». La ragazza gli porse le banconote, con la mano ancora guantata. «Devo… benzina. Capito?».

L'uomo tese una mano con il palmo rivolto verso l'alto, dopodiché vi sovrappose l'altra e cominciò ad alzarla e poi abbassarla. Stava chiedendo a Maddy se voleva molto carburante o poco. Lei gli rivolse un cenno di assenso con la testa come per dirgli che aveva capito e gli mimò di volere il pieno. L'uomo annuì e iniziò a riempire il serbatoio. Quando ebbe finito, le fece cenno di entrare nell'edificio per pagare. Lei lo ringraziò con un cenno del capo ed entrò.

La luminosità la fece trasalire. Si sentì esposta, sotto tutte quelle luci, certa di essere molto più in pericolo là dentro che non fuori, in sella alla moto. In quattro e quattr'otto, acchiappò qualche confezione di merendine dai colori sgargianti. Non aveva idea di cosa fossero, ma tanto valeva fare scorta, mentre poteva. Comprò anche un paio di occhiali da sole economici, scegliendone un paio con le lenti più chiare che riuscì a trovare. Le sarebbero serviti a proteggere gli occhi dal vento e dalla neve mentre guidava. La donna alla cassa prese le banconote necessarie, eppure a Madison rimase comunque un bel gruzzoletto. Zoe era stata generosa con il denaro.

Non appena si fu rimessa in viaggio, la ragazza si sentì un po' più tranquilla. Se non altro, non sarebbe rimasta a piedi nel bel mezzo del nulla. All'improvviso intravide una coppia di motociclette dallo specchietto retrovisore. Il battito del suo cuore accelerò. Si disse di non farsi prendere dal panico. Erano semplici moto, niente di più. Non voleva mica dire che la stessero inseguendo. Nel dubbio, comunque, accelerò e sorpassò un furgoncino. Controllò lo specchietto retrovisore e vide che anche le moto lo stavano sorpassando. Le venne un leggero giramento di testa e sbandò un po' prima di raddrizzarsi di nuovo. "Calmati", si disse. Il furgoncino andava davvero lento. Con ogni probabilità, lo avrebbe sorpassato chiunque. Diede un'altra bella accelerata. I due motociclisti fecero lo stesso.

Si sarebbe assicurata di seminarli. Di fronte a lei si profilava un camion che arrancava nella bufera di neve come una grossa bestia scura. Avrebbe dovuto superarlo, ma non vedeva se c'era qualche altro veicolo che arrivava dalla direzione opposta. Girò la testa di scatto: i motociclisti stavano accorciando le distanze. Madison allora accelerò e si spostò verso il centro della strada, iniziando il sorpasso. Davanti a lei, però, lampeggiarono un paio di abbaglianti, e così la ragazza sterzò subito per rientrare davanti al camion e schivare il veicolo in arrivo.

Le moto le stavano ancora alle calcagna? Si sarebbero schiantate contro l'auto che arrivava dalla direzione opposta? Non si girò per scoprirlo. Anzi, rallentò e si spostò sulla destra della carreggiata, così il camion l'avrebbe nascosta alla vista dei motociclisti. Mentre lo faceva, però, l'autista del camion strombazzò in modo deciso, alquanto arrabbiato con lei, e bisognava ammettere che aveva tutto il diritto di esserlo. D'altronde, per poco Madison non li aveva fatti ammazzare entrambi.

Approfittando del riparo momentaneo offerto dal camion, Maddy spense i fari e con una manovra brusca uscì dalla strada, imboccando un ripido pendio in mezzo alla vegetazione. Ormai si sentiva del tutto padrona del mezzo; era quasi come se fosse diventato un'estensione del suo corpo, un arto che si piegava alla sua volontà. Stranamente, in mezzo al terrore, sentì sbocciare anche una sorprendente scintilla di euforia. Non si azzardò a lasciar andare il manubrio, ma in testa sua la ragazza rivolse ai motociclisti un bel dito medio.

Alla sua sinistra si ergeva un folto boschetto di abeti tremolanti, e lei vi si diresse. Sarebbe stato un ottimo nascondiglio in cui rifugiarsi. Non appena i suoi inseguitori si fossero accorti che era scesa laggiù, non sarebbe stata in grado di seminarli. Una volta raggiunti gli alberi, Maddy si fermò, spense il motore, scese dal veicolo e, spingendolo, si addentrò a piedi verso il punto più fitto. Con il cuore che batteva a mille, le mani che le tremavano e la testa leggera leggera, Madison rimase in attesa, aspettandosi da un momento all'altro di sentire il rombo delle moto. E invece, l'unica cosa che sentì fu il fruscio lontano di un'auto che passava per la strada sovrastante.

Li aveva seminati sul serio? Per il momento sembrava di sì. Anche se, comunque, doveva tenere presente che quelli sarebbero potuti tornare indietro in qualsiasi istante. Per fortuna la neve continuava a cadere, nascondendo le tracce dei suoi pneumatici. Se i motociclisti non le avessero individuate nel giro di un paio di minuti al massimo, avrebbero incontrato non poche difficoltà a seguirla. L'oscurità la proteggeva dai motociclisti, ma al contempo lasciava spazio a inseguitori più letali, inseguitori che fino a quel momento era riuscita a eludere. Di certo l'alba non poteva essere poi così lontana. Quella notte sembrava durare da un'eternità. Si ricordò di avere il cellulare di Eren e controllò che ora fosse: le sei e cinquanta. Era più tardi di quanto pensasse. L'alba era vicina. Tuttavia, ancora non era arrivato neanche un messaggio per lei, e non c'era nemmeno campo per provare a richiamare Alex.

Poteva o rintanarsi lì e sperare che tutto andasse per il meglio, oppure cercare di arrivare all'albergo. Una volta che si fosse fatto giorno, quei motociclisti avrebbero potuto trovarla con più facilità. E se fosse rimasta ferma lì, di sicuro a un certo punto sarebbero arrivati i vampiri. E così Maddy giunse a un verdetto. La strada asfaltata lassù portava praticamente dritta ad Ayvali. Era troppo esposta perché lei potesse percorrerla, ma magari poteva seguire una rotta parallela laggiù, rimanendo nascosta.

Facendo un bel respiro, Madison accese il motore, il cui rombo squarciò la quiete della radura silenziosa, e qualche attimo dopo partì. All'improvviso la notte non le sembrava più così lunga e buia. Il mattino era quasi arrivato. Forse poteva concedersi di pensare che molto presto avrebbe rivisto Alex. Era un pensiero troppo bello già solo a immaginarlo. Si lanciò una rapida occhiata alle spalle alla ricerca di eventuali moto o striscianti sagome scure, ma non ne vide neanche mezza. La neve stava cominciando a cadere sempre meno fitta. Presto le sue tracce sarebbero rimaste visibili.

Il ronzio del motore la cullò in una sorta di torpore. Maddy era esausta e, ancora una volta, il freddo le era penetrato fino al midollo. Pensò che non sarebbe mai più riuscita a scaldarsi a dovere. Sperava che l'albergo avesse una bella vasca da bagno profonda.

Il percorso stava diventando sempre più insidioso, con cumuli di roccia ricoperti di neve, trincee, pendii, cunette e boschetti da attraversare. Con la coda dell'occhio, Maddy vide in lontananza davanti a sé un puntino scuro che si faceva strada nella neve verso di lei. Quando guardò meglio, si rese conto che in realtà ce n'erano parecchi. E non erano motociclisti. Il terrore le attanagliò lo stomaco.

Maddy frenò, con il respiro affannoso e superficiale. Vampiri. Erano vampiri e stavano venendo a prenderla. Forse non avrebbero avuto nemmeno intenzione di riportarla alla città sotterranea. Forse avevano in mente qualcosa di peggiore. "No. Smettila di pensare queste cose. Pensa piuttosto alla tua prossima mossa", si disse. Non sarebbe mai e poi mai riuscita a seminarli, nemmeno con la moto. L'unica cosa che avrebbe potuto danneggiarli era la luce del giorno e quella era quasi arrivata, ma non del tutto. Dovevano aver calcolato che avrebbero avuto tempo a sufficienza per catturarla e portarla via con loro, o ucciderla, o qualsiasi altra cosa volessero farle prima che albeggiasse.

L'unica cosa che doveva fare era guadagnare tempo, così quelli sarebbero stati costretti ad andarsene prima che fosse sorto il sole. Sarebbero dovuti fuggire, altrimenti sarebbero morti. Ma cosa avrebbe potuto fare lei? Che cosa avrebbe potuto salvarla?

Il fuoco, forse? Aveva ancora i fiammiferi nello zaino, ma ogni cosa là fuori era ricoperta di neve. E comunque il fuoco sarebbe bastato a fermarli? Si guardò intorno, in preda a una frenesia crescente. Aveva a malapena pochi secondi per agire.

Dietro di lei c'era un cumulo di neve alto circa un metro e largo un metro e mezzo: con tutta probabilità, una roccia ricoperta di neve. Maddy saltò giù dalla moto, svitò il tappo del serbatoio e diede un calcio al veicolo, che cadde riverso su un fianco. La benzina si sparse dappertutto, riversandosi intorno alla base della roccia. Maddy vi si arrampicò sopra e allo stesso tempo frugò nello zaino. I vampiri erano quasi arrivati.

Non appena la ragazza si ritrovò in una posizione stabile, tirò fuori dallo zaino la scatolina di fiammiferi, ma aveva i guanti troppo spessi e la scatolina le scivolò in mezzo alla neve. A quel punto si strappò via i guanti con i denti e cercò di recuperare la confezione. Finalmente vi strinse le dita intorno e tirò fuori un fiammifero. Se fosse riuscita a circondarsi di fiamme, magari sarebbe riuscita a tenere a bada i vampiri fino al levar del sole...

Non appena sopraggiunse il primo vampiro, fissandola dritto negli occhi, lei accese il fiammifero e lo gettò nella benzina. Il combustibile s'incendiò all'istante e le fiamme le divamparono tutt'intorno, innalzandosi come un muro di fuoco ardente. Il primo vampiro, all'apparenza un ragazzo giovane, fu subito inghiottito dalle fiamme e gridò, dopodiché si lanciò all'indietro verso la neve. Madison si accovacciò, cercando di farsi quanto più piccola possibile. Il fuoco aveva formato una specie di anello intorno alla roccia, e le fiamme le tremolavano intorno a una distanza un po' troppo ravvicinata e pericolosissima. Maddy non si aspettava che l'incendio sarebbe stato così impetuoso e rovente, eppure vedendolo si sentì sollevata: perché, scrutando tra le lingue di fuoco giallo e arancio, si accorse che era del tutto circondata da vampiri.

La gelida morsa dell'inverno gli invase le narici: il profumo della neve, un leggero sentore di legna bruciata e l'odore pungente delle martore e delle volpi. Alexandre si sforzò di ignorare quegli odori periferici e di cercare più a fondo. Sentì lo scricchiolio intermittente del pietrisco smosso e instabile sui pendii e il fruscio delle ali di un gufo che scendeva in picchiata e mancava la sua preda. Dov'era Maddy? Perché non riuscivano a trovarla?

Zoe le aveva detto di dirigersi verso est, perciò in quel momento anche loro due si erano messi in marcia in quella direzione, solo che la neve rendeva più difficile fiutare le tracce. Alex era anche preoccupato dal fatto che presto sarebbero stati inseguiti dagli altri vampiri cappadoci. C'era troppo poco tempo.

«Il mio cellulare», esclamò all'improvviso. «L'hanno preso loro. Non è che tu per caso...».

Zoe fece spallucce. «Mi dispiace, non l'ho mai neanche visto».

«Dobbiamo procurarci un telefono, così posso chiamare gli altri. Forse Maddy è già con loro. Andiamo».

Alexandre e Zoe avanzarono veloci per il paesaggio desolato fin quando non raggiunsero un modesto paesino arroccato sul versante di una collina, nel tipico stile cappadoce. Era tutto silenzioso nella notte scura. Non c'erano né luci né rumori, ma Alexandre avvertiva il sangue caldo e pulsante degli abitanti addormentati del paesino. Era affamato, ma quello non era il momento giusto per rimediare. Uno degli edifici sembrava una locanda o comunque una sorta di ristorante. Alexandre si insinuò sul retro e ne forzò la porta, cercando di fare quanto più piano possibile. Il legno però si frantumò comunque con uno schiocco forte e improvviso e lui esitò, in attesa di scoprire se aveva disturbato qualcuno. Non arrivò nessuno e lui se ne rallegrò. Avrebbe fatto volentieri a meno di qualsiasi genere di incontro, al momento. Dopo una breve ricerca, Alexandre scovò un telefono fisso e chiamò Isobel.

«Belle, sono io».

«Alexandre, grazie al cielo! Stavo cominciando a preoccuparmi. Che cos'è questo numero da cui mi stai chiamando? Ti ho tempestato di telefonate, ma risponde sempre la segreteria telefonica».

«Non ho tempo per spiegare. Maddy è con voi?»

«No. Ma ha lasciato messaggi su tutti i nostri cellulari. È scappata! Riesci a crederci? Siamo in un villaggio chiamato Akarsuli. Maddy è stata qui, ma la coppia che l'ha aiutata ha detto che sta tornando verso l'hotel. Quindi adesso è lì che siamo diretti».

«Bene. Vi raggiungiamo lì».

«Stai bene, Alexandre? E perché hai usato il plurale? Sei con qualcuno?»

«Vi spiego tutto dopo». Alex riattaccò. Aveva sentito dei passi sulle scale, perciò fece cenno a Zoe che era arrivato il momento di andarsene.

Capitolo 35

Cappadocia, 575 d.C.

L'unico suono che riusciva a udire erano i suoi stessi respiri affannosi che riecheggiavano all'infinito, avvolgendola come una coperta. Si sentiva al tempo stesso scottare e congelare; troppo debole persino per dare di stomaco. Ormai non era più un essere umano vivente, ma soltanto una misera cosa che si limitava a esistere. Una voce sottile e imperiosa squarciò il suo dolore.

«Per quale ragione hai portato questa creatura al mio cospetto?». La domanda rimase sospesa a mezz'aria per qualche istante.

«Vostra Altezza Imperiale, sono qui per richiedere una trasformazione».

«E tu osi venire da me e chiedermi una trasformazione per una creatura così penosa?».

Aelia si costrinse a riaprire le palpebre. Era in ginocchio, accasciata in avanti, con la fronte appoggiata su un tappeto dai motivi intricati. A giudicare dal riverbero delle voci, sembrava che si trovassero in una stanza molto grande, forse un salone. Non aveva le forze per alzare la testa e guardarsi intorno, ma col senno di poi non ci sarebbe stato bisogno di preoccuparsene, perché all'improvviso fu issata in piedi e trascinata lungo il pavimento, con la testa che ciondolava e le palpebre che le si aprivano e si richiudevano in continuazione, tremolando.

Intravide il soffitto lontano, le pareti affrescate e sentì l'eco dell'ambiente intorno a lei. Era davvero un salone, ma non uno qualsiasi: era un salone degno di un re, arredato in maniera sfarzosa e gremito di persone – o di demoni, non ne era sicura – tutte abbigliate con vesti splendide e sontuose. Gli occhi dei presenti sfrecciavano avanti e indietro tra lei e l'estremità opposta della sala. Aelia seguì i loro sguardi finché non vide Mislav, di spalle, in piedi davanti a una specie di pedana rialzata. Di fronte a lui, seduto su un trono scintillante, c'era un ragazzo. Era bellissimo; sembrava la statua scolpita di un dio. Indossava un copricapo elaborato, vesti ricamate di una tonalità rosso sangue e un fulgido mantello dorato. Aveva gli occhi cerchiati da una spessa linea nera di kohl e la fissava dritto in viso, senza battere ciglio. Ancora una volta, lei abbassò lo sguardo sul tappeto che rivestiva il pavimento.

«Vostra Altezza», gli si appellò ancora Mislav, privo della sua solita sicurezza. «Questa creatura non sopravvivrà a questo giorno, ma vi prego di abbeverarvi da lei, così capirete il motivo della mia richiesta».

«Molto bene. Portala qui da me. Ma se ti sbagli, sappi che ti priverò di ogni tuo privilegio per aver sprecato il mio tempo».

Aelia si sentì sospingere ancora più avanti, verso il giovane imperatore. La tennero in piedi di fronte a lui, ma dopo avergli lanciato una rapida occhiata, la ragazza non osò guardare di nuovo nella sua direzione. Era troppo inquietante vedere quegli occhi così smorti e spenti in un viso così giovane. I movimenti del ragazzo erano al tempo stesso rapidi e lenti, indistinti ma misurati. Lei stessa non riusciva a capacitarsene. L'odore caldo e metallico del sangue lo circondava. Forse era lui il diavolo, l'antica divinità condannata a vivere in eterno nel sottosuolo che, quando lei era bambina, infestava i suoi incubi. Aelia chiuse gli occhi e, per l'ennesima volta, pregò che la morte venisse a liberarla.

Il giovane imperatore inclinò la testa all'indietro e poi la scagliò di nuovo in avanti, verso la sua gola. Se Aelia avesse avuto la forza di urlare, l'avrebbe fatto: quel demone non era affatto gentile. La ragazza sentì la pelle del collo squarciarsi e lacerarsi. Il dolore era acuto, lancinante. Avrebbe voluto gridare e invocare l'aiuto di sua madre e di suo padre, di un Dio che non la stava più ascoltando. Arrivarono le prime avvisaglie dello svenimento, e Aelia si augurò che potesse essere l'ultimo. Sperava di non risvegliarsi mai più.

E invece, i suoi occhi si riaprirono. Era ancora viva, dunque. Eppure, quella volta ebbe la sensazione che ci fosse qualcosa di diverso. Non provava più alcun dolore in tutto il corpo. Si sentiva... non proprio normale, ma quasi. Era di nuovo nella saletta blu e argento, sdraiata sui cuscini.

«Sete», sussurrò. «Tanta sete».

Una risata. La risata di Mislav.

«Sete», ripeté lei. Se non avesse bevuto subito, sarebbe impazzita. Si alzò a sedere.

«Ciao, piccolina», la salutò lui. «Ecco qua. Per te».

Aelia alzò lo sguardo sul demone, aspettandosi di vederlo con un calice in mano. Ma lui, invece, le spinse incontro un giovane uomo. Il poveretto tremava dalla paura, ma si sporse comunque verso di lei e chiuse gli occhi. Man mano che il giovane si faceva più vicino, Aelia avvertì la fragranza più dolce e meravigliosa che le fosse mai giunta alle narici. Fu come se ogni briciolo del suo corpo fosse appena stato pervaso da un bisogno così potente che non poteva essere trascurato. E, tutt'a un tratto, si ritrovò a placare quella sete terribile con qualcosa di straordinario, qualcosa che sembrava creato apposta per lei. Aprì gli occhi e vide che Mislav sorrideva.

Che stava succedendo? Che cosa stava facendo? C'era sangue sparso ovunque. Solo che non era il suo, di sangue. La mente di Aelia riacquistò un barlume di lucidità e lei si rese conto che stava bevendo il sangue di quel povero ragazzo terrorizzato, e che per di più era delizioso. Era proprio quello che bramava. Le sembrò quasi come se la sua intera esistenza avesse fatto da preludio a quel preciso momento. Come se avesse passato tutta la vita ad aspettare di assaggiare quel sangue. Aveva dato una risposta a ogni sua domanda, bandito ogni paura, dato un vero e proprio senso alla sua stessa esistenza.

«No», sussurrò. «No!», esclamò. «No!».

«Sì». Mislav sorrise. «Adesso lo sai. Adesso sei una di noi».

Aelia spinse via il giovane privo di sensi e si alzò in piedi. Era di nuovo forte, di nuovo sana; la sua pelle era immacolata e il suo corpo rigenerato e perfetto. Si pulì la bocca e corse via dalla saletta, con la risata di Mislav che le riecheggiava nelle orecchie. Corse e corse, desiderosa di sfinirsi fino a precipitare nell'oblio, ma la stanchezza non la raggiunse. Il pensiero del sangue le pulsava nella mente come un chiodo fisso mentre il suo bisogno si confondeva con il disgusto. Come poteva essere diventata una di loro? Non era quello il piano. Se il suo piano fosse andato a buon fine, a quel punto lei avrebbe dovuto essere morta, sprofondata nella pace e nell'oblio. E invece le era toccato in sorte un destino ancora peggiore. Doveva essere maledetta. Nessuno poteva subire tante sventure in una vita soltanto.

Mentre correva per miglia e miglia, attraversando cunicoli e caverne, Aelia non incrociò nessuno. Era come se fosse stata in grado di intuire dove andare per evitare di imbattersi in anima viva. Tutto le appariva più chiaro e più nitido, come se la sua vita precedente avesse avuto i bordi sfocati mentre in quel momento, invece, riusciva a vedere e percepire tutto con una chiarezza senza eguali. Si spinse fino all'estremità più lontana della città sotterranea e, dopo averla raggiunta, si fermò al termine di un cunicolo di roccia che non sbucava da nessuna parte.

A quel punto si tirò su la manica e si guardò il braccio, fissando il punto in cui il tessuto infetto era entrato a contatto con il suo sangue. Dove prima la sua pelle era annerita, in quel momento appariva come nuova: rosea e immacolata. Anche le croste e le pustole erano scomparse. I suoi capelli erano lucenti e dorati come non mai. Esitò per un istante prima di portarsi le dita alla bocca, ma poi, tastandosi i denti, constatò di avere ciò che sapeva avrebbe trovato: zanne affilate, proprio come quelle dei demoni. Era appena diventata l'incubo di qualcun altro.

Avrebbe dovuto piangere. Avrebbe dovuto singhiozzare, lamentarsi e gettarsi per terra di fronte all'ingiustizia di tutta quella situazione. Ma non ci riuscì. Una parte di lei era un po' incuriosita. Quegli altri esseri erano malvagi, ma lei non si sentiva affatto in quel modo. Si sentiva... sempre la stessa, ma migliore. Avrebbe continuato a sentirsi in quel modo o il bisogno di sangue l'avrebbe cambiata e trasformata in un mostro? Tese le orecchie per ascoltare l'aria intorno a sé... Mislav non era nei paraggi. Non l'aveva seguita. Ottimo. Le serviva un po' di tempo per pianificare la sua mossa successiva.

Capitolo 36

2024

Accovacciata sulla roccia all'interno del cerchio di fuoco, Maddy si girò di scatto a destra e a manca e si ritrovò accerchiata da un mucchio di vampiri con le zanne sguainate e i volti pallidi che risaltavano nel buio del mattino. Dovevano essere almeno una decina; le loro sagome e i loro lineamenti apparivano distorti dalle fiamme, come in una galleria di specchi.

La roccia sotto i piedi di Madison cominciò a grondare fanghiglia, visto che il caldo torrido stava sciogliendo la neve. Il volto della ragazza brillava e lei aveva il terrore di prendere fuoco. Eppure, le fiamme erano allo stesso tempo sue nemiche e sue salvatrici, dato che erano l'unica barriera che si frapponeva tra lei e la sua cattura, o persino la sua morte. Per quanto tempo avrebbe continuato a bruciare la benzina? Avrebbe resistito fino all'alba? Per il momento, sembrava che i vampiri fossero felici di sfidare la sorte – o meglio, il sole. Era la sua immaginazione o il cielo cominciava a schiarirsi?

Qualche grossa scintilla sprizzò sopra la testa di Maddy e lei strillò, convinta che sarebbe morta bruciata. Srotolò la sciarpa di Zoe e la inzuppò nella fanghiglia ai suoi piedi. Poi se la avvolse di nuovo intorno alla testa e al viso, lasciando scoperti soltanto gli occhi. Si girò per sfilarsi lo zaino dalle spalle e tirò fuori il coltello. Non le sarebbe servito a nulla contro i vampiri, ma perlomeno si sentiva un po' più tranquilla con un'arma in mano, soprattutto visto che era dotata di una bella lama affilata.

Con un tuffo al cuore, Madison si rese conto che i vampiri stavano cercando di estinguere le fiamme lanciandovi addosso bracciate di neve, e temeva che ci sarebbero riusciti. Tuttavia, i loro sforzi non sembravano fare alcuna differenza: il fuoco continuava ad ardere sempre con la stessa intensità. Be', se non altro non avevano tentato di attraversare le fiamme, pur di accalappiarla.

Ma proprio mentre Maddy formulava quel pensiero, una sagoma scura si lanciò in picchiata sopra di lei. Lei gridò e puntò il coltello verso l'alto come una furia, combattendo l'impulso di scattare in piedi e scappare via in mezzo alle fiamme. Uno dei vampiri era saltato oltre il cerchio. Ma le lingue di fuoco erano così alte che le formavano quasi una calotta sopra la testa. Il vampiro prese fuoco all'istante e gridò, in preda all'agonia e alla frustrazione, dopodiché si trascinò via dalle fiamme strisciando. Un altro provò a fare la stessa cosa e Maddy si alzò, tremante, pronta a difendersi di nuovo. Non avrebbe avuto via di scampo, ma doveva provarci comunque.

In piedi, con il coltello sguainato davanti a sé, Madison sbatté le palpebre e lo fissò. Ma poi sbatté di nuovo le palpebre e cominciò subito a guardarsi intorno. Quel secondo vampiro non ce l'aveva fatta a oltrepassare il cerchio. Anzi, per quanto lei stentasse a crederci, erano scomparsi tutti. Non ne era rimasto nemmeno uno. Era un trucco? Si girò di nuovo, di scatto, cercando di scorgerli tra le fiamme. Guardò verso l'alto, terrorizzata che stessero per piombare in massa dal cielo come rapaci che si tuffavano per uccidere la propria preda. Ma dopo qualche attimo si rese conto che era tutto vero. I vampiri erano fuggiti. E in quel preciso istante, vedendo uno sbiadito disco pallido che si levava dall'orizzonte lontano, ne comprese la ragione. Si era fatto giorno.

In un impeto di odio, Maddy sperò che i vampiri fossero stati inceneriti, che il sole li avesse colti di sorpresa e ridotti a nient'altro che cenere sulla neve. Ma i suoi problemi non erano finiti lì. Man mano che le fiamme ruggivano e crepitavano, il calore si faceva sempre più insostenibile. Le dita delle mani e dei piedi le formicolavano e le bruciavano; aveva il volto arrossato e avvertiva un prurito pungente alla pelle. Lasciò andare il coltello e cercò di farsi quanto più piccola possibile, stringendosi le ginocchia al petto e affondando il viso tra le braccia. Stava per essere cotta alla brace.

Maddy strillò non appena un'esplosione fortissima le fece quasi perdere l'equilibrio, rischiando di farla precipitare nel fuoco. La moto! Era stata la moto a esplodere: si era appena trasformata in una palla di fuoco nera e arancione alle sue spalle. Subito dopo la prima esplosione ne seguì un'altra, e Madison trasalì, raggomitolandosi per cercare di sfuggire ai detriti volanti e incandescenti.

Perché mai aveva fatto colare così tanto carburante? La temperatura aveva raggiunto picchi pazzeschi; sembrava di essere in una fornace. Non c'era più neve sulla roccia, che, incandescente, riluceva nel caldo torrido. Era arrivata la fine. Tutto quello che Maddy aveva affrontato non era servito a nulla. Sarebbe morta laggiù. Sola, in mezzo alla neve infuocata.

Uno spiraglio di luce fioca si posò sul pavimento del furgone. Era un momento abbastanza sicuro per andarsene. Morris aveva i polsi e le caviglie legati ben stretti, ma la cosa non lo preoccupava, perché nella tasca interna del cappotto aveva il suo fidato coltellino svizzero. Si scrollò di dosso la coperta che Leonora gli aveva sistemato con tanta cura e si sdraiò su un fianco. Poi si agitò e si dimenò finché il coltellino non scivolò per terra con un tonfo sordo. A quel punto, Morris si alzò a sedere e si trascinò verso l'attrezzo. Aveva le mani – ancora guantate – legate dietro la schiena, ma riuscì comunque a prendere il coltellino senza troppe difficoltà e a estrarne la lama. Dopodiché si mise all'opera, sfregandolo contro la cordicella che gli teneva uniti i polsi. In breve tempo i fili che la componevano si spezzarono, e allora il custode passò a recidersi i legacci delle caviglie.

Leonora lo considerava un povero ottuso, e a Morris sarebbe dispiaciuto privarla di quella convinzione. Lui era dell'idea che era sempre meglio tacere e osservare. In quel modo non ci si distraeva e non ci si lasciava sfuggire nessun dettaglio.

Morris si strofinò le mani e ci alitò sopra, senza togliersi i guanti di lana. Il suo corpo ormai non tollerava più il freddo come una volta. Il custode cominciava ad avere una certa età. Ciononostante, non era così vecchio da non rendersi conto di come stavano le cose. Sollevò la levetta del portellone del veicolo. Leonora era convinta di avercelo chiuso dentro. Non sapeva che quei furgoni erano progettati in modo che non vi si potesse rimanere bloccati all'interno, e lui non gliene aveva fatto parola. Era stato un errore superficiale, da parte della ragazza, non controllare a dovere dettagli simili. L'uomo scese con calma, senza un briciolo di panico e senza altri pensieri in testa a parte la sua mossa successiva. Doveva soltanto procedere un passo alla volta. Con cautela, ma in modo deciso. Proprio così.

Contrariamente alle sue paure, Maddy non prese fuoco. Non si sciolse, non svenne, non esplose e non fece nessuna delle cose che aveva immaginato in modo così vivido. Rimase soltanto accovacciata, a disagio e spaventata, mentre le fiamme le bruciavano intorno, in attesa che qualcosa accadesse o non accadesse. Mangiò un po' del cibo che le avevano dato Eren e Derya e sorseggiò un po' d'acqua, appoggiandosi la parte laterale della bottiglia sulle guance e sulla fronte nel tentativo di rinfrescarsi, ma la bottiglia era calda e non riuscì in alcun modo ad alleviare il suo disagio. Tirò fuori il cellulare di Eren più volte, ma non c'era neanche un briciolo di campo e nemmeno nuovi messaggi.

Maddy rimase ad aspettare e, dopo qualche tempo, le fiamme si placarono abbastanza da permetterle di scavalcare il cerchio di fuoco e allontanarsi da quella prigione guizzante. Provò una beata sensazione di sollievo nell'allontanarsi dal fuoco e subito dopo si lasciò cadere sulla neve per raffreddare il corpo rovente. Sapeva che sarebbe stata soltanto questione di tempo prima che il calore insopportabile si trasformasse in un freddo insopportabile, ma non riuscì a farne a meno. La sensazione della neve a contatto con il viso e le membra brucianti era troppo piacevole.

Sapeva di non poter rimanere stravaccata lì a lungo. Doveva rimettersi in marcia. La motocicletta era ridotta in cenere e i guanti erano andati. Maddy si trascinò in piedi, si scrollò di dosso i residui di neve e cominciò a camminare, infilandosi le mani in tasca. I motociclisti erano ancora là fuori e lei sapeva benissimo che potevano tornare da un momento all'altro, ma non aveva le forze nemmeno per avere paura. La spossatezza le pesava troppo. Se fossero arrivati, pazienza. Lei aveva un coltello e, se fosse servito, stavolta l'avrebbe usato.

La tormenta era finita, ma la neve si era depositata per terra formando cumuli profondi, perciò camminare le risultò faticoso. I suoi stivaletti affondavano a ogni passo e Maddy si rese conto che, anche volendo, la moto non le sarebbe stata di nessun aiuto là fuori. Aveva i jeans fradici e congelati e non si sentiva più le dita dei piedi. La stanchezza le era penetrata fin dentro le ossa e l'unica cosa che avrebbe voluto fare era raggomitolarsi in posizione fetale e dormire. Da quanto tempo era là fuori a scappare da tutta quella gente? A fare i salti mortali per ricongiungersi ai suoi amici? Non riusciva a ricordarselo. E nemmeno le importava.

A un certo punto Madison strabuzzò gli occhi per guardare in lontananza. La neve era bianca, il cielo era bianco, il sole era bianco, e lei si sentiva la mente annebbiata. Un po' di sonno le avrebbe permesso di schiarirsi le idee. Giusto qualche minuto. Un breve pisolino e poi si sarebbe sentita molto meglio. Accennò un mezzo sorriso mentre si lasciava sprofondare nella neve. Era proprio quello di cui aveva bisogno. Che lusso, sdraiarsi e dormire.

Una volta uscito dal furgone, Morris si incamminò di nuovo verso l'albergo, in mezzo alla neve. Ormai era mattina, quindi sapeva con certezza di essere al sicuro da Leonora e dagli altri. Non potevano allontanarsi dalla loro suite, quindi lui non era preoccupato all'idea di rientrare in hotel. Arrivato alla reception, chiese se c'era un posto in cui avrebbe potuto comprare un cellulare e noleggiare un'auto. Leonora aveva commesso un altro errore grossolano e non si era presa la briga di controllargli le tasche, quindi lui aveva ancora con sé il portafogli. Il cellulare, purtroppo, invece, era rimasto nella suite. L'addetta alla reception gli spiegò che la città più vicina in cui avrebbe potuto soddisfare le sue esigenze era a un paio di chilometri di distanza e si offrì di chiamargli un taxi.

Due ore e mezza dopo, Morris era nel bel mezzo del deserto innevato alla guida di una jeep malconcia. Era perfetta per quello che aveva in mente, e oltretutto l'aveva noleggiata a un prezzo molto ragionevole, dato che non era ancora stata ripulita dopo la precedente escursione nel fango. Morris si era equipaggiato con indumenti caldi e sul retro aveva sistemato un paio di borse contenenti alcune provviste essenziali alla sopravvivenza comprate in città. Dopo una ventina di minuti circa, si fermò e spense il motore. Il suo cellulare nuovo prendeva benissimo e così digitò il numero di Marchwood House.

«Pronto?»

«Esther, cara, sono io. Devo parlare con il giovane Ben».

«Tutto bene?»

«Sì, presto andrà meglio».

Morris aspettò che Esther andasse a chiamare il ragazzo.

«Morris?». La voce di Ben riecheggiò nervosa ed esitante.

«Ciao, Ben. Leonora mi ha parlato delle tue preoccupazioni».

«Davvero? Senti, Morris, io...».

«Ebbene, quali sarebbero le tue prove?», gli chiese Morris.

«Che? Non so di cosa...».

«Andiamo, Ben. Devi aver trovato qualcosa di grosso per aver detto a Leonora tutto quello che le hai detto. Pensi che io ti abbia deluso in qualche modo?»

«No... Io... Leonora sta bene? Non hai...».

«Per quel che ne so io, sta benone».

«Ascolta, Morris, sei sempre stato buono con noi e io non volevo credere che...».

«Ben. È tutto a posto. Dimmi soltanto cosa hai trovato». Morris non aveva tempo per l'esitazione del ragazzino. «Coraggio, Ben. Sputa il rospo, ragazzo».

«Io... be', ho trovato un cartoncino nella raccolta differenziata, e la carta era identica a quella del biglietto consegnato dai vampiri cappadoci. Ho fatto qualche ricerca e ho scoperto che si tratta della carta intestata dell'Old Bell. E so che è il pub che frequenti di solito. Mi dispiace, ma ho dovuto dirlo agli altri».

«Va tutto bene, ragazzo. Ripassami Esther, per favore».

«Morris?», disse lei.

«Esther, abbiamo un problema», esordì lui.

«Un altro? Mi sembra che non facciamo altro che avere problemi, in questi giorni».

«Be', questo è più grave degli altri. Ho bisogno che tu faccia una cosa per me. Devi rinchiudere Ben in un posto sicuro. Ah, e assicurati di togliergli il cellulare e il computer. Non farlo uscire per nessun motivo al mondo. Mi sono spiegato bene, Esther? Per nessun motivo al mondo».

Capitolo 37

Cappadocia, 575 d.C.

Le persone tremavano non appena lei rivolgeva loro la domanda: «Conoscete la famiglia Laskaroi di Selmea?».

Succedeva in tutta la città. Ovunque Aelia andasse, tutti le rispondevano allo stesso modo: «No, non sappiamo chi siano». Le dava la nausea vedere tutti quegli esseri umani che indietreggiavano terrorizzati al suo cospetto, guardandola come se fosse stata una di *loro*. Lei avrebbe voluto tranquillizzarli e rassicurarli, dire loro che non era un demone, che in fondo era sempre un'umana con un cuore e un animo umani, tuttavia quelle parole le si bloccavano in gola non appena si ricordava di quel poveretto a cui aveva prosciugato fino all'ultima goccia di sangue. Era ancora vivo? Aelia non aveva osato chiedere. La risposta a quella domanda era troppo terrificante per essere presa in considerazione. Mislav non ne aveva fatto parola e lei di quel tanto gli era stata riconoscente. Oltretutto, il demone le aveva anche dato il permesso di girovagare in libertà.

«Abbiamo tutta l'eternità per noi», le aveva detto. «Va' pure a esplorare il nostro impero sotterraneo. Torna da me quando vuoi. Basta che non esci dalle caverne, però. La luce del giorno è tua nemica. Ti ucciderà. È l'unica cosa in grado di farlo, ormai».

E così Aelia si era avventurata per la città. Se fosse stato per lei, non avrebbe mai voluto tornare da Mislav. Non lo amava e non aveva bisogno di lui. L'unica cosa che desiderava era liberare la sua famiglia e tutte le altre persone intrappolate in quell'inferno puzzolente. La cosa terribile era che, nel frattempo, il tanfo della caverna si era trasformato in qualcosa di meraviglioso per le sue narici, come se fosse stato il profumo del paradiso stesso. Tuttavia, Aelia sapeva a cosa era dovuta quella nuova percezione e il solo pensiero le dava la nausea. Pregò di avere la forza di soffocare il proprio bisogno fisico. Si rese conto che, se avesse avuto la possibilità di scegliere, avrebbe preferito mille volte soffrire daccapo tutti i tormenti della peste, piuttosto che arrendersi a quell'esistenza innaturale. Se non l'avessero trasformata, a quel punto sarebbe già stata morta da un pezzo: un destino che aveva accettato. Quella... quell'esistenza *demoniaca*, invece, non l'accettava proprio per niente. Che cosa avrebbe potuto fare?

Un giorno, mentre cercava invano la sua famiglia, Mislav andò da lei. Aelia si sentì turbata e impaurita nel rivederlo. Gli altri demoni la spaventavano ancora e lei cercava di tenersi quanto più possibile alla larga da loro.

«Dimmi», esordì lui. «Che te ne pare della tua nuova vita? È piacevole? Sei felice?».

Aelia non rispose. Non voleva farlo arrabbiare, ma non poteva mentire.

«Devi nutrirti, altrimenti ti indebolirai». Mislav le accarezzò la guancia.

«Sto cercando di trovare la mia famiglia. So che sono scesi quaggiù nel sottosuolo, ma non riesco a trovarli da nessuna parte. Sono preoccupata. Non riuscirei a sopportarlo se fossero...».

«Devi imparare a lasciarti la tua vecchia vita alle spalle. Adesso siamo noi la tua famiglia. Siamo i tuoi fratelli e le tue sorelle, i tuoi genitori, i tuoi innamorati, i tuoi figli. Possiamo essere qualsiasi cosa per te, se ce lo permetterai. Sei stata scelta. Sei speciale. Lasciati andare alla tua nuova vita e sarai più felice di quanto tu abbia mai creduto possibile».

«Come potete essere felici se non fate altro che uccidere e infliggere dolore e sofferenza a migliaia di persone?». Non era riuscita a trattenersi dal pronunciare quelle parole; le erano sfuggite dalle labbra come una cascata.

«Devi liberarti di tutti i tuoi preconcetti mortali. Quelle regole non valgono più, ormai».

Aelia si morse il labbro per impedirsi di sbottare in un'altra rispostaccia.

«Mi rendo conto di quanto sia dura per te, ma con il tempo ti accorgerai che ho ragione».

"Mai", replicò Aelia tra sé.

«Vieni». Mislav le porse una mano. «Siamo stati convocati».

«Che cosa? Convocati dove?»

«Sua Altezza Imperiale ha richiesto la nostra presenza nella sala grande».

«Perché?»

«Be', andiamo e lo scopriremo».

Aelia si lasciò scortare da Mislav verso il salone in cui era avvenuta la sua trasformazione. Che cosa voleva ora quell'imperatore ragazzino?

Pochi attimi dopo, quando arrivarono nella sala grande, l'ambiente era già gremito di demoni. Per qualche motivo, Aelia si era erroneamente convinta che l'imperatore volesse vedere soltanto lei e Mislav, ma fu sollevata di constatare che in realtà non era così e che sarebbe potuta rimanere un volto anonimo tra la folla, sullo sfondo. Il salone era affollatissimo, ma non si sentiva alcun chiacchiericcio: riecheggiava a stento qualche mormorio o sussurro, oltre al fruscio di abiti e di mantelli ogni volta che qualche creatura entrava nella sala. Il trono scintillante sulla pedana rialzata era vuoto. Erano tutti in attesa dell'arrivo dell'imperatore.

L'ultima volta che Aelia era stata in quella stanza era debole e in punto di morte, ma in quel momento ebbe modo di osservare davvero l'ambiente che la circondava. La sala era enorme, con un soffitto a volta affrescato che ritraeva persone, animali, oceani e paesaggi campestri. Erano tutte scene notturne, con la luna e le stelle che brillavano come se fossero state vere. Man mano che Aelia esaminava i dipinti con più attenzione, però, si accorse che si trattava perlopiù di rappresentazioni di carneficine e di mortali che andavano incontro alla morte per mano di qualche demone. Spostò lo sguardo dai dipinti alle creature che la circondavano in carne e ossa. Erano così belle... almeno finché non si nutrivano e non mostravano al mondo il loro lato più autentico e più orrendo. Quelle zanne facevano assumere ai loro volti angelici sembianze a dir poco bestiali. Anche il suo viso si era tramutato in quella maniera quando si era nutrita di quell'uomo? Aelia rabbrividì.

Lungo il perimetro del salone, la ragazza notò file di imponenti arcate rette da colonne che formavano delle nicchie, ancora una volta riccamente decorate con sculture e affreschi. Sotto quelle arcate, in piedi, c'erano diversi esseri umani. Il loro profumo delizioso le si insinuò nelle narici, ma lei si sforzò di ignorarlo. Erano gli umani scampati alla caverna: i capivillaggio, alcune personalità di spicco, i pretori, i giudici e le loro famiglie. Erano diventati tutti schiavi dei padroni demoni. Aelia notò che avevano un aspetto curato e sembravano ben nutriti. Gli abiti che indossavano erano ancora degni del loro rango umano e la maggior parte di loro sembrava a suo agio. Grazie ai suoi nuovi sensi da demone, la ragazza era in grado di riconoscere la paura, ma quelle persone non le parevano poi così spaventate. Forse non avevano assistito agli orrori di cui era stata testimone lei laggiù.

Fu proprio allora che gli occhi di Aelia si posarono su un volto che la riportò indietro nel tempo, a tutt'altra epoca. Un volto che la fece rimanere con il fiato mozzato in gola. Lo stupore iniziale fu presto rimpiazzato dalla rabbia e la ragazza si sentì sibilare come un serpente, attirando l'attenzione di diversi demoni intorno a lei. Mislav le prese il braccio e la guardò con aria interrogativa, ma lei non gli fece il minimo caso, perché aveva individuato qualcuno che aveva catturato tutta la sua attenzione. All'estrema destra, in una delle arcate rientranti, accanto alla madre paffutella e al padre severo, c'era Lysus. Era cresciuto, ormai: non era più un ragazzo, bensì un uomo adulto. Ancora bello, ancora sicuro di sé.

Tuttavia, prima ancora di avere la possibilità di passare all'azione, Aelia si accorse che tutti quanti si stavano inginocchiando. Così distolse lo sguardo dal ragazzo che l'aveva tradita e si inginocchiò anche lei, seguendo Mislav, che la stava trascinando giù accanto a sé. La sala sprofondò in un silenzio tombale e, quando Aelia rialzò gli occhi, scorse l'imperatore bambino già seduto sul suo trono, con gli occhi puntati sui suoi sudditi, esigendo la loro completa attenzione con uno sguardo penetrante.

In quel momento, però, ad Aelia non poteva importare di meno di quel sovrano ragazzino. L'unica cosa che avrebbe voluto fare era fiondarsi dall'altra parte del salone e affondare le zanne nella gola di Lysus. La sua natura demoniaca voleva terrorizzarlo, ridurlo alla sua mercé e fargliela pagare per averle rovinato la vita. Voleva assaggiare il suo sangue dolce da vigliacco, prosciugarne fino all'ultima goccia che gli scorreva nelle vene e poi scaraventare il suo corpo usato per terra. Le emozioni che le ribollivano dentro in quel momento non avevano niente a che vedere con qualsiasi altro sentimento avesse mai provato in vita sua.

Mislav aveva ancora la mano sul suo braccio e glielo stringeva forte, come se fosse stato in grado di percepire le sue intenzioni. Era indemoniata. Furibonda. Pronta a uccidere.

Capitolo 38

2024

Esther aveva rinchiuso Ben in un ripostiglio della soffitta. Lo aveva attirato lassù con la scusa di farsi aiutare a portare di sotto alcuni scatoloni. Quando il ragazzo si era reso conto di cosa gli aveva fatto la governante, tuttavia, per un po' si era ribellato, scagliandosi contro la porta e continuando a tempestarla di pugni come se fosse potuto servire a qualcosa. Ma quelle vecchie porte erano massicce, non come quelle schifezze di compensato che venivano spacciate per porte in tempi moderni.

Per fortuna nel frattempo il ragazzo si era calmato un po'. Di solito Esther non era una persona apprensiva, ma sentirlo gridare e imprecare in quel modo l'aveva messa un po' in agitazione. Non sembrava affatto il Ben che conosceva lei. Indossò il cappotto di lana e prese il suo mazzo di chiavi dal gancio della lavanderia. Guanti… le sarebbero serviti anche i guanti. Fuori aveva l'aria di esserci molto freddo, ma se non altro aveva smesso di piovere. Esther uscì dalla porta sul retro e si incamminò sul lato della casa, dove aveva parcheggiato la sua Renault Clio.

Salì in auto, accese il motore e ingranò la retromarcia. Forse ascoltare un po' di Radio 4 l'avrebbe aiutata a rasserenarsi. La accese, ma in onda c'era un siparietto comico per nulla divertente, quindi la spense di nuovo. Tanto starsene in silenzio era comunque meglio. In quel modo avrebbe potuto mettere ordine tra i suoi pensieri e concentrarsi sul compito che la aspettava: ovvero, sistemare la faccenda una volta per tutte. Si era trattato soltanto di un piccolo intoppo, nulla di più, ma per fortuna conosceva le persone che potevano fornirle ciò di cui aveva bisogno.

La strada per Tetbury era più trafficata del solito. Ma era perché ormai mancavano appena un paio di giorni a Natale. Dovevano essere tutti impegnati con gli acquisti dell'ultimo minuto, cosa che avrebbe dovuto fare anche lei, però non aveva avuto un attimo di tempo libero con tutto quell'ambaradan, incluso il pensiero di Morris nei guai fino al collo. Ma lui se la sarebbe cavata. Era più che in grado di badare a sé stesso. No, Esther non nutriva alcuna preoccupazione su quel fronte. Il suo Morris era un ex militare e, quando ce n'era bisogno, sapeva essere duro come una roccia. Ma era comunque una situazione sconcertante, e lei sarebbe stata molto contenta quando tutto fosse finito.

L'ultima volta che Esther era stata all'Old Bell risaliva a diversi mesi prima, in occasione del suo compleanno. Morris l'aveva portata lì per brindare con una mezza pinta di birra e poi, per festeggiare, si erano concessi persino di rimanere a pranzo. Le pietanze non le erano sembrate buone come quelle che preparava lei a casa, ma comunque era stata un'esperienza piacevole, per cambiare. Quel giorno, invece, non ci sarebbe stato alcun pranzetto piacevole. Quel giorno Esther aveva questioni più urgenti di cui occuparsi.

Parcheggiare sarebbe stato un problema. Su Long Street non era rimasto un buco libero e i parcheggi privati sarebbero stati pieni a tappo. Esther decise di fare un tentativo sul retro dell'Old Bell, ma non nutriva grandi speranze. E invece, la fortuna fu dalla sua parte: proprio mentre entrava nel parcheggio dell'albergo, infatti, una Mercedes bianca usciva in retromarcia da uno degli stalli. Esther si infilò subito nello spazio che si era liberato e spense il motore. Scese dalla macchina, si lisciò il cappotto, si diede una sistemata ai capelli e si avviò a passo spedito verso l'entrata posteriore dell'albergo. Aveva un sacco di cose da sbrigare quel giorno; non c'era tempo per cincischiare.

Alexandre e Zoe arrivarono all'hotel appena prima dell'alba. Gli altri scattarono in piedi non appena loro misero piede nella suite. Isobel gettò le braccia al collo del fratello maggiore e Jacques lo prese a braccetto. Quanto a Zoe, la guardarono con sospetto.

«Lei è Zoe», disse Alexandre. «Ha aiutato Maddy a fuggire… e anche me».

«In che senso anche te?», chiese Isobel. «Ti ha aiutato a fuggire? Ma da dove? E perché sei tutto ricoperto di sporcizia? Che ti è successo?».

Alexandre raccontò agli altri vampiri una versione edulcorata degli eventi, tralasciando la parte in cui era stato pestato. Loro guardarono Zoe ancora una volta: con gratitudine, però. Zoe abbassò lo sguardo verso terra.

«Alex, non riesco a credere che sei andato laggiù da solo», gli disse Jacques. «Non ti fidi di noi?»

«La fiducia non c'entra niente qui. Pensavo solo che sarebbe risultato meno minaccioso se fossi andato da solo. Credevo di poter ragionare con loro».

«E invece la fiducia c'entra eccome», ribatté Jacques. «E prendere una decisione simile senza farne parola con noi è stato davvero sconsiderato da parte tua, per non dire arrogante».

«Ho solo fatto ciò che ritenevo giusto», replicò lui. «Sento di avere una responsabilità nei confronti di Maddy. Non volevo trascinarvi tutti quanti in questo pasticcio».

«Arrogante!», fece eco Isobel al gemello.

La stanza sprofondò nel silenzio e Zoe abbassò di nuovo gli occhi a terra, imbarazzata di essere testimone di quel battibecco familiare.

«Be', per fortuna adesso è tornato», intervenne Leonora.

Alexandre le lanciò uno sguardo riconoscente. Gli parve strano che fosse stata proprio Leonora a ergersi in sua difesa, però.

«Vi chiedo scusa», disse Alex. «Ho sbagliato».

Jacques gli rivolse un sorrisetto furbo. «Potresti mettercelo per iscritto?».

Alexandre gli lanciò un'occhiataccia. «Quindi Maddy adesso sta venendo qui? Le avete parlato? E Morris dov'è? È uscito a cercarla?».

Ed ecco che piombò di nuovo il silenzio.

«Che c'è?». Alexandre li fissò, con uno strano presentimento che gli fece sprofondare lo stomaco. «Che succede? Maddy sta bene?»

«Per quel che ne sappiamo, è ancora per strada per venire qui», rispose Isobel.

«Qualcuno mi dia un telefono. Abbiamo un numero a cui possiamo chiamarla?»

«A turno ci abbiamo già provato tutti, ma parte subito la segreteria telefonica», spiegò Freddie.

«È probabile che non abbia campo, tutto qui», aggiunse Isobel.

Alexandre fu sopraffatto ancora una volta da un senso di impotenza. «Era in moto, giusto?», chiese.

«Sì», rispose Zoe. «Una moto da enduro».

«Quindi a quest'ora avrebbe già dovuto essere qui, dico bene?».

Nessuno rispose.

«Dico bene?», ripeté, sbraitando.

«Alex, è inutile che ci urli contro... noi siamo dalla tua parte».

«Mi dispiace, Belle. Hai ragione. Perciò adesso Morris sta perlustrando la strada tra qui e Akarsuli? Per vedere se riesce a scoprire cosa è successo?»

«Il fatto è, Alex...», cominciò a dire Freddie.

«Il fatto è che Morris ci ha ingannati», lo interruppe Leonora.

«Di che cosa stai parlando?». Alexandre sbatté le palpebre, confuso.

Leonora gli raccontò di quello che aveva scoperto Ben.

«Ma allora dov'è Morris adesso?», chiese Alex, quasi incapace di credere a ciò che stava sentendo. Tra tutte le persone che potevano tradirli, Morris era l'ultima di cui lui avrebbe mai potuto sospettare.

«L'ho chiuso nel furgone», rispose Leonora.

Alex si afflosciò su una poltrona e si passò le dita tra i folti capelli scuri, ancora impastati di fango da quando aveva scavato il tunnel per introdursi nella città sotterranea. «Devo farmi una doccia», disse, senza però accennare a muoversi.

«Sono certo che Madison entrerà da quella porta da un momento all'altro, fratello», provò a rasserenarlo Jacques.

Alex alzò lo sguardo sul fratellino, augurandosi con tutto il cuore che avesse ragione. Perché, se non fosse andata come diceva lui, Alexandre non avrebbe potuto farci un cavolo di niente. Ancora una volta, sarebbe rimasto bloccato in quell'albergo finché non fosse scesa la notte.

Esther uscì dall'albergo e si diresse verso la macchina. La sbloccò e salì. Il parcheggio dell'hotel era ancora pieno, e presto sopraggiunsero un paio di auto che indugiarono dietro la sua in attesa di capire se Esther avrebbe liberato il posto. Avrebbero dovuto aspettare ancora un po', però, perché prima la donna doveva fare una telefonata importante.

Morris rispose al primo squillo.

«Allora?», esordì il custode.

«Ho preso tutto, tesoro, ma è probabile che mi ci vorrà qualche ora. Forse addirittura qualche giorno».

«Non abbiamo qualche giorno».

«Farò del mio meglio, caro».

«E che mi dici del ragazzo?»

«Oh, sai com'è... all'inizio ha strepitato e fatto un po' di caciara, ma poi si è calmato».

«Ottimo. Chiamami quando trovi qualcosa».

«Sii prudente, Morris».

«Non preoccuparti per me. Pensa solo a recuperare quello che ci serve e vedrai che sarò a casa presto».

Il silenzio era assoluto. Che strano non sentire nulla. Né il vento, né il fuoco scoppiettante, né il rombo della moto e nemmeno lo scricchiolio della neve sotto i suoi piedi. Solo silenzio. Oltretutto, non sentiva più neanche freddo. Si ricordava di essersi addormentata nella neve. Aveva ancora gli occhi chiusi e un po' di paura ad aprirli. Era morta?

«Ciao, Madison».

Sentendo quella voce, Maddy aprì gli occhi e pian piano si alzò a sedere. Non era più all'aperto, in mezzo alla neve. Nella penombra c'era una signora piuttosto anziana che la fissava.

«Chi... chi è lei?», le chiese Maddy, ancora un po' intontita.

La donna aveva il volto pieno di rughe e un paio d'occhi azzurri sorprendentemente luminosi. I suoi capelli, di un biondo ormai grigiastro, erano legati in una crocchia appuntata all'altezza della nuca. La signora non sorrideva, eppure in qualche modo riusciva comunque a sembrare amichevole.

«Come ti senti?». Aveva uno strano accento.

«Ehm...». Maddy ci pensò su. Come si sentiva? Ancora stanca, ma a essere sincera un po' meglio. «Dove mi trovo? Chi è lei?»

«Sei al sicuro. Mi chiamo Sofia. E dammi del tu».

«D'accordo, ma dove mi trovo?»

«Ti ho trovata addormentata nella neve. Di certo non il posto migliore per schiacciare un sonnellino». La signora eruppe in una risatina breve. «E così ti ho portata qui, a casa mia».

Madison si guardò intorno. L'ambiente sembrava una specie di caverna. Lei era sdraiata su un materasso appoggiato per terra, su un pavimento di roccia, e la signora era seduta su un macigno accanto al suo materasso.

«Non sono finita di nuovo laggiù, vero?», domandò Maddy,

tutt'a un tratto in preda al panico. «Siamo nella città sotterranea? Sei una vampira?». Non le sembrava che la donna potesse essere una vampira, ma non era in grado di stabilirlo con assoluta certezza.

«Shhh, tranquilla. Non sei né nel sottosuolo, né in pericolo. E puoi giurarci che non sono una vampira! Questo è soltanto un posto in cui vengo di tanto in tanto. Sei libera di andartene in qualsiasi momento tu voglia, però fuori c'è freddo e presto farà anche buio. Ti converrebbe restare e mangiare qualcosina con me. Non mi capita molto spesso di avere compagnia per cena».

Presto avrebbe fatto buio? Com'era possibile? Maddy doveva aver dormito per tutta la giornata. Di certo sarebbe stata morta, a quel punto, se non fosse stato per quella strana vecchietta.

«Il mio cellulare... Il mio zaino... Ce li hai tu?».

Sofia si alzò e si diresse in fondo alla caverna. Maddy la vide recuperare lo zaino da una parete lontana, in prossimità della quale ardeva un fuoco vigoroso. Ecco perché faceva così caldo lì dentro. All'improvviso Maddy si ricordò dell'altro fuoco, quello che aveva tenuto a bada i vampiri. Stando a quella donna, quella Sofia, stava di nuovo per calare la notte. I vampiri sarebbero tornati a darle la caccia? L'avrebbero trovata lì dentro, ovunque fosse stato quel posto? Tutte quelle sensazioni familiari di panico e di ansia si abbatterono di nuovo su di lei.

Maddy si scrollò di dosso le spesse coperte e si alzò, traballando. Abbassò lo sguardo e si rese conto che indossava una specie di casacca informe.

«Dove sono i miei vestiti?», chiese, prendendo lo zaino dalle braccia tese di Sofia.

«Erano fradici per via della neve. Li ho fatti asciugare vicino al fuoco». A quel punto Sofia indicò la parete, dove Maddy intravide il suo giaccone e una pila di vestiti piegati e ammonticchiati per terra.

«Oh, grazie».

«Ho preparato un po' di gözleme di spinaci e feta mentre dormivi. Hai fame?».

Madison non sapeva cosa fosse quella pietanza con gli spinaci, però in effetti nell'aria c'era qualcosa che emanava un profumino delizioso.

«Devo chiamare i miei amici», disse Maddy.

«Chiamali pure. Tanto io devo uscire per qualche minuto, ma tornerò presto. Vieni, siediti accanto al fuoco. Prenditi qualcosa da mangiare, se vuoi, altrimenti puoi anche aspettare il mio ritorno. Come preferisci tu».

«Grazie», rispose Maddy, rovistando nello zaino. Trovò il cellulare e pregò che ci fosse campo, ma ancora sullo schermo non compariva nemmeno una tacca. Era tutto inutile. «Hai per caso un telefono?», domandò a Sofia. «O una macchina?»

«No».

Fantastico, a quanto pareva sarebbe rimasta bloccata lì per tutta la notte, a meno che la donna non le avesse dato le indicazioni necessarie per raggiungere l'albergo.

«Ho davvero bisogno di contattare i miei amici. Sapresti dirmi come arrivare ad Ayvali?»

«Ayvali? Ma è troppo lontano per andarci stasera. Puoi rimandare a domani».

Maddy provò un fastidioso senso di déjà-vu. Sembrava che l'universo proprio non volesse permetterle di arrivare dove voleva andare. Le persone erano gentili, ma non capivano quanto fosse disperata.

«Non potresti soltanto indicarmi la direzione corretta?»

«È quasi buio. Aspetta fino a domattina».

«Ma tu non capisci». Maddy si avvicinò all'anziana signora e la prese per un braccio. «Devo proprio arrivare ad Ayvali. Devo raggiungere i miei amici. È importante. Questione di vita o di morte».

«Esatto, di vita o di morte, proprio così», replicò Sofia. «Tu va' fuori e vedrai che la morte arriverà. E presto».

Maddy le lasciò andare il braccio. Chi era quella donna? Cosa ne sapeva lei della morte?

«Pensavo avessi detto che potevo andarmene in qualsiasi momento».

«E infatti sei libera di andartene, se vuoi, ma io ti consiglierei di restare, se hai intenzione di rimanere al sicuro. Ci vediamo tra poco. Oppure no. La scelta spetta a te». Sofia si coprì la testa e le spalle con un pesante mantello e si diresse verso uno stretto passaggio ad arco che, come ipotizzò Maddy, doveva essere l'uscita.

Che cosa avrebbe dovuto fare? Aspettare che la signora tornasse? E poi cosa? Avrebbe dovuto sedersi e mangiare insieme a quella donna come se non ci fosse stata la benché minima ombra di guai all'orizzonte? Poteva andarsene anche subito, se voleva. Sofia le aveva detto che non c'era nulla che glielo impedisse, ma in ogni caso dove si trovava quel posto? Maddy si incamminò verso i suoi indumenti e si rivestì in fretta. I vari tessuti le regalarono una sensazione meravigliosa sulla pelle, visto com'erano caldi e asciutti. Persino i calzini spessi e gli stivaletti che prima si erano inzuppati nel frattempo erano riusciti ad asciugarsi del tutto. Se non altro, quello sì che era un ottimo motivo per cui ringraziare l'anziana signora.

L'uscita consisteva in uno stretto passaggio. Maddy sperava sul serio che la donna non le avesse mentito, quando le aveva detto che non erano nella città sotterranea. Camminando, però, avvertì una brezza gelida e, dopo qualche secondo, uscì dalla caverna e si ritrovò nella natura selvaggia e innevata. Wow, quel posto sì che si trovava davvero nel bel mezzo del nulla. L'oscurità non era ancora calata del tutto, ma la notte non era lontana. Sofia non si vedeva da nessuna parte. Non nevicava, eppure Maddy non riuscì comunque a scorgere neppure un'impronta. Che strano.

Fece un giro completo su sé stessa per osservare l'ambiente circostante. Dietro di lei, la grotta era incastonata nel ripido versante di una collina, mentre tutt'intorno si stendevano pianure innevate disseminate di cespugli, collinette e alberi. Se Maddy se ne fosse andata subito, si sarebbe ritrovata a girovagare a vuoto senza alcun indizio. Riprovò a controllare il telefono. Magari le pareti della caverna ostruivano il segnale. Ma ancora non c'era neanche mezza tacca, perciò se lo rimise nello zaino e tornò al calore e alla relativa sicurezza della grotta, sentendosi il cervello in tilt.

Capitolo 39

Cappadocia, 575 d.C.

La mente di Aelia vorticava come una trottola. Lysus era lì. Era ancora vivo. Che cosa avrebbe dovuto fare lei? Il suo istinto iniziale era stato quello di ucciderlo, ma sapeva benissimo che alla fine non l'avrebbe mai fatto. Magari lui sapeva cosa era successo ai suoi genitori e alle sue sorelle. Avrebbe dovuto parlargli e magari tormentarlo un po'. Era proprio da Lysus essere al sicuro con i genitori mentre il resto del villaggio soffriva nelle caverne. Aelia emise un basso ringhio gutturale e sentì la mano di Mislav che la tratteneva.

All'improvviso, come un sol uomo, i demoni si alzarono di nuovo in piedi. Il giovane imperatore aveva iniziato a parlare, ma lei non lo stava ascoltando. Era scocciatissima di dover stare lì. Voleva affrontare Lysus, non rimanersene impalata e impotente ad aspettare. La sua rabbia si stava già dissipando, e lei non avrebbe voluto perderne l'intensità. Per una volta, voleva che le sue azioni fossero guidate dalla passione e dai sentimenti. Con il passare dei minuti, tuttavia, sentiva la fredda morsa della razionalità prendere il sopravvento su di lei, cosa che innescò una nuova ondata di rabbia, quella volta nei confronti di sé stessa. Gli occhi penetranti di Mislav la fissavano dritto in faccia e le sue domande inespresse le fecero venire voglia di urlare.

Gli occhi di Lysus, invece, erano concentrati sull'imperatore. Il giovane umano non si era accorto di Aelia e lei desiderava che le cose rimanessero così. La ragazza aveva intenzione di affrontarlo alle proprie condizioni. Pensò al loro incontro segreto di tanti anni prima. Erano successe così tante cose da allora… e lei non era più la bambina ingenua che era stata a quel tempo. Aelia si chiese se Lysus fosse cambiato molto o se fosse stato ancora lo stesso vigliacco ed egoista che era all'epoca. Se solo non fosse stato così bello... in quel momento le parve addirittura più affascinante di quanto non fosse mai stato in passato. Aveva le spalle più larghe, i lineamenti più definiti...

«Allontanateli dalla sala!», ordinò una guardia-demone.

Aelia si guardò intorno, confusa. Allontanare chi? Quando si voltò a guardare Lysus, il giovane era sparito. La ragazza sussultò. Dov'era finito? Anche il pretore Garidas e la moglie erano scomparsi. A quel punto vide tutti gli umani formare una fila e uscire dalla sala.

«Che cosa sta succedendo?», chiese a Mislav. «Perché se ne vanno?»

«Silenzio», le sussurrò lui.

Quando anche l'ultimo essere umano fu uscito, la sala venne chiusa con una macina. Aelia percepiva l'ansia e la trepidazione nell'aria, ma la sua mente era ancora concentrata su Lysus. Si disse di rilassarsi, che lo avrebbe trovato senza troppe difficoltà una volta uscita da lì.

«Forse vi chiederete perché siete qui». La voce stridula dell'imperatore si insinuò tra i suoi pensieri. «...O forse lo sapete già». Lo sguardo del sovrano passò in rassegna la sala. «Siamo nel bel mezzo di una crisi e stiamo esaurendo il tempo a nostra disposizione. Sta accadendo qualcosa a cui non avevo mai assistito in tutti i miei anni di esistenza». Fece una pausa.

I demoni rimasero in silenzio, ma la tensione aumentò: diversi colli si irrigidirono, vari occhi si dilatarono e si sentì un vago odore di... paura.

«La mia carissima sorella si è addormentata. È caduta in un sonno dal quale non riesce a essere risvegliata».

Nella sala si levarono una serie di sussulti e mormorii.

«Tuttavia, non è accaduto soltanto a lei. Altri tre dei nostri fratelli sono sprofondati in questo torpore».

A quel punto nella sala si scatenò una gran confusione, perché tutti i demoni cominciarono a parlottare tra di loro. Aelia cercò di reprimere la gioia. Doveva essere la peste del sangue. Finalmente doveva aver iniziato a diffondersi tra i demoni.

«Silenzio!», sbraitò una delle guardie.

L'intero salone piombò nella massima quiete.

«Il primo sintomo è una terribile letargia», proseguì l'imperatore. «Accompagnata da una debolezza della mente e del corpo.

Qualcuno di voi ne sa qualcosa? Qualcuno ha contratto questa malattia? Se ne siete affetti, fatevi avanti e cercheremo di curarvi».

Ci fu una pausa e una certa esitazione, ma poi diversi demoni si fecero largo verso la parte anteriore della sala. Gli altri, al passaggio delle creature infette, si ritrassero in preda allo sgomento, preoccupati di contrarre anche loro la malattia. Una volta raggiunta la pedana, l'imperatore fece un gesto alle sue guardie, che portarono via i demoni contagiati.

«È in grado di curarli?», chiese Aelia a Mislav.

«Non lo so», rispose lui. «Ma scommetto che non ci proverà neanche. Li esporrà per cercare di frenare il contagio».

«Esporli?»

«Alla luce del sole».

«Quindi in pratica li ucciderà?»

«Esatto».

"Bene", pensò Aelia. Eppure, vedendo i volti delle creature infette che uscivano dalla sala, la ragazza fu colta da un leggero moto di compassione.

Poi però le immagini della carneficina e delle sofferenze che quei demoni avevano inflitto laggiù la aiutarono a scacciare via quel senso di pena.

«Sono stati i mortali a diffondere questa malattia», continuò l'imperatore. «Stanno soccombendo a una pestilenza che li uccide nel giro di pochi giorni. Sono convinto che la colpa del nostro male sia questo morbo umano».

«Vostra Altezza Imperiale», si levò una voce dalla folla. «Posso prendere la parola?».

L'imperatore annuì e il demone continuò. «Ma come è possibile? Noi non soffriamo di malattie umane. La colpa non può essere della loro pestilenza. Di sicuro...».

«Non mi stai dicendo nulla che io già non sappia», lo interruppe l'imperatore. «Eppure, sta avvenendo lo stesso. Si sta verificando l'impossibile».

«E noi ora che cosa dovremmo fare?», cominciarono a chiedere a gran voce i demoni.

«Silenzio!». L'imperatore attese che nel salone tornasse un po' di quiete. «Dobbiamo bruciare tutte le vittime umane mietute da questa pestilenza. Non dobbiamo nutrirci finché non avremo debellato questo morbo. Adesso andate e sradicate l'infezione. Non possiamo permettere che dilaghi ulteriormente».

La macina venne fatta rotolare da parte e i demoni uscirono dalla sala. Mislav rimase al fianco di Aelia e, per una volta, la ragazza non si sentì impaziente di stargli alla larga. Aveva bisogno di informazioni. Si affrettarono a raggiungere la saletta blu e argento, dove lui mandò via le sue servitrici con un cenno.

«È una situazione davvero sconcertante», osservò Mislav, camminando avanti e indietro per la stanza. «Tu hai qualche sensazione di malessere?», le chiese in tono brusco. «Ti senti debole o stanca?»

«No», rispose lei con una risata. «Ma anche se lo fossi, credi che te lo direi? Mi hai già detto che i demoni infetti verranno esposti fuori a bruciare al sole. E che ne sarà dei poveri umani malati? Sul serio verranno bruciati anche loro?». Aelia si sentiva così in colpa. Aveva firmato la loro condanna a morte portando quella pestilenza con sé, ma che altra scelta aveva avuto?

«Il fuoco è l'unico strumento efficace per debellare una malattia», le rispose Mislav. Poi si fermò di colpo e le lanciò un'occhiata penetrante. «Ma tu», proseguì. «Tu sei diversa. È successo qualcosa, in quel salone, prima dell'annuncio dell'imperatore. Ho percepito la tua rabbia. Ho dovuto trattenerti. Che cosa è stato? Qualcuno ti ha fatto del male o ti ha minacciata? Dimmelo».

Aelia esitò per qualche istante e si lasciò sprofondare su uno dei cuscini.

Mislav le si accovacciò davanti. «Mi sei mancata in questi giorni», le disse, con una voce velata di tristezza. «Mi sono chiesto spesso se saresti mai tornata da me. Ho bisogno di una compagna per questa lunga vita, e tu desti il mio interesse più di chiunque altro».

Aelia non riusciva a guardarlo negli occhi: quel demone la faceva sentire troppo a disagio. Ne ignorò l'ultima dichiarazione e decise invece di rispondere alla sua domanda precedente.

«Ho intravisto una persona in quel salone. Una che ha fatto parte della mia vita da umana».

Mislav si irrigidì. «Qualcuno che ti ha fatto un torto?»

«Sì, si potrebbe dire così».

«Che cosa ti ha fatto?»

«Lui... mi ha usata e mi ha tradita. Sono stata bandita dal mio villaggio e lasciata a morire nel deserto per colpa sua».

«È stato un uomo a farti tutto questo? In tal caso, lo ucciderò».

«No! No. Non è quello che voglio. Devo parlare con lui e scoprire perché l'ha fatto. Eravamo poco più che bambini all'epoca... piccoli e stupidi». Aelia non riusciva a credere che stava difendendo Lysus. «Oltretutto, credo che possa anche sapere cos'è successo alla mia famiglia. Devo trovarli, e lui potrebbe essere la chiave per riuscirci».

«Sarebbe meglio se lo affidassi a me».

«No. Ti prego, lascia che ci pensi io... È una questione... personale».

Mislav fece una smorfia. «E va bene. Parlami di quest'uomo e mi assicurerò che non gli venga fatto alcun male non appena inizieranno i roghi».

«Si chiama Lysus Garidas. Suo padre è... o meglio, era il pretore del nostro villaggio, Selmea».

«Sei di Selmea?»

«Lo ero, prima che mi esiliassero».

«Conosco il pretore Garidas. Mi è capitato di parlare con lui in diverse occasioni prima della discesa. E la tua famiglia? Chi sono, come si chiamano?»

«Io sono Aelia Laskarina, della famiglia Laskaroi».

«È un nome che mi viene nuovo».

«Mio padre è un artigiano. Un brav'uomo. Ma non siamo una famiglia importante».

«Allora è molto probabile che siano morti».

Aelia lanciò a Mislav un'occhiataccia fulminante.

«Sto solo dicendo la verità».

«Però non lo sai con certezza».

«Se fossero stati ancora vivi, li avresti già trovati».

Aelia si alzò e gli voltò le spalle, sforzandosi di tenere a bada le proprie emozioni. Non aveva intenzione di accettare la supposizione di Mislav; di rassegnarsi all'idea che la sua famiglia fosse ormai perduta.

«Sei una di noi ormai», proseguì lui. «Sopravvivresti comunque a ciascuno di loro. È persino meglio se sono morti già adesso, anziché dopo».

«Meglio per chi? Per te, forse. Ma non per me». Aelia chinò la testa e chiuse gli occhi. «Devo andare. Ho bisogno di starmene da sola per un po'».

«Va bene, ma sta' alla larga dagli altri. Non vorrai mica rischiare il contagio».

"Se solo sapessi come sono andate davvero le cose", pensò lei. "Se solo sapessi".

Capitolo 40

2024

Quella strana pietanza a base di spinaci adagiata sulla griglia emanava un profumino davvero invitante, ma a Madison sembrava brutto prendersene un po' e cenare senza Sofia. Così, invece, la ragazza si sedette a gambe incrociate sul materasso e rovistò nello zaino, recuperando un grosso pacchetto di patatine turche che aveva acquistato alla stazione di servizio. Lo aprì, ci infilò la mano ed estrasse un paio di palline al formaggio. Sapevano di margarina, ma non le importava.

Quella caverna era un posto incredibile. Del tutto nascosto, se si guardava dall'esterno. Eppure, una volta all'interno, aveva un'aria sicura e accogliente, con il fuoco che tremolava e proiettava ombre avvolgenti. Su una sporgenza che sbucava a mo' di mensola da una delle pareti c'era una ciotola piena di frutta. Maddy si avvicinò e prese una clementina di un bell'arancio vivace. Sperava che a Sofia non sarebbe dispiaciuto. Si incamminò verso l'uscita per sbirciare di nuovo all'esterno. Ormai doveva essere proprio calata la notte.

Senza la luce del fuoco, il corridoio che portava fuori era nero come il carbone. Ma una volta all'aperto, la luna splendeva enorme e luminosa nel cielo scuro e vellutato. Le nuvole cariche di neve si erano diradate e l'aria aveva un profumo pungente e gelido. Il paesaggio era splendido e tranquillo. Madison contemplò il panorama innevato e si concentrò per vedere se riusciva a scorgere Sofia che rientrava, ma tutto era deserto e immobile. Allora si avvicinò la clementina lucida alle narici e ne inspirò il profumo dolce e agrumato. Le ricordava il Natale. Si rese conto che non sapeva nemmeno che giorno fosse, e non le era neanche venuto in mente di chiederlo a Sofia. Forse era già la vigilia. O magari se l'era perso del tutto, il Natale.

Ben doveva essere preoccupato da morire, ma sembrava che

Esther stesse facendo un ottimo lavoro nel prendersi cura di lui. Se non altro, Maddy aveva un valido motivo per cui esserle grata. E Alex... doveva essere sul punto di impazzire, nel tentativo di ritrovarla. Quel ragazzo la faceva sempre sentire così al sicuro... ma non in un modo melenso e sdolcinato da piccioncini innamorati, quanto piuttosto in un modo che le dava forza e che le aveva davvero rivoluzionato la vita. Alexandre le mancava così tanto che Maddy provava un vero e proprio dolore fisico. Come avrebbe fatto ad andare avanti se non l'avesse più rivisto?

Quando Alex era entrato nella sua vita, lei aveva trovato un suo pari. Un alleato. Erano loro due contro il resto del mondo. Aveva trovato qualcuno con cui poteva condividere tutto. Poteva parlargli di qualsiasi cosa, e in più lui era anche divertente. Ridevano così tanto insieme... anche per stupidaggini. Madison si fidava ciecamente di lui. Sapeva che Alex non l'avrebbe mai delusa. E poi... era così bello che lei si sentiva come precipitare in caduta libera ogni volta che lo vedeva, ogni volta che pensava a lui.

Quel ragazzo era persino riuscito a trasformare la sua percezione di sé stessa. Prima di Alex, Madison era stata una ragazza abbastanza insicura. Le attenzioni maschili non le erano mai mancate, ma in genere provenivano da adolescenti un po' teste di cavolo a cui interessava soltanto quello che lei aveva tra le gambe. Ma, per qualche motivo, Alexandre pensava davvero che in lei ci fosse qualcosa di speciale. Maddy stessa se ne accorgeva quando lui la guardava: Alex la capiva, vedeva la persona che era davvero. Non solo una ragazza qualsiasi con cui farsi una bella scopata. La faceva sentire importante; come se avesse avuto il potere di rendergli la vita migliore. Ed era una sensazione incredibile.

Ma che razza di strano effetto stava avendo su di lei quel posto? L'aveva trasformata in una filosofa da strapazzo. O forse erano stati i recenti e numerosi incontri ravvicinati con la morte a farle apprezzare la vita e le cose che contavano sul serio. Anche gli altri vampiri con cui viveva a Marchwood House erano diventati una sorta di famiglia per lei. Certo, a voler essere precisi, Leonora e Freddie erano veri e propri membri della famiglia a tutti gli effetti, il che era davvero straordinario, a pensarci bene. Maddy era passata dall'essere orfana ad avere tutte quelle persone meravigliose nella sua vita...

All'improvviso, i pensieri della ragazza si interruppero in modo brusco. Di fronte a sé, in lontananza, aveva intravisto una figura che le veniva incontro. Doveva essere Sofia. Ma poi Madison si accigliò. La figura sembrava muoversi troppo in fretta per essere una signora anziana. Merda. Quella non era affatto Sofia. Merda, merda, merda. Era un uomo. Un vampiro. Doveva esserlo per forza, vista la rapidità con cui si muoveva.

Maddy rimase pietrificata sul posto. Che cosa poteva fare? Non sarebbe riuscita a sfuggirgli. Non c'era nessun posto in cui nascondersi. Nessuna via di scampo. La clementina le scivolò dalle mani e rotolò nella neve.

Madison non era ancora arrivata all'hotel. Alexandre provò a richiamarla al numero di cellulare almeno una cinquantina di volte. Se non altro, la cosa lo aiutava a far passare i minuti più in fretta e lo faceva sentire come se stesse facendo qualcosa di concreto. Peccato che ogni dieci minuti, quando riprovava a chiamare, scattava subito la segreteria telefonica. Ben presto Alex cominciò a detestare quel singolo squillo seguito da un clic e dalla voce automatizzata di una donna turca. Quella voce... Avrebbe voluto disintegrarla, ridurla in cenere.

Zoe intanto stava facendo conoscenza con gli altri. Alexandre li sentiva chiacchierare nella stanza accanto, ma non aveva le forze per unirsi a loro e comportarsi in maniera civile. Anche se sapeva di dovere a Zoe la propria vita... e anche quella di Maddy. Ma si sarebbe fatto perdonare quando tutto fosse finito. Si sarebbe scusato per la sua maleducazione e le avrebbe dedicato le giuste attenzioni. In quel momento, però, non riusciva proprio a ragionare, figurarsi a fare conversazione con un'estranea.

A un certo punto, come sempre, il giorno lasciò il posto alla notte e Alexandre fu liberato dalla sua lussuosa prigione. Uscì dall'albergo senza aspettare gli altri. Avevano già deciso che, non appena il sole fosse tramontato, sarebbero usciti e avrebbero ricominciato a cercare Madison. Quella volta si sarebbero sparpagliati, rimanendo però abbastanza vicini da riuscire a localizzarsi a vicenda in caso di pericolo. Ma Alexandre non aveva intenzione di sprecare le sue energie tenendo sotto controllo le tracce degli altri: tanto sapeva che ci sarebbe stato sempre qualcuno in grado di guardargli le spalle. Piuttosto, decise di concentrarsi sul proiettare i propri sensi quanto più lontano possibile.

Puntò dritto verso il paesino di Akarsuli. Era lì che si trovava Madison quando aveva contattato gli altri ai rispettivi cellulari. Mentre era ancora in albergo, Alex aveva studiato il tragitto online. Maddy doveva essere da qualche parte tra l'hotel e quel paesino, a meno che... a meno che i vampiri cappadoci non l'avessero raggiunta per primi. Ma non poteva abbandonarsi a quel genere di pensieri. Magari le si era rotta la moto e stava cercando di arrivare all'hotel a piedi. Uno scenario simile avrebbe spiegato perché ci stava mettendo così tanto. Doveva raggiungerla prima di chiunque altro, e comunque prima che il freddo e la neve le rendessero impossibile proseguire. Sgombrando la mente da ogni altro pensiero che non fosse Madison, Alexandre incanalò la propria energia e la direzionò verso l'esterno.

Man mano che si muoveva, era come se si stesse fondendo con l'aria, viaggiando sulle ali della brezza gelida. Tutto ciò che lo circondava divenne parte del suo essere. Si spostava così in fretta da confondersi con il paesaggio. Era l'aria, la terra e il cielo. Era le creature che vivevano e respiravano, che cacciavano e che morivano. Sapeva che l'avrebbe trovata. Lo sapeva e basta. D'altronde, non c'era soltanto la vita di Madison in gioco. C'era anche la sua, perché come avrebbe fatto a vivere in eterno senza di lei? Non ci sarebbe riuscito.

Alexandre si sentiva sempre più vicino. Percepì un odore di fuoco e giunse in un luogo che lo lasciò al contempo perplesso e spaventato. Si fermò e contemplò la scena. Madison era stata lì, ma si era verificato un qualche genere di scontro. Avvertì un odore di vampiri. Di un sacco di vampiri. Un ammasso di metallo carbonizzato giaceva su una roccia ghiacciata: i resti di una motocicletta. "Ti prego, Dio, fa' che non sia la sua moto", pensò. Ma sapeva che doveva esserlo per forza. Non c'era traccia di un cadavere. Non si sentiva odore di carne umana bruciata e non si vedeva nemmeno una goccia di sangue in giro. Accanto ai resti della moto, scorse un anello di ghiaccio sottile che circondava una roccia. Ma non riuscì a trovare un senso a ciò che vedeva.

Jacques e gli altri erano ancora un po' più indietro rispetto a lui, ma Alex sapeva che lo stavano tenendo d'occhio. Forse anche loro avevano avvertito l'odore del fuoco. Allontanandosi dalla scena, Alexandre chiuse gli occhi e inspirò a fondo l'aria notturna. Un aroma appena accennato di calore e di fuoco lo riportava in direzione dell'albergo, ma la traiettoria era diversa da quella che aveva appena percorso. Madison doveva essere andata da quella parte e aveva ancora addosso l'odore delle fiamme. Sarebbe stato facile rintracciarla. Quella scia infuocata era un qualcosa di palpabile per lui. Sperava solo che non significasse che era ferita. Che cosa era successo laggiù?

La sua mente gli presentò una sfilza di immagini terribili in cui i vampiri tormentavano la sua ragazza con il fuoco, per divertimento, come se lei fosse stata una bestia selvaggia. Le avevano fatto del male? Le avevano provocato delle ustioni? Soffriva? Alexandre avrebbe voluto interrompere quel flusso di pensieri. Era inutile ragionare in quel modo. Doveva solo trovarla.

Nel giro di poco tempo, un altro odore si mescolò a quello di Madison, solo che Alexandre non riusciva a capire se fosse appartenuto a un umano o a un vampiro. L'odore del fuoco sovrastava tutto, rendendo difficile distinguere un aroma dall'altro. Le tracce cominciarono a cambiare rotta, allontanandosi dall'albergo e da Akarsuli per dirigersi invece verso l'aperta campagna: nella natura selvaggia, lontano dalla civiltà. Alexandre non si concesse di rimuginare su cosa avrebbe potuto trovare alla fine del percorso. Avvertiva quella fragranza in modo deciso, e così si limitò a seguirla.

La neve candida lo aiutò a rimanere concentrato sulla traccia. Si stava avvicinando sempre di più, lo sentiva. La luna splendeva luminosa, quasi come se fosse stato giorno, e lui fu colto da un moto di speranza. Captò una lieve fragranza agrumata, un aroma di cibo cucinato, un vago calore e... *Madison*. Era lì.

Davanti a lui si ergeva una specie di rupe innevata, e lei era proprio lì davanti, in piedi, che fissava immobile la pianura mentre lui si avvicinava. Una figura solitaria nella neve. Alexandre colse la sua paura e la vide sprofondare in ginocchio. Be', non sapeva che fosse lui. Credeva di essere in pericolo. Così lui rallentò e la chiamò per nome. Poi finalmente si fermò davanti a lei, si accovacciò sulla neve e le prese il viso tra le mani.

«Alex», singhiozzò lei.

«Maddy, non riesco a crederci, sei proprio tu», le disse lui. «Stai bene? Sei ferita? Non piangere. È tutto a posto ora».

«Alex», sussurrò lei con una voce dolce come il miele, gettandogli le braccia al collo per abbracciarlo. Lui la strinse a sé, respirando a pieni polmoni il profumo della sua pelle e baciandole i capelli. L'aveva trovata. Era lì davanti a lui, in carne e ossa, e di colpo Alexandre si rese conto dell'entità di ciò che aveva quasi perso. Con delicatezza, staccò le braccia della ragazza dal proprio collo e gliele riportò lungo i fianchi, in modo da poterne contemplare lo splendido viso perfetto e familiare. Dopodiché allungò una mano e subito Maddy gli appoggiò la guancia sul palmo. Lui gliela accarezzò e le sfiorò il labbro inferiore con il pollice, quindi si sporse in avanti e le baciò le lacrime salate. Non appena la sollevò, Alexandre sentì le gambe di lei avvinghiarsi al suo corpo. Maddy era lì. L'aveva trovata. E stava bene.

Lei non faceva che pronunciare il suo nome, ripetergli quanto le era mancato e quanto lo amava, e lui avrebbe voluto perdersi in quel momento e non pensare mai più a nient'altro. Ma Isobel e gli altri stavano arrivando. Alex sentiva che si stavano avvicinando. Se avesse baciato Madison proprio in quell'istante, non sarebbe stato in grado di fermarsi. Sospirò e allentò la presa, rimettendo la ragazza con i piedi per terra. Lei rimase pietrificata di fronte a lui, stringendogli fortissimo le braccia.

«Alex», esclamò.

Cos'era quella sfumatura nella sua voce? Dolore? Ci era rimasta male perché lui aveva sciolto il loro abbraccio?

«Alex!».

No. Non era affatto dolore, quello nella sua voce. Era panico. E all'improvviso Alexandre capì perché.

Capitolo 41

Cappadocia, 575 d.C.

Aelia lasciò Mislav nella saletta e riprese a dedicarsi alla sua occupazione preferita, ovvero aggirarsi per i cunicoli stretti e tortuosi della città sotterranea. La situazione era perlopiù tranquilla. La ragazza si teneva alla larga dalle caverne piene di umani e dalle zone più popolate, restando ai margini esterni dei livelli superiori, dove regnavano l'oscurità e il silenzio. Riusciva a vedere con perfetta chiarezza malgrado il buio e non aveva quasi bisogno di pensare a dove stava andando. Era come se le fosse bastato a malapena desiderare di spostarsi per riuscire ad avanzare lungo il pavimento roccioso, il tutto con uno sforzo minimo, se non addirittura nullo.

C'erano così tante cose a cui pensare. Aelia era felice che la peste del sangue stesse funzionando a dovere, ma temeva anche che avrebbe spazzato via la popolazione umana, oltre ai demoni. La sua preoccupazione principale, al momento, era quella di trovare la sua famiglia e di tenerla al sicuro. Non era riuscita a rintracciarli da sola, quindi avrebbe dovuto parlare con Lysus. Non appena se ne rese conto, il suo cuore di demone prese a battere fortissimo e lei si sentì mancare il fiato per l'agitazione. Che cosa ridicola. Lysus era soltanto un ragazzino idiota che un tempo l'aveva trattata male. E lei l'aveva superata… giusto? A dire la verità, il pensiero di rivederlo la innervosiva. Lo odiava per quello che le aveva fatto, ma allo stesso tempo ricordava ancora in maniera così nitida i suoi baci caldi e la sensazione delle sue mani sulla propria pelle… Se fosse stata ancora umana, sarebbe arrossita al pensiero. Sapeva che anche lui se ne sarebbe ricordato, e in parte era proprio questo che la metteva a disagio al pensiero di rivederlo.

Ma Aelia non poteva rimandare oltre. Sembrava che il tempo

stesse per scadere per tutti. Lei stessa non sapeva quanto tempo le rimaneva ancora. La malattia le scorreva nel sangue e, sebbene da quando si fosse trasformata in demone non avesse ancora manifestato sintomi, di sicuro doveva essere solo questione di tempo. Doveva andare subito a cercare Lysus, prima di cambiare di nuovo idea.

Dopo aver sceso diverse rampe di scale, arrivò infine al nono piano. Era lì che si trovava la maggior parte degli alloggi dei demoni. Sebbene le creature non avessero bisogno di luce per vedere, quel piano era pieno di lanterne. I corridoi erano ampi e lisci, le pareti ornate con drappi di seta e i pavimenti lucidati fino a sembrare rivestiti da una patina di miele. Laggiù non c'erano luride caverne piene di esseri umani: gli unici umani presenti erano gli schiavi personali dei demoni, che non venivano utilizzati come fonte di nutrimento, ma per svolgere mansioni più pratiche come pulire, sistemare, vestire e lavare. Erano anche incaricati di smaltire i corpi umani usati.

Lysus e la sua famiglia vivevano a quel livello, ma Aelia voleva evitare di imbattersi sia nei genitori di lui che nel demone che gli faceva da padrone o da padrona. Avrebbe dovuto aspettare di trovarlo da solo. Mentre aspettava e osservava, Aelia si rese conto che la padrona di Lysus era un demone molto potente con una sfilza di stanze. Oltre agli schiavi umani, disponeva di vari altri demoni che eseguivano i suoi ordini. Inoltre, stava sfacciatamente ignorando l'ordine dell'imperatore di astenersi dal nutrirsi finché l'infezione non fosse stata sotto controllo. Aelia se ne compiacque. Se quel demone si stava ancora nutrendo, allora significava che, con buone probabilità, lo stava facendo anche la maggior parte degli altri.

La ragazza non dovette aspettare a lungo. La malattia stava prendendo piede e i demoni erano deboli e assonnati. Dopo appena un giorno di osservazione, fu in grado di entrare indisturbata nella minuscola stanzetta di Lysus. Si fermò sulla soglia. Lui era sdraiato a pancia in su e fissava il soffitto, con le braccia incrociate dietro la testa. Dopo un paio di secondi, il giovane lanciò un'occhiata verso la soglia e si alzò di scatto, chinando il capo.

«Mi perdoni, mia signora», esordì. «Mi ero sdraiato a riposare giusto per qualche istante. Non succederà più. Riprendo subito il mio lavoro».

Sembrava spaventato, e per un attimo Aelia provò un briciolo di pena per lui.

«Lysus», gli disse.

«Sì, mia signora», rispose lui, tenendo gli occhi incollati al pavimento.

«Lysus, sono io».

«Mia signora?». Con aria titubante, Lysus alzò lo sguardo da terra per incrociare quello della creatura davanti a sé, ma ancora quasi tremava.

Aelia in versione demone indossava ricche vesti di un bel blu intenso, con i capelli sciolti e dorati che le ricadevano in morbide onde sulle spalle. Lei era ben consapevole che, con ogni probabilità, non assomigliava affatto alla semplice ragazzetta che era stata più di tre anni e mezzo prima.

«Ci… ci conosciamo?», le chiese Lysus. «Lei mi ricorda…».

«Sono io, Aelia Laskarina, di Selmea».

Lysus tirò un sospiro di sollievo e rilassò un po' la propria postura.

«Aelia?», chiese poi, cominciando a prendere coscienza della situazione. «Ma eri… e ora sei…».

«Sì. E sì», lo interruppe lei, iniziando a divertirsi un po'. Dopo tutta l'ansia accumulata al pensiero di rivederlo, il loro incontro in realtà non si stava rivelando così terrificante come lei aveva temuto. Rimase sollazzata nel vedere la varietà di emozioni che si avvicendarono sul volto di lui: paura, sconcerto, comprensione e infine… qualcos'altro. Desiderio, forse?

«Sei un demone», constatò lui. «E sei ancora così bella».

«E tu cerchi ancora di manipolarmi con le tue lusinghe».

«No, no, volevo solo dire che…».

«Non nutro più il benché minimo interesse nei tuoi confronti, Lysus. Non mi importa di quanto è accaduto in passato. Non sono qui per vendicarmi o per perdonarti. L'unica cosa che mi interessa è la mia famiglia».

Lui arrossì per l'imbarazzo e si mise sulla difensiva. «Non è stata colpa mia. Io volevo sposarti, ma mio padre mi aveva detto…».

«Forse non mi sono spiegata a dovere quando ti ho detto che non mi interessano le tue spiegazioni?». Aelia sentì la collera accelerarle i battiti nel petto. Gli si avvicinò, fermandosi a un soffio dal suo volto e increspando le labbra in un ringhio. Lui fece un passo indietro e lei ne fece uno in avanti, dimenticandosi delle parole pronunciate pochi attimi prima a proposito della vendetta e ricordandosi invece di tutto il dolore e l'umiliazione, dell'allontanamento dai suoi amici e dalla sua famiglia, della paura e della solitudine, degli anni sprecati. Sarebbe stato così facile prendersi la sua rivincita in quel momento. Nessuno gliene avrebbe mai fatto una colpa. Aveva la libertà di farlo.

Sentiva l'eco del battito cardiaco di Lysus rimbombarle fortissimo nella testa e avvertiva il profumo del suo sangue copioso, seppur intriso del retrogusto amaro del terrore. Ma non le importava, perché alle sue papille avrebbe avuto comunque un sapore dolce, e così si sporse verso di lui, decisa a trapassargli la carne e a prosciugarlo fino a sazietà.

«Mi dispiace», esclamò lui con un rantolo, interrompendo per un attimo il flusso dei suoi pensieri.

Aelia esitò. Non aveva ancora scoperto nulla sulla sua famiglia. Decise che lo avrebbe fatto fuori dopo che lui le avesse detto quello che sapeva. Spostò la bocca dalla gola di Lysus al suo orecchio.

«Dov'è la mia famiglia?», gli sibilò.

«Mi dispiace», balbettò di nuovo lui.

«Questo l'hai già detto. Ma che ne è di mia madre e di mio padre? Delle mie sorelle? Dove sono?»

«È quello che sto cercando di dirti... temo... temo che siano tutti morti».

«No!». Aelia lo lasciò andare e vacillò per qualche istante, poi cadde in ginocchio. «Lo stai dicendo apposta per ferirmi? Per distrarmi?»

«Non ti farei mai del male di proposito, Aelia», rispose lui. «Te lo giuro. Potrò anche aver commesso errori terribili in passato, ma non sono una persona crudele. Non di proposito. Mi dispiace tanto, Aelia, per tutto».

Le guance della ragazza si rigarono di calde lacrime di sangue.

Lysus ancora tremava, ma si inginocchiò anche lui, le cinse le spalle con un braccio e le accarezzò i capelli.

«Sono stati una tra le prime famiglie a essere prese», aggiunse. «Dev'essere successo in fretta. Mi dispiace tantissimo».

«Tutti quanti?», sussurrò lei. «Anche le mie sorelle?»

«Sono davvero desolato».

«Ma come fai a essere sicuro che siano tutti morti? Magari...».

«Li ho visti... dopo. Non c'è alcuna possibilità che io mi sbagli».

«Allora non c'è più nulla per me in questa vita. Non c'è niente che io desideri». Si sentiva vuota, o meglio, svuotata; come se nulla avesse più avuto importanza. «Credo che forse avevo già intuito la verità, però avevo bisogno di sentirla da qualcuno che la sapeva con certezza». Tirò su col naso e si asciugò il viso, lasciandosi una scia sbavata di lacrime cremisi sulle guance.

«Come hai fatto a diventare così?», le chiese Lysus. «Un demone, come loro?»

«Non era questo il piano», rispose lei, sottraendosi al suo abbraccio. Si alzò e cercò di ricomporsi. «Io non desideravo diventare un mostro, ma è successo malgrado il mio volere. Non ho potuto farci nulla».

«Magari allora potresti aiutarmi?», le domandò Lysus, alzandosi in piedi. «Aiutarci?»

«Ho già fatto tutto quello che potevo», rispose Aelia, sentendosi tutt'a un tratto le ossa stanche e pesanti. Era stufa di tutto. La sua rabbia era svanita e lei non aveva le forze per rievocarla ancora. «Ti dirò quello che ho fatto e tu potrai riferire il messaggio agli altri esseri umani. Magari qualcuno riuscirà a sfuggire a tutto questo, anche se per me e la mia famiglia è troppo tardi».

«Dimmi», rispose Lysus.

Aelia gli fece cenno di accomodarsi sul letto. Si sedette anche lei, con le gambe incrociate come una bambina. Gli raccontò della vedova Maleina e della peste del sangue. Gli raccontò di quando si era auto-inflitta quel morbo e di come, nel frattempo, l'infezione si fosse propagata tra i demoni, che finalmente stavano soccombendo a una malattia del sonno dalla quale lei sperava che non si sarebbero mai risvegliati. Gli spiegò che, di lì a non molto, gli umani sopravvissuti sarebbero stati liberi di lasciare quella prigione sotterranea.

«E che mi dici di questa pestilenza?», le domandò Lysus. «Di sicuro ci infetteremo tutti, dal momento che viviamo così a stretto contatto gli uni con gli altri».

«Non proprio. La vedova ha fatto in modo che l'infezione potesse propagarsi soltanto attraverso il sangue. Finché nessun demone si nutrirà del tuo, dovresti essere al sicuro».

«Già, non mi usano mai per questo», commentò Lysus. «Finora, comunque». La guardò, e non appena i loro occhi si incrociarono, lei sentì qualcosa agitarsi dentro di sé. «Mi dispiace davvero per tutto», le disse il giovane. «E non lo dico soltanto perché sei un demone che potrebbe farmi fuori con un morso».

Aelia gli rivolse un mezzo sorrisino. Cominciò a ricordare perché si era invaghita di lui, con quel suo fascino disinvolto e quel suo senso dell'umorismo. Lysus nutriva uno scarso rispetto nei confronti delle regole e quella era una caratteristica che la affascinava ancora.

Lui ricambiò il sorriso.

Tutt'a un tratto, Aelia percepì un'ombra dietro di loro. Lysus interruppe il contatto visivo e alzò lo sguardo, ma il sorriso sparì subito dal suo volto. Aelia intuì che l'ombra sulla soglia apparteneva a Mislav. Per un attimo temette che il demone potesse averla sentita parlare della peste, e così si voltò a guardarlo.

«È questo l'umano?», le domandò Mislav. «Quello che ti ha turbata così tanto?»

«Abbiamo appianato le nostre divergenze», gli rispose Aelia.

Non era del tutto vero. Aelia non credeva che avrebbe mai perdonato sul serio Lysus, ma si era resa conto che ormai non le importava granché. Tanto, lui comunque non sarebbe cambiato. Era un ragazzo sciocco e arrogante, con troppo carisma e lineamenti troppo affascinanti per il suo stesso bene. Era ancora in grado di farle venire le farfalle allo stomaco, perciò sarebbe stato meglio se da quel momento in poi lei gli fosse rimasta alla larga e non l'avesse più rivisto.

«La tua famiglia?», le chiese Mislav. «Sa dove sono?».

Aelia scosse la testa. «Non ci sono più».

«Mi rincresce molto per la tua perdita», rispose lui. «Ma vedrai che, a lungo andare, ti renderai conto che è meglio così».

"Un essere del tutto privo di compassione", pensò Aelia. "È così che diventerò?".

«Dunque i tuoi rapporti con questo mortale si sono conclusi?», chiese Mislav.

«Suppongo di sì», rispose lei, dopodiché guardò Lysus con una punta di malinconia al pensiero di come sarebbero potute andare diversamente le cose. Si alzò e si diresse verso Mislav.

«Bene», rispose il demone un attimo prima di voltarsi verso Lysus. «Ragazzo, non abbiamo più alcun bisogno di te», dichiarò. Poi, prima che Aelia potesse fermarlo, Mislav attraversò la stanza e gli spezzò l'osso del collo. «Non permetterò a un misero mortale di turbarti», disse ad Aelia. «Se tu sei turbata, lo sono anch'io».

La ragazza rimase a bocca aperta mentre fissava il cadavere straziato di Lysus tra le braccia di Mislav.

«Che cosa hai fatto?», gli sibilò. Attraversò la stanza e abbassò lo sguardo su Lysus, i cui occhi, in cui fino a pochi minuti prima avevano danzato scintille di paura, poi di umorismo e infine di compassione, erano ormai spenti e fissi sul soffitto polveroso.

«Hai pianto», osservò Mislav, sfiorandole la guancia con un dito.

«Sta' lontano da me, mostro!!!», gli strillò lei, perdendo fino all'ultimo briciolo di autocontrollo. La sua famiglia era morta, Lysus era morto e lei si era ridotta a quello: a un essere immortale destinato a vivere nella sofferenza e nelle tenebre per l'eternità, circondata da quelle creature diaboliche e malvagie, oltre che incapaci di provare qualsiasi sentimento. Pochi minuti prima, lei stessa per poco non aveva ceduto alla propria natura demoniaca, quindi neanche lei era migliore di loro. Si meritava di morire, eppure nemmeno la peste del sangue era una garanzia di morte, ma soltanto un lungo sonno durante il quale, con ogni probabilità, le sarebbe toccato sopportare secoli su secoli di incubi. No. Non era in grado di tollerare nemmeno un altro secondo di quell'esistenza innaturale. Non voleva più pensare alle conseguenze delle sue azioni, a cosa era giusto e cosa sbagliato, a cosa aveva in serbo per lei il destino e a quale fosse il suo dovere.

Aelia si allontanò indietreggiando da Mislav, che ancora reggeva tra le braccia il corpo floscio di Lysus con un'espressione perplessa stampata in volto per via della reazione furibonda della ragazza. Non la capiva. Non avrebbe mai capito come si sentiva.

Aelia fuggì dalla stanza e imboccò il lungo corridoio. In preda a una nebbia confusa di dolore e di rabbia, salì di corsa le scale che portavano al piano superiore. Sapeva dove era diretta e, ora che aveva maturato quella decisione, se ne rallegrava. Non vedeva l'ora di farlo. Salì al piano successivo, attraversò la sala del trono deserta, oltrepassò le caverne con gli umani sofferenti e continuò a salire sempre più su, sempre più in alto. Superò demoni, stanze, stalle e magazzini alimentari. Tutte quelle cose le scivolarono accanto in una macchia sfocata e irrilevante. Finché a un certo punto non arrivò in cima, dove un uomo stava di guardia accanto a una macina. Solo che non si trattava di una macina qualsiasi: era quella che conduceva al mondo esterno. Aelia non vedeva l'ora di respirare aria pulita, di fuggire da quel fetido luogo di morte, di aberrazione e di efferatezza.

«Aprila», ordinò.

L'uomo sembrava sorpreso. «Ma...».

«Aprila, o lo farò io».

L'uomo fece spallucce e scostò la ruota di pietra.

Aelia attraversò il varco che si era appena aperto e pian piano scese i gradini della cupa caverna, mentre spifferi d'aria fresca le turbinavano intorno. Si diresse verso lo stretto cunicolo che sbucava nella grotta bianca che si scorgeva dall'esterno. "Per quanto tempo sono rimasta quaggiù?", si domandò per un attimo. Ma non aveva importanza. Ormai se ne stava andando, e non sarebbe mai più tornata in quel posto dimenticato da Dio. Percorse il cunicolo con calma, canticchiando una melodia che le cantava la sua mamma quando lei era ancora una bambina.

Eccola arrivata nel posto che le avrebbe restituito la libertà. Man mano che si avvicinava all'uscita della grotta, cominciò a intravedere le sagome massicce dei pilastri che, come sentinelle, si ergevano all'esterno. Aelia sbatté le palpebre e fece un bel respiro, dopodiché uscì dalla grotta e affrontò lo spietato fulgore del sole di mezzogiorno.

Capitolo 42

2024

Madison aveva gli occhi sbarrati, fissi su un punto oltre la spalla sinistra di Alexandre. Lui si voltò di scatto, appena in tempo per schivare il calcio volante di una vampira con gli occhi assatanati e le zanne sfoderate. Dietro di lei arrivava un esercito di sagome sfreccianti.

«Sta' indietro!», gridò Alex a Maddy. «Nasconditi!».

Nel frattempo, la vampira gli aveva stretto le braccia intorno al collo. Stava cercando di spezzarglielo. Ma lui si girò e riuscì a schiantarla per terra, di schiena. Lei si rialzò in meno di un secondo, gli sbatté un palmo della mano sulla faccia e gli conficcò un tacco a spillo nel piede. A quel punto lui la sollevò di peso e la scagliò contro la parete rocciosa, dislocando una serie di pietre, frammenti di roccia e cumuli di neve che le piovvero addosso. Dopodiché, Alex rivolse la propria attenzione verso un altro vampiro che stava cercando di oltrepassarlo per raggiungere Madison.

«Maddy, ti ho detto di andartene da qui! Scappa! Nasconditi! Subito!». Ma Alex sapeva benissimo che, per quanto Maddy avesse potuto correre veloce, non sarebbe mai riuscita a seminare tutti quei vampiri. La ragazza svanì dalla sua vista acquattandosi dietro un macigno mentre lui cercava di anticipare le mosse del vampiro in avvicinamento. Si scambiarono una sfilza di calci e pugni, poi cominciarono a rotolarsi nella neve. Alexandre era riuscito a immobilizzare la creatura, ma non sapeva come fare per metterla fuori combattimento. Nel frattempo sopraggiunsero altri vampiri. Era impossibile affrontarli tutti in una volta sola; loro avrebbero finito per sopraffarlo e lui non avrebbe potuto farci un bel niente.

All'improvviso Alex sentì un altro vampiro saltargli sulla schiena e staccarlo a forza da quello immobilizzato per terra. Cercò di scrollarselo di dosso, ma non riuscì a tenere fermo anche quell'altro. Stava perdendo il controllo, e in più stavano per acciuffare Madison. Non poteva permettere che...

«Alex!».

Era Jacques!

Jacques e gli altri lo avevano raggiunto!

Alexandre sentì il vampiro che gli era saltato addosso sparire di colpo e, quando si voltò, vide Freddie che sfoggiava alcune mosse di arti marziali imparate insieme a Ben durante un corso serale. Quel povero vampiro non avrebbe avuto scampo. Alex si concesse un minuscolo sorriso prima di rimettersi all'opera con l'essere sotto di lui. La creatura aveva sfoderato le zanne e stava cercando di morderlo. Lui allungò un braccio verso la neve e prese una manciata di sassi, dopodiché li ficcò in bocca al suo avversario. Le pietre si frantumarono, ma quello stratagemma gli diede un paio di secondi per sollevare di peso la creatura e scagliarla dall'altra parte della pianura.

Alexandre contò almeno nove nemici. Lui e gli altri vampiri di Marchwood erano in netta inferiorità numerica, malgrado la recente aggiunta rappresentata da Zoe. Tuttavia, non poteva preoccuparsene proprio in quel momento. Scorse suo fratello, sua sorella e Freddie lottare con tutte le loro forze, ma ancora non aveva visto Leonora da nessuna parte. Si augurò che stesse bene. Anche Zoe era lì accanto, intenta a bloccare ogni tentativo da parte dei vampiri cappadoci di oltrepassarla. Intenta a impedire a ciascuno di loro di arrivare a Maddy.

Tutt'a un tratto, Alex avvertì un'altra presenza al suo fianco.

«Avrei dovuto ucciderti quando mi si è presentata l'occasione».

Alexandre riconobbe subito quella voce. Si guardò intorno. Era Sergell, e teneva Zoe per la gola. Di colpo si sentì afferrare da due vampiri, uno per lato. Cercò di scrollarseli di dosso, ma loro gli gettarono qualcosa intorno al collo. Avvertì il freddo di una catena di metallo bruciargli la pelle e cominciare a risucchiargli ogni briciolo di energia. Ringhiò e sibilò, cercando disperatamente di liberarsi dai suoi aguzzini, ma non riuscì ad allentare la presa che avevano su di lui. La catena metallica che aveva intorno al collo in qualche modo gli stava prosciugando tutte le forze. Che cosa stava succedendo?

Zoe, accanto a lui, aveva gli occhi sgranati per la paura, ma

Alexandre non era nelle condizioni di poter far nulla per provare ad aiutarla. Si sentiva a dir poco inutile. Cosa caspita volevano da loro quelle maledette creature? E dov'era Madison?

«Mi hai deluso, Zoe», le disse Sergell. «Io ti ho dato una casa. Ti ho donato la vita eterna e tu mi hai tradito per una ragazzina insignificante e un mucchio di deboli novellini. Hai scelto di schierarti dalla parte sbagliata». E con ciò, la scaraventò addosso ad Alexandre.

Un altro dei vampiri cappadoci le mise una catena intorno al collo, e nel frattempo Alex si accorse che anche Jacques, Freddie e Isobel erano stati incatenati. Incrociò lo sguardo del fratello, che scuoteva la testa in preda alla rabbia e alla frustrazione. Era forse il destino di tutte le persone che amava, quello di essere perseguitate o uccise? Cercò di strapparsi la catena dal collo, ma non appena la sfiorò, la pelle delle sue dita cominciò a squagliarsi e lui avvertì un dolore lancinante lungo tutte le braccia. Che razza di catene erano? Perché bruciavano così tanto?

«Argento», gemette Zoe. «Catene d'argento».

Alex non sapeva che l'argento fosse dannoso per i vampiri. Si chiese perché e si domandò che cosa avrebbe potuto fare per liberarsi da quel maledetto collare metallico.

«Signore!», urlò Sergell voltandosi appena. «Signore, li abbiamo neutralizzati». Si rivolgeva a un altro vampiro. Un essere antico che si diresse verso Alexandre con il male e la distruzione negli occhi. Quel vampiro scintillava per l'abbondanza di potere, al punto che gli faceva risplendere la pelle marmorea e i capelli dorati. Non era un soldato qualunque; era abbigliato con vesti antiche e portava un sontuoso mantello ricco di ricami. Forse era uno dei cappadoci che Alexandre e la sua famiglia avevano disturbato in quella camera sotterranea tutti quegli anni prima? Era molto probabile.

Non per la prima volta, Alexandre desiderò che non avessero mai riportato alla luce quella città infernale. Quelle creature avrebbero dovuto rimanere sepolte nelle fredde viscere della terra. Avrebbero dovuto restare indisturbate. E lui, Alexandre, sarebbe dovuto morire di una morte umana e naturale molti anni addietro, insieme alla sua famiglia. E invece era lì, incatenato con un collare d'argento e incapace di difendere la ragazza che amava. La ragazza che sarebbe stata perfettamente al sicuro, se non fosse stato per lui e per la sua… situazione.

«Chi sei?», gracchiò Alex, ormai a malapena in grado di parlare. Le catene lo avevano ridotto in uno stato di impotenza quasi assoluta.

«La ragazza?», chiese la creatura dorata a Sergell, ignorando la domanda di Alexandre.

«È qui, signore. È corsa dentro questa grotta».

«Bene. Sua Altezza Imperiale desidera che li riportiamo tutti alla città sotterranea. Tranne la ragazza. Lei potete anche ucciderla».

«No!». Alexandre si strozzò nel proferire quel semplice monosillabo. La catena d'argento gli bruciava la gola come un ferro incandescente per marchiare il bestiame. Doveva fare qualcosa per salvare Madison prima che fosse troppo tardi.

«Secondo me invece sarebbe meglio eliminarli tutti quanti adesso», dichiarò Sergell. «Non ci sono di alcuna utilità. Non faranno...».

«Vorresti per caso illustrarle a Sua Altezza Imperiale, le tue opinioni in proposito?», replicò l'essere dorato.

«No, certo che no, non avrei mai la presunzione di...».

«Perfetto», lo interruppe il suo comandante. «Allora fa' come ti ordino. E porta anche la ragazza. Questo novellino in catene sembra esserle alquanto affezionato. Sarà divertente starlo a guardare mentre la uccidi».

Sergell fece un inchino e recuperò Madison dal suo nascondiglio inadeguato. La ragazza emerse sfoggiando un atteggiamento di sfida, con il naso all'insù e gli occhi infuocati, e si sforzò di tenere il passo di Sergell mentre lui la trascinava nella neve scalpicciata.

«Vi prego», implorò Alexandre. «Se la risparmiate, vi seguirò di buon grado. Sarò vostro servo in eterno. Sarò il miglior...».

«Silenzio, novellino». Il vampiro dorato alzò una mano. «Hai avuto la tua opportunità, ma non l'hai colta. E adesso non c'è alcun margine di trattativa. È troppo tardi. Fallo, Sergell».

Il vampiro afferrò Madison per il giaccone e glielo strappò dal collo, dopodiché mise a nudo i denti e si preparò a squarciarle la gola.

I vampiri di Marchwood emisero un gemito, un suono collettivo che riverberò per tutta la pianura innevata. Alexandre soffriva così tanto da non riuscire a sopportare il dolore. Come poteva assistere al massacro della ragazza che amava? Si sentiva disgustato da sé stesso al pensiero di non poter fare nulla, di essere troppo debole per muoversi e per cercare di salvare la sua amata. Tutti i loro piani per salvarla erano andati in fumo. Chinò la testa, incapace di stare a guardare, ma i suoi aguzzini gliela tirarono su e lo costrinsero a fissare la ragazza.

Era così che sarebbe finita, dunque. Era lì che avrebbe perso per sempre la propria felicità.

«Ciao, Mislav», risuonò all'improvviso una voce. Una voce femminile, matura e sicura di sé.

Sergell si fermò e si voltò a guardare chi aveva parlato. Lo stesso fecero tutti gli altri. Un'anziana signora procedeva verso di loro, da sola in mezzo alla neve, con gli occhi azzurri e luminosi fissi sul vampiro dorato. Era minuta, con i capelli chiari raccolti in una crocchia sulla nuca. Un mantello di lana scura le copriva le spalle e, al braccio, portava con sé un cestino.

"Verrà massacrata", pensò Alexandre.

«Sofia!», gridò Madison.

Un momento... Maddy conosceva quella donna? La confusione di Alexandre per un attimo attenuò il suo dolore.

«Come fai a sapere il mio nome?», chiese il vampiro dorato, Mislav, alla donna.

«Suvvia, non mi sembra questo il modo appropriato per salutare una vecchia amica», gli rispose lei. «Sono io, Aelia. Non ti ricordi di me?».

Capitolo 43

2024

Alexandre si rese conto che l'arrivo di quella donna aveva rimandato l'esecuzione di Madison. Forse non tutto era perduto. Se solo lui fosse riuscito a liberarsi da quelle catene, magari avrebbe avuto una possibilità di salvare la ragazza dalle zanne di Sergell.

«Che cosa? Che assurdità vai blaterando?», ringhiò Mislav all'anziana signora. «Aelia era una ragazza giovane. Tu invece sei una vecchia. Come fai a sapere di lei?»

«So di essere invecchiata, ma davvero non mi riconosci?»

«Sei finita nel posto sbagliato al momento sbagliato, vecchia, e parli di cose di cui non sai nulla». Gli occhi di Mislav ardevano dalla furia. Si diresse verso l'anziana signora e le prese il mento tra le dita, fissandola dritto in faccia.

A onor del vero, la donna diede prova di grande coraggio, dal momento che non batté ciglio né distolse lo sguardo.

«Mislav», gli disse. «Mi ricordo della saletta blu e argento, delle calde sorgenti naturali e della gelida cascata. Mi ricordo della sera in cui mi hai trovata in superficie e il mio cavallo è scappato via. Chi altri potrebbe essere a conoscenza di questi dettagli?».

Malgrado il suo volto fosse già pallido come il chiaro di luna, Mislav sbiancò ulteriormente. La sua freddezza e la sua compostezza evaporarono nel gelo della notte.

«Con chi hai parlato, donna?», ruggì. «Stai raccontando fesserie. Vecchie superstizioni e altre assurdità. Non ho tempo per queste idiozie». Schioccò le dita, e a quel punto uno dei suoi scagnozzi sfoderò le zanne e si diresse verso Aelia, pronto a morderla.

Alexandre rimase scioccato da ciò che accadde subito dopo. La fragile vecchietta scagliò il vampiro alto più di un metro e ottanta lontano da lei, nell'oscurità imbiancata dalla neve. Un altro vampiro prese subito il suo posto, ma lei gli riservò il medesimo trattamento. Mislav ringhiò e la afferrò. Aveva le zanne a pochi millimetri dal collo della donna, ma lei trovò il modo di tenerlo a bada.

«Mordimi e vi rimando tutti a dormire per qualche altro secolo», gli disse.

Calò un silenzio assoluto, tombale. Alexandre non era sicuro di aver sentito bene.

«Che cosa ne sai tu del Grande Sonno?», chiese Mislav. «Ti ordino di dirmelo subito».

L'anziana signora si guardò intorno, osservando sia i vampiri che i prigionieri. Dopodiché riportò lo sguardo su Mislav.

«Davvero non mi riconosci, Mislav? Guardami in viso. Guarda oltre la pelle raggrinzita e i capelli ingrigiti».

«Magari avete gli stessi occhi, te lo concedo. Ma nient'altro», sbottò lui.

«E non sono abbastanza per convincerti?», gli chiese lei.

«Potresti essere una sua discendente. Ma anche se fosse, non basterà a salvarti».

«Una volta, molto tempo fa», continuò lei, «hai lottato contro gli altri demoni per me. Per tenermi. E poi mi hai fatta trasformare in una di voi dal vostro imperatore. Credevi che fossi il tuo giocattolino. Ma in realtà ero un'arma inviata per distruggervi tutti». La sua voce riecheggiò forte e chiara.

«Un'arma?», si accigliò lui. «Di che cosa stai parlando? Chi sei? Dimmi la verità».

«Te l'ho detto, sono Aelia».

«Aelia?». La voce di Mislav si addolcì. Il vampiro le sollevò il mento con un dito e le inclinò il viso alla luce della luna, fissandola. «Puoi davvero essere tu? Ma se è così... sei invecchiata. Com'è possibile? Eri una di noi».

«Ti spiegherò tutto. Ma prima lui deve lasciar andare Madison». Indicò Sergell, le cui zanne erano ancora sospese sulla gola scoperta della ragazza.

Alexandre si chiese come facesse quella donna a conoscere Maddy. Tuttavia, le fu grato per la sua richiesta. Poteva osare sperare che la sua amata fosse salva? Non ancora.

«E tutte queste catene vanno tolte all'istante», proseguì l'anziana signora. «Catene d'argento. Che stratagemmi barbarici».

«Aelia», le sorrise Mislav. «Se sei davvero tu, da quando in qua io prenderei ordini da te?».

Lei gli sorrise a sua volta. «Da quando io ho il potere di farti ripiombare nel sonno per altri millecinquecento anni. Via. Quelle. Catene. Subito», intimò.

Mislav fece un cenno ai suoi scagnozzi che, dotati di guanti, rimossero le catene d'argento tintinnanti. Alexandre sentì subito le forze che iniziavano a tornare e la sua pelle cominciò a rimarginarsi, nella zona in cui il metallo gli aveva lacerato il collo. Ora sì che era di nuovo nelle condizioni di poter combattere.

«Devi dirmi che cosa ci fai qui, Aelia», affermò Mislav.

«Pensavo avessi detto di chiamarti Sofia», intervenne Madison, con la voce tremante.

«Silenzio, umana», abbaiò Mislav.

Alexandre si innervosì per il modo sgarbato in cui Mislav le aveva urlato contro. Cercò di incrociare lo sguardo di Maddy, ma l'attenzione della ragazza era rivolta verso l'anziana signora.

«E infatti mi chiamo Sofia», rispose la donna. «Ma mi chiamo anche Aelia, Sarah, Havva e così via. Il mio nome è cambiato parecchie volte con il passare dei secoli».

«Havva Sahin! Dicevo che mi sembrava un volto conosciuto!». Alexandre si ricordò di colpo di quella strana donna. Lei si voltò verso di lui.

«Sì, sono proprio io. Buonasera, Alexandre. Ne è passato di tempo».

Gli tornarono in mente le strane parole di avvertimento pronunciate da quell'anziana signora così tanti anni prima, quando lui era ancora un mortale, e si ricordò di quando lei gli aveva raccomandato di dar retta alle leggende e di lasciar perdere la città sotterranea. Ma lui invece aveva ignorato le sue parole, considerandole i vaneggiamenti di una vecchia delirante, e insieme alla sua famiglia aveva finito per risvegliare i demoni dal loro torpore. Tuttavia, aveva pagato a caro prezzo il fatto di non averle dato ascolto: aveva perso i genitori ed era stato condannato a vivere nutrendosi di sangue per l'eternità. Mentre la donna lo guardava, lui rimase con il capo chino per la vergogna.

«Manda via i tuoi demoni, Mislav», ordinò Aelia, voltandosi verso il vampiro dorato. «Vieni, entra e siediti. Ascolta la mia storia, se ti aggrada. È tempo che anche tu sappia la verità».

«Sua Altezza Imperiale si aspetta che io faccia ritorno con questi novellini. I miei vampiri possono portarli alla città sotterranea, mentre io resto qui ad ascoltare la tua storia».

«No», rispose lei. «Questi "novellini" rimarranno qui e ascolteranno anche loro la mia storia. Dopodiché, saranno liberi di andarsene».

«Aelia, adesso stai mettendo a dura prova la mia pazienza. Sono felice di vederti, ma non intendo prendere ordini da te».

«E invece lo farai, Mislav. Altrimenti vi rispedirò tutti in quello stato di coma che ben conoscete e poi vi distruggerò mentre dormite. Perché, vedete, il mio sangue è infetto da una certa malattia».

Aelia non si scompose mentre Mislav invece perdeva la calma e la afferrava per i capelli. L'anziana signora si sfilò un coltello dalla manica e se ne conficcò la punta in un polpastrello, avvicinando la gocciolina di sangue scuro al viso di lui. Mislav la lasciò andare e fece un passo indietro.

«Fai bene a mantenere le distanze», gli disse lei, «perché questo sangue ti renderà innocuo come un gattino. Manda via i tuoi vampiri e, quando sarai di ritorno alla città sotterranea, puoi dire a Sua Altezza Imperiale che hai appena salvato la vostra specie dalla completa estinzione. Sono certa che, in cambio di avere salva la vita, ti perdonerà per aver perso qualche novellino».

Mislav soppesò le sue parole.

«È una strega bugiarda, signore», esclamò Sergell. «Posso farla fuori io stesso, con il suo permesso».

«No, Sergell. Tu e gli altri tornate alla città. Io vi raggiungerò a breve».

«Ma signore, di certo non crederete...».

Mislav voltò le spalle al vampiro e fissò Aelia.

«Mi sei mancata quando sei andata via», le disse. «Sospettavo che avessi trovato un modo per annientarti, che fossi uscita alla luce del sole. Non eri felice».

«No, non lo ero».

«Ebbene?». Mislav si girò verso Sergell. «Che cosa state aspettando? Tutti quanti. Andatevene, e subito. Io tornerò presto».

Sergell fece come gli era stato detto. Radunò il suo modesto esercito di vampiri e si allontanò, svanendo nella notte.

Capitolo 44

2024

Non appena Sergell e i suoi vampiri scomparvero dalla pianura coperta di neve, Alexandre si precipitò al fianco di Madison, seguito dagli altri.

«Stai bene, Madison? Ti ha fatto del male?»

«No, ma per un attimo ho temuto sul serio che fosse arrivata la fine». La ragazza rimase con il fiato mozzato in gola. «Pensavo di stare per...».

«Lo so». Alexandre la interruppe prima di darle il tempo di pronunciare quella parola terribile. Le cinse le spalle con un braccio e la strinse al petto, ancora in preda allo shock per quello che per poco non le era successo.

«Che cosa ne pensi di quella donna?», gli chiese Isobel.

«È davvero Havva Sahin», disse Alexandre, quasi tra sé. «Non riesco a crederci».

«Credevo che Havva Sahin fosse un'umana», commentò Jacques.

«Sì, anch'io», rispose Alex. «Però non è nemmeno una vampira».

«È stata lei a salvarmi», spiegò Maddy. «Mi ha salvata dal gelo e mi ha portata qui. È qui che vive. In questa caverna alle nostre spalle».

«Venite», risuonò la voce di Aelia, rivolta a Mislav e agli altri. «Entriamo. Accomodiamoci e facciamo finta di essere persone civili per qualche istante. Vi racconterò la mia storia e poi potrete andarvene». Si leccò la gocciolina di sangue dal dito ed entrò nella caverna, mettendo via il coltello. La seguirono tutti.

L'ambiente era ampio e pulito. Su un fuoco ormai quasi del tutto spento era stato cucinato del cibo.

Havva – o meglio, Aelia, come sembrava chiamarsi in realtà – gettò un ceppo sulle braci e si accomodò su un grosso macigno nell'angolo della caverna. Mislav prese posto nelle vicinanze della donna, mentre Alexandre seguì Madison verso un materasso adagiato sul pavimento di roccia.

Maddy si sedette e si appoggiò subito al suo ragazzo, che le baciò i capelli e intrecciò le dita alle sue. Ciononostante, Alexandre non distolse lo sguardo da Mislav nemmeno per un secondo. Quell'essere era fatto della stessa pasta dell'imperatore bizantino: un demone freddo e senza cuore, incapace di provare emozioni. Havva Sahin poteva anche sentirsi a suo agio a chiacchierare con lui in quella caverna in tutta tranquillità e socievolezza, ma Alexandre non si sentiva affatto in quel modo. Quella creatura aveva dato l'ordine di uccidere Madison. Gli ci volle tutta la forza di volontà di cui disponeva per non avventarsi su quel mostro e sbattergli la testa nel fuoco, che nel frattempo aveva iniziato a divampare con ferocia. D'altra parte, però, anche Alexandre era curioso di sentire la storia di Aelia, e ipotizzò che la donna non avrebbe accettato di buon grado che dei vampiri cominciassero a darsele di santa ragione in casa sua.

In attesa che la donna iniziasse il suo racconto, ciascuno dei presenti finì di prendere posto, finché all'improvviso Alexandre si accorse che mancava qualcuno all'appello. E mancava già dall'inizio.

«Dov'è Leonora?», sussurrò a Freddie.

«Aveva detto che aveva una cosa da fare. Che ci avrebbe raggiunti più tardi».

Alexandre non ebbe granché tempo per interrogarsi su quanto aveva appena sentito, perché nel frattempo Aelia aveva cominciato a raccontare. Stava narrando del momento in cui era scesa nella città sotterranea, armata di una scatolina di legno contenente la peste del sangue. Man mano che Aelia andava avanti con la narrazione, Alexandre si ritrovò colpito dall'altruismo e dal coraggio della donna, che non si stava affatto vantando delle sue gesta né si aspettava la minima compassione.

Dal volto di Mislav trasparivano rabbia e incredulità. Era evidente che quella storia non gli stava piacendo neanche un po'.

Presto Aelia arrivò alla parte in cui aveva abbandonato la città sotterranea in preda alla disperazione, aspettandosi che la luce del sole l'avrebbe uccisa.

«Desideravo solo porre fine alla mia esistenza. Stroncare la tristezza e il dolore sempre crescenti che mi scorrevano nel sangue e mi opprimevano la mente in qualsiasi momento di veglia. Mi era stato detto che la luce del giorno era fatale per i demoni. Ed essendo diventata una di loro, sapevo di non avere altra scelta.

«Solo che poi non sono morta. Mi è successo qualcosa, quando sono stata colpita dai raggi del sole. Ho perso i sensi e, quando sono rinvenuta, mi sentivo diversa. Più… me stessa. Più umana. L'aria secca mi ha fatto venire sete. Stranamente, però, avevo sete di acqua fresca e limpida, non di sangue. E avevo fame di cibo. Di cibo normale, umano. Ho pensato che forse ero morta e finita nell'aldilà. O magari che avevo perso la testa.

«E così sono tornata qui, nella grotta vuota della vedova Maleina, dove ho pianto la sua perdita insieme a quella di tanti altri. Mi sembrava così strano trovarmi di nuovo in questo posto senza di lei. Avevo deciso di tornare alla grotta a piedi, come una comune mortale. Volevo sentire il calore del sole sul viso, la polvere del deserto sulla pelle e la brezza tra i capelli. Non ero preoccupata all'idea di incontrare qualcuno durante il tragitto, perché il resto della popolazione era intrappolata sotto i miei piedi, a vivere nel terrore. Non sarebbe stato così ancora per molto, però. Nel giro di poco tempo, infatti, la peste ha fatto il suo lavoro e si è propagata tra i demoni, facendoli cadere tutti nell'incoscienza. E, quando ciò è avvenuto, gli umani che erano sopravvissuti sono riusciti a fuggire».

«Non posso crederci che tu abbia fatto tutto questo», affermò Mislav. Guardò Aelia, in parte con ammirazione e in parte con rabbia. «Hai rovinato tutto. Hai distrutto la nostra intera civiltà».

«Non c'era nulla di civile in voi, Mislav. Eravate tutti spregevoli».

«Non ti sei mai soffermata a comprendere quanto fosse meravigliosa la nostra vita. Io e te avremmo potuto avere tutto».

«Peccato che io non abbia mai voluto nulla», replicò Aelia.

Si voltò a guardare gli altri, tutti sbalorditi dalla sua storia. Dopodiché incrociò lo sguardo di Alexandre.

«E cosa è successo dopo?», le chiese lui.

«Dopo? Be', quando finalmente i demoni sono sprofondati nel loro lungo sonno e gli umani sono riemersi alla luce del sole, io ho racimolato il coraggio di tornare a Selmea. Ventimila persone tra uomini, donne e bambini erano scese nelle profondità della terra, ma soltanto seicentoventotto poi erano riemerse in superficie. Un vero massacro. E in parte io mi sentivo in colpa, perché molti erano deceduti non per mano dei demoni, ma per colpa della pestilenza che io stessa avevo scatenato».

«Ma non è stata colpa tua», intervenne Madison. «Non avresti potuto fare altrimenti».

«Questo è ciò che continuo a ripetermi tutt'ora nel tentativo di convincermene», commentò Aelia. «Comunque sia, avevo una teoria di cui non potevo essere certa, però non volevo correre alcun rischio. Vedete, quando sono riemersa dalla città sotterranea, credo che il sole abbia fatto qualcosa al mio corpo. Ho sentito una specie di scossa rianimare il mio organismo e non volevo rischiare che accadesse la stessa cosa agli altri demoni. Perciò ho avvertito i sopravvissuti che non dovevano esporre le creature alla luce del giorno per nessun motivo al mondo. Gli abitanti del villaggio hanno protestato, sostenendo che era l'unico modo per ucciderle davvero. Ma io ero convinta che la peste le avesse alterate in qualche modo, e che esporle alla luce del sole le avrebbe soltanto rigenerate».

«Avevi ragione», affermò Alexandre.

«Sì, ma per me è stato diverso», rispose lei. «Tu soffri ancora alla luce del sole. Io no. Tu hai ancora bisogno di sangue per sopravvivere. Io no».

«Quindi sei rimasta viva per tutti questi anni?», le chiese Madison. «Ma è una follia! E non ti sei sentita sola?»

«Sì, tanto. Durante i primi anni, questa caverna è stata come una prigione per me, ma avevo troppa paura per andarmene. Non avevo familiari né amici, né tantomeno una società di cui far parte. Alla fine però mi sono dovuta costringere a mettere il naso fuori da questa grotta e a rifarmi una vita nel mondo esterno.

«Dopo qualche anno ho conosciuto un uomo e ci siamo innamorati. Abbiamo avuto figli, però abbiamo dovuto continuare a spostarci per evitare che la gente si insospettisse. Come potete immaginare, infatti, io non sono invecchiata a un ritmo normale. Mio marito invece sì. E alla fine, dopo tanti anni, a un certo punto lui è deceduto. Anche i miei figli sono deceduti. E così i miei nipoti».

«Hai deciso di sottoporti a tutto questo dolore», la schernì Mislav. «E per cosa?»

«Per amore, Mislav. Una cosa che tu non hai mai capito davvero».

«Non c'è niente da capire».

Aelia scosse la testa con aria triste. «Dopo un po', la gente parlava ancora dei demoni, ma non era rimasto più nessuno in vita che aveva sperimentato sulla propria pelle gli orrori di quanto era accaduto. Sono trascorsi secoli e ho dovuto cambiare nome tantissime volte. Ho vissuto in una miriade di villaggi diversi. Ma per lunghi periodi sono sempre tornata a vivere qui, nella caverna della vedova, per riflettere sulla mia esistenza e decidere dove andare e cosa fare dopo. Pian piano ho anche cominciato a invecchiare. Certo, non al normale ritmo umano, bensì in modo estremamente lento e impercettibile».

«Nel tredicesimo secolo... o forse più tardi? Non me lo ricordo, ma comunque non ha importanza. Sta di fatto che gli abitanti del posto hanno deviato il corso di un fiume per farlo arrivare più vicino ai campi coltivati. Il nuovo corso si snodava lungo la stessa valle in cui si trovava la grotta di accesso alla città sotterranea, e perciò da quel momento in poi ho dormito sonni molto più tranquilli. I demoni erano ancora nelle profondità del sottosuolo e in più l'ingresso alla loro città era stato sommerso da un fiume piuttosto profondo. Il ricordo dei demoni si è perso nei meandri della storia, seppellito dal peso del tempo. I demoni sono diventati personaggi di miti e leggende, forse di spaventose fiabe della buonanotte. Eppure c'era ancora chi ci credeva, anche se nessuno ha mai saputo la storia per intero. Tranne me.

«Verso la fine del diciottesimo secolo, sono tornata nel villaggio di Selmea. Ormai avevo quasi lo stesso aspetto che ho adesso. Ho avuto una famiglia numerosissima e sono sempre riuscita a vivere insieme a loro per diversi periodi, andandomene e poi tornando parecchi anni dopo spacciandomi talvolta per una zia o, con il passare degli anni, per una bisnonna ritrovata da poco. Portavo sempre abbondanti ricchezze con me, e questo di solito contribuiva a far accettare la mia presenza con più facilità». Rise. «Quello, e anche la straordinaria somiglianza familiare trasmessa ai miei discendenti.

«Ma poi, nel 1881, è successo qualcosa che non avrei mai pensato potesse accadere. Tu la conosci già, questa parte, Alexandre».

L'anziana signora lo fissò dritto negli occhi e lui si sentì avvampare di vergogna.

«Vivevo in pace con i miei meravigliosi discendenti, la famiglia Sahin. Al tempo ero conosciuta come Havva Sahin, e il mio "bisnipote" era il capovillaggio di Selmea, che però all'epoca, proprio come oggi, era nota con il nome di Zelmat. Alexandre, tu e la tua famiglia siete arrivati e avete scatenato il caos. Io ti avevo avvertito, ma a quanto pare ho sottovalutato la tua tenacia. Non avrei mai immaginato che avresti trovato la grotta sotto il fiume. Ma sono certa che ne hai pagato il prezzo, non è vero?».

Alexandre annuì una volta soltanto e poi chinò il capo. Vedendolo così giù di morale, Madison gli strinse la mano. Quando Alex alzò di nuovo lo sguardo, si accorse che Aelia aveva un'aria stanca. Rivivere tutti quegli anni di storia l'aveva affaticata parecchio, però la donna non aveva ancora terminato la sua narrazione.

«Tempo dopo, Harold Swinton mi ha scritto, sapete».

«Era mio padre!», esclamò Freddie. «Io sono Frederick Swinton».

«Sì. Ebbene, mentre dormivate, mi ha chiesto se sapevo come fare per risvegliarvi. Ma io gli ho mentito. Gli ho detto di tenervi ben chiusi e nascosti al buio. All'epoca non sapevo che foste capaci di comportarvi come esseri umani, di mostrare compassione. E di questo sono desolata».

«Ha fatto ciò che riteneva giusto», la confortò Alexandre. «Con ogni probabilità, anch'io avrei fatto lo stesso».

«Guardandovi, mi rendo conto che forse non tutti i vampiri sono creature malvagie. Forse alcuni di voi sono capaci di vivere con l'amore nel cuore. Ma siete ancora giovani. Il tempo potrebbe ancora traviare e deformare la vostra anima in qualcosa di mostruoso. È colpa del sangue, capito? Vi cambia».

«Dunque adesso cosa dovremmo fare?», chiese Mislav, alzandosi in piedi. «Dici che la malattia ti scorre nelle vene. Perciò, da quel che mi pare di capire, non devo fare altro che distruggerti senza versare nemmeno una goccia del tuo sangue, così a quel punto non potrai più creare problemi».

«Non serve che mi minacci, Mislav. Non vi farò alcun male. Ormai non siete più la potente civiltà che eravate una volta. La società moderna non tollererebbe le vostre empietà».

«La società moderna è più empia che mai», replicò lui. «Non vedi cosa accade in questo mondo odierno? Noi eravamo angeli, in confronto a certi regimi in vigore al giorno d'oggi».

«Neanche con l'immaginazione più fervida dell'universo ti si potrebbe mai definire un angelo, Mislav».

«Ho sentito abbastanza», esclamò lui. «Non possiamo permetterti di sopravvivere, Aelia. Rappresenti una minaccia troppo grande. Quando Sua Altezza Imperiale verrà a sapere della tua esistenza, ti farà uccidere».

«Non ci riuscirà. Non potrete né distruggermi con la luce del sole, né imprigionarmi con l'argento».

«Questo lo vedremo, vecchia». Mislav la guardò in cagnesco, poi lanciò una rapida occhiata di disprezzo agli altri e infine si dileguò così in fretta che nessuno lo vide andar via.

Alexandre non avrebbe voluto permettergli di svignarsela in quel modo. Quel demone era troppo pericoloso per essere lasciato a piede libero. Loro erano in quattro, più Zoe e Aelia. Avrebbero potuto distruggerlo. Se solo l'avessero inseguito subito...

Ma proprio allora Alex avvertì la mano di Madison posarsi sulla sua spalla, come per trattenerlo. La ragazza aveva capito cosa gli passava per la testa.

«No», gli disse. «Non adesso».

«Adesso potrebbe essere l'unico momento utile».

«No. Per favore. Basta».

Alexandre sospirò, ma rimase immobile al suo posto. Sapeva che si sarebbe pentito della sua decisione.

Capitolo **45**

2024

Non appena Mislav lasciò la caverna, la tensione si allentò e l'atmosfera si alleggerì un po'. Ma Alexandre rimaneva diffidente. Aelia aveva centinaia di anni, era potentissima e portava in corpo la malattia del sonno. A prescindere da quanto sembrasse amichevole, rimaneva comunque molto pericolosa, perciò prima se ne sarebbero andati da quel posto e meglio sarebbe stato. Anzi, prima avrebbero lasciato l'intero Paese, prima sarebbero stati al sicuro, tutti quanti.

Nel frattempo, però, i vampiri cappadoci erano là fuori e si aggiravano indisturbati e in assoluta libertà, mentre loro invece non avevano la benché minima idea di quanti fossero né di cosa volessero. Sarebbero tornati a dar loro la caccia? Avrebbero di nuovo preso di mira Madison per arrivare a lui e agli altri? Sì, era probabile di sì. Anzi, era abbastanza sicuro.

Lui però non poteva permettere che accadesse di nuovo. Da quel momento in poi, avrebbero dovuto stare sempre all'erta. Ma come avrebbero fatto a vivere in quel modo? A guardarsi le spalle ogni minuto di ogni giorno? Per prima cosa avrebbe interrogato Morris: lo avrebbe trascinato fuori dal furgone e avrebbe ascoltato cosa aveva da dire quell'uomo a sua discolpa. Magari sapeva cosa volevano i cappadoci. Se Morris era un traditore, doveva essere in possesso di alcune informazioni su di loro.

«Stai bene, Alex?». Madison gli sfiorò il braccio.

«Sì. Scusa, sto solo cercando di riordinare un po' le idee, ma nella mia mente c'è un casino terribile».

«Lo so. È stata tutta una situazione un po' folle. Non riesco ancora a credere a tutto quello che è successo negli ultimi giorni. E non riesco a credere nemmeno che Zoe sia qui. Sono così felice che abbia deciso di abbandonare la città sotterranea».

«Già, ci ha salvati entrambi».

Alexandre e Madison si girarono a guardare Zoe, seduta a chiacchierare a bassa voce con Jacques e Isobel.

All'improvviso la voce di Freddie si levò al di sopra di tutti i loro mormorii sommessi.

«Dobbiamo trovare mia sorella», esclamò. «Sono preoccupato per lei».

«Non c'è bisogno, fratellino».

«Leonora!», gridò Freddie non appena sua sorella mise piede nella grotta. «Ma dov'eri finita?»

«Ti sei persa tutto il divertimento», scherzò Jacques.

Isobel lanciò un'occhiataccia al gemello e si avvicinò all'amica.

«Leonora, stai bene?», le chiese. «Eravamo così in pensiero per te...».

«Sto benissimo», rispose lei. «Sentite... non arrabbiatevi...». Lanciò una rapida occhiata a ciascuno di loro, ma senza stabilire un vero e proprio contatto visivo con nessuno.

«Che succede, Leonora?», le chiese Alexandre.

«Devo dirvi una cosa», rispose lei. «Ma potrebbe sembrarvi più grave di quanto non sia».

Alexandre non l'aveva mai vista tanto agitata prima di quel momento. Non aveva idea di cosa potesse farla apparire così nervosa, così a disagio.

«Bene, faccio prima a dirvelo e basta...».

Intanto la caverna era sprofondata nel silenzio e Leonora, con lo sguardo chino per terra, aveva tutti gli occhi puntati su di sé.

«Sono stata dai vampiri cappadoci». Detto ciò, la vampira alzò il mento all'insù e finalmente guardò Alexandre negli occhi.

«Sei stata... *dove?*». Alexandre era confuso. Per quale motivo Leonora si era messa in pericolo in quel modo? Aveva forse cercato di salvare Madison per conto suo? Ma non aveva senso. Maddy era già fuggita.

«Volevo provare a negoziare una tregua con loro».

«Una tregua?», ripeté Maddy. «Mmm, fammi indovinare cosa ti hanno detto... "No", per caso?»

«Leonora, avrebbero potuto ucciderti!», gridò Freddie.

«Non puoi pensare di stringere accordi con loro», intervenne Aelia. «Quegli esseri fanno solo quello che vogliono. Non si preoccupano di nessun altro».

«Mi scusi, ma lei chi sarebbe?», domandò Leonora, inarcando un sopracciglio scuro.

Aelia si limitò a sorridere.

«Lei è Aelia», rispose Alexandre. «È una storia lunga, ma è stata lei a salvare Maddy. Che cosa hanno risposto i cappadoci alla tua proposta?»

«Be', il loro imperatore è arrivato proprio stasera», rispose Leonora. «Ed è impaziente di incontrarci. E io ho detto… ho detto che stanotte ci saremmo andati».

«Hai detto... che cosa?». Maddy soffocò una risata incredula. «Spero tu stia scherzando».

«È un'occasione per lasciarci tutta questa storia alle spalle», continuò Leonora. «Se adesso torniamo a casa, saremo sempre in pericolo».

Le parole di Leonora rispecchiavano in pieno quello che pensava Alexandre. Andare alla città sotterranea era l'ultima cosa che avrebbe voluto fare, però poteva essere un modo per chiudere la questione una volta per tutte.

«Pensi sul serio che possiamo fidarci di loro?», chiese Freddie alla sorella.

«Non mi sembra che abbiamo molta scelta», rispose Leonora.

«Be', io invece ritengo che non dovremmo andare», affermò Isobel. «Anzi, credo proprio che sia l'idea peggiore che io abbia mai sentito. Siamo venuti in Turchia per salvare Madison. E ora che l'abbiamo recuperata, dovremmo soltanto tornarcene a casa e dimenticare che tutta questa faccenda sia mai accaduta».

«Belle», le disse Jacques. «So che sembra un'idea folle, ma…».

«Folle?», lo interruppe Maddy. «È l'idea più stupida che abbia mai sentito. Quei vampiri erano sul punto di giustiziarmi. Alex, di' a tutti quanti che è un'idea terribile».

Alex era combattuto. Da un lato, il suo istinto gli diceva di darsela a gambe da quel cavolo di Paese e di non rimetterci mai più piede, però dall'altro era anche consapevole che prima o poi si sarebbe pentito di non aver colto al volo quell'opportunità, per quanto rischiosa.

«Alex». Maddy gli scosse lievemente il braccio. «Non ci andremo davvero… giusto? Sarà una trappola, lo sai».

«Maddy…».

«No! Non ci posso credere che stai davvero prendendo in considerazione l'idea di tornare laggiù!».

«Madison», si intromise Leonora. «È l'unica opzione sensata. E Alexandre se ne rende conto».

«Invece è l'opzione meno sensata dell'universo, Leonora», replicò Maddy. «Per non parlare del fatto che è stupida e pericolosa. Tu non c'eri, qui, prima. Non li hai visti combattere. E quel Mislav è l'essere più spaventoso che io abbia mai incontrato in vita mia».

«Io non ci torno laggiù», dichiarò Zoe.

«Leonora, lei è Zoe», disse Freddie, presentando la vampira a sua sorella. «Zoe ha rischiato la vita per salvare Maddy. Zoe, come avrai intuito, lei è mia sorella, Leonora».

Zoe salutò la vampira con un cenno del capo.

Leonora le lanciò un'occhiata e annuì a sua volta.

«Maddy, mi dispiace», esclamò Alexandre. «Penso davvero che sia meglio andare. Dovremmo almeno *tentare* di negoziare una tregua. Altrimenti vivremo per sempre con l'angoscia di essere braccati. E, per quanto mi riguarda, preferirei evitare che quello che è successo in questi ultimi giorni si ripeta di nuovo, in futuro».

«Ottimo». Leonora sorrise. Pochi istanti dopo, però, il suo sorriso svanì di colpo, rimpiazzato da un'espressione accigliata e poi da un ringhio. La vampira sfrecciò davanti ad Alexandre e uscì dalla caverna.

«Aspetta qui», disse Alex a Maddy, dopodiché seguì Leonora all'esterno, con gli altri vampiri alle calcagna.

Madison ignorò le parole del suo ragazzo e si precipitò a raggiungere lui e gli altri vampiri di Marchwood fuori dalla grotta.

Leonora aveva immobilizzato qualcuno, e Alexandre ebbe l'impressione che la vampira stesse per spezzargli l'osso del collo. Era Morris. Il custode non era nelle condizioni di difendersi, era diventato rosso in viso e non riusciva a respirare. Da dove era sbucato? Come aveva fatto a trovarli?

«Che stai facendo?», le urlò contro Maddy.

«Leonora, non puoi ucciderlo!», gridò Isobel.

«Perché no? Ci ha traditi. Ben ha trovato le prove».

«No!», sbraitò Maddy. «Lascialo andare, Leonora! È Morris! Che cosa gli stai facendo? È Morris!».

La bocca del custode si aprì e si richiuse, invano. Sembrava che stesse per soffocare.

«Maddy. Quest'uomo è un traditore», le spiegò Jacques. «Ci ha venduti ai vampiri cappadoci».

«Che cosa?», sbottò la ragazza. «Non fate gli stupidi. Morris non farebbe mai...».

«Come ha fatto a uscire dal furgone?», chiese Freddie.

«Lascialo andare, Leonora!», la supplicò Maddy. «Morirà, se non allenti la presa».

«È quello che si merita. Gli spezzerò il collo. Non sentirà niente, vedrai».

«No! Non ti azzardare!». Maddy si piazzò di fronte a Leonora e la fulminò con lo sguardo. La vampira ricambiò con un'occhiataccia al vetriolo.

«Alex», lo interpellò Maddy. «Costringila a lasciarlo andare. Ti prego».

«Alexandre», ribatté Leonora. «Spiega a Madison che è meglio per tutti se metto fine a questa storia».

«No, Leonora», rispose Alexandre. «Lascia subito la presa. Portiamolo dentro e sentiamo cos'ha da dire».

«Faremmo meglio ad ascoltarlo, Nora», aggiunse Freddie. «È venuto qui di sua spontanea volontà. Magari sa qualcosa di importante. Oltretutto, se è davvero un traditore, prima di fare qualsiasi cosa dobbiamo estorcergli un po' di informazioni».

«Leonora, lascialo andare», ripeté Alexandre, stavolta in tono più perentorio. «Altrimenti sarò costretto a intervenire per aiutarlo. Per quanto possa meritarsi di finire con il collo spezzato, Freddie ha ragione: dobbiamo prima scoprire che cosa sa».

A malincuore, Leonora lasciò andare Morris. Il custode si accasciò sulla neve, cercando a fatica di riprendere fiato. Maddy si chinò e gli prese la mano. «Aiutatemi a portarlo dentro», ordinò. «Sta congelando».

Alexandre aiutò Maddy a rimettere Morris in piedi e tornarono tutti verso la grotta. Mentre entravano, il vampiro in quattro e quattr'otto aggiornò Maddy sulla scoperta di Ben a proposito del cartoncino e di come il ragazzo avesse sospettato che Morris fosse stato in combutta con i vampiri cappadoci.

«Mi dispiace, ma io non ci credo», disse Maddy. «Capisco perché Ben si sia preoccupato, però secondo me si sbaglia. Morris ed Esther sono dalla nostra parte. Non sono traditori».

«È Leonora la traditrice, non io», rantolò Morris, ancora boccheggiante.

«Che hai detto?», gli chiese Maddy. Nel frattempo erano rientrati tutti quanti all'interno della grotta e fissavano il custode con sospetto.

«Ho detto...». Morris si schiarì la gola. «Ho detto che è Leonora la traditrice, non io».

A quelle parole, Leonora gli si avventò contro un'altra volta, trascinandolo via da Alexandre e Maddy e scaraventandolo sul pavimento di roccia. Dopodiché la vampira si chinò sul suo corpo, con le zanne sospese sul suo collo. Alexandre sapeva che quella volta Leonora non avrebbe voluto sentire ragioni, e così si limitò ad allontanarla dal custode. Da un taglio sulla testa di Morris cominciò a sgorgare un fiotto di sangue fresco e invitante, e Alexandre dovette trattenere l'impulso improvviso di fiondarsi sul poveretto e nutrirsi di lui.

«Lascia andare mia sorella!», urlò Freddie, scagliandosi contro Alex.

«Ora basta!», esclamò Aelia. Non aveva gridato, eppure la sua voce squarciò comunque i loro ringhi e le loro urla come una lama. «Bambini», disse poi, una volta calata la quiete. «Lasciate parlare quest'uomo». Lei e Madison aiutarono Morris ad alzarsi a sedere mentre lui con una mano si premeva la ferita alla nuca.

«Stai bene?», gli chiese Maddy.

«Non lo so. Mi sento un po' strano, a dire la verità».

«Vado a prendere qualcosa per medicare la ferita», gli disse Aelia. «Quanto a voialtri, sedetevi o andatevene da casa mia».

Fecero tutti come l'anziana signora aveva richiesto, tranne Leonora, che aveva tutta l'aria di potersi scagliare contro Morris da un momento all'altro.

«Leonora», la ammonì Alexandre.

«E va bene». La vampira si sedette con la schiena appoggiata alla parete di roccia, le braccia conserte e le gambe distese davanti a sé. «Ma quello che ha detto quest'uomo è ridicolo. Come se potessi mai tradire la mia stessa famiglia».

«Pensavo che Leonora ti avesse rinchiuso nel furgone», disse Alexandre a Morris.

«Non è così difficile uscire da un furgone», replicò lui. «Adesso potreste ascoltarmi senza aggredirmi di nuovo? Sono un po' vecchio per tutta questa lotta greco-romana».

«Certo, hai tutta la nostra attenzione», rispose Alexandre.

«Se posso, vorrei mostrarvi qualcosa che secondo me potreste trovare interessante». Si mise una mano nella tasca della giacca e subito i vampiri scattarono in piedi. «Calma, ragazzi», esclamò Morris. «Certo che siete scattanti come un esercito di cavallette. Vi ricordo che non sono altro che un debole vecchietto; non sono mica una minaccia per tipi come voi. Sto giusto prendendo il cellulare, tutto qui». Lo espose in bella vista affinché lo vedessero tutti. «C'è un video che dovete guardare».

«Passamelo», gli disse Alexandre, avvicinandosi per prendere il cellulare.

Morris glielo porse.

«Ho parlato con Ben», spiegò Morris. «E mi ha detto della carta intestata dell'Old Bell».

«Carta intestata?», chiese Maddy. «Non capisco. Ben sta bene?»

«Sì, sta benone», rispose Morris. «Ora ti racconto tutto, Maddy. Ma prima, Alex... avvia il video sullo schermo».

Alexandre obbedì, e nel frattempo gli altri si alzarono e si riunirono intorno a lui per assistere. Videro la scena di Leonora che entrava in quella che sembrava la hall di un albergo. Poi la videro sedersi accanto a due uomini e iniziare a parlare con loro. Il filmato era privo di audio, quindi non poterono ascoltare i contenuti della conversazione.

«È un filmato delle telecamere a circuito chiuso dell'Old Bell Hotel di Tetbury», spiegò Morris. «Me l'ha procurato Esther. Guardate la data in fondo allo schermo».

«Tredici dicembre», lesse Isobel. «Ma è la sera prima che andassimo a pattinare sul ghiaccio e che Maddy sparisse!».

«Riconosco uno di quegli uomini», affermò Alexandre, scuotendo la testa per l'incredulità.

«Sono due dei vampiri cappadoci», aggiunse Jacques. «Li abbiamo affrontati stanotte».

«Ma perché avresti dovuto essere in contatto con loro già da allora?», chiese Maddy a Leonora.

«No!», gridò Freddie. «Non ci credo! Devi aver alterato il video, devi averlo contraffatto in qualche modo!».

«Mi dispiace, ragazzo», gli disse Morris. «Esther si è fatta dare una copia dei filmati delle telecamere a circuito chiuso dell'hotel. Puoi andare lì ed esaminare l'originale, se vuoi».

«Be', io comunque continuo a non crederci», ribatté Freddie. «Conosco mia sorella e lei non avrebbe mai fatto...». Si voltò verso di lei, asciugandosi una lacrima di dolore scarlatta. «... Leonora?»

«So che può sembrare una cosa brutta», disse Leonora, «ma posso spiegarvi perché mi trovavo in quel posto. C'è una ragione validissima».

La rabbia di Leonora era sparita e la vampira era di nuovo in agitazione. Alexandre si sentì mancare la terra sotto i piedi. Non voleva proprio sentirla, la spiegazione di Leonora. Aveva il terribile presentimento che non gli sarebbe piaciuto affatto quello che lei aveva da dire.

Capitolo 46

2024

Leonora li guardò con aria di superiorità e di sfida. «So che cosa state pensando tutti quanti, ma vi sbagliate».

Nessuno proferì parola.

«Non sono una traditrice! Giuro!».

«Certo che non lo sei», le rispose Freddie. «Tutta questa storia non è altro che un grosso malinteso. Di' a tutti quanti che non eri davvero in quel posto, Leonora. Racconta a tutti la verità». Detto ciò, rivolse alla sorella un sorrisino incoraggiante.

«Aspetta un momento, Freddie», gli disse Leonora.

«Che succede?».

La vampira sospirò. «Chiunque dica che vi ho traditi si sbaglia. Però in effetti ci sono andata davvero, a parlare con i vampiri cappadoci». Fece una pausa.

«Continua...», le disse il fratello, con il sorrisino che iniziava a vacillare.

«Pensavo che... anzi, penso tutt'ora che, se ci unissimo a loro...».

«Unirci a loro?», sbottò Jacques. «Che cosa vorresti dire con "unirci a loro"?»

«Ti ha dato di volta il cervello?», le sibilò Isobel.

L'espressione angelica di Freddie si velò di incredulità.

«Ascoltatemi giusto un momento», disse Leonora, ritrovando un po' più di sicurezza. «Se ci unissimo a loro, finalmente saremmo al sicuro. Potremmo smetterla di vivere sempre con il fiato sospeso e con l'ansia di doverci guardare alle spalle in continuazione. Potremmo vivere in pace godendoci appieno quello che siamo: vampiri».

Alexandre la fissò come se si fosse appena trasformata in una completa sconosciuta.

«Torno più tardi», sussurrò Zoe a Madison. «Non andrò molto

lontano. Voglio solo lasciarvi un po' di spazio per… chiarire la questione».

«Va bene», le rispose Maddy, stringendole la mano. «Non allontanarti troppo, però».

«Leonora», riprese Alexandre. «Sei uscita di senno? Unirci a loro? Sul serio prenderesti in considerazione l'idea di vivere in quel modo? Uccidendo esseri umani e incutendo terrore in ogni persona che incontri?»

«Oh, non essere così melodrammatico, Alexandre».

«Non sono melodrammatico, anzi. Sto minimizzando, semmai. In pratica accetteresti di diventare un mostro».

«Non diventerei nulla del genere! E comunque, non mi sarei mai trovata nella posizione di valutare se unirmi o meno a nessuno se non fosse stato per lei!». Leonora si voltò e puntò un dito contro Madison.

Maddy rimase scioccata, come se le fosse appena arrivato uno schiaffo in piena faccia, e fece un passo indietro. Alexandre fece rimbalzare più volte lo sguardo da Leonora a Madison e viceversa. Non capiva di cosa stesse parlando Leonora.

«Che… che vuoi dire?», farfugliò Maddy. «Che cosa ho fatto? Come fa a essere colpa mia?».

Leonora distolse lo sguardo da Madison e fissò gli altri. «Sembra sempre che io sia la cattiva della situazione», disse. «Quando invece sto soltanto cercando di proteggere tutti noi. Desidero solo che siamo tutti al sicuro, eppure il mio nome è stato infangato prima ancora di avere la possibilità di raccontare la mia versione della storia. Quel video mi ha condannata prima che avessi la possibilità di parlare».

«Ti stiamo ascoltando ora, però», le disse Alexandre.

«Lo so, ma sta venendo tutto fuori nel modo più sbagliato. Sembra quasi che io mi sia messa a complottare contro di voi, ma non è vero. Non è affatto vero».

«Hai detto che è colpa mia», riprese Maddy. «E vorrei sapere perché la pensi così».

«D'accordo». Leonora fissò di nuovo Madison. «Se proprio lo vuoi sapere, stavo cercando una via d'uscita. E ho pensato che, se fossi entrata in contatto con i vampiri cappadoci, magari avrei potuto negoziare un posto per noi nella città sotterranea».

«Una via d'uscita da cosa?», domandò Alexandre.

«Una via d'uscita da Marchwood House».

«Ma Marchwood House è casa nostra», obiettò Freddie.

«Peccato che a me non sembri più casa mia», replicò Leonora. «Era casa nostra, Freddie, *nostra.* Ci siamo cresciuti con nostra madre e nostro padre. Eppure, ormai mi ci sento quasi una specie di intrusa. Sbattuta in cantina come... come... una rifugiata, o peggio, una sguattera. Mentre lei», proseguì Leonora, puntando di nuovo un dito contro Madison, «*lei* dorme nella stanza dei nostri genitori come se ne avesse ogni diritto. È scandaloso».

«Ma se ti sentivi così, perché non ne hai mai fatto parola prima di questo momento?», le chiese Freddie.

«Cosa avrei mai potuto dire che sembrasse anche solo lontanamente ragionevole? Avrei potuto chiedere a Madison di andarsene da quella stanza? Avrei potuto parlarne con te, Alexandre? O con te, Isobel? Mi avreste ascoltata? No. Avreste pensato che il mio modo di vedere la situazione era meschino e infantile. E per tutto questo tempo io mi sono avvelenata il fegato al pensiero di quanto fosse ingiusto tutto ciò. Mi sono trovata costretta a restare a guardare mentre Madison Greene giocava a fare la regina del castello».

«Ma smettila, Leonora!», esclamò Isobel. «Come fai a pronunciare parole così cariche di odio?»

«Proprio come volevasi dimostrare», replicò lei. «Sapevo che non avreste capito».

L'espressione di Maddy, intanto, era passata dalla rabbia, allo sconcerto a qualcos'altro ancora: umiliazione? Alexandre la cinse con un braccio. «È impazzita», le sussurrò all'orecchio. «Non starla a sentire. Non le pensa davvero, tutte queste cose. Non sa quello che sta dicendo».

Ma Leonora non aveva ancora finito di parlare. «No. Se avessi anche solo accennato a qualcuna di queste cose, non sarebbe andata affatto bene. Avreste pensato che mi stavo comportando da persona irragionevole. Freddie, perché a te non dà fastidio che lei abbia usurpato casa nostra? Perché nessuno di voi si rende conto di quanto sia sbagliato?». Si voltò a guardare Madison ancora una volta. «Come fai a non accorgerti di quanto sei egoista... con quel tuo atteggiamento da sgualdrina, poi?».

Maddy sentì una lacrima rigarle la guancia. Non aveva idea che Leonora si fosse mai sentita in quel modo. E come avrebbe mai potuto saperlo, lei, che la camera da letto che aveva scelto per sé era stata quella dei genitori di Leonora e Freddie, un tempo? Non avrebbe mai mostrato una tale mancanza di tatto, se l'avesse saputo prima. E perché gli altri non avevano ancora detto nulla? Si sentiva un'idiota.

«Mi dispiace così tanto, Leonora», le disse Maddy. «Non sapevo niente di tutto questo... Sono davvero desolata. Non avrei mai voluto che...».

«Non scusarti per la sua maleducazione, Madison», la interruppe Alexandre. «Non ha alcun diritto di parlarti in questo modo».

«Tu non ti senti soffocare a Marchwood House? Non ti sembra asfissiante?», domandò Leonora al fratello. «Come se non fosse più casa nostra? E non ti sembra un paradosso gigantesco? Vivere come se fossimo ospiti nella nostra stessa casa?»

«No».

«Sul serio? Davvero ti sta bene che "i fratelli Greene"», disse, infondendo a quelle tre paroline tutto il proprio disprezzo, «si siano impossessati di casa nostra?»

«Non si sono impossessati proprio di un bel niente», rispose Freddie. «La casa appartiene a loro. Di diritto. E poi, Madison e Ben sono nostri parenti. L'unica famiglia che ci è rimasta».

«La casa sarà anche loro di diritto, ma moralmente?»

«Ascolta, Leonora», le rispose Freddie. «A me piace tantissimo vivere lì con loro e con te. E credevo che anche tu la pensassi allo stesso modo. Tra l'altro, mi pare che la casa sia abbastanza grande per tutti».

«Non ne faccio una questione di metratura! E comunque sia, l'unica cosa che so è che non posso più vivere lì. Se torno a Marchwood, potrei finire per fare qualcosa di cui magari in futuro mi pentirei».

«Credo che su questo fronte tu abbia già dato», intervenne Isobel.

«Pensavo che se avessi aiutato i vampiri cappadoci a farvi venire tutti qui, magari avremmo potuto vedere come vivevano e che stile di vita avremmo potuto condurre insieme a loro».

«Che stile di vita?». Freddie per poco non si strozzò. «Leonora, secondo me sei davvero uscita fuori di testa. E come hai potuto pianificare tutto questo senza dirci niente? Senza dirmi niente? Sono tuo fratello, cavolo. Avremmo potuto parlarne».

«Avresti soltanto provato a farmi cambiare idea».

«Sì, ci puoi scommettere, visto che è stata un'idea pessima! Ti prego, dimmi che non sei stata tu a organizzare il rapimento di Madison, almeno».

«Non è stato un mio suggerimento».

«Però non ti sei nemmeno opposta! Cos'è, li hai aiutati a organizzarlo?».

Leonora non rispose.

«Dio mio, sei diventata un mostro». Freddie si passò le dita tra i capelli, con un'espressione inorridita impressa sul volto.

«E così sei stata tu a farmi passare... a *farci* passare questo inferno?», sbottò Alexandre. «A portarmi via Madison. A farmi preoccupare come un dannato mentre tu sapevi tutto fin dall'inizio! Hai scatenato tutto tu!».

«Leonora», intervenne Jacques. «Ma tu ti rendi conto che nessuno di noi si sarebbe mai risvegliato se non fosse stato per Madison, vero?»

«Cioè, Maddy è sangue del tuo sangue», riprese Alexandre. «Hai una vaga idea di tutto quello che le hai fatto passare? A prescindere da quello che pensi o dici, Madison è parte della tua famiglia».

«Madison non è proprio un bel niente per me», sbottò Leonora. «Non è altro che una ragazzina qualunque, senza rango né classe». Fece un passo avanti verso Maddy, che nel frattempo aveva iniziato a piangere in maniera evidente. «La tua unica fortuna è stata quella di essere stata concepita da un lontano parente, ma non c'è nulla della famiglia Swinton in te. Nulla!».

«Adesso basta, Leonora!», la sgridò Alexandre. «Hai proprio esagerato! Ti rendi conto di quello che hai detto? Credo sia meglio che tu te ne vada».

«Dunque mi manderesti via, eh?»

«Santo cielo, Leonora!», sbraitò Alexandre. «Nessuno voleva arrivare a questo punto, ma ti sei spinta troppo oltre. L'hai detto tu stessa che non vuoi più restare a Marchwood. E per quanto riguarda il tuo addossare la colpa di ogni problema a Madison... sei stata troppo crudele. Hai lasciato che la realtà si distorcesse nella tua mente. Se ci avessi parlato di ciò che ti turbava, avremmo potuto venirti incontro. Ti avremmo ascoltata e avremmo cercato di aiutarti. Maddy ti vuole bene come una sorella. Non fa altro che ripetermi quanto è felice di aver trovato te e Freddie. E a guardarla sembra la tua fotocopia. Ha il tuo stesso spirito».

«A quanto pare "la fotocopia" si è rivelata migliore dell'originale», infierì Leonora. «Ha conquistato il tuo cuore: una cosa che io non sono mai riuscita a fare».

«Questo è perché tu me l'hai sempre tenuto nascosto, il tuo cuore». Alexandre non avrebbe voluto affrontare quell'argomento davanti a tutti. Lui e Leonora non avevano mai parlato della loro "quasi-relazione" prima di quel momento, e lui non avrebbe mai potuto immaginare che lei ci pensasse ancora.

«Dovevi aver capito che ti amavo», gli disse Leonora in tono severo.

«Non lo sapevo, invece», rispose Alexandre.

Maddy aveva gli occhi sgranati e continuava a guardare prima l'uno e poi l'altra.

«All'epoca, sin da quando ti ho vista per la prima volta», proseguì Alexandre, «sono rimasto incantato da te, Leonora. Ho trascorso non so quante notti insonni a pensarti».

Leonora scosse la testa e si morse il labbro.

«Ma tu eri fredda con me», continuò Alexandre. «Hai respinto le mie avance più e più volte. E io non ho potuto fare nulla, né dire nulla».

«Ma non è vero!».

«Sai benissimo che lo è, Leonora. E poi, quando siamo stati trasformati in vampiri, le cose tra noi sono cambiate. Siamo diventati amici, anzi, di più, come se fossimo stati fratello e sorella. Ecco perché il tuo tradimento è così scioccante per me».

«Non vi ho traditi! Ho preso una decisione difficile. Voi non avreste mai accettato di venire qui di vostra spontanea volontà. Avremmo dovuto combatterli. E invece, in questo modo, non si farà male nessuno».

«Peccato che invece ci siamo fatti male eccome».

«Non mi sembra. State tutti bene».

«E non fingere di aver fatto tutto questo per noi», sbottò Alexandre. «L'hai fatto solo ed esclusivamente per te stessa. Tra l'altro, non avevi nessun diritto di prendere questa decisione anche per noi».

«Be', Alexandre, vorrei farti presente che non sei certo tu il capofamiglia. Anzi, se vogliamo proprio dire le cose come stanno, Marchwood è casa mia! Tu lì non sei altro che un ospite».

«Ah, dunque è così che vuoi metterla», rispose Alexandre, irrigidendosi. «Molto bene. Vedo che la nostra amicizia alla fine è sfociata nel nulla. Me ne andrò da Marchwood House, se è questo che desideri».

«No… No, non intendevo dire… Mi dispiace. Certo che devi rimanere a Marchwood. Tanto comunque sarò io ad andarmene. Speravo che sareste stati contenti di unirvi a me qui, ma ora mi rendo conto che forse mi aspettavo troppo da voi. Freddie è mio fratello e spero che almeno lui cambierà idea e si unirà a me». Si voltò a guardarlo. «Vieni insieme a me, Freddie, e ti dimostrerò che ho ragione. Vieni alla città sotterranea e guarda tu stesso. Sarà incredibile. La stanno riportando alla sua antica bellezza, ai fasti di un tempo. Sarà una splendida avventura. Potremo crearci una nuova vita. Mamma e papà sarebbero stati al settimo cielo se avessero avuto l'opportunità di esplorare la città sotterranea come si deve, senza paura».

«Mi rendo conto che la questione non ha nulla a che vedere con me», si intromise Aelia. «Ma non troverete altro che dolore e sofferenza in quella città».

«Ha ragione», le rispose in tono freddo Leonora. «La questione non ha proprio nulla a che vedere con lei».

«Grazie, Aelia», disse invece Freddie. Poi si voltò di nuovo verso la sorella. «Io le credo, Leonora, e poi non vorrei mai e poi mai vivere laggiù. Non dopo quello che ci è successo. E sono certo che se avessi sentito la storia di Aelia, ne converresti anche tu. Non riesco a crederci che lo stai prendendo davvero in considerazione. E dopo tutto il veleno che ho appena sentito uscire dalle tue labbra, mi vergogno di chiamarti mia sorella».

«Non dire così, Freddie! Certo che sono tua sorella. Ci sarò sempre per te».

Lui le voltò le spalle.

«Freddie! Non fare così».

«Devi andartene, Leonora», le disse Alexandre.

«No», intervenne Maddy. «Ha tutto il diritto di essere arrabbiata. Leonora, mi dispiace. Non avevo idea che stessi attraversando un periodo così difficile. Ma possiamo rimettere le cose a posto. Posso cambiare stanza da letto e andarmene da quella dei tuoi genitori, anzi, lo farò. E sono d'accordo sul fatto che…».

«Mi stai offrendo misere briciole!», la interruppe Leonora, incollerita. «Briciole che non spetta a te offrire!».

«Be', comunque resto ancora dell'idea che potremmo risolvere la questione in maniera amichevole...», provò a insistere Maddy.

«No, non possiamo», ribatté Alexandre. «Non so se riuscirò più a guardarti in faccia, Leonora. Per colpa tua sono così furioso, ma anche così triste».

«Non sei triste. Ti senti solo umiliato e amareggiato perché le cose non sono andate come volevi tu, come invece accade di solito».

Alexandre fissò la vampira che aveva creduto sua amica, e lei ebbe la decenza di abbassare lo sguardo verso terra.

«Chi sei?», le chiese Alex. «Non ti riconosco più».

«Allora vieni con me, Alexandre, e potrai imparare a conoscermi davvero. La vera me. Non ti nasconderò mai più il mio cuore. Non è troppo tardi...».

«Sparisci!». Alexandre tremava per la rabbia.

Leonora si voltò a guardare gli altri vampiri, ma loro o scossero la testa, oppure distolsero lo sguardo.

«Non mandarla via», disse Maddy ad Alex. «È pur sempre un membro della mia famiglia».

«Ma ti ha quasi fatta uccidere».

«È innamorata di te, Alexandre. È per questo che ha fatto ciò che ha fatto, perché aveva il cuore spezzato».

«Non ho bisogno della tua commiserazione», le sibilò Leonora. «Né del tuo atteggiamento di superiorità». Lanciò un'ultima occhiata di sdegno a tutti i presenti nella caverna e poi svanì.

Maddy si affrettò a seguirla in mezzo alla neve. La luna splendeva ancora luminosa, ma di Leonora non c'era traccia. Maddy la chiamò più volte, gridando, ma la sua voce si spense nella notte. Come aveva fatto a fraintendere così tanto la situazione a casa? Stranamente, non era arrabbiata per quello che le aveva fatto Leonora. Provava solo tanta pena per lei. Comprendeva il fuoco delle emozioni che avevano dovuto arderle dentro, accumulandosi e inasprendosi fino a farla esplodere in quello sfogo così violento. In quel momento Maddy riconobbe il senso di solitudine e di impotenza che avevano attanagliato la sua antenata. Se soltanto se ne fosse resa conto prima, magari avrebbero potuto evitare tutta quella situazione e raggiungere un compromesso più felice.

Madison era stata davvero così egoista come l'aveva descritta Leonora? Forse sì. Forse si era lasciata prendere così tanto dalla propria storia d'amore che non aveva prestato attenzione a nessun altro.

«Smettila».

La ragazza si voltò e vide Alex in piedi alle sue spalle.

«Di fare cosa?»

«Di abbatterti».

«Leonora però non aveva tutti i torti», disse Maddy. «Deve essersi tenuta così tante emozioni dentro».

«Non è una scusa che giustifica le sue azioni».

«Magari non le giustifica, però le spiega».

Alexandre le si avvicinò e la strinse tra le braccia, e lei appoggiò la testa sul suo petto.

«Sai», gli disse, «tra tutto quello che è successo, credo che la rivelazione di Leonora sia stata la cosa più sconcertante».

«Sono d'accordo».

«Mi viene la nausea già solo a pensarci».

«Vieni, torniamo dentro. Ormai se n'è andata e non penso che si rifarà viva molto presto».

Maddy esalò un lungo sospiro. Dopodiché, lei e Alex girarono sui tacchi e rientrarono nella caverna, dove Isobel e Jacques stavano cercando, senza riuscirci, di consolare Freddie. Maddy fece un passo verso di loro, ma Alex la trattenne.

«Lascialo perdere per un po'. Ci penseranno gli altri a calmarlo».

La ragazza annuì. «Dovrei scusarmi con Aelia per aver trasformato casa sua in un campo di battaglia».

«Va' pure. Nel frattempo, anch'io ho qualcuno con cui scusarmi». Il vampiro fece un cenno con la testa in direzione di Morris, sdraiato sul materasso per riprendersi dai faticosi avvenimenti della serata.

Maddy si diresse verso Aelia che, vicino al fuoco, era intenta a travasare del cibo da una padella a un profondo tegame di terracotta.

«Aelia, mi dispiace tanto di aver portato tutto questo scompiglio alla tua porta».

«Oh, lo scompiglio tende sempre a trovarmi, prima o poi», rispose lei. «Credo proprio di essere nata sotto una stella chiamata "scompiglio"».

Maddy abbozzò un leggero sorriso. «E non ti ho ancora ringraziata a dovere per avermi salvato la vita, e per ben due volte.

Quindi grazie. Sono abbastanza sicura che hai salvato tutti noi. Quel vampiro, Mislav, mi avrebbe fatta uccidere e si sarebbe portato via gli altri, se non fosse stato per te».

«Proprio come me, anche tu hai scelto la via dello scompiglio. Ti rendi conto che non vivrai mai una vita tranquilla finché resterai in compagnia di queste creature, vero?»

«Sì, lo so», rispose Maddy. «Ma non posso farci niente. La mia vita è legata a loro. Non potrei mai abbandonarli».

«Allora non posso fare altro che augurarti buona fortuna. E che lo scompiglio non riesca mai ad avere la meglio su di te».

«Grazie», le disse Maddy. «Di tutto».

Era chiaro che non rimaneva nient'altro da dire, e così Maddy si diresse verso Alexandre, intento a scusarsi con Morris.

«Non importa, davvero», gli stava dicendo Morris.

«Eccome se importa, invece», replicò Alexandre. «Mi sento una persona orribile. Tu sei nostro amico e io non ti ho creduto».

«Anch'io ho delle scuse da porgere», disse a quel punto Morris, guardando Madison.

«E per cosa?», domandò lei.

«Ho dovuto chiedere a Esther di rinchiudere Ben da qualche parte per un po'».

«Tu... *cosa*?». Maddy strinse i pugni.

«Non preoccuparti, il ragazzo sta benissimo. Ma non potevo rischiare che avvertisse gli altri del fatto che ero scappato. Non finché non avessi avuto modo di scoprire chi vi aveva traditi».

Maddy non rispose.

«Ha senso», disse Alex.

«Mi dispiace», aggiunse Morris.

«Credo di capire perché l'hai fatto», rispose Maddy. «L'importante è che mio fratello stia bene».

«Sì, certo, sta benone».

«Allora che si fa adesso?», chiese Maddy.

«Adesso?». Alexandre la guardò. Poi guardò Morris. Infine si girò verso gli altri vampiri, osservando i loro volti scossi e stanchi. «Adesso... si torna a casa».

Epilogo

24 dicembre 2024

Là fuori, la campagna era avvolta dall'oscurità e la pioggia si infrangeva sul vetro della finestra del salotto di Marchwood House. Ma in casa le luci brillavano e il fuoco crepitava, sprigionando scintille dorate su per il camino. Erano tutti accoccolati, comodi e al caldo. Alex e Maddy sul divano. Jacques, Isobel e Freddie sul tappeto davanti al camino, immersi in un gioco di società. E Ben – che nel frattempo aveva perdonato Esther per averlo rinchiuso in soffitta e si era scusato con Morris per il terribile malinteso – intento ad appendere le loro calze di Natale al caminetto. Tutto era tranquillo. C'era solo un'assenza che si faceva sentire, ma nessuno pronunciò il suo nome. L'unico promemoria era una discreta punta di malinconia che aleggiava in maniera impercettibile nell'aria.

Alla mancanza di Leonora, però, si aggiungeva un'altra preoccupazione: ovvero, la consapevolezza che quella pace era soltanto temporanea. Che quella vigilia di Natale non era altro che una mera illusione di felicità. Perché là fuori, da qualche parte, c'era ancora qualcuno che cercava di distruggerla. Qualcuno che non li avrebbe mai lasciati in pace. Ciononostante loro, almeno per un po', avrebbero assaporato quel breve attimo di respiro e si sarebbero goduti la compagnia reciproca, perché negli ultimi tempi c'erano state troppa paura e troppa violenza. Troppi rimpianti e troppe preoccupazioni. Quella sera sarebbe stata un'occasione dedicata agli amici e alla famiglia.

Madison sperò che anche Zoe si stesse godendo il Natale. La vampira aveva finalmente racimolato il coraggio di andare a trovare il marito e il figlio. Avrebbe vuotato il sacco e raccontato loro quello che le era successo. Avrebbe dato al marito la possibilità di decidere cosa fosse meglio *secondo lui* per la loro famiglia.

Maddy si augurò che Zoe potesse essere felice come si sentiva lei in quel momento, stretta tra le braccia di Alex. La ragazza chiuse gli occhi e sorrise.

Ma non l'avrebbe fatto, se avesse saputo cosa li aspettava là fuori.

Da sotto una quercia nodosa, la creatura li osservava attraverso la finestra del salotto. Ad appena pochi metri di distanza, il suo sguardo fendeva l'oscurità e si concentrava sulla scena di felicità domestica all'interno.

La creatura fece un sorriso triste, rispecchiando le emozioni di coloro che osservava e facendole proprie. La pioggia fredda le scivolava sulla pelle. Chiuse gli occhi e assaporò quel momento tanto atteso. Dopo secoli di ricerche, aveva finalmente trovato ciò di cui aveva bisogno.

Nel corso dell'ultimo millennio, la sua unica fonte di sostentamento era andata via via scomparendo dalla faccia della Terra, finché la creatura stessa non aveva avuto più nulla di cui nutrirsi. Ma in quel momento, come per miracolo, aveva fiutato ciò che bramava e l'aveva seguito fin lì. Fino a quel tranquillo angolo di mondo.

Ancora indebolita dalla fame, avrebbe avuto bisogno di riposare prima di prepararsi alla caccia vera e propria. Ma aveva la sensazione che sarebbe stata una conquista facile. Percepiva forse un po' di vanità da parte della sua preda? Avrebbe potuto sfruttarla a proprio vantaggio.

Le persone all'interno erano del tutto ignare di ciò che le aspettava. La creatura era sempre stata in grado di rimanere inosservata, almeno finché non sceglieva di rivelarsi. E allora sì che si accorgevano della sua presenza. Sempre. Nei diversi millenni in cui aveva vissuto sulla Terra, non aveva mai fallito nell'abbattere la sua preda. Puntava sempre al capo della congrega, e in quel caso era abbastanza ovvio chi fosse: il giovane dai capelli scuri.

La creatura inclinò la testa e cercò di sentire il nome del vampiro. Sì, suonava davvero accattivante... *Alexandre.*

Una lettera da Shalini

Caro lettore,

grazie per aver letto *Taken*. Mi sono divertita un sacco a scriverlo, intrecciando quella storia bizantina con le leggende folcloristiche sul soprannaturale e poi piazzando Maddy e Alex nel bel mezzo di tutto. Se ti è piaciuto questo secondo volume, troverai ancora amanti sfortunati, storia antica e azione soprannaturale nel terzo volume dei *Vampiri di Marchwood*.

Se desideri ricevere aggiornamenti, iscriviti qui e ti farò sapere quando usciranno i miei nuovi romanzi:

www.secondskybooks.com/shalini-boland

Adoro ricevere opinioni sui miei libri, quindi se hai un po' di tempo a disposizione ti sarei davvero grata se volessi scrivere una recensione online o parlarne ai tuoi amici. Una buona recensione mi rende sempre felice.

Quando non scrivo, leggo, passeggio sulla spiaggia o trascorro del tempo con la mia famiglia. Potete contattarmi sulla mia pagina Facebook, su Twitter, Goodreads o attraverso il mio sito internet.

Grazie di cuore,

Shalini Boland

Ringraziamenti

A quel fuoriclasse di mio marito, Peter Boland, che mi ha aiutato a plasmare questa storia, mi ha preparato infinite tazze di tè, mi ha comprato dell'ottima cioccolata e mi ha aiutata a superare diversi momenti di crisi legati alla scrittura.

Ai miei fantastici beta reader: Amara Gillo, la migliore mamma del mondo (che, sebbene purtroppo non sia più tra noi, continua a ispirarmi ogni giorno) e Julie Carey, che è in grado di individuare un paio di virgolette mancanti persino a cinquanta passi di distanza.

A tutti i miei splendidi amici e alla mia rete di supporto online risalente a quando ho scritto questa serie una decina di anni fa, tra cui: Johanna Frappier, C. Reg Jones, B. Lloyd, Samantha Towle, Suzy Turner, Amanda Cowley, Robert Craven, Poppet e Sessha Batto.

A Zoe Marshall e a Sergell Elioreg, che hanno partecipato al concorso "Sii un vampiro nel mio libro" e hanno vinto!

Alla mia meravigliosa editor, Natasha Harding, per aver creduto nella serie e aver fatto magie con questi personaggi. Ti sarò per sempre grata per il tuo talento e la tua pazienza.

Allo straordinario team di Second Sky: Jenny Geras, Ruth Tross, Jack Renninson, Sarah Hardy, Kim Nash, Noelle Holten, Melanie Price, Mark Alder, Alex Crow, Natalie Butlin, Jess Readett, Alexandra Holmes, Emily Boyce, Saidah Graham, Lizzie Brien, Occy Carr e a tutti gli altri che hanno contribuito al nuovo lancio di questo libro.

A Madeline Newquist, per le tue eccezionali capacità di revisione. Grazie alla grafica Eileen Carey per la meravigliosa copertina.

A Jordan Spellman di Tantor Audio e alla narratrice Henrietta Meire, per aver creato favolosi audiolibri per la serie.

A tutti i miei adorabili lettori che si prendono il tempo di leggere, recensire o consigliare i miei romanzi. Significa davvero molto per me, anzi, moltissimo. E a tutti i favolosi blogger e recensori che spargono la voce. Siete i migliori in assoluto!

Alla mia fantastica famiglia, che mi è stata accanto dall'inizio alla fine: mi ispirate ogni giorno. Grazie per avermi fatto ridere, per avermi abbracciato forte e per essere le persone migliori che potessi sperare di avere al mio fianco (o dietro la porta mentre scrivo).

Indice